大辽河

津子围 著

春风文艺出版社
·沈阳·

图书在版编目（CIP）数据

大辽河 / 津子围著 . —沈阳：春风文艺出版社，
2023.12（2024.2重印）
 ISBN 978-7-5313-6581-5

Ⅰ. ①大… Ⅱ. ①津… Ⅲ. ①长篇小说—中国—当代 Ⅳ. ①I247.5

中国国家版本馆CIP数据核字（2023）第215374号

春风文艺出版社出版发行
沈阳市和平区十一纬路25号　邮编：110003
辽宁新华印务有限公司印刷

责任编辑：姚宏越	责任校对：赵丹彤
封面设计：UNLOOK	幅面尺寸：155mm × 230mm
字　　数：268千字	印　　张：24
版　　次：2023年12月第1版	印　　次：2024年2月第2次
书　　号：ISBN 978-7-5313-6581-5	
定　　价：58.00元	

版权专有　侵权必究　举报电话：024-23284391
如有质量问题，请拨打电话：024-23284384

第一章

关于走辽河,我并没有按照大家习惯的方式从辽河的源头开始,而是以东辽河和西辽河的交汇点福德店作为原点,先是顺流而下直达辽河口,之后又分别上溯东辽河和西辽河源头。当然,这里所说的并不是原来设想的样子,没有形成一个清晰的线路图,套用教科书的考察方式,不合格的地方太多了。好在我还可以安慰自己:自然的状态才契合河流的原貌,完美不是事实。我对晋先生说,总之吧,我觉得跟辽河的贴近度非常高,很不容易的。他问我,贴近度可以量化吗?我摇了摇头,说具体量化不了,大概百分之七十吧。说贴近度也不一定准确,我想,里面一定包含融合的意思,因为辽河之行不仅仅是一个地理上的概念,或许是一次穿越时空的寻找之旅,也或许是一次灵魂交流碰撞的思想考古,更重要的是,面对作为辽宁母亲河的辽河,我想走进它的深处，表达真实的生命情感。

我是这样对晋先生解释的，我说我没有什么大本事，到目前为止写了半辈子文字，为辽河写点什么，算是对母亲河的感恩和回馈吧。晋先生的嘴角掠过一丝诡异的笑容，我清楚地记得那个皮下神经带动的表情，那时我们坐在茶香弥漫的咖啡色房间里，百叶窗漏进的长条光线正好照在他的嘴角上。我说我说的是心里话。晋先生说，我知道你说的如你所想，不过，我记得你说过走一条河是你青年时的梦想。我的确跟他说过，但那至少是十年前的事情了，记得我跟他说，我读书时，喜欢我、我也喜欢他的老师对我说过，如果可能，你要走一条河，除了自然风貌，风土人情、大千世界什么都有，走过之后就可以深度感悟人生。老师叫周绍颐，那年我20岁。后来学习工作生活，时光荏苒，一晃人过中年，只空留愿望，却并没有付诸行动。当然，这期间我也没想明白到底要走哪一条河，我考虑过长江、黄河以及雅鲁藏布江，后来觉得有些远，条件也不太具备，就打消了念头。随着年龄增长，我突然发现，很多时候我们只关注"诗歌与远方"，而恰恰忽视了身边的重要价值，于是，我将目光收拢回来。我这样对晋先生说，辽河是故乡的河流，我要写辽河。晋先生说，其实借口和理由没有明确的界限，如果你想做一件事，总能找出非常有道理的、做这件事的依据，实在说不清楚，就说是缘分吧。缘分这个词也不错，由于这个缘分，就有了我的辽河——我的在水一方。

东辽河与西辽河的缘分在汇合口，那是东辽河和西辽河"结婚"的地方。如果把一条河看成生命的过程，那么，源头是出生之时，一声啼哭，横空出世。上游则是童年时光，落差较大，激越跳荡，然后进入青春期，四处探寻，充满活力。河流的中游也是它的中年，除了遭遇水灾年份改道，一般情况下还算平稳，沉默寡言，滋养深阔。进入下游之后，河水流速缓慢，河面宽大宁静，对其承载的、恩泽的、破坏的都看轻看淡了。很多人都把东西辽河汇合口，也就是福德店以上认定为辽河上游，而福德店下面则是辽河的中游，辽中县通江口之后才进入到辽河下游。那么，既然东辽河和西辽河在汇合处结合，它们谁是雄性，谁是雌性呢？

当然，一条河从古走到今天，也可以按历史时段把它看成是童年、青年、中年、老年什么的，现在的辽河是青年还是中年呢？主观上，我还是喜欢把它看成青年。

出发之前我做了DNA检测。我想从分子人类学的角度探究接下来要走的辽河，在试图揭示辽河基因之谜前，先了解自己的身世之谜，我的遗传成分、基因属于哪个族系、迁徙的路径等等，不能仅仅停留在行走的"螺旋体"、会呼吸的"染色体"的模糊状态中。

还有，我与烧炭的二哥、三哥没有家族血缘关系，二哥、三哥以及后面的二舅、三叔、二姨、二姐等也没有家族血缘关系，但从分子人类学的角度，我们同属于中华民族大家庭。

1

鹅毛大雪落在了辽代的辽水两岸。

河水尚未封冻，落在深色波澜上的雪花瞬间被吸附得无影无踪，而岸边推挤的雪花有如棉絮一般，绒嘟嘟的，随弯就弯地排列着。两只大白鹭从岸边芦苇丛中飞起，扇动着沉重的翅膀，在水面上狠狠地"揪"了一下，仿佛要拉起黏稠的布面一般的河面，事实上，大白鹭只是撩起了几滴水而已，却搅醒了一片寂静。

二哥知道，白鹭准备南迁了。

二哥是烧炭工，他的炭窑在当时的韩州辖区，也就是现在辽北昌图县八面城镇。当时的炭窑有两种情况，一种是离城里近，运输木料远；一种是离山林近，运输木炭远。二哥的炭窑属于后者，他一个人烧炭，没有徒弟和奴工，所以伐木、烧炭、送炭、卖炭都是他一个人。

过了子时，二哥就得起来掌灯，穿戴严实，开始准备往城里送木炭。出门时，二哥看不到头上的星星，不过他身体里有生物钟，估计现在子时刚过。

雪仍未停。没有风时的雪花一般个头儿都大，毛茸茸的，洋洋洒洒，从容而安静。二哥挑着木炭在大雪中扑哧扑哧地走着，脚印很快就被淹没了。一路走下来，二哥路过回脸沟、庙梁、石庙、泉水等地，由于下雪，他熟悉的地标都被遮蔽了，只能靠感觉去判断。天逐渐透亮，二哥终于看到了辽水的支流苟河，看到苟河，韩州城就在眼前了。二哥坐在苟河边歇息，摘下獾皮帽子，头顶像蒸笼一般热气腾腾，鬓发两侧打起了绺儿。其实汗水早已湿透了他全身，后脖颈儿和裤裆里都黏糊糊的。

天大亮时雪停了，太阳出来，大地一片银白，晃得人睁不开眼睛。

城门打开，陆续有车马出来，安静的天地顿时喧哗起来，马蹄声、车轱辘声、车老板的吆喝声和马鞭甩出的脆响此起彼伏。车队和人群里并没有韩老六的身影，韩老六说好了在城门口接他的，二哥只好挑着木炭进城，他怕自己歇下来就泄了劲儿，再也担不起这150多斤的家伙了。

二哥在韩州城的集市上找到了韩老六。

二哥说，我们不是说好了吗，你在城门外接我，咋说话不算数呢？韩老六不好意思，只骂自己该死。说，没想到你真的会来！二哥你也太讲究了吧。的确，二哥是个守信用的人，说到做到。半个月前，二哥和韩老六掷骰子，输了150斤木炭。对于平日里省吃俭用的二哥来说，那该多心疼啊。可奇怪的是，二哥觉得理所应当，输了就得认账，赌债也是债，欠债还钱天经地义。那时候流行赌博，不要说平头百姓，宫廷里也非常盛行，辽兴宗与皇太弟赌博，输掉好几座城邑呢。接下来就是有钱有势的大户人家，人家赌的筹码大，赌土地、牛羊和奴婢，平头百姓只能耍点小钱儿。人都有贪婪的本性，都想一夜暴富。开设赌局的人也善于画大饼，编出一些中大彩的故事，说某地某人赢了一个金马驹，盖房子置地、买牛买马、娶了大户人家的千金，传得神乎其神，有鼻子有眼儿。一些靠体力劳动的人蜂拥而上，前赴后继。去赌局里耍钱的人，最终都不知道输给了谁，找人都找不到。

二哥也是这群怀揣着梦想的人中的一员，好在他的自控力相对强一些，他只拿出劳动所得的三分之一用于赌运气，倒不是因为他懂得理财，鸡蛋不想放在同一个篮子里，而是爹的凄惨下场在他的心里形成了阴影。爹死的时候对他说，老二啊，你爹有过大钱的时候，可惜那些钱没拿住……如果你爹年轻时把小手指头剁了，不说给你们留一座金山银山吧，起码泉水那疙瘩能留下几十垧土地，种谷子和黄米，你们吃穿够用，哪承想，临了临了，连一座炭窑都没能给你留下。二哥的炭窑是自己建的，不过，烧炭的手艺确是从爹那里继承的。这样说来，二哥就应该从爹身上吸取教训，不应该沾赌的边儿，可事情并没那么简单，里边的情况有些复杂。二哥毕竟二十五六岁了，还没娶上媳妇。大姨说他25岁，三姨说26岁，不管25岁还是26岁，他已是十足的大龄青年，那个时代的标准剩男。二哥不想向命运低头，除了起早贪黑、吃苦耐劳拼了命地干活之外，他和大多数人一样，总梦想着自己有一天财星降临，咣叽一下发了大财。

韩老六大概被二哥的诚信所感动，坚持要在汉人开的馆子里请二哥吃饭。韩老六说我请你吃驴肉包子吧，再整一坛黄米酒。二哥想了想，说你还是省点吧。韩老六说我可是诚心诚意要请你，装假你可就不对了。二哥说那这样吧，找个地方吃顿黄米饭。也许二哥想到，回去还要走几十里的路，黏米饭抗饿。不过他对韩老六说，我已经好久没吃黄米了，就得意那口儿。韩老六笑模滋儿的，满口答应。

韩老六带二哥走街串巷，来到他大表嫂家。他对大表嫂叮嘱了一番，随后拉二哥上火炕。俩人围着炕桌喝刺五加根儿泡的代茶饮，唠起闲嗑儿。韩老六说他本是汉人，家在河北三河县，辽朝建立初年，他的祖上被抢掠到了辽地。由于汉人习惯定居耕种，辽圣宗时，在辽河边建了三河州，这个三河州沿用的就是燕地的三河县。随着耕地面积越拓越大，风沙也越刮越大，庄稼减产。朝廷把榆河州、三河州合并为韩州，后迁移到了白塔寨。由于辽水泛滥，大水泡了城池，韩州城再次南迁，他爷爷出生时才又迁移到苟河边，也就是现在这个地方。韩老六问二哥祖籍哪里，二哥说他也不清楚，按照自己的长相，细长的单眼皮儿像是女真人，高颧骨又像库莫奚人，不过他听长辈说过，祖籍好像是云州的，具体什么地方他也不清楚。韩老六说我也一样，奶奶是契丹人，妈妈是渤海人。二哥的确是个只管眼前事，不论天下非的人，他甚至不知道自己生活在哪个朝代，不知道当朝的是天祚皇帝，更不可能知道那个皇帝的小名叫阿果。

韩老六的大表嫂让韩老六收拾吃饭，韩老六将炕桌上的东西归拢一番，大表嫂就端来一盆热气腾腾的黄米饭，配菜是一小钵猪皮炖干豆角。大黄米是当年新下的，油汪汪，黏性十足。蘸着褐色的糖稀吃，拉出丝丝细线，美味至极。

韩老六吧嗒着嘴说，整两碗米酒？二哥谦让一番，最终还是接受了韩老六的提议。大表嫂一只胳膊抱着酒坛子，一只手拿酒碗，酒碗叠摞，一共三个。大表嫂盘腿上炕，陪二哥和韩老六喝了起来。

酒足饭饱，韩老六提议二哥试一试手气。二哥说不行，这个月的筹码没了，要赌也得下个月再赌。韩老六说，这个月的筹码没有了，我可以借你，你这个人讲信用，我信得过你。大表嫂也在一旁给二哥打气。二哥经不住两个人煽乎，咬了咬嘴唇说，那就赌下个月的吧，输了就欠着，下个月还。于是两个人撸胳膊挽袖子，掷起了骰子。

本来，二哥打算押上下个月的赌资——一挑子木炭，没想到他的手气很旺，接二连三赢了韩老六。二哥见好就收，不玩儿了。

韩老六说我输了这么多，一时没钱给你。二哥说不要紧，啥时候有钱啥时候给，我信得过你。大表嫂在旁边说话了，她说："我六弟从不欠赌债。要不这样，六弟那些钱都算我的，咱俩再赌一把。我把我自己押上，如果我输了，整个人都是你的；如果你输了，除了六弟欠的，再加上一挑子木炭。"

二哥说："我没听明白，我输了，老六的债就抹平了？我还得搭上一挑子木炭？"

大表嫂说:"对呀,我不值这个数吗?"

二哥连忙摆手:"那倒不是,那倒不是。"

大表嫂说:"上有天下有地,我要的不多吧?"

没等二哥表态,大表嫂已经开始掷骰子。二哥心想,跟一个女人纠缠不起,了不起就一挑子木炭呗,下个月的筹码罢了。输就输吧,二哥一闭眼睛,把手里的骰子掷了出去。

不想,二哥又赢了。

回家的路上,二哥心情很好,断断续续、哼哼唧唧地唱着民歌小调儿。

临分别,大表嫂对二哥说:"愿赌服输,赌债也是债,你啥时候要我,我啥时候过去。"

"再说,再说。"二哥说。

赢个老婆不是满足二哥的愿望了吗?尽管大表嫂是个寡妇,可毕竟是个健全的女人,不少胳膊不缺腿儿,只是二哥还没想好要不要韩老六的大表嫂,真的没想好。

二哥的炭窑在回脸沟的东北坡,他没回屯子,而是直接去了炭窑,在炭窑上风头的山神庙前焚香祷告。那个小山神庙是二哥用几块青砖搭成的,隐蔽在一个山窝里,山脚下十几米外还有一个一年四季有三季流水的小河沟。二哥的炭窑就处于背风山坡上,那个炭窑是用石头砌成的,拱状窑顶,窑身18尺长,高约4尺,每次能烧800斤左右的木炭。这个炭窑用了十多年,除了排烟道重新垒过、窑门修过以外,窑墙、窑床、进风口还都保持最初的模样。

二哥烧黑炭也烧白炭。烧黑炭关键是密封炭窑,要保证整个炭窑没有空气进入,木材烧了几天后,就把进风口和烟筒堵上,开始"焖窑"。焖窑需要两三天时间，这样才能使燃烧的木材进入炭化期，等自然冷却了，黑炭才能出窑。烧白炭与烧黑炭不同，烧白炭不能焖窑，木炭刚烧好就立刻出窑，让它在空气中燃烧，高温精炼，然后再用松土覆盖，自然冷却。炼出来的白炭表面附有残留的白色成分，所以叫白炭。白炭比黑炭硬度高，分量也比黑炭轻，价格自然比黑炭贵，按当时的行情，白炭的价格是黑炭的三倍。

此刻，二哥的炭窑里焖了一窑黑炭，他转了两圈儿，看看有没有漏气的地方，这才拍拍打打身上的浮灰，准备回回脸沟屯吃晚饭。走了二三十步，二哥回头看了看炭窑，那座炭窑像一个坟包，散发着雾气。二哥突然想到一个问题，炭窑没什么变化，可周边的林子却没了，最早从他爷爷开始，原来的炭窑在苟河东边，而他爹的炭窑向东又移动了15里，到他自己建炭窑时，向东又移动了20里。不知不觉间，他们祖孙三代将方圆几十里的山林都"吃掉"了，一根根树木被烧成了木炭。刚建炭窑时，炭窑周边满眼都是树木，他想，凭借一己之力，怎么可能把那些树木都变成木炭、换成钱呢？然而也就十几年的工夫，不知不觉山就秃了，正所谓眼是懒汉，手是好汉哪……照这样下去，他还得考虑建一座新窑了。

二哥烧的白木炭是用来冶炼铜铁金属的，白炭硬度大、耐燃烧、火候硬，一般都用白木炭制作铜器、铁器，诸如农具、车具，还有刑具。从山海关以里掠夺的农耕人口越来越多，农具的需求量也越来越大。开荒种地的人多了，树木生长的地方越挤越小。二哥想不到那么多，他也不知道那么多，更想不了那么远。树木少了必然会影响他的生存空间这类问题，好像压根儿就跟二哥无关。

黑木炭主要是给大户人家冬季火盆取暖，而且几乎家家都吃火锅，烧火锅自然少不了木炭。别的不说，就说韩州城吧，多的时候1.5万户，加上城外驻军，差不多有10万人，10万人冬季取暖那得要多少木材呀？一棵长了几十年的树，不够大户人家烧两天。这样看来，树木生长速度远远跟不上损耗的速度。当然了，对二哥来说，他可管不了生长和消耗的事情，相反，从他的角度来说，供应越少越好，那样，木炭的价格越高，他也会越被人们重视、被人们需要。

2

二哥再次见到大表嫂是一个月之后，二哥刚刚把挑子放稳当，就看见人群里有一双眼睛盯着自己。大表嫂抄着袖子走了过来。大表嫂有些怨气，说我在这儿等你好几天了。二哥礼貌地向大表嫂作了个揖。

"你把啥大事忘了吧？"大表嫂说。

二哥问："啥事呢？"

"明白人装糊涂！我不是输给你了吗，你不来找我要，还让我上赶着送上门去呀！"

二哥连忙说："没忘没忘，只是不是时候……"

"那到底啥是时候呢？"大表嫂问。

二哥抓耳挠腮，支吾着。

大表嫂说："高低给个准日子吧。"

二哥说："我的钱还没攒够呢。"

"你攒钱跟这事儿啥关系，欠债的是我，又不是你。"

大表嫂问的是时间，二哥说的却是钱。

年底前二哥确实有过一次赚钱的机会。韩州城里一位契丹贵族过世了，需要大量的黑木炭。木炭有吸湿防潮的属性，所以墓主人下葬时要用大量的木炭砌在棺椁周围，以使棺椁、随葬品和墓主人能长久保存。用木炭下葬的大多为达官贵人，就是有较高身份地位的人，一般的平头百姓想都不敢想。做完了这单生意就到了年跟前，大家开始购置年货，准备过年。

进城送炭，二哥特意把"龙凤玉佩"戴上了。那个玉佩是老物件，他在辽水岸边的一个台地上捡的。二哥还清楚地记得，那上午疾风骤雨，他躲在台地一侧的鹰嘴岩石下，尽管上方的岩石遮盖了头顶，浑身还是湿漉漉的，雨过天晴，太阳明晃晃地照耀山川大地，二哥光着膀子登上了台地。经过风吹雨刷后的台地显得光滑平整，裸露出一些泥陶类的器物。二哥被一个硬硬的东西绊了一下，蹲下来，发现一个陶罐的圆口儿。二哥试着扒了几下，果然扒出一个裂纹陶罐。他从陶罐里倒出一些碳化的谷种，居然在谷种里跳出一个玉件。二哥不懂玉，不过他知道那应该是一件宝物。二哥把玉件抓在手里，玉件不大，正好握在二哥的掌心。二哥端详着那个玉件，在裤子上蹭了蹭，再端详，玉件露出了繁复的雕刻花纹，虽然老旧，却掩盖不住内在的温润和光泽。回到家，二哥找了根细麻绳，将玉件挂在了胸前。老叔见了，问二哥是哪儿来的，二哥说捡的，不知道是什么东西。老叔拿过来辨认，说是一个玉佩。二哥问上面雕的什么，老叔又品鉴一番，说好像是龙凤配，上面是龙，下面是凤。二哥说好哇，都说龙凤吉利。老叔摇着头，说这样的老物件肯定是坟里的东西，埋了不知道多少年，极阴之物，戴着不吉利。

二哥迷信，不敢佩戴玉佩了。

二哥拿到城里集市上卖了几次，没人识货，弃之可惜，成亲之后就交给老婶保管，这是后话。

腊月二十一那天上午，韩老六赶着马车，带着年货和大表嫂来了。

韩老六说二哥呀，听说你发了一笔大财。二哥说都是口头富贵，钱要等到人家过了超度期才能结算。韩老六说，我把大表嫂给你送来了，大表嫂这个财，不比啥财都大吗。二哥立刻有些慌张，他完全没有心理准备。不过客人来了，总得好生招待着，好话奉承着，好吃好喝伺候着。

晚上，二哥向长辈说明了情况，长辈们的意见并不一致，不仅不一致，还针锋相对地争起来，吵得不可开交。

其实二哥也看出来了，韩老六送大表嫂来并非心甘情愿，只是他们必须遵守游戏规则，硬着头皮偿还赌债罢了。无奈之中，二哥想出个主意，他想和大表嫂再赌一次，想方设法让大表嫂把自己赢回去，这样就谁都不欠谁的，还保全了面子。韩老六和大表嫂大概明白二哥的为难之处，俩人商量一番，同意和二哥再赌一次。如果大表嫂赢了，就不必向二哥还债了；如果赌输了，对大表嫂来说结果还是一样的，只是增加了一些筹码，但增加那些筹码事实上并没离开大表嫂，大表嫂也算不上吃亏。双方议定，二哥的赌资是大表嫂，大表嫂的赌资是韩州城集市上大表嫂的裁缝铺。

在证人的见证下，大表嫂默默祷告一番，随后撸胳膊挽袖子，用力掷出骰子，三个骰子在铜钵里跳动几下，安定下来。大表嫂瞄了骰子一眼，双手将铜钵盖住，她信心满满地看着二哥，那意思是，小样吧，有本事来呀！二哥心里有谱了，他抱着必输无疑的心态，吊儿郎当地背过身去，拳头在后背松开，骰子滚落下来……三盘两胜。最终结局双方都不满意——不想输的大表嫂又输了，不想赢的二哥还是赢了。这回没什么可说的了，韩老六提出，正月里办喜事儿不吉利，二月初一，二哥就得正式迎娶大表嫂。

韩老六和大表嫂灰心丧气地返回韩州城，临近城门，背后有人招呼韩老六。韩老六回头一看，二哥呼哧带喘地跑了过来。二哥来到韩老六和大表嫂跟前，扑通一声给他们跪下。

韩老六和大表嫂问了半天，二哥什么话都不说，只是不停地作揖。

韩老六和大表嫂明白了。

大表嫂上前踢了二哥两脚，呸呸，冲二哥头顶吐了两口唾沫。韩老六上去揪住二哥的脖领子，将二哥提溜起来，朝二哥胡子上挂着霜花的脸颊左右开弓，啪啪地扇起了耳光。

韩老六说："我这么信任你，你却背信弃义，耍一次不算，还要耍我两次。打今天开始，咱俩恩断义绝，不再是兄弟，而是仇人了。"

对二哥来说，那个大年真是个难过的年关。二哥心情十分郁闷，进退两难。那年正月，二哥家还发生了一件大事，老叔在冰冻的辽河捕鱼，有名的鱼把式，不知怎么掉到冰窟窿里没出来。老叔下葬之后，长辈们在一起商议，决定按辽朝当地的风俗，让二哥娶了老婶，不管怎样，肥水总不能流了外人田。老婶虽然是长辈，年龄却只大二哥四五岁，二哥把这些年攒的钱装在荷包里，全部交给了老婶。那些钱杂七杂八，有太平钱、大康元宝、大安元宝、天朝万顺，还有契丹文大钱——大泉五铢。

二哥娶了老婶之后，曾带老婶去过炭窑。老婶在山坡上转了一圈，下来时对二哥说，我看周边也没啥树了，没了树，你用啥烧炭呢？

3

"八月份开始，丁把儿下雨，河两岸的农田整个浪儿淹了……"三哥一边吃苏子叶饼一边说。

娘站在三哥身边，叮嘱道："慢点吃，没人跟你抢。"

"三哥"不是二哥的弟弟，他是二哥的儿子，而娘，就是二哥曾经的老婶、现在的老婆。二哥的儿子为什么叫三哥，这里还得进一步作以说明。二哥娶老婶时，老婶跟老叔已经生了两个儿子，三哥出生后就顺位排到了老三，也就是说，三哥跟老婶老叔的两个儿子是同母异父的兄弟。当时的辽国乃至接下来的金国，从皇族到黎民百姓，都沿袭那样一种民俗——"妻后母，报寡嫂"，就如同在平原恣肆漫灌的辽水，东甩一下，西摆一下，只要能孕育旺盛的生命就好。

说到这儿，就不能不提到改朝换代的事儿，此时，辽国已经被金国取代了，女真人入主大辽国后，仍"以农为本，不改易旧俗"，不过，朝廷出面打击土地领主，将土地分给无地的农民和流民，算是均田制了。

三哥的两个同母异父的兄弟就是新政的受益者，他们在大榆树城的辽水岸边分得了土地，携家带口去种地了。只是辽水水患严重，三年一小灾，十年一大灾，对新移民来说考验十分巨大。

三哥一口气吃了五个苏子叶饼，狼吞虎咽地。

娘小声问："他两家人没事儿吧？"

"大人孩子都没事儿，就是庄稼糟践了，今年的收成指望不大。"

娘抹着眼泪，嘴里嘟哝着："人没事儿就好，人没事儿就好。"

在天灾面前，人们已经有了无限的承受力，祖祖辈辈传下来的逆来顺受的忍耐力。在人祸面前，平头百姓一样无能为力。韩州虽然不是辽国和金国打仗的主战场，可征调了好几次马匹、车辆、民工和粮食，辽朝廷征，金朝廷也征，百姓苦不堪言。

三哥庆幸的是，烧炭工属于被朝廷重视的"工匠"，避免了很多磨难。这一点他还要感谢爹，爹教会了他烧炭的手艺，还帮他建了新窑。新窑在二哥老窑东北方向，相隔20多里，就如同放牧牛羊的人逐水草而居一样，炭窑要向树林丰茂的地方移动。三哥在新窑旁边建了一个土坯房，平时不怎么回家，大部分精力都用在烧炭上。自女真和契丹开战以来，木炭的需求量非常大，尤其是白炭，打造兵器自然离不开白炭，比如铁甲重器——铁浮屠。

不仅用于打造兵器，用于生活的白炭需求量也爆发式增长，一般情况下，只有契丹贵族才用白炭取暖、烧火锅。这说明韩州城里的贵族大幅度增加，增加到前所未有的程度。三哥也听人私下议论这件事，只是这件事是保密的，一旦把不好口风被人举报，恐怕要摊官司，轻则倾家荡产，重则削籍为奴。

三哥的新窑在秃顶子山南边，那里有几棵大柳树。二哥在世的时候对三哥说，有柳就一定有水源，建炭窑离不开水源，于是就帮三哥选了新窑址。二哥还给三哥搭了座小山神庙，山神庙的下阶还立一个柳祠，柳祠不是用来祭奠大柳树的，而是长虫。三哥反感长虫，觉得它神出鬼没，咬人致命，当地很多人都怕长虫，由于恐惧不得不敬畏它，长虫还有一个尊称叫柳仙。二哥对三哥说，烧炭之人常年在野外行走，天当房地当床，敬柳仙，一则可免于被小人算计，二则风吹日晒，天寒地冻的，难免得病招灾，身子不舒服了，还可以向柳仙讨药。二哥过世后，三哥对大柳树有了进一步的认识，他发现有古榆树的地方，过去百八十年都没发生过破坏力大的大洪水，是块风水宝地。以致后来，三哥看到稀稀拉拉的老榆树就知道，那里不是地界、林界，就是坟茔地。

三哥像他的父亲二哥一样，不辞辛苦地去韩州城送木炭，浑身充满了活力。在裁缝铺门口，三哥多次看到有一个十五六岁的丫头在偷偷观察他。一天，三哥卖完烧炭，路过裁缝铺门口被人拽了一把，三哥一看，是裁缝铺的丫头。"进来！"丫头说。三哥懵懂地进了半阳半暗的屋里，他打量着丫头，丫头长得很俊，柳叶眉杏仁眼，樱桃小嘴，还传来一股好闻的口腔味儿。丫头也在打量着三哥，三哥有些不好意思。丫头仰着脸对三哥说，我娘跟我说过，你是她"仇人"的儿子。三哥十分不解，他不知道二哥怎么成了丫头娘的仇人。丫头告诉三哥她叫红兜儿，当年，她娘欠了他爹的赌债，要用自己偿还，可他爹背信弃义，不敢接受。如果不想这份仇恨传下去，只能她来还债。三哥傻了，你来还债，咋还？红兜儿说，好办，把我给你就两清了。三哥想不到还有这么守信的人家，下一辈还上一辈的债。三哥又看了看红兜儿，这次，终于瞅得红兜儿有些羞涩了。

三哥说："等我跟娘说说，让娘托人来说亲。"

"啥时候？"红兜儿问。

回家我就说。

红兜儿点了点头。

三哥说:"先说亲,等赚够钱就行拜奥礼(成亲),我一定要攒得多多的,不能让你跟我吃苦受罪。"

红兜儿说:"那你可快点!"

不知道是不是二哥的话灵验了,几乎不怎么祭拜柳祠的三哥还是让人暗中算计了。算计他的不是别人,正是他娘外甥女的儿子,叫芥菜疙瘩。芥菜疙瘩小时候脸上长癞,一条一块的白斑,像芥菜疙瘩一样,长大后脸光溜了,名号却保留下来。从娘那头论辈分,芥菜疙瘩应该管他叫三表叔,实际上他俩的年龄差不多。由于木炭生意好做,芥菜疙瘩加入烧炭行当中来,他的炭窑就建在秃顶子山东边儿,两窑之间不到一华里。

芥菜疙瘩刚烧炭窑那阵子,几乎天天往三哥这儿跑,向三哥请教烧炭技术,三哥毫不保留地向芥菜疙瘩传授烧窑技艺,甚至原料的选择,比如好炭出自树龄18年到40年的树木,树龄太小湿气重,水气多,太大了杂质多……芥菜疙瘩还曾正儿八经地向三哥拜师,双膝跪地,敬上碗茶。不得不承认,芥菜疙瘩很有天赋,一年之后,他烧的白炭质量甚至超过了三哥。有句老话叫教会徒弟饿死师傅,好在木炭需求量大,不管黑炭还是白炭都供不应求。三哥对芥菜疙瘩的进步十分满意,有好吃好喝的,就把芥菜疙瘩喊过来,俩人席地对饮。

酒过三巡,三哥的眼神儿活跃起来,他说:"你知道韩州城为啥用那么多白炭吗?"

芥菜疙瘩脸色酱红,小声说:"听说了一些。"

"大宋的两个皇帝,还有后宫娘娘,还有随从,好几千人都住在韩州城里……"

"听说了一些。"芥菜疙瘩应承道。

三哥说:"最近我总做奇怪的梦……做了好几次了。我梦见大宋的公主来到我身边,要招我为驸马爷……"

"大宋的公主?你咋知道是大宋的公主?"

"我就是知道。"

"你知道她叫啥吗?"

"红兜儿!"

"红兜儿,公主哪有叫这个名的?"

"她亲口对我说的呀。她穿绫罗绸缎,梳鬌髻,头顶插满了金钗……柳叶眉杏仁眼,樱桃小嘴,长得别提多俊了……"

"那你从了吗?"

"那么俊的姑娘,还当驸马爷,我能不从吗?"

"后来呢?"

"一场梦呗。"说完,三哥哈哈大笑。

芥菜疙瘩也跟着呵呵笑。

"后来,我往韩州城送白炭,炭棒上都做一个标记。我这样想,万一这事儿是真的呢,万一大宋的公主看到我标的暗号了呢……你说,是不是啥事儿都可能发生?"

芥菜疙瘩问:"你做的是啥标记呢?"

"一个箭头。过去有个说法,看好哪个姑娘,就用箭射姑娘的荷包,如果姑娘对你有意,会把荷包送过来……"

芥菜疙瘩说:"可大宋的公主现在是金国的囚犯哪。"

三哥说:"不打紧,不打紧,她现在是布衣百姓了,跟咱肩膀头儿一般齐。"

芥菜疙瘩笑了起来，他说："要是真的就好了，我可有三表婶了。"

那年初冬，三哥在台地的土陶瓦片里发现了一面铜镜，铜镜的背面是灵芝云似卷草纹。冬天灌木草丛干枯，台地上大面积裸露，尤其是下过秋雨或者刮过大风之后，台地上会露出很多打磨过的石头和土陶罐子，可发现铜镜还是第一次，不知道是原本就在里面，还是天长日久怎么折腾到里边的。三哥把铜镜镶嵌在窑门上方。芥菜疙瘩看到了，问是啥东西。三哥说他也不知道，反正是先人的东西，至于哪朝哪代就说不清楚了。芥菜疙瘩问有讲究吗，三哥说他不知道，就是觉得挺好玩。芥菜疙瘩说还是找明白人看看吧，别带来霉运。三哥不信邪，况且他火力很旺，傻小子睡凉炕全凭火力壮。

事实上，三哥得了古铜镜之后，不仅没有走霉运，反而特别顺当，拉木料顺，烧窑顺，卖炭顺，好像干什么事儿都踩到点子上。芥菜疙瘩看在眼里，心里跟着着急，三哥不在的时候，他就跑台地上翻腾，把一些本来完好的坛坛罐罐都敲碎了，折腾了半个多月，还是没找到想要的古铜镜。

那年腊月，三哥烧的白炭很多都不合格，他怀疑是别的烧炭工做了手脚。秃顶子山就三哥和芥菜疙瘩两个窑，可方圆几十里二十多座炭窑，你的炭烧得好、卖得好，招人嫉妒也是常有的事儿。

三哥决意查出算计他的人，他比以往更沉得住气，像什么都没发生一样，该干啥干啥。一天，三哥焖好了炭窑，将成品炭装车，赶着马车，一路上吆喝声不断，大摇大摆进城。但是，三哥并没真的进城，他把马车隐藏到一个山沟里，暗中观察秃顶山炭窑的动静。

神秘的破坏者还是出现了，正是芥菜疙瘩。芥菜疙瘩偷偷摸摸地破坏炭窑的烟道和通风口。

三哥犹如下山的猛虎一般，没多大工夫就冲到了芥菜疙瘩跟前，上去就把芥菜疙瘩踹了个仰八叉。芥菜疙瘩爬了起来，还想狡辩，三哥根本不听，挥拳向芥菜疙瘩头顶砸去。芥菜疙瘩被打蒙了，也被打疼了，突然抓住三哥的胳膊，将三哥拉倒。俩人由拉扯到抱头，最终摔起跤来，叽里咕噜，滚了十几个跟头。三哥的力气比芥菜疙瘩大，可芥菜疙瘩身子灵活，他们几乎打了个平手……三哥小时候在屯子里打仗，他体会到，吃米吃菜多的人体力一般不如吃牛羊肉的人，而吃牛羊肉的人打不过吃森林野味儿的人。芥菜疙瘩有女真的血统，加之善于打猎，所以与三哥打斗时不仅没吃大亏，后来还渐渐占了上风。

三哥和芥菜疙瘩闹翻了，长辈们主动出面调解。娘坐在油灯的暗处，一声不吭，嘴唇嚅动，默默念诵佛经。

下第一场雪的时候，芥菜疙瘩来登门赔罪，他跪在三哥面前，请求师傅原谅，他说自己没管住"恨"心，他知道恨心是一种病，他也不想得这种病……娘说恨心病不好治，没听说有治这种病的金方良药。芥菜疙瘩送给三哥一只獾子，獾子油可以治刀伤烫伤，肉也好吃。

大年前下了一场大雪，雪停后刮起了白毛风。

三哥去韩州城送木炭，刚一进城就看到办事情的队伍，吹笛子，拉奚琴，敲锣打鼓。突然，常年收三哥木炭的老客拉住他的衣襟。老客说："可不敢去集市了，衙门里的人在那儿布下天罗地网，你到了，人家正好收网。"

三哥问："为啥呢？"

老客说："有人告发你了，说你勾结宋朝皇帝，想谋反。"

三哥笑了："这不是胡说八道吗，我想勾结宋朝皇帝，我也得够得着哇。"

老客说："衙门都查过了，你在木炭上做了联系暗号，是一个箭头。"

三哥后脑勺嗡的一下，立时觉得两条腿发软。老客告诉三哥，你赶快找个地方避避风头吧。三哥醒悟过来，解开马车辕绳，牵马就走。出了城门，三哥骑上马，一溜烟儿的工夫，消失在茫茫雪野之中。

三哥与芥菜疙瘩的关系已经水火不容了，不是你死就是我亡。

半个月之后，三哥在南窑找到芥菜疙瘩，上去就砍了芥菜疙瘩一胡刀，可惜砍偏了，只削掉粗布围裙一角。芥菜疙瘩知道三哥动了杀心，他连滚带爬地跑回窝棚里，身手敏捷地射了一发回头箭，三哥眼前一黑，摔倒在地，顿时，地上汪出一摊鲜血。芥菜疙瘩观察着动静，他大概以为三哥死了，小心翼翼地走到三哥身边。

不想，三哥一跃而起，用胡刀砍掉了芥菜疙瘩的胳膊。

三哥养了一个冬天，开春时去炭窑看了看，发现自己的窑早已毁坏，他又去了芥菜疙瘩的炭窑，把芥菜疙瘩的窑也毁坏了。

关于徽钦二帝羁押在韩州确有史料记载，据考证，金太宗天会五年（1127年）农历二月，徽钦二帝被金廷贬为庶人，农历四月，由宗翰、宗望两名金国大将押着北上。当年农历十月，二帝从金燕京（今北京）押往中京。第二年农历八月，金太宗又决定将二帝押往上京。接着，将贬为庶人的二位宋朝皇帝给予册封，封为父的赵佶为昏德公，封为子的赵桓为重昏侯。当年农历十月，将二帝迁到了韩州，即现在的昌图八面城。此后，金太宗天会八年（1130年），又将二帝押往鹘里改路，也就是现在黑龙江省依兰县的五国头城。因此，北宋徽钦二帝在昌图八面城羁押了近两年。《金史本纪》宗宁传记载："诏以其子，符宝郎亶，为韩州刺史，以便养。"宗宁为金太祖阿骨打子侄中之一员，应为金朝皇族重臣。宗宁之子作为皇族来做韩州刺史，足见韩州在金朝地位之重要。

民间也有关于徽钦二帝"坐井观天"的说法，今天的八面城镇还专门修建了坐井观天的旅游景点。押解二帝的宗翰就是大家在评书中常听到的、非常熟悉的金将粘罕。还有昌图的亮中桥镇，其镇名的由来，传说是因徽钦二帝经过这座桥而得名，"亮中"就是"两宗"的谐音。

第二年春天，胸前挂着龙凤玉佩的三哥出现在南山窑地，龙凤玉佩是娘给他的，娘笃信，玉佩会给三哥带来好运。芥菜疙瘩主动来和三哥和解，他们都修了新窑。三哥有了新的外号——独眼龙，芥菜疙瘩也有了新的外号——独臂老疙瘩，他们开始梳流行的新发式，剃光了头顶和鬓角，在后脑勺上留了左右两根儿小辫子。他们井水不犯河水，继续砍伐木头，继续烧炭。自从戴上玉佩之后，三哥经常在夜里做奇怪的梦，不过都是些舒服的梦。他觉得身体里飞出了五彩斑斓的龙和凤，顿时霞光满天，他神清气爽地站了起来，一点点向光明的方向走去……三哥从幻觉中醒了过来，金光倏忽消失。

一天，封完炭窑的三哥疲劳地躺在原木堆上，朦朦胧胧之中，突然，有人在呼唤他，三哥回过头来，看到站在树下的红兜儿，红兜儿的身影一半在树荫里，一半在阳光下。

"你怎么来了？"三哥问。

红兜儿说:"你背信弃义,为什么不来领我?"

"我瞎了一只眼睛……"

"你不是说,桃花水来之前去领我吗?"

"我说了,瞎了一只眼睛。"

"还债的是我呀。"

"我不配去领你了。"

"我自己个儿来啦,不用你去领了!"

二哥和三哥烧窑的地方是我辽河之行的第一站。

两条河汇合的福德店,居然在地图上找不到名字,大概它不属于行政区划地点吧。第一次去福德店,我还试着用导航系统查找,也没有找到。第二次去福德店才对它有了深入的了解。福德店是个水文站的名字,1950年才成立。在此之前,那里曾是一个叫"福德店"的车马店,也有说是船店的。车马店说的是清朝年间,这里有一条古驿道,连接康平、昌图、吉林,这家叫福德店的车马店就在辽河要津处。"船店说"源自昌图的历史专家苏老师,他说清末民初辽河航运发达,辽河口出发的船可直达辽宁、吉林、内蒙古交界的三江口,福德店是辽河岸边的一个船店,主人叫孙芝,苏老师还在昌图"广信车行"专访过孙芝的第四代孙子。作为车马店或船店的福德店早已消失在历史烟尘里,隐没在河滩杂草之中。现在,福德店已经成为满眼绿色的昌图辽河国家湿地公园。

站在福德店瞭望台上,可以看到远处的蓝色雕塑,好似溅起的浪花,亦如展翅的天鹅,那里就是东西辽河交汇的地点,而从高空俯瞰,两股河流形成"Y"字形,"Y"字上方是卷莲形状的湿地，顺流而下不舍昼夜，缓缓滋润着辽河平原的万事万物。

西辽河从西北而来，它的源头有两个，南源老哈河，北源西拉木伦河，两条河于翁牛特旗与奈曼旗交界处汇合，流经河北省平泉市，内蒙古自治区宁城县、翁牛特旗、奈曼旗、开鲁县、通辽市，吉林省双辽市，转而进入辽宁省昌图县。东辽河出自吉林省东南部哈达岭西北麓，北流经辽源市，穿行二龙山水库，进入辽宁省昌图县，最后在这里与辽河汇合。在我的想象中，全长830公里的西辽河，应该比360公里长的东辽河水流量更大，河面更宽阔，事实正好相反。两条河汇合之后，水量也不算太大，安安静静地向南流淌。

福德店在地图上没有名字，可河两岸的人都习惯说福德店是他们的，那个河段右岸是康平县，左岸是昌图县。康平隶属于沈阳市，昌图隶属于铁岭市。福德店在各自的官方宣传里都被提及，昌图的提法是昌图县长发乡福德店，康平的提法是康平县山东屯福德店。说起来，历史上两个县曾为同一治所，都隶属昌图府衙，自古往来密切，那些古渡码头如孟家船口、刘家油坊古渡、泗河汀码头、廖家坨子以及辽金时期就有的牌楼村太平山渡口仍旧使用，通江口大桥通车之后，一些小的渡口还在摆渡。两个县有很多古文化遗址、古墓葬、古城址、古建筑，出土了大量旧石器、新石器以及辽金时期的珍贵文物，都有具体的数据，只是我发现，在不同的资料里统计结果是不一样的，有些对不上。也许这个数据本身就是动态的吧，它不可能那么精准，所谓的精准也只能精准在一个时间点上。当然了，重要的还是活的那一部分，有生命的那一部分其实是统计不进来的。平原上的河流与山区的河流不同，城市大都离河道很远，大概是畏惧水患吧。辽河改道是经常发生的事情，但凡有一个高坎和山峁都弥足珍贵，都会有考古文化土层，甚至更古老的遗存。在河岸高起的台地上，下过一阵暴雨或者刮过一场大风之后，就会裸露出奇奇怪怪的东西，有新石器的磨制石器也有旧石器的打制石器。

前面提到过一个问题，东辽河和西辽河哪一个更雄性，哪一个更雌性呢？一位城市规划方面的专家跟我这样讲过，西辽河有阳刚之气，可以成就帝国大业，因为孝庄皇后生在西辽河。而东辽河是毁坏帝国大业的，因为慈禧太后生在了东辽河。当然，这只是一种民间说法而已，不必较真，反正谁都不会采信这种说法，用一个人对宏大复杂的历史来以偏概全，况且，这个说法的参照系仅仅是一个清朝，拉开时间的尺度，辽河流域不知演绎了多少荣辱得失、兴衰际遇。因此，究竟谁更阳刚谁更阴柔一些，也许不同的历史阶段答案是不同的。还有，也许一条河流本身，不同的流段和流域里的答案也是不同的，而更多的情况是，河流本身既具有阳刚之气，同时也兼具阴柔之美。

走辽河之前，朋友提出两个问题要我回答。第一个问题是，我小的时候家门口有条小河，后来我回家乡，那条小河无影无踪，像从来没有来过似的，请你帮我找一找答案，也就是：家乡的小河为什么没了？第二个问题，我的城市就在河口，按理说河口的水量是最丰沛的，可为什么我的城市缺水呢？当时，我觉得这两个问题很好回答，不用实地考察就可以说出一二三来，可当我真的考察辽河之后，答案颠覆了我的想象。关于答案的具体内容，我会在相应的章节中详解。

我一共去过福德店三次。第一次是与水利专家去的，停留时间很短，大致有个印象。第二次停留了三天，与铁岭和昌图本地的作家老许、小刘及史学家苏老师等人一同考察辽河，在福德店周边走访了昌图县长发镇、古榆树镇、七家子镇、宝力镇和通江口镇，围着三道桥村、二河村、王子村、八家子村、后妥洛村、翟家村、张村、三合村以及康平的小塔子村等兜来兜去，感受到秋深河瘦、叶落寒鸦的肃穆，同时感受到乡土民间如火的热情，隐隐约约谛听到沉睡在古河道两岸的历史回响。第三次是自己去的，适逢大雪纷飞，辽河两岸白茫茫一片。本来我是想寄宿农家的，小镇周边很多房子都没人住，后来找到一家烟筒冒烟的，向房主说明情况，房主居然热情地答应了。"不用给那么多钱，不给钱也不碍事儿，天寒地冻的，总不能让你住露天地吧！"我被主人的热心肠感动了，同时也改变了想法，还是找个小旅馆吧。改变想法与别的没有关系，主要是房主人太老了，目测起码七十岁以上，看起来身体也不算太好，背有些驼，腿有些弯，拎着一捆苞米秆儿都绊绊磕磕。"火炕得现烧，西屋有日子没住人了。"他说的时候，我的脑海里同步出他忙碌的画面，让这样一位老人为我服务，承受不起呀！

　　辞谢老人，我在小镇长筒街上走了大约20分钟，总算找到一个牌匾闪烁灯光的旅馆，名叫"兴隆国际宾馆"，其实那是一个民宿型的小旅馆。老板或者老板娘是个胖墩墩的女人，办理完繁琐的入住手续，她给了我一把白钢电水壶。我问房间里的温度怎么样，她说房间里有空调。那个旅馆大概就我一个客人，也许很久没人住了，屋里反味严重，我冲了三次坐便并不断向浴室地漏放水，可还是难以从根本上改变现状，本来就阴冷的房间不适合开窗，所以只好把盥洗间、淋浴间和卫生间为一体的房门紧紧关闭。水还是要烧的，再次去那个房间接水，才发现水龙头安得太低了，电水壶放不进去，接水时只能斜歪在盥洗盆里，水没接多少就顺壶口溢出，没办法，我拿着装了不到四分之一水位水壶回卧室，插上电源，听到了刺啦声。"还好，电水壶总算好用。"我想。折腾一阵，我突然想去方便一下，再次进到卫生间，发现没有卫生纸，找了半天也没找到。我仿佛意识到什么，再次把水龙头打开，仔细观察盥洗盆里的水，里面的水泛黄起沫……我下楼去找胖墩墩的女人，她只是在门口的房间里伸出半个头来："手纸在柜台盒子里，自己拿！"

本来豁达乐观的铁岭人就十分幽默，比如他们评价全国城市的排位是北上广铁，铁，指的是铁岭。听说有一次铁岭人到桃仙机场接南方来的客人，客人望着灯火辉煌的沈阳夜景，问这是哪儿，铁岭人回答，这一片是铁岭郊区。实际上铁岭人是在开玩笑，沈阳的朋友别太认真就好。

有的时候我盯着中国地图胡乱联想。我国的海域从北向南依次是渤海、黄海、东海和南海。黄海这个名字是不是跟黄河有关呢？历史上，黄河的确有很多次流入黄海，可1855年之后黄河袭夺山东大清河流入了渤海，携带大量泥沙的黄河改变了入海口的海面颜色，还蔫不悄地填海造地。辽河的入海口一直是渤海，它不是朝东而是朝西流。长江和黄河的中下游平原都是冲积出来的，辽河平原也是如此。我手里有一幅辽河流域古地图，对比一下，渤海的海岸线不断向前推进，推进的速度几乎肉眼可见。明朝时，辽宁海城市还在海边，现在是妥妥的内陆城市，而商周时期，海岸线在沈阳邻近的辽中，到了隋唐时期，沈阳还是一片沼泽。如果不是实地考察辽河，无论如何我也想象不出沧海桑田的特定含义。同时，辽河之行也检验了我的诚实度。决定写辽河时，我还是有一些功利思想的,想通过傍辽河这杆大旗而蹭流量。随着对辽河考察的深入,我一步比一步羞愧,只要想起当初的念头就脸红心跳。

辽河如同浩瀚无垠的宇宙一样,越深入越觉得自己渺小,了解得越多发现自己知道得越少,令我内心充满了怯懦和敬畏。

二哥和三哥的炭窑肯定是找不到了,辽河的周期性泛滥可以抹掉大地上太多太多的痕迹,它像一匹不受约束的脱缰的野马,随性而自由地狂奔。当然,约束还是有的,看见的,看不见的,能想到的,还有想不到的,总之很多。仅从气候和植被的角度来说,就可以看出辽河生态破坏后的危害后果。《吕氏春秋·圆道》有云:"云气西行,云云然,冬夏不辍;水泉东流,日夜不休……"河流与陆空之间有着密不可分的大气水循环关系,甚至可以说相依为命。考古证实,8000年前的辽河上游并非现在一望无际的大沙漠,而是树木茂盛、水草丰美之地,后来出土了很多粟、黍、菜籽和核桃果核,核桃是阔叶乔木,还有栎、榆等阔叶树种的孢子,说明当时那里温暖潮湿。辽河中游的沼泽地,曾是中华河狸生息的乐园。夏商周时期,辽河流域各民族杂居,有史记载的游牧民族有东夷中的屠何、俞人、青丘、周头等,还有山戎、东胡族以及辽东地区的濊貊,主要是游牧、渔猎等生活方式。距今约3000年,科尔沁沙地东南边缘的森林有所减少,但西拉木伦河、老哈河一带的平地,都是林薮所在。三国时期曹魏征讨乌桓,由于树林过于浓密,不得不派先行队伍砍伐树木开道。

到这里,我突然想到多年前去西安,有人跟我说过,大唐的长安是个早熟的城市,在化石能源出现之前,寒冷的北方是不适合百万人口城市存在的,生物能源的接续能力毕竟有限,据说当时长安西北部的树木被砍伐殆尽，水土流失严重，生态环境进一步恶化，而南面伐木已经推进到了秦岭。其实长安算不上是最早的大城市，早于唐朝之前的北魏，皇城平城（今山西大同）就有百万人口冬季取暖。当然，唐王朝的灭亡有很多原因，但是自然环境的破坏、环境承载力的丧失必然传导到社会环境，导致社会生态环境崩坏，说是大自然的惩罚也不为过吧。

而辽河两岸的森林在一片一片消失，对辽河的生态环境不可能不产生直接和间接的影响。

二哥仅仅是一个烧炭工，他不会认为自己是一个生态杀手、一个自然环境的直接破坏者，就像一个上了前线的士兵一样。其实二哥的命挺苦的，一辈子都灰头土脸，整日辛苦劳作，他所做的一切，不过是为了生存——仅仅是生存而已。

对森林破坏较大的是辽、金、清三个王朝。辽代是辽河流域工农业生产繁荣昌盛时期之一，城镇密集，所建州、县、军城达100多座，数量远远超过前代，即使在内蒙古和辽北的阜新、康平、法库等游牧区域，也建立了许多不同类型的城镇。辽朝廷"专意于农"，乐此不疲地移民垦殖，大力发展农耕经济，上游地区植被和平原森林遭到进一步破坏。到了辽代后期，曾经水草丰茂、沼泽较多的西辽河平原日益沙漠化。到了金代后期，辽河平原已成为重要粮食产区，人口大量增加，土壤侵蚀，水土流失严重。当时东北气候开始转冷，江河结冰较早，开化期又晚半月有余。这个阶段的气候相当于中国气候变迁史上的第三个寒冷期。据文献记载，当时辽河流域的农民"春深始耕，秋获即止"，创造了"垄耕法"，免受"吹沙所雍"。雍正、乾隆年间大规模伐木烧炭、开荒种地，山地森林逐渐遭到破坏。仅乾隆三十三年（1768

年）至三十九年（1774年），清廷为北京和承德修建宫殿及皇家园林，在辽宁朝阳地区各县、旗内组织了7000人的伐木大军，7年内就砍伐几人合抱粗的松树36.5万株，使朝阳地区的大树被劫伐一空，导致了辽西原始森林成片毁灭。据朝阳县志记载，明清皇宫冬天取暖所需用炭，大部分取自辽西。进入近代，山林的破坏进一步加剧……滥伐山林、开荒垦殖，辽河上游的森林植被及生态环境遭到严重的破坏，辽西丘陵地区水土流失、沙化日趋严重，辽河下游河床淤积大量泥沙，导致河水经常泛滥成灾。

在清代以前的文献中，我没有找到东、西辽河汇合的具体地点，或可说无从考证。然而仅20世纪，东、西辽河汇合处就不断向下游移动，改变了三次，向南迁移了42公里。据《清史稿·地理志》记载，东、西辽河汇于三江口，也就是铁岭市昌图县三江口镇，20世纪30年代之前都在这里。在1940年的地图中发现，东、西辽河汇合口已从三江口南移至昌图县古榆树镇附近，南移了20公里。第三次是1949年，七八月份阴雨连绵，时间长达40多天，西辽河水顺低洼地带又一次南移22公里，与东辽河在福德店汇流。1949年是中华人民共和国成立的年份，也是东、西辽河在福德店汇合的年份。

行走在辽河岸边，感受孪生空间和平行世界的奥妙，我不止一次想过，在这个时空里我会不会碰到二哥和三哥，能不能找到另一个自己呢？

第二章

1

那时夕阳红润,又圆又大,挂在老榆树的树梢上,好像随时都要掉下来。柳条边的残垣前,令人想到了一个成语——"画地为牢"。

修柳条边的人是有罪之人,修成之后,越过柳条边的人也会成为有罪之人。

以前有人说过,东北有个柳条边,住在柳条边里面叫"边里",住在外面的叫"边外",很多人却搞不清楚那是什么样的界限,甚至跟长城什么的混淆了,以为那是一道城墙。那么,柳条边究竟是什么、长什么样儿呢?

清军入关后，为了加强对东北这片"龙兴之地"的守护，防止北部蒙古部落与南部满汉住民擅自进入对方的领地，朝廷决定修筑一条界线分明的封禁线，这条封禁线与这片土地上曾经出现的燕长城垒石边墙与汉长城夯土边墙不同，与明长城的差别更大，"墙"是由活体的柳条组成的，有点类似东北农村每家每户夹的杖子，不过远没有杖子高大结实。

柳条边始建于皇太极朝，顺治年间续建，至康熙二十年（1681年）全部完成，前后历经40年之久。建成后的柳条边如同一个巨大的"人"字，横亘在东北大地上，老边保家，保护"龙兴之地"；新边护财，禁止长白山区以外的人进山"打牲乌拉"，独占特产资源。人字一撇一捺的交会点就是著名的威远堡边门。

威远堡门之所以著名是因为边门地处交通要道，既是辽东、辽西柳条边的交会处，又是新边通往吉林的起点，距离清初第一个流放地尚阳堡不足20公里。

早晨太阳刚刚出来，押解兵丁阿骆就押着四叔一行过了威远堡门，办理完复杂的通关手续之后，沿明长城古驿道折而南行，不到20公里就见到流放的目的地尚阳堡。尚阳堡在辽河支流清河北岸，先朝叫靖安堡，那时就是流放犯人的地方。

在尚阳堡城门前，四叔实在走不动了，他瘫坐在沙石路边，夕阳在他蓬头垢面和衣衫褴褛的轮廓上涂抹了一层暖色。奇怪的是，一脸凶相的阿骆没有踢四叔的屁股，也没用核桃楸戒棍抽打四叔，而是站在四叔身边，望着尚阳堡的城墙长长舒了一口气。

两千里的流放路程，对于四叔来说历经的是生死考验，对阿骆来说也是跋涉千里的苦差事，好在这一段公务行程终于结束了。

四叔坐在地上，先是默默地流泪，继而低声抽泣，而身后同行的流犯已经号啕大哭。城门口的几个孩子围拢过来，伸头缩脑地看热闹。

从服饰上看，那些孩子应该是尚阳堡或者周边村庄的，他们大概对押送流人并不陌生，可一双双小眼睛还是流露出好奇的神色。四叔停止了哭泣，观察看热闹的孩子们，心里的压抑和恐惧不知不觉减轻了很多。

这时，孩子中间有一些骚动，一个小女孩对身边的小男孩说："你瞅啥？"

男孩说："瞅你咋的？"

"你再瞅试试？"

"就瞅，就瞅，咋的吧？"

女孩上前推了男孩一把，男孩也推了女孩一把，于是两个人动手撕扯起来。有趣的是，其他孩子并不上前拉架，反而在一旁起哄，鼓劲加油。两个小孩撕扯得有些没劲儿了，开始由武斗变成了文斗。

男孩说："你等着，我找老叔收拾你。"

女孩说："你老叔是我姑父，还不知道收拾谁呢！"

男孩说："你比我大，你不知道大的不能打小的呀？"

女孩说："我比你大两岁，可我是女的，男的不能打女的，你不懂吗……"

阿骆或许是因为肚子饿了，大概也歇差不多了，用手里的戒棍在地上撞来撞去，吆喝着："得了，得了，都给我站起来，精神儿的……进城！"

四叔和几个流人站了起来，小男孩和小女孩的战争也结束了，尾随着押解队伍一同进了尚阳堡的城门。

事后，四叔回忆起刚到尚阳堡时的见闻，他想有些东西是人的本性，与生俱来的。小男孩和小女孩打架，首先想到的是给自己开脱，找理由趋利避害，自己何尝不是这样呢，可是，自己找了那么多合理的理由，还是没能保护好自己，该想的办法都想到了，该做的努力也都做了。临了，自己还是没有改变被枉罪的结果，难道这就是所谓的命运使然吗？

四叔受学生的牵连获罪，也就是后来史书上记载的"科举舞弊案"。科举舞弊案的主犯是四叔的学生，那个学生已经被砍了脑袋，他自己被砍掉脑袋，还祸及家人，被抄没了家产，父母兄弟也被定为流刑，发配到尚阳堡。四叔是怎么牵扯到这个案子里来的呢，直观判断，四叔是主犯的老师，他们之间必然会有纠葛。事实上，那个学生在京城做官，多年不与四叔联系。案子发生后，学生的家人和朋友为他辩解和申冤，联名给皇帝写申冤信，一个学生替四叔签了名。在老家学堂里教书的四叔对此毫不知情，后来那个学生的案子由皇帝钦定，成了铁案，联合签名的人全部被过堂查办，四叔就这样稀里糊涂地成了有罪之人，被刑部列入流放尚阳堡的名单之中。

流刑是一种比较重的刑罚，古代"五刑"在隋至清代指笞、杖、徒、流、死，流刑是仅次于死的一种刑罚，介于死刑和徒刑之间。到了清朝，被朝廷流放到东北的"获罪"之人，通常被称为"流人"。具体来说，流刑是把罪犯押解到边远地方服劳役或戍守，不得离开该地区的一种刑罚。流刑分为"三流"，即两千里流徙、两千五百里流徙、三千里流徙。此外，还有流刑加杖，并可用铜钱赎等。《大明律》规定：两千里杖一百，赎铜钱三十贯；二千五百里杖一百，赎铜钱三十三贯；三千里杖一百，赎铜钱三十六贯。清朝几乎对明朝的流刑照搬照抄，尚阳堡属于两千里流刑。

四叔到了尚阳堡的第一件事是找他的古琴。

囚犯监狱好像一个大四合院，里外三层。管理机构在监狱大墙外，经过一系列繁琐的核验手续，姓名、年龄、锁铐、随身物品等登记在案，签字画押。事毕，四叔按监狱官差的要求，脱了又脏又破的褚衣，换上自己从老家带来的衣物，跟着巡更老瘪去监房。老瘪身材魁梧，大长脸，长了一颗媒婆痣。四叔对相术略知三分，对陌生人"打眼一瞧"，就判断个八九不离十。在四叔的印象里，但凡女人长了媒婆痣，基本上都是嘴碎的，爱管闲事、花言巧语，而媒婆痣长在男人的脸上，说明这个男人不太好斗。

监狱院子当央有一口水井，很显眼。井上压着一块方形的厚石板，四叔走近时注意到，厚石板中间有一个圆孔，旁边放着提水的小水桶，那个小水桶为什么那么小呢？送四叔去监房的路上，老瘪一句话都没说，到了东厢房监房的门口，老瘪用手按下四叔的后脑勺，将四叔推到了监房内。老瘪高大，四叔矮小，一摁一推，如同老鹰抓小鸡，一点都不费事儿。监房的门很矮，即使四叔那样的个头也会撞到门框上。事后四叔得知，门框是故意做低的，目的是让有罪之人每天都"低头认罪"。一般情况下，新来的犯人撞了门框才能吸取教训，才能印象深刻，经老瘪简单粗暴的动作，四叔躲过了脑袋这一青包。这样说来，老瘪还算是好心。

监房里黑乎乎的，刚进去什么都看不清，能感觉到的是发霉发臭的味道。眼睛适应了之后，四叔开始四下打量起来。监房的面积很大，有点像驿站里的客房，南北两铺大炕。老家的监牢十分狭窄，几乎没有躺的地方，四叔刚进老家的监牢时，只好坐在稻草之上。由于监牢人多，夜里他们只好立着挤在一起，不是平躺，不是侧卧，是"侧立"，本来两个人平躺的空间，可以"侧立"六个人。比较起来，流放地的监房的条件宽绰多了。四叔不知道的是，关东地广人稀，最不缺少的就是空间。

四叔没有往监房里面走，他转过身子，直盯盯地看着老瘪，问："我的琴，我的琴呢？"

四叔说话的语速有些快，夹杂着南方口音，老瘪没听明白。

四叔比画着，不停地问："琴，我的琴呢？"

老瘪似乎明白了，他说你是不是要你的东西，检查之后，晚上就还给你们了。

晚上掌灯前，狱卒来分发流徒犯的私人物品，四叔的包裹被扔到他的炕铺前，显然，不包括古琴。

四叔有些急了，他上前拉住狱卒，管狱卒要琴。狱卒推了四叔一把，把四叔推了个趔趄。在四叔的追问下，狱卒说，根本没有什么琴，你若胡搅蛮缠，给你上木枷关地牢。

"我明明带琴来的，明明带琴来的！"四叔有了哭腔。

狱卒拿着登记册在四叔眼前晃了晃，说："物品都登记造册，你的东西都给你了。"

"我的琴还没给我，我的琴还没我！"

"别妈蛋儿地在我跟前胡咧咧，我只照单办差！"

狱卒哐当一声关门，哗啦哗啦锁门。顿时，监房里一片黑暗。

"我的琴呢？我要我的琴！"四叔大喊。

"让他闭嘴！"屋角黑暗处有人低吼一声。

两个人来到四叔跟前，一个人朝四叔的后背踢了一脚，一个人上前阻拦。

屋角的人说:"不闭嘴,就把他的嘴撕了。"声音仍旧十分低沉。

四叔不喊了,小声喃喃着:"我的琴呢?我要我的琴!……我的琴呢?我要我的琴!"

黑暗中,一个人跪在四叔面前,用家乡方言说:"先生,我是你的学生丙午……吕丙午啊。"

"我的琴,我的琴……吕丙午,你在这儿?"

"是的先生,许昆季也来了,他在另一个监号。"

"你们来多久了?"

"比先生提前了三天。"

"丙午哇,为师什么都没带,就带一把琴过来,一路风餐露宿,如果没有古琴陪伴,为师早已命丧黄泉了,快,快想办法,把为师的琴要回来。"

吕丙午拉住四叔的手,说:"学生知道了,先生别着急,一路鞍马劳顿,还是好好歇息,找琴的事要等到天明再办。"

"还不闭嘴?差不多得了!"黑暗处有人说话。

"都给我眯着!"屋角低沉的声音下了命令,不容置疑。

没多久,监房里响起了鼾声。四叔睡不着,第一次躺在流放地的监房里,他怎么可能睡得着,更何况,他满脑子都是古琴,那把古琴跟他的命运一样都无法预测。

此次流徙,四叔只带了一把古琴,送行的时候,书童给他拿了七八本书,不知道为什么,四叔一看到文字就觉得厌烦,与文字打了半辈子交道,竟然对文字反感,反倒是平素常被冷落的古琴,隐约成为他的某种精神寄托。为了能顺利地将琴带到流放地,书童偷偷贿赂了押解阿骆,因为阿骆不同意带琴,他认为,流犯平均每天走80里路，以四叔的身体状况，轻身利脚都挺困难，况且还戴着木枷，没可能再背一把琴。书童百般哀求，阿骆答应可以托运。四叔怕人琴分离，坚持要随行托运。阿骆火了，骂四叔蹬鼻子上脸，托运都不让托运了。无奈，书童偷偷给了阿骆银子，这样，阿骆才应允随行托运，表面上花的是托运的钱，实际上，四叔为此付出的代价要高于托运费的三倍。即便如此，托运费也被阿骆"省下了"，说是路上改善伙食，并以此名义让流徙犯轮流背琴。流徙犯并不知道那些伙食是因为背琴改善的，他们对额外的负担有怨气，有时故意不小心摔倒，碰得古琴叮咣直响。四叔心疼坏了，他向阿骆求情，坚持要自己背琴，阿骆怕四叔完不成每天规定的流徙任务，不同意。没办法，一向鄙夷行贿的四叔低下头来，答应日后再给阿骆买酒钱。阿骆同意让四叔试试，不过凡事以朝廷的命令为圭臬，每天走完规定的里程为前提条件，不准拖累别人，如果实在走不动了，就是把那把破琴扔了也不得妨碍公务。四叔只好答应。阿骆是个粗人，上过几天私塾，识字不多，自己的名字也写得歪歪扭扭。按他自己的说法，本人自幼顽劣，最不喜欢读书，也许是受过先生严厉训诫，所以对先生天然反感。由于公务在身，他不敢对身子孱弱的四叔施以重刑，毕竟死了人是有责任的，死人的事归押解途中当地衙门管辖，手续繁琐，搞不好也得被勒索银两，多一事自然不如少一事。阿骆是有经验的押解，对待四叔不能像对一般"常犯"那样随心所欲地打骂，常犯是杀人、拐骗、抢劫、奸淫等刑事犯，而对四叔这样的读书人，主要是欺辱，欺是欺负，辱是侮辱，比如他惩罚四叔的方式不是棍棒，而是打手板，像先生惩罚学生那样打手板，打的时候还让四叔数数。

"打几下了？"

"十二下了。"

"接着数！"

"十三、十四、十五……"

到了驿站，洗脚的活儿基本是四叔的，无论疲惫与否，四叔都得蹲在地上给阿骆洗脚，水不能热了，也不能凉了，麻烦在于，这个热和凉的尺度并不由四叔掌握，完全看阿骆的心情。四叔知道，自己的性命掌控在一个过去看不上眼儿的小混混阿骆手里，小混混一旦有了点权力，就会忘乎所以，不知天高地厚。而四叔也充分体会到人在屋檐下不得不低头的窘境。人有的时候真是奇怪，像阿骆这类人，以前根本不在四叔的眼里，可在特殊环境里，阿骆却变得高大起来，环境一定会改变人的心情。四叔的转变是从什么时候开始的呢？大概是出了山海关之后，越往东北走越荒凉，黄沙极目，白草蔽人，四叔终于见识了传说中的"鸟不拉屎""人迹罕至"。鸟倒是不少，但真的很少见到人，除了相距百八十里的驿站，几十里不见人烟，苍凉的环境加剧了心里的凄凉，人与人之间本能地产生了依赖，哪怕这种依赖是人压迫人的。在这个人压迫人的群体里，阿骆居于链条的顶端，现在乾坤倒转，四叔根本不在阿骆的眼睛里，不管四叔以前是什么辈分和地位，现在他是朝廷要犯，是他鞭子下赶的羊，一只羊群里病恹恹、脏兮兮的公羊而已。阿骆经常说的一句口头禅是："心里有点数，你就是我指甲盖下的臭虫，我啥时候想捏死你，就啥时候捏死你！"路上，阿骆想着法儿侮辱四叔，四叔抚摸古琴被剐蹭的"龙池""凤沼""雁足"，心疼地念叨着，阿骆不愿意听了，大肆嘲笑四叔是酸腐文人，一把破琴整那么复杂，纯粹是没事闲出来的毛病。四叔的心在默默流血。一次，阿骆把四叔叫到跟前，他自己突然站了起来，屁股背对着四叔的头，扑哧放一个屁，随后哈哈大笑。阿骆问四叔，你们这些酸夫子，墨本来就是黑的，你们还搞出个墨有五色，你给我断一下，我的屁分多少种？这个屁和以前的屁有什么不一样？四叔欲哭无泪。不管怎么说，古琴跟随他忍辱负重，坚持到了尚阳堡。

关键是，古琴跟着他一路出生入死，大大小小的沟壑都过来了，临了，琴没了。

大概后半夜了，监房里鼾声起伏，呼噜间隙，还能听到各种虫鸣，一些声音四叔并不熟悉，他只熟悉蛐蛐的叫声，心里仿佛有草叶在摩擦，窸窸窣窣。天快亮时，四叔觉得周身发痒，有的疼，如针刺一般，有的痒，钻心地痒，恨不得把发痒的那块皮肤剜下去。应该不是虱子和跳蚤，流徙路上，他的衣服里生了不少虱子，而驿站的大铺上也不免有跳蚤，被虱子和跳蚤咬的感觉他是知道的，绝对不是虱子和跳蚤，那是什么虫子呢？第二天天亮，四叔掀开自己的褥子，发现褥子下潮湿发霉，蠕动着粉白色的潮虫，还有满身是腿的"草鞋底子"，他心里一激灵，连忙把褥子盖上，用力捶打着，可一抬头，发现墙缝里爬出黑红的、身骨节发亮的蜈蚣，据说那东西要是爬到耳朵里可以要人命……

天一放亮，监室里的人陆续起来。偌大的监室里其实只有四个人，除四叔和吕丙午外还有刀疤脸和老丁头。刀疤脸就是西南炕角声音低沉那个人，他是常犯，也就是杀人越货的"盗贼"，他不仅是二号监房里的头子，而且是整个尚阳堡监狱里的头子。

刀疤脸斜披着衣服走到四叔跟前，死死地盯着四叔看，四叔的目光只是与他对视了一下，就迷离起来。刀疤脸没动手打四叔，也没让别的监犯打四叔，目光审视一番后，低声说："哪那么多毛病！"

扔下这句话后，刀疤脸转身离开。

就在那天清晨，四叔决定以死抗争，他一定要把自己的琴要回来。

2

那天早晨，巡更老瘪打开监房的门，四叔第一个冲了出去。"失了琴，毋宁死！"他一边喊一边冲，冲向院子当央的水井。老瘪先是愣了一下，继而站在门口看热闹。狱卒也站在院子里，远远地看着，谁都没动地方。四叔跑到了水井旁边，拉开了架势准备投井，可惜那个井眼太小了，与小水桶正好搭配，水桶可以进去，人却进不去，四叔就去推盖在井上的大石头，推了几下，石头纹丝不动。四叔环顾四周，大家都远远地看着，没人过来阻止他，相反，都在看他的笑话。四叔向后退了退，助跑几步，拼尽全力用肩膀去撞击石头，大石头没动，四叔却被反弹回来，摔了个仰八叉。看热闹的人哄笑起来。

这时，四叔的学生吕丙午和许昆季跑了过来，把四叔搀扶起来。

四叔仰天长啸："琴在人在，失了琴，毋宁死！"

四叔投井不成，又琢磨起上吊来，可监房里没有房梁，窗户都是矮窗，连挂绳的地方都找不到。监房里不行，外面也找不到地方，整个院子光秃秃的，没有大树，监狱大门垛上倒是有梁橡子，可那个高度根本够不到……还好，功夫不负有心人，四叔终于在茅房里发现了漏洞，茅房上居然有横梁。当然，投进茅房粪坑是最简单的办法了，可四叔毕竟是读书人，他不想那么肮脏地离开这个世界，不到万不得已，不能用不洁的方式证明自己的高洁。关监门之前，四叔在茅房的横梁上系了麻布腰带，挂在脖子上，他先是告白一番，大意是怨愤生不逢时，命运不公，只能以死明志，维持读书人最后一丝尊严，同时也表示对不起列祖列宗等等。四叔伸开两腿，向下用力，咔嚓一声，桦木横梁断裂开来，外表看来光溜溜的桦木，里面大概已经腐烂了。四叔差点掉进粪坑，一条腿在蹲板上，一条腿在蹲板下。

死不起活不成是最令人绝望的，四叔最后只能使出杀手锏——绝食。

狱卒似乎并不在乎四叔绝食，或者说他们对付绝食有着丰富的经验。头一天，不吃省着，没人理会四叔。第二天晚上，狱卒让人给四叔灌米汤，掰开嘴往里硬灌，四叔被呛得口鼻流汤，眼泪里都带出了小米粒儿。

到了第三天，决心赴死的四叔还是引起了监狱官房老大的注意，左司舒克宽亲自提审了四叔，问明了情况。四叔在申明情况时，舒克宽有些心不在焉，听的时候还用手在肚子上搓灰，搓一搓，捏出一丝儿灰，随后用手指弹向远方。同时，还不时打断四叔说话，问四叔："你是不是欠押解的钱？"

"没有赊欠。"

"再想想！"

"自是没有赊欠。"

"阿骆帮你背过琴否？"

四叔愣住了，显然，舒克宽是了解一些情况的。四叔低下头来，嗫嚅着："是有背过，可那是他急于赶路，而我行走艰难……"

"他替你背琴，你承诺予以酒钱。"

"……倒是说过此类话。"

"这就清楚了。"说罢，舒克宽敲了敲案子，狱卒抱着古琴进来。

四叔挣扎欲起，舒克宽摆了摆手说："你先回监房调养，有气力跟我说话时，才还琴于你。"

四叔身子发软，顿时有了强烈的饥饿感。

事后四叔得知，他那把古琴的确没在个人物品登记之内，押解到监狱交接的流徙犯人，监狱只认可登记的物品，阿骆离开尚阳堡时，顺便带走了古琴，拿到开原城集市去变卖，他不知道古琴的价值，当时开原城的人也不认识古琴的价值，卖了两天无人问津。由于四叔以死抗争，这才引起舒克宽的重视，派人去追赶阿骆，查明情况，追回了古琴。

四叔的体力有所恢复，他心里无时无刻不在牵挂留在左司衙门的古琴。第二天中午，老瘪过来找四叔，说是舒克宽大人要见他。老瘪没有给四叔佩戴木枷，直接把四叔领到监外的官房。舒克宽没在衙门里，他们从漏着光线的侧门来到后院，看到舒克宽蹲在后院狗窝边，聚精会神地看生了小狗崽的母狗。

四叔在衙门后院门口规规矩矩地站着，一动也不敢动。舒克宽背对着四叔，细心地摆弄着小狗，把没吃上奶的小狗崽拿到有狗奶的地方。四叔瞅了瞅老瘪，老瘪把头扭到另外一侧，望着天空。过了好一会儿，舒克宽才说："过来吧！"

四叔打小就怕狗，他小心翼翼、磨磨蹭蹭地挪动沉重的脚步。

那只母狗早就发现了四叔，眼睛挑了四叔一眼，一副带搭不理的样子，并没发出警告的呜呜声。尽管如此，四叔还是十分警觉，担心那只大狗会突然扑过来，一下子将他扑倒，咬住他的喉咙。

那是一只黑色的长毛猎狗，眼睛上方有两个黄点，就是那种被叫作四眼儿的东北土狗。除了眼睛上的杂色，母狗的胸口和四个爪子上也有黄色的绒毛。奇怪的是，母狗身边的小狗崽多是白色和黄色，只有一只小狗的黑颜色多了一些，可也是黑白相间的花色，一只全黑的都没有。小狗崽正在吃奶，身子蠕动着，争抢着，抢到奶头的小狗崽吧唧吧唧吃着，两个前爪还推搡着母狗的乳周，没抢到奶头的小狗崽嘤嘤地叫着。舒克宽说："半个月了，只有一只小狗开眼（睁眼睛）了。"

四叔不知道如何接话茬儿。

舒克宽拿起嘤嘤叫的小花狗，小花狗崽扭动着身子，叫声更大一些。舒克宽把小狗崽递给四叔："你看看，就这只开眼了。"

四叔不敢接小狗，只是凑近了些，说："确是睁眼睛了，睁了一条小缝儿。"

"你来分辨一下，这只小狗是狗头吗？"

"什么是狗头？"

"小狗长大之后，成为一群狗里的头儿。"

四叔不敢确定，迟疑地回答说，可能吧。因为在他看来，第一个睁开眼睛的应该是最强壮的。舒克宽摇了摇头，他指了指狗窝里蠕动着的一只最小的狗说，那只狗才是狗头。四叔没说话，舒克宽问四叔："想知道为啥吗？"

四叔不置可否。

舒克宽说："我观察好几次了，睡觉的时候，那只小黄狗总是压在其他小狗身上。"

四叔没有这方面的常识,他谦和地瞅着舒克宽,点了点头。

舒克宽把小花狗放到狗堆里,在六只小狗身上捋了捋,继续讲他的"狗经"。舒克宽说狗是隔辈儿遗传的,母狗是黑色的,公狗是灰色的,可生出来的小狗没有一个是黑色和灰色的,反而有了白色和黄色的。"为啥呢?"舒克宽问。

四叔本能地摇了摇头。

"我说过了,隔辈儿遗传。"

四叔点了点头。

舒克宽又讲起小狗崽的性格,龙生九子各有不同,狗也一样,有些性格是天生的,比如有的狗天生胆小,有的独立胆大,有的温顺亲人,有的急躁咬人,有的心眼儿多,有的傻乎乎的……老母狗叫大雪,是舒克宽打小养大的,小时候就知道藏东西,有点东西自己不舍得吃,东藏西藏,用鼻子一下一下拱土,埋的地方多了,它自己却记不住。

四叔又点点头,问这个大狗不咬人吗。

舒克宽说,别看它不起眼儿,性格温顺,它可是一只名副其实的狗头呢,外出打猎,都是它先闻到味道,发出号令,一群猎狗才追踪过去,而捕获了猎物,它也是第一个吃猎物的下水。

"下水是什么?"四叔问。和缓的谈话氛围,让四叔忘记了自己的身份,忽略了舒克宽是大人、一个掌握自己命运的"官"。

舒克宽解释说,下水就是猎物的肠子肚子,对猎狗来说是上乘的美味佳肴。

四叔感叹道:"不可貌相啊,这么凶的狗,要是咬人可不得了。"

舒克宽说别担心，大雪不咬人，它只咬带毛的动物。

四叔舒了一口气。

舒克宽大概注意到四叔的情绪变化，他说大雪不咬人是因为我不让它咬人，如果我让它咬人，尤其是在人身上抹上野猪油，它会扑上去咬住不松口，打死都不会松口的，直到人的血流得干干净净。

舒克宽说圈起来的猎狗你不用怕，不过外面的野狗你可得小心点，如果遇到疯狗，咬了人，人就得疯，关东有个传说，老榆树被疯狗咬了都发疯，没有风的天气里，树枝呜呜地甩动。

四叔的身子僵硬起来。

舒克宽说："你知道啥是狗性吗？用一句话说，就是活着，无论做啥，最终都是为了那口吃的。"

四叔沉默了，他试探着说："我不懂狗……不会伺候狗……"

舒克宽知道四叔误解了他的意思，哈哈大笑。

"去，帮我把狗食盆拿过来。"

四叔巡视一下，没找到狗食盆，最后眼睛落到了一个木槽子上。

舒克宽指了指："那个就是狗食盆。"

四叔过去拿狗食盆，狗食盆的分量很重，还好他可以吃力地把它搬过来。搬的时候，四叔还警惕地瞅了瞅母狗。

狗食盆拿过来了，舒克宽说："走，去看你的宝贝琴吧。"

3

四叔随舒克宽到了左司衙门，老瘪跟在后边，随手将侧门关上，将正午的阳光关在外面。

舒克宽没有坐在官椅上，而是盘腿上了北炕，从炕上的柜子上拿下古琴。

关东的衙门与老家的衙门差别太大了，完全颠覆了四叔的认知，老家的衙门更像庙堂，牌匾高悬，庄严肃穆，而这个左司衙门倒像是大户人家的会客室，同时兼起居室，大屋里有案桌和卷柜，里面还有两排"大炕"。

"过来，看看是不是你的宝贝。"

四叔连忙过去，先是摸了摸，接着拉出玄色的绒布套儿，琴弦和琴盒和鸣，嗡的一声，仿佛在向四叔打招呼。

四叔翻来覆去查看，手有些颤抖。

舒克宽说："我非常好奇，一把琴咋能比命还贵重呢？"

老瘪撇了撇嘴，本想说什么，欲言又止。

四叔抱着琴，扑通一下跪在舒克宽面前。

"行了，礼就免了。"舒克宽说。

四叔还是不肯站起来。

舒克宽说："琴给你找回来了，作为回报，你给我弹一个曲子吧。"

老瘪过去把四叔拉了起来。

四叔说："琴者，有十四不弹，在法司中不谈，不过，十四宜弹又有遇知音可弹，处高堂又可弹……大人做主，为罪身找回虞弦（古琴），理应为大人抚琴。"

老瘪不耐烦地说："让你弹是给你脸了，啰唆个屁！"

舒克宽阻止道："不得无理！"

四叔连忙施礼，低头说道："抚琴有些许讲究，不知大人允否。"

舒克宽问都有啥讲究。

四叔说:"弹琴得有案子。"

舒克宽道:"可。"

四叔左右看了看,那间屋子里,只有两个地方可以摆琴,一个炕桌,不过那个炕桌有些矮,另一个是官案子,那是舒克宽办公专用的。

舒克宽从四叔的眼神里看到了什么,他用手指了指官案子,说:"就在那儿弹吧。"

"罪身不敢!"

"本官特准!"

"让你在哪儿弹就在哪儿弹,啰唆个屎!"老瘪说。

尽管关东地带天高皇帝远,或许原本就没那么多规矩和繁文缛节,可四叔还是不想"乱弹琴"。四叔坚持不在官案上弹琴,无奈,舒克宽只好同意把炕桌搬到青砖之上,将琴放到炕桌上。

四叔调理琴弦,定过音准,又向舒克宽提出要净手。

"净手是啥意思?"老瘪问。

四叔解释要洗手。

舒克宽道:"可。"

洗手回来,四叔又提出焚香。老瘪有些忍不住了,刚要斥责四叔,舒克宽摆了摆手,对四叔说:"可。"

四叔整理衣冠,席地而坐,点燃一炷香,双手在香上熏了熏,然后凝神调气,慢慢地,舒克宽也被带入肃穆的氛围之中。

随着一声琴音,四叔弹奏起来,尽管他的手指已经皱黑浮肿,弹拨起琴弦却十分灵活,仿佛纤纤玉手。琴音从四叔的手指间跳动出来，在官房大屋里游荡着，空谷清音，淡雅清丽，暗藏忧伤，以至一曲终了，舒克宽还沉浸其中，仿佛余音绕梁，声不绝耳。老瘪则相反，他眯缝着眼睛，好像已经有了困意。舒克宽拍了拍老瘪，让老瘪先回监内。老瘪有些迟疑，舒克宽说，一会儿我亲自送他回监房。

老瘪离开，屋子里就剩下四叔和舒克宽。

舒克宽说他没听够，让四叔再弹一首。四叔又弹了第二首，第二首结束，舒克宽问："完啦？"

"曲终矣。"

"不对不对，肯定没完。"

"真乃曲终矣。"

"那就再来一曲……"

四叔面露难色。

舒克宽说："最后一曲，最后一曲。"

四叔一连为舒克宽弹奏了三首曲子，事毕，舒克宽问四叔曲名，四叔说是《秋江夜泊》和《潇湘水云》。舒克宽说，不是三首曲子吗？四叔说还有一首是宋代姜夔的《白石道人歌曲》。

舒克宽说我虽然不懂琴瑟，可听着还挺享受的。

事实上，第一首曲子是《白石道人歌曲》中的《古怨》，四叔只说了《白石道人歌曲》，没敢说《古怨》。

四叔起身向舒克宽施礼，试探着问："罪身可以带琴回监房了吗？"

舒克宽说："你可以走了，琴放我这里。"

"罪身没明白大人的意思。"

舒克宽这样解释，监房是囚禁有罪之人的地方，包括有罪之物，琴无罪，所以不应该把琴关进监房。

四叔的目光黯淡下来，刚想争辩，舒克宽摆了摆手，说："琴还是你的，暂时放在我这里替你保管，而且，本官准你定期与琴相见……要不这样吧，作为替你保管琴的回报，你每个月上中下三旬各来衙门一次，单独给本官弹琴。"

四叔不再说什么，他知道说了也没用，这样的结果已经很不错了。

那天夜里，四叔做的梦都跟狗有关系，他梦见自己变成了狗，而且变成了一只人人都害怕的疯狗。四叔醒来时天还没亮，他觉得身子发凉，是落汗后的那种凉法儿。四叔没再纠缠梦里的事儿，他知道梦就是梦，有时候梦跟现实正好是相反的。困惑四叔的恰恰是一个与他更不相关的问题——舒克宽的黑母狗为什么叫大雪呢？雪是白色的，四叔流放到关东尚处夏季，他还没见过雪，不过四叔知道雪是白色的，也许那条狗是大雪节气里出生的，或者还有别的什么原因。

舒克宽送四叔回监房的事，很快就在大墙内外传开了，无论是被监禁的服役犯人，还是狱卒、巡更，私底下都议论纷纷，尤其是四叔的学生吕丙午和许昆季，更是生出很多猜测。吕丙午问许昆季："为什么先生刚来，舒大人就对他厚爱有加，朝廷里会不会有人跟舒大人做了交代呢？"

许昆季认为不会，他说："先生跟我们一样，是皇帝钦定的案犯，朝廷那些官老爷没有不怕摊嫌疑的，躲避还来不及呢。"

吕丙午说："我知道了，那就是有人贿赂了舒大人。如果是贿赂，肯定数额巨大，不然，舒大人不会拿自己的乌纱帽开玩笑的。"

许昆季摇了摇头,他认为使银子不一定好使:"据说舒大人这个人名声很好,不贪图钱财。"

吕丙午撇了撇嘴:"但凡做官的,都图个名声。表面上秉公执法,两袖清风,背地里干些什么就说不清了,咱也不是他肚子里的蛔虫,就算是他肚子里的蛔虫,也不一定知道他是怎么想的。"

"我琢磨着,贿赂这件事儿还是不成立。一方面先生不是个有钱人,他的秉性你也知道,自命清高,视金钱如粪土,虽然这次刑部没有抄他的家产充公,可他本来也没多少积蓄,想行贿也拿不出钱来……况且,以先生的性格和为人,有钱也不可能去行贿。"

"嗯,正常情况下,先生不可能去行贿,可现在不是正常情况下,非正常情况就不能按常理去推断。"

"关键是先生没有行贿之资呀。"

"那会不会有人帮他贿赂舒大人呢?先生教过的学生多,也不仅限于我们两人哪。"

"反正我不认可行贿,如果舒大人真的拿了先生的银子,他也绝不会明目张胆地给先生撑腰,想帮先生也得掩人耳目,暗通款曲。"

"那你说什么原因吧?因为琴?先生为舒大人弹了几个曲子,就把舒大人征服了?不可能,绝对不可能!舒大人是关东人,他怎么可能精通音律?别说他一个门外汉,就算我们这些琴棋书画有童子功的人,成为先生的知音都难上加难。"

许昆季语气坚定地说:"也许恰恰因为他不懂。"

"你的意思是,舒大人喜欢附庸风雅?"

"不然呢？"

"我不知道，不管什么原因吧，舒大人对先生关照是一件好事儿，不然先生那单薄的身躯，不知道能不能熬过这个冬天，对我们来说呢，也是件好事儿，我们可以利用先生和舒大人的关系，尽快逃离这个人间地狱。"

吕丙午和许昆季到了尚阳堡监狱之后，常在一起谋划如何从监狱脱逃。按照尚阳堡流放犯人规定，流人必须在监狱里囚禁三年，然后才被"发遣"，监禁只是流放生涯的第一个阶段，监禁期满后会被当地衙门派遣到不同的地方服徭役。通常是四个去向：一则赏给披甲人为奴，进入卡伦服兵役；二则补充到驿站当站丁；三则到柳条边边台充当台丁；四则进入官庄充当庄丁。除此之外，少数人还被发遣给官员当差，或者发遣给闲散人为奴。这些是吕丙午和许昆季到了尚阳堡监狱才知道的，流人前辈还为发遣做了个排序，一等为差，二等为丁，三等为奴。其实差也好，兵丁、站丁、台丁、庄丁也罢，身份都是有罪之身，都是记录在案的"奴"。官庄的"阿哈"是满语的音译，汉语"奴隶"之意，"包衣"是满语包衣阿哈的简称，汉语的意思是"家的"，"包衣阿哈"即家内奴隶，只是生存环境有所差别而已。最惨的应该是直接发遣为奴，主子掌握奴的生杀大权，奴婢自身是主人的私有财产，其主仆名分还延及妻子后代，儿女也是主人的财富，可以私下里与牛马混合买卖，不确定性最大，人身最没有保障。

说起来，尚阳堡监狱的管理相对松弛，劳役主要是修城墙，或者柳条边台和边墙，对年轻人来说，劳动强度也算不上很大。吕丙午和许昆季之所以要逃狱，主要是不适应噤若寒蝉的沉闷氛围，生活单调乏味，精神上一片空白，觉得苦海无涯，看不到一点希望和光亮。他们到尚阳堡的时间并不长，还没度过一个冬天，但他们的意识里堆满了对冬天的恐惧，长期苦闷压抑，思乡之情益重，有生之年回到家乡成了他们活下去的唯一理由，就算活着回不到故乡，尸骨如果能回到故乡也算是幸莫大焉了。

促使吕丙午和许昆季下决心越狱脱逃的另外一个重要因素，是尚阳堡监狱存在着很多漏洞，如果监狱坚如铁壁铜墙，监管非常严格，他们不死心也得灰心。亲眼看到那么多监管漏洞，让他们觉得越狱并非没有可能性，只是他们在评估和选择而已，想以最小的代价获得最大的成功。不想，四叔的到来，一度让他俩心绪烦乱，毕竟先生是跟他们吃瓜落儿，他们越狱带不带上先生？现在好了，四叔有了舒大人的关照，又为他们越狱打开一个方便之门，尽管这个方便之门还处于不确定当中，可至少在他们心里，已经看到了门缝漏出的光线。

小秋一过，尚阳堡监狱开始组织囚禁的流人去修柳条边墙，由于柳条边墙距离尚阳堡差不多大半天的路程，只好在工地附近搭建临时工棚，安置流人夜宿。临时工棚具有典型的关东特色，就是那种半地穴式的建筑，被称为地窨子或马架子，先在高坡上挖一个五尺左右的地穴，上面再搭人字形原木架子，架子上覆盖被称为苫房草的小叶草，那种苫房草在河边和洼地生长得十分茂密，苫房时需要自下往上拍打，越厚实越好。关东农家的草房一般都两寸多厚，简易工棚就不同了，薄薄的一层，能挨过一个雨季就不错了。

柳条边墙与明城墙大致一个走向，西段横跨辽河，更多的地方都处于辽河流域。尚阳堡流人参与修建的那段边墙临近辽河的一个支流，叫清河，而往东毗邻的一条河叫赫尔苏河，也就是后来被称为东辽河的那条河。赫尔苏河中上游的赫尔苏城比较有名，尚阳堡左司舒克宽大人的老家就在赫尔苏城。

四叔在柳条边工地主要负责拉水，每天上午和下午各拉一次，拉水并不是由四叔人力拉车，而是用一辆装着牛皮囊的牛车。四叔也不赶车，准确点说他属于"跟车"，先是跟着牛车到河边，在河边汲水，再跟着装着水的牛车到工地，在工地分配水，这样说来，四叔的劳动强度与其他劳役比较算是最轻的，不能不说有人对他特殊关照了。在拉水的空余时间，四叔就回到工棚里，在那个充满泥土味道的屋子门口抓虱子，虱子一般是活动的，两个大拇指对着虱子相向挤压，咯嘣一声，虱子被挤扁了，血污染在指甲盖上。虱子的卵"虮子"很难办，那些白色的比小米粒还小的东西，藏在衣服缝儿里，用石头砸都不能把它们全消灭。

那天上午，四叔送完水回工棚，正好撞到刀疤脸和老丁头在嘀咕什么，四叔立即躲开了，不想刀疤脸追了过来，从后脖领子揪住四叔，提溜起来。

刀疤脸问四叔听到了什么，四叔说什么都没听到。四叔没有说谎，他的确什么都没听到。刀疤脸警告四叔："你给我放明白点，你要是敢做奸细，给朝廷告密，我一定要你的狗命！"

四叔知道刀疤脸心狠手辣，能说出来也能干出来，并且，在那样的环境里，要一个人的命有很多办法，很容易发生"意外"。

四叔心情压抑，他去工地找吕丙午和许昆季，那天是阴雨天，泥泞的工地上没几个人，没有发现吕丙午和许昆季的身影。当时，吕丙午和许昆季正在一棵大槐树下避雨。吕丙午说，出劳役这当儿逃跑，是最好的机会了。许昆季说这个机会我也看到了，可家里的钱还没邮到，咱的口袋里比脸都干净，路上没有盘缠，还不饿死在路上，荒郊野岭的，也便宜了豺狼虎豹。吕丙午说本来上个月家里邮的钱就该到了，不会被左司衙门给匿下吧。许昆季摇了摇头，不置可否。吕丙午说要是家里的钱总也不到，难道要我们困死在这关东不成。许昆季说，别人的钱都收到了，不会单单匿下我们俩的吧……这几天我正琢磨另外一个出路。

"你不想逃狱啦？"

"那倒不是。"许昆季说，"逃狱是一个出路，除此之外，会不会有别的出路呢？"

"什么出路，等大赦？那不知道要等到猴年马月哩。"

许昆季说："有了钱，就可以少遭罪了，可以营建赎罪。据说尚阳堡就有人捐钱修造城楼，提前释放与亲人团聚。"

吕丙午说："我也听说了，可那要一大笔钱哪，以你我的条件，亲戚朋友都借个遍，也凑不齐一个零头。"

许昆季说捐钱修造城楼咱做不到，可发遣的时候谋个官差还是可能的，像笔帖式什么的，边门和边台的大小衙门都有空缺。笔帖式是办理文件、文书的人，当时，关东读书人缺乏，确有一些流人被发遣做了笔帖式。

吕丙午撇了撇嘴说，那样的好事能轮到我们头上？许昆季说，你听说过郝浴大人吧，他可是皇帝钦点的要犯，比我们的罪重多了，他带着一大家子流放到尚阳堡，夫人在尚阳堡还生了儿子呢。听说现在郝大人一家已经谪居到铁岭了，除了定期到衙门报到之外，过上了正常生活。

"差事一般都留给做官的，我们不能跟做官的比。"

"我们不是做官的，可也属于朝廷认可的绅衿，与匪盗无赖、作奸犯科之辈不同，发遣时机会挺大的……我偷偷做了查访，现在监狱囚禁的人中,只有两个是做官的,我们可以排在前十。"

"那先生呢,排在第几?"

"先生应该排在做官的前面。"

"何以见得?"

"先生有舒大人的关系。"

"你的意思,想利用先生,我们也可以跟着借光?"

"不是利用,是仰仗!"

…………

那天下午,从尚阳堡送来新的一批流人,一共三个人。四叔见来人中有一个熟悉的面孔,那个人就是审讯自己的刑部判官肖蕴章。四叔和肖蕴章四目对视,他心里先是"紧抽"了一下,进而有一种莫名其妙的快感,心想,苍天有眼哪,你这个坏人终于得到报应了!

4

到了柳条边工地,流人身份的肖蕴章已经没有衙门里的威风,像霜打过的茄子,蔫巴巴的。肖蕴章大概知道尚阳堡里很多人,都是他亲手经办的,他收拾过别人,现在那些人也该收拾他了。肖蕴章不仅一点官架子都没有了,完全是一副猥琐的样子,哪怕见到巡防的猎狗,都会露出讨好的眼神儿。

四叔与肖蕴章也彼此试探着,当他用咄咄逼人的眼神儿刺向肖蕴章时,肖蕴章并没有躲闪,而是恬不知耻地释放着善意,像老朋友相见一样。

"向肖大人问安!"四叔说。

肖蕴章说别叫肖大人了，我们都是戴罪之人，一起好好接受改造！四叔说，我坚信你是有罪之人，可我不是。肖蕴章故意装糊涂，好像根本不认识四叔，问四叔是因为什么流放的。四叔说：你不认识我了，我的冤案就是你造成的，别装着不认识我，我认识你，你就是挫骨扬灰了，我也认得出你……

肖蕴章居然扑通一下跪在四叔面前，双手合一，高举在头上，拜了又拜，一句话都不说。

这时，老瘪走了过来，他上前踢了肖蕴章一脚，吼道："闲大啦？去干活去！"说完走到四叔跟前，对四叔说："跟我回尚阳堡！"

"舒大人找我？"

"让你走你就走，哪那么多废话！"

四叔跟在老瘪身后，回头看了一眼，肖蕴章还在对着他揖拜。

回到尚阳堡监狱天色已晚。

四叔和老瘪进了左司衙门，舒克宽立即起身迎候，琴早已摆在案台上。

"今天是弹琴之日，故特派人请先生过来。"舒克宽说，接着，对一副无所事事样子的老瘪说："你忙你的去吧。"

老瘪应了一声，转身离开。

四叔到了屋外，用鸡毛掸子拂去衣服上的灰尘，整理好衣冠，净手上香。舒克宽正襟危坐，竖着耳朵等候。四叔聚精会神，拨响了琴弦，琴音如缕缕香烟，缭绕开来。

四叔一连弹奏了三首，舒克宽听得津津有味。

事毕，舒克宽亲手为四叔泡茶。舒克宽说，关东人只喝奶子茶，知道你们江南人不喜欢喝浓稠的，所以淘弄到了茉莉花茶，你闻闻味道怎么样?

那些花茶属于陈茶了,可对四叔来说也算是稀罕物儿了。

"我来泡吧。"四叔说。

舒克宽让开了位置,让四叔泡茶。

四叔精心泡茶时,舒克宽又去琢磨琴了。

"这上面有很多裂纹。"舒克宽说。

"老琴都有裂纹。"

"不影响琴音吗?"

"不影响,老琴犹如老酒,陈的好……这面板是桐木制成,最好是古庙大梁的悬钟之木,而古代棺椁老木更佳。"

"这么多说道啊。"

"这把琴长三尺六寸五,象征一年三百六十五天……还有这琴弦,古时候,最初只有五根弦,内合五行,金、木、水、火、土;外合五音,宫、商、角、徵、羽。后来文王因于羑里,思念其子伯邑考,加弦一根,是为文弦;武王伐纣,加弦一根,是为武弦。合称文武七弦琴。"

"长见识!"

"十二徽分别象征十二月,而居中最大之徽代表君,象征闰月……"

"连闰月都有了。"

"琴有三种音色,泛音法天,散音法地,按音法人,分别象征天、地、人之和合。"

"嗐,这些东西怎么记得住呢?"

四叔向舒克宽敬茶,舒克宽接过来。

四叔说:"琴清、和、淡、雅之品格,寄寓了文人凌风傲骨、超凡脱俗的心态,是古时候读书人修身养性的必由之径。"

"很好,很好……只是,太繁复、太麻烦了。"

谈话间,四叔有意无意地提起了肖蕴章。舒克宽告诉四叔,肖蕴章结党营私,被钦定为重犯,凡家所有,悉做官物,一家十几口人都流放到了尚阳堡,肖蕴章监禁在监狱,家人在城外官庄务农。

四叔的案子正是肖蕴章审办的。在此之前,州府衙门对四叔大刑伺候,趁四叔昏迷状态时签字画押,案卷很快呈报到了刑部复核。肖蕴章审核案卷时肯定发现了问题,不过他大概不想给自己招惹麻烦,更不想节外生枝影响自己的利益,所以没见到四叔之前就已经做出了"有罪推定"。一如肖蕴章预料的那样,四叔见到他肯定会大喊冤枉,可无论四叔怎么喊冤,肖蕴章都无动于衷。经验丰富的肖蕴章一句话都没说,只是让人把四叔关押到死刑犯的监牢里,每天看着死刑犯过堂受审,刑讯后的死刑犯每次回监都鲜血淋漓,整夜哀号不止,生不如死的惨状令四叔备受折磨。四叔三天三夜几乎没睡一个囫囵觉,精神面临着崩溃。这时,肖蕴章才提审了四叔。

肖蕴章态度温和,先是跟四叔核实一些情况,然后让人送上一杯热茶。

肖蕴章对四叔说,你是读书人,理应懂得法纪纲常,如若拒不配合,故意抗拒朝廷,后果极其严重,轻者杖刑流徙,重者人亡家破。

四叔跪在肖蕴章面前,絮絮叨叨地说,具法者,法不法也,不能平白无故冤枉一个无辜之人。

肖蕴章绵柔地说,哪有平白无故,为什么不冤枉别人,单单冤枉你呢？

四叔说："具名为学生所为，我本不知情。"

"学生所为？何故代你具名，而不为他人具名？"

四叔低头说："属后辈自作主张。"

"休得胡言，狡辩只能加罪，无济于翻案，你的学生吕丙午和许昆季已经招供，具名系你指使！我手里的证据铁证如山。"

"冤枉啊大人，实在是冤枉啊。"

"既然喊冤，你为何签字画押？"

"我没签字画押，那不是我的字……"

肖蕴章突然变了脸色，啪地一拍案子，四叔吓得一哆嗦，木枷将茶杯碰翻，茶水洒在地上。

肖蕴章俨然正义的代表和化身，同时用不可一世的口气训斥四叔的态度不端正，态度不端正就是对皇帝不忠诚，对皇帝不忠诚就是大逆不道，大逆不道就有谋反嫌疑，刑律这个大熔炉就是专门熔化你这类冥顽不化的家伙的。

四叔傻了，本来孱弱的体力更难以招架，身子有些抽搐。

肖蕴章的脸色变了回来，声调也降了下来，他说本官一向秉公执法，不纵不枉，其实，你的案子我调查清楚了，最多属于从犯，涉罪不至重刑，如果你肯主动配合办案，必会从轻发落，何必在大牢里苦熬呢？

四叔一言不发，眼泪快下了。

肖蕴章大概觉得自己攻心得法，他走到四叔跟前，轻轻地拍了拍四叔的肩膀，温和地说，你回牢里好好想想，你真没有一点儿罪？……我敢说，人无完人，没人一点儿罪都没有。我现在手里的案子太多，不想在你这事儿上纠缠，如果能快点儿结案，我就不追究你的其他罪责，不追究你的族人……好好想想吧，识时务者为俊杰！

回到监牢，四叔翻来覆去地想，如果自己坚不认罪，肖蕴章会查他别的什么罪呢？自己这半辈子一直坚守堂堂正正、清清白白做人的底线，没什么好查的，也不怕查。尽管如此，四叔还是不免开始反思，回忆自己过去经历过的事情，看看哪些事是经不住推敲的，可以被肖蕴章查出"罪"来。四叔自己都没想到，不反思还好，真的反思了，他还真坐不住了，心惊肉跳，额头渗出了冷汗。

四叔想起六岁那年梅雨天，继母让他去田里干活，他跟继母顶嘴，继母拿着没打开的桐油伞抽打他，他撒腿就跑，他在前面跑，继母在后面追，一边跑他还一边喊："要人命啦，要人命啦！"引得村里人出门观看。分析这件事，四叔觉得自己"有罪"，一则不应该跟继母顶嘴，后辈跟长辈顶嘴犯了"忤逆罪"；二则继母打他时，应该老老实实接受，不能跑，尤其不能在村里跑，大喊大叫败坏了继母的名声，犯了"不孝罪"。无论是忤逆罪还是不孝罪，如果定罪，都够四叔喝一壶的。

还有学堂事件。四叔清晰地记得那个发暗、湿气很重的大堂屋，他和五个学童在那里高声诵读《千家诗》，私塾先生很严厉，动不动就用戒尺教训人，平时，戒尺就在手里把玩着，从左手倒到右手，从右手倒到左手。学童都不喜欢先生。有一天，几个学童从大粪坑挖了屎尿，偷偷抹在先生的椅子上。先生没找到元凶，就将他们每个人都狠狠教训一遍。先生还威胁要把他们送官，说辱没先生属于严重犯罪，四叔吓得要命，他从心里排斥这样的结果，从小立志，长大如果做了先生，一定做个和善的先生，尽量不打骂学生。谁想一念成谶，四叔后来果真做了先生，他对学生坦诚相待，也算还了早年发的宏愿。学堂事件尽管不是四叔发起的，他只是参与者，如果调查到四叔先生那里，先生出面作证，证明四叔小时候犯过此罪，说小可小，说大可大，靠到"不睦罪"上，可就是十恶不赦了。

除此之外，四叔觉得自己还做过"贼"，一个"盗书贼"。四叔有个挚友叫虞子期，他那把唐琴就是从虞子期手里购得的。那年，虞子期自溺富春江而亡，整理虞子期遗物时，四叔随手带回几本琴谱，有《西麓堂琴统》《太古遗音》《风宣玄品》《松弦馆琴谱》，凡四种。虞子期后辈无人识琴谱，四叔不拿走，就会被当垃圾扔掉，被当垃圾扔掉没人会认为有问题，而不征得主人同意擅自拿走就有问题了，问题还在于，主人已不在人世，无法征得他的同意。四叔主观地认为，他拿那些琴谱完全符合虞子期的意愿。可话说回来，如果衙门追究起来，四叔的行为必定涉嫌偷盗，搞不好就会被定罪。盗书虽然属于"雅贼"，可无论什么贼，都是贼呀！

这样一点点剖析下来，四叔发现自己是经不住推敲的，也可以说，任何一个人都经不住这样的推敲，在过往的岁月里，在生命经历中，谁敢保证一直是清清白白的呢，这个世界上存在一直清清白白的人吗？即便没有恶行，可不检点的行为总是有的吧，就算不检点的行为也没有，可不好的念头总是有的吧。想一想，四叔甚至觉得自己"被冤枉"是一个个"不端"不断积累的结果，勿以恶小而为之的必然惩罚，按这样的逻辑想下来，四叔真的觉得自己"罪有应得"了。想明白这些，四叔反而放松了，呼呼大睡，监房里什么动静都不能对他产生干扰和影响。

四叔醒来主动要找肖蕴章签字画押，肖蕴章很高兴，肖蕴章对四叔说，鉴于你良好的认罪态度，就不打算抄没你的家产，株连你的家人了。四叔将双手举过头顶，不停地揖拜，对肖蕴章千恩万谢。

签字画押之后，肖蕴章语气柔和地对四叔说，人这一辈子不易，谁能保证没个灾没个祸的，常言道，哪个庙里没冤死鬼呢？说的时候，嘴角露出诡异的笑容……"想开点儿，不幸是人生中的万幸，权当修行吧。"肖蕴章最后说。

时至立夏，万物繁茂。四叔的案子批下来了，杖一百，流徙两千里。此时四叔才知道，肖蕴章所谓的证据根本不存在，吕丙午和许昆季并没供认四叔指使他们代为具名。审四叔时，肖蕴章说吕丙午和许昆季供认了，而审吕丙午和许昆季时，说四叔供认了。吕丙午和许昆季没上当，四叔却被肖蕴章下的套儿给套住了。还有，所谓的恩典也是不存在的，即便四叔具名属实定案，按律也没有达到牵连家人、抄没家财的界限。

流放路上，四叔才明白自己完全被肖蕴章构陷了，他之前与肖蕴章并不相识，远无冤近无仇，肖蕴章为什么往死里整他呢？这个问题给四叔造成巨大的困惑和认知上的迷障。

四叔站在柳条边工地上，风吹过他的额头，已经有白丝的头发被吹成了绺儿。望着部分营造好的柳条边墙，四叔心想，如果真的越过柳条边会怎样，那个壕沟和矮土墙能挡住什么呢？

不知道柳条边的设计者是不是受了关东院墙的启发，其实柳条边的构造非常简单，就是一道壕沟和一条土堤。壕沟的上沿儿宽约8尺，底槽宽约5尺，深度8尺左右，横断面为倒梯形的壕沟，放水之后像一条小小的护城河，越过这个壕沟十分容易，随

063

便搭一根木头就可以走过去。土堤更不用说了,堤高和堤宽各3尺,3尺的高度,连小孩子都可以爬过去。然而,这个柳条边确是一条不可逾越的"红线",要想穿越柳条边,必须持有所在辖区衙门发的"印票",在规定的时间、规定的边门,登记后才能通过,出入边门的车马是要收税的,出200文,进400文,甚至连死人出殡通过也要纳税。可以这样说,站在柳条边这边无罪,过到另一边就成了罪人,反之亦然。

雨天过后天气酷热,柳条边工地开始传染大肚子病,由一个两个人,发展到七八个人。患病者肚子胀气,上吐下泻,到了第三天晚上,刀疤脸的兄弟老丁头死了,整个工地笼罩在恐怖的气氛之中。舒克宽带一个老萨满来到工地,他不听流人的建议找郎中诊治,而是指望老萨满跳大神祈福。吕丙午和许昆季找四叔商量办法,许昆季略懂医术,他认为大肚子病是一种瘟疫,必须请郎中熬制汤药,想请四叔出面说服舒大人,四叔一直保持沉默,死活不肯出面向舒大人求情。吕丙午忍不住了,他说:"那我们只有一条生路了,就是逃狱。"

四叔瞅了瞅吕丙午,还是没说话。

许昆季说:"看来,真是没别的办法了。"

"逃狱?罪上加罪!"四叔总算冒出一句话来。

"横竖都是死,还不如赌一把呢。"

四叔叹了口气,说:"那,我去试试吧。"

5

四叔去找舒克宽时,舒克宽正陪老萨满做法事。临时工棚的空地中央点了堆篝火，由于天还没黑，火苗不明显，只能看到上升的烟气，闻到烟熏火燎的味道。

舒克宽旁边站着两名狱卒，他坐在平板车上，面无表情。围圈儿的中心是老萨满和她的助手，两人一边说唱一边舞蹈。老萨满是个一脸皱纹的老妪，身上挂着五颜六色的布条儿，腰系响铃铛，左手拿着鼓，右手执鼓鞭，跳着模仿动物的动作。这说明四叔来的时候，老萨满已经请神上身了。在此之前，四叔听过关东地方有病不医而请人跳大神驱邪的说法，相信仙家和阴魂。仙家是指狐、黄、白、柳、灰，也就是狐狸、黄鼠狼、刺猬、蛇和老鼠。阴魂在当地被称之为清风或者悲王，清风为飘忽不定可以理解，悲王是不是跟冤魂什么的挂上了钩？听说归听说，四叔却从没亲眼见识过。说起来，四叔是不大相信跳大神儿的，所以，他听大神儿有节奏的说唱，感觉有点儿像民间戏剧表演，甚至觉得那些舞蹈动作有些滑稽可笑。

四叔走到老瘪跟前，对老瘪说："我想找舒大人。"

老瘪聚精会神地看着老萨满和她的助手跳大神儿，没理睬四叔。

"我想找舒大人。"

老瘪侧过脸来，瞪着四叔说："这个时候找舒大人，你没病吧？"

四叔说："我找舒大人有急事。"

"快别哔哔了！"

四叔见老瘪要发火，只好转身离开。

转过两个临时工棚，四叔看到了刀疤脸的背影，刀疤脸盘坐在地上，身前也在冒烟。四叔小心翼翼，一点点凑近刀疤脸，原来刀疤脸在烧黄纸，嘴里嘀嘀咕咕，不知道说些什么。显然，刀疤脸是在给老丁头烧纸，老丁头的尸首还没下葬，摆放在不远处的榆树下，尸体上盖着一床翻面被子。此刻，太阳已经下山，天色暗了下来，由于老丁头尸体的衬托，四叔感到，周边的氛围阴森恐怖。

四叔忍不住打了个冷战，轻微的声音把刀疤脸吓得一下子蹦起来。刀疤脸发现四叔就站在他身边，他骂了一句，飞起一脚将四叔踹倒。四叔一点准备都没有，结结实实地摔在地上。

本来，刀疤脸还想踢四叔几脚，见四叔四仰八叉躺着，毫无招架之力，挥了挥拳头说："要想多活几天，就别在我跟前犯贱，听到没有？"

四叔沉默不语。

刀疤脸鄙夷地看了四叔一会儿，转身走到烧纸堆前，那些烧纸基本燃烧殆尽，他用脚在上面蹭了蹭，离开黑色的灰堆，在地上跺了跺脚。

四叔挣扎着爬了起来。刀疤脸见四叔起来了，他走过来，又朝四叔踹了一脚。

"最后警告你一次，下次……就他妈没下次了！"

说完，刀疤脸虎着脸走了。

四叔慢慢坐了起来，真是秀才遇见兵有理说不清。他摸了摸被刀疤脸踢的地方，还好没伤筋动骨。四叔叹了口气，自己都觉得莫名其妙，刀疤脸为什么总跟自己过不去呢？他大概认定自己是左司衙门的奸细了，可自己怎么可能是奸细呢？

今天真够倒霉的，四叔心想。可自己的任务没完成，还是有些不甘心，他又转了回去，他想等老萨满跳完大神儿再去找舒克宽。

老萨满的法事还没结束。天色渐暗，篝火红亮，噼噼剥剥地嘣着火星子。老萨满不知疲倦地唱着跳着，大神的唱词四叔听得一知半解，他觉得，大神大概正在与"仙家"讨价还价，解除流人的瘟疫需要什么条件。大神唱着，二神在旁边翻译：啊，要吃肥的牛羊肉，要吃瘦的宰鸡鹅呀……这句话四叔听懂了。舒克宽摆了摆手，说："准，都准！"

那场大神儿老萨满跳得淋漓尽致，看病、破关、烧替身，一直到了半夜。结束时，四叔慢慢凑到舒克宽跟前，不想，老瘪把四叔拉住了。

老瘪说："你妈蛋儿的，咋没个眼力见儿呢？"

四叔："我找舒大人，真有事儿。"

老瘪生气了，朝着四叔后颈就打了一个"脖溜儿"，打得四叔脑袋嗡地一下，踉踉跄跄向前几步，脚如拌蒜。

"别给脸上鼻子啊！"老瘪说。

没办法，四叔只能眼睁睁看着舒克宽跟老萨满等人离开……

第二天上午，工地上又有流人倒下。傍午，老瘪和刀疤脸也倒下了。看来，跳大神儿没发挥什么作用。舒克宽大概在尚阳堡听到了消息，匆匆忙忙赶到柳条边流人筑边工地。舒克宽到的时候已经过了中午吃饭时间，下了马就开始查看病情。四叔拨开围观的人，扑通一下跪到舒克宽面前，舒克宽愣住了。

四叔说："舒大人，罪身有要事禀报。"

舒克宽示意四叔平身。"请讲！"

四叔左右看了看，有些为难的样子。

舒克宽上前拉起四叔，走到了一旁。

四叔没跟舒克宽说吕丙午和许昆季逃狱的事，低声对舒克宽说："大人，罪身虽然从未行医治病，可也略通医易之理，眼下救人十万火急，可否允许罪身一试。"

"都说汤药可以治病，对此我早有耳闻。可这荒郊野岭的，哪来的汤药啊？"

"罪身对汤药没有研究，也不懂中草药配伍。据我观察，我们这儿流行的是瘟病，有一种办法可以试一试。"

"如何来试？"

"拔毒，刺血。"

"何谓拔毒刺血？"

"就是……针灸和拔罐的办法。"

"可这儿，有拔罐和刺针吗？"

"用缝衣服的针就行，应该可以找得到。实在不行去边台找找，离我们这儿也不远。"

舒克宽眉头紧锁，问："拔罐和针灸可以治瘟病？是何道理？"

四叔说："瘟病是一种传染强的毒素，就像被毒蛇咬了，如果不及时排血毒，蔓延到了全身，则不可救药。"

"果真可以？"

"罪身不敢打包票，只能死马当活马医。"

舒克宽思忖了一会儿，问："你估量一下，有几成把握呢？"

"半成把握吧。"

舒克宽的目光有些游移。

四叔说："或许，有六成把握。"

舒克宽咬了咬嘴唇，说："一会儿，我去威远门找扎大人助援，你就先试一试……不过，你没跟我说过这些，我不知道你拔毒、刺血这码子事儿。"

"罪身明白！"

舒克宽离开，四叔在狱卒的帮助下找来拉水车上缝牛皮囊的锥子，将锈蚀的锥子尖研磨一番，又在火上烧了烧，然后，按穴位为病重的流人刺血，血流出来了，一个、两个，拍打挤出的都是黑色的污血……刺血拔毒之后，病重的流人安稳了很多，有的迷迷糊糊还睡着了。四叔信心大增，走到刀疤脸的马架房里，刀疤脸难受得哎呀哎呀叫着，见四叔拿着锥子奔他而来，问四叔想干什么。

"给你放血！"四叔说。

"你敢？"

"那可就由不得你了。"

"你要敢动我，我就要你狗命。"

可惜，刀疤脸有心抗拒，但无力阻止，无论怎么吹胡子瞪眼都没用，四叔只管给刀疤脸刺穴放血。刀疤脸挣扎着、反抗着，可他再也没有踢四叔的力气了。没多大一会儿工夫，刀疤脸就浑身瘫软，任凭四叔随意摆布。

不到一个时辰，第一批刺血的流人已经见好，舒克宽听到消息，连忙从威远门赶了回来，亲眼看到流人爬起来吃东西了，他喜出望外，拉住四叔说，你真是个神人呀，你怎么可能什么都懂，什么都会呢？

舒克宽带着四叔来到老瘪和狱卒的马架子房里，老瘪听说四叔要给他治病，不敢相信，尤其是四叔手里拿的那个生了锈的锥子，他曾经用那个锥子教训过流人。老瘪连忙躲避。舒克宽给老瘪下了命令，老瘪不敢违拗舒克宽，心不甘情不愿地让四叔放血治疗。

放过血之后，舒克宽问老瘪感觉怎么样，老瘪说："我饿了。"

舒克宽说："我也饿了，这才想起一天都没吃东西了。"

舒克宽问四叔，四叔说："是啊，我也饿了。"

晚饭时，流人的病情大多好转，老瘪和刀疤脸也爬起来了。四叔一下子成了整个柳条边流人工地里的大名人——悬壶济世的神医。

那天晚上，肖蕴章病倒了。

四叔是半夜被狱卒叫醒的，他忙了大半天，实在太累了，回到临时工棚，倒下就睡。舒克宽回尚阳堡之前交代两个狱卒，要控制好工地的局面，配合四叔随时对发病的流人进行诊治。狱卒把呼呼大睡的四叔叫醒，带他去肖蕴章的马架子房里。狱卒点亮了油灯，四叔见肖蕴章躺在草堆里，呼吸急促，感觉连说话的力气都没有了。肖蕴章见到四叔，表情痛苦地连忙扭过头去。

四叔让狱卒帮忙，给肖蕴章翻了身。肖蕴章趴在草垫子上，四叔则骑坐在他的屁股上，两只手顺着他发烫的后背捋穴位。四叔对肖蕴章说："肖大人，我猜想你也懂些经络的。"

肖蕴章不说话。

四叔说："读书人嘛，多多少少会懂一些医易之理……找到了、找到了！想必，肖大人知道这个穴位吧？……"四叔附在肖蕴章耳边小声说："这可是死穴，我要是在这个穴位上下针呢，毒血就会回流，就会毒火攻心，那样，人可就活不到明天中午了……"

肖蕴章的身子抖动一下。

"你放心吧，我不会扎你的死穴的。不过，我只是怕自己把握不好,一旦失了手,不小心扎了死穴,那肖大人不冤死了吗?"

肖蕴章的身子又抖动一下。

"按理来说,我本不该失手,在我被冤枉入狱之前,我这双手十分灵活。可惜呀!被冤枉入狱之后,经受苦难折磨,这双手粗鄙了、迟钝了,神经反应不敏感了。所以呀,我真的不敢保证不失手……肖大人,为避免我一时失手,使得你不辞而别,那该多遗憾哪……这样吧,趁你现在头脑清醒,有什么遗言就留下来吧!"

肖蕴章咬着牙,一声不吭。

四叔对狱卒说:"你可得为我作证啊,该说的,我可都跟他说了,要真有个三长两短的,可别说,我连说话的机会都没给人家呀。"

狱卒对肖蕴章说:"舒大人交代过了,医病的事儿全得听先生的,先生让你留遗嘱,你不留遗嘱可是你自己的事了。"

"怎么样?想清楚了吗?"四叔追问了一句。

肖蕴章呼吸急促,还是不肯说话。

"要不这样,你好好反思反思,等明天早晨,我再来给你刺血拔毒?"

肖蕴章的呼吸由快转慢,渐渐有些衰弱。

四叔叹了口气:"那好吧,我只能试一试了,能不能过这一关,就看你自己的造化了!"

四叔开始在肖蕴章后背的穴位上刺血,他的锥子并没刺在死穴上,而是在离死穴不远的地方,一连刺了两个穴位,随即挤出了浓黑的污血。

四叔说:"肖大人,你的血比别人的血黑呀!是不是你的心也比别人的心黑呢？"

从肖蕴章的临时工棚出来，已经是下半夜了。回到马架子房，四叔感觉少了些什么，他连忙向吕丙午和许昆季的炕铺摸去，下面是空的，带着一股凉气。四叔慌了，连忙点上油灯。果然，两个人的床铺空空如也，随身携带的包裹也不见了。吕丙午和许昆季一定是逃跑了，他们是什么时候跑的？自己竟然一点都没察觉，也许在他睡着的时候就已经跑了，四叔顿时觉得眼前一黑，捶胸顿足，没能阻止吕丙午和许昆季令四叔十分懊悔，也许，他应该把两人谋划逃狱的事儿告诉舒克宽，那样，起码可以阻止吕丙午和许昆季走进难以预测的无底深渊。

外面黑夜无边。四叔不知到哪里去找吕丙午和许昆季，也不知这个时候报官会有什么样的后果。他心乱如麻，怎么都捋不出一个头绪，想不出一个万全之策。不知不觉，四叔在马架子房外坐到了东方蒙蒙发亮。

不知道是不是产生了幻觉，四叔仿佛看到薄雾和青紫色空气中，吕丙午和许昆季由远及近，一点点走了回来。

四叔看清楚了，没错，是他们俩。吕丙午搀扶着许昆季，慢慢移动过来。四叔站了起来，却双腿发麻，难以移动脚步。

吕丙午哭丧着脸对四叔说："先生，救救昆季吧！"

四叔一下子全明白了。

四叔和大汗淋漓的吕丙午将许昆季放在门口，就地给他取穴用针。许昆季病得挺重，刺出血是紫黑色的，十分浓稠，如果不及时排毒，还真会危及生命。四叔一直忙到太阳从东面的土坡升起，他的额头在光照下，像被炉火烤过一般，红润中闪动着晶莹的汗珠儿。

许昆季拉住四叔的手说:"对不起,真的对不起,学生永远不可原谅。"

四叔说:"事已至此,不再提了吧。"

"先生有所不知,您的名字就是学生代签的。"

"模仿了我的手迹?"

"是的,模仿您的手迹……"

四叔叹了口气说,我怪你也没用了,要怪只能怪……唉,不说了,此乃时也,运也,命也!

柳条边工地的流人陆续回到了尚阳堡监狱。正逢阴历初一,左司衙门在尚阳堡城北的狱神庙举行供奉仪式。每月初一、十五或狱内发生重大事情,犯人和狱吏都要到此举行活动,祈求狱神保佑。说来挺有意思,狱神庙里供奉的狱神是萧何,无论是管监狱的官、管囚犯的狱卒,还是囚犯,都会到萧公那里寻求安慰和解脱。监狱官员尊崇萧何,据说是因为他制定了《九章律》,为"定律之祖",同时也祈求任上平安无事。狱卒尊崇萧何,据说是因为萧何追随刘邦造反前,和曹参等人都是沛县刑狱小吏,有强烈的身份认同感。囚犯尊崇萧何,据说是因为萧何贪污被刘邦抓到监狱蹲过一阵,是个坐过牢的大人物。总之,狱神象征执法公平、公正,能使无辜的人得以免罪,即使真的犯罪也可拜神以求赎罪。

在祈求的队伍里,肖蕴章挨着四叔,他小声对四叔说,多好的机会呀,你只要指头偏一偏就报仇了,我死了还不会追究你的责任。

"你认为我会那样吗?"

"为什么不让我死?"

四叔说:"是你命大,与我无干。"

"你没说实话。"

四叔苦笑一下,直盯着肖蕴章说:"如果我报复了你,那我跟你还有什么区别呢?"

"看来,你一辈子都不可能原谅我了!"

"不存在原谅不原谅的问题……"

就这样,四叔救了尚阳堡十五六位流人、巡更和狱卒,没想到回到尚阳堡的第五天,他自己却病倒了。四叔对吕丙午说,医者治病不救命,自己的刀不能削自己的把儿,听天由命吧。

6

听说四叔感染瘟病,尚阳堡监狱的人纷纷前来探望,老瘪像个忠诚的卫士守卫在监房的门口,不经他允许,谁都不能随便进入。

刀疤脸过来了,被老瘪挡在了门口,刀疤脸火了,他说先生是俺的救命恩人,谁不让俺见恩人,谁就是俺的敌人。刀疤脸不来硬的还好,这样一来,情况变得更加复杂。老瘪自然不吃这一套,上前揪住刀疤脸的脖领子说:"你敢威胁我?不怕我抓你治罪?"

"俺怕个屁……你松开!"

"不松开怎样?"

"你真不松开?"

"不松……"

话音未落,刀疤脸一拳砸在老瘪的耳朵上,接着,两人扭打在了一起。

老瘪和刀疤脸在门外吵架动手，四叔在屋里听得真真切切，只是他想管都管不了，浑身一点力气都没有。

吕丙午和许昆季跪在炕铺前，哀求着四叔让他们动手，给四叔刺血排毒。四叔吃力地说，这个我也想过，可你们都没学过，即使我告诉你们取穴的方法和位置，你们未必能找准，这几个穴位很特殊，生穴与死穴近在咫尺，失之毫厘，谬之千里，稍有不慎吾命休矣，吾死不足惧，只是不想让你们背负恶名，弑师的阴影在心里一辈子不散。

许昆季说，我宁愿替先生去死，何惧背负恶名。

吕丙午说不会的不会的，有机会救先生而不救，那才是真的恶名呢。

四叔想了想说，那这样吧，我亲手写一份证明，此事系我具体指导，不管发生什么都与你们无关。

无奈，吕丙午和许昆季只得找来笔墨纸张，由四叔亲自书写并签字画押。之后，四叔又叮嘱一些后事，如果发生意外，恳请舒克宽大人帮忙，呈请刑部开恩，将他的尸体运回老家临时安葬，日后如遇大赦或平反昭雪，望学生晚辈能帮他恢复名誉，安葬于祖坟之侧。

吕丙午号啕大哭，说先生这样交代后事，他无法下手了。

四叔说天有不测风云，我说的是如果。

许昆季附和着说，他的手已经开始发抖了。

"没事，大胆下针。无惧死，何惧生，置之死地而后生！"

于是，在四叔的指挥下，许昆季和吕丙午在四叔的后背上取穴，四叔一直指挥着，他的手可以勉强摸到后背穴位处，说："再往上半寸，对……再左斜一分。"

"就一个穴吗？"许昆季问。

"先刺此穴！"

吕丙午和许昆季交换一下眼神。

四叔给许昆季刺血时吕丙午就在身边，记忆中的位置大致差不多，可他总觉得有些不对劲儿，说不好哪里不对劲儿，四叔的动作和语气？现场的氛围？反正就是觉得不对劲儿。

吕丙午对许昆季摇了摇头，两个人的眼睛似乎在一问一答。

"先生不会真想死吧？"

"你肯定？"

"我觉得先生去意已决。"

"那怎么办？"

正在两人无声交流时，门外狱卒喊了一声："舒大人到！"

舒克宽低着头进来，他胳膊里夹着古琴。

四叔一眼就看到了古琴，原本发亮的眼睛瞬间暗淡了。

舒克宽说："记得你跟我说过，古琴最早是用来治病的，你通晓医学易理，精通音律，想必古琴对治病会有帮助。"

四叔几乎记不得什么时候跟舒克宽说过古琴治病的事儿，几次弹琴肯定都没有说过。舒克宽说你不记得了，在柳条边筑边工地，为了说服我给病者……四叔点了点头，他想起来了，他的确跟舒克宽说过，通琴者常通医易，"藥"字，就是草字头加乐字，五音之宫、商、角、徵、羽对应的就是金、木、水、火、土，从医术的角度来说，心属火，肝属木，脾属土，肾属水，肺属金，而喜伤心，怒伤肝，思伤脾，悲伤肺，恐伤肾。古琴的每个曲调，都与人身体器官发生相应的律动，从而构成一个完整和谐的世界……当然，四叔当时并没有跟舒克宽讲那么细致。

事后，吕丙午和许昆季回想起来都觉得后怕，如果舒克宽没带古琴来，四叔没见到古琴，也许他生命的时间就停止在那个阳光照进屋地当央的位置，沙漏的眼儿被堵死了，永久尘封起来。见到古琴之后，四叔才告诉许昆季取穴的精确位置，四叔的故事才得以延续下去。

四叔身体恢复之后，他想把琴留在自己身边，趁在左司衙门弹琴的机会，他向舒克宽提了出来。

舒克宽思量一番，点头说："那就放你那儿吧，我想听琴的时候你带来便是。"

四叔连忙起身向舒克宽拜谢，仿佛那把琴不是物归原主，而是舒克宽赐予的一般。舒克宽颇显大度地摆了摆手。

阴历八月十五那天，住在监狱外的流人家属送来一些月饼，左司衙门也开恩特许，监房上锁时间推迟一个半时辰，那样流人就可以在院子里欣赏到月亮，并且，每个流人都分到一块月饼，月饼不是整块的，是两个半块，理由是可以吃到不同的口味儿，一半是豆沙馅儿，一半是果仁馅儿。据说那些月饼大半是肖蕴章家属送来的，而肖蕴章也只能分一块月饼，一半是果仁馅儿，一半是豆沙馅儿。在吕丙午和许昆季的多次央求下，四叔为大家弹了一支琴曲，曲调清雅、忧伤，让不同的人产生不同的联想，比如"琴清月当户，人寂风入室""能使江月白，又令江水深""弹著相思曲，弦肠一时断""梦觉半床斜月……"共同点是，唤醒了大家的思乡之情，半数人默默落泪。

舒克宽问四叔这首曲目叫什么，四叔想了想，说："《嫦娥奔月》。"

其实，这首曲子是四叔的即兴之作。

舒克宽这样对四叔解释："我之所以帮你保管琴，是怕在监房里被人损坏，看到眼下的情况，我放心了。"

又一批流人来到了尚阳堡监狱，四叔在流人队伍里发现一张熟悉的面孔，是阿骆，只是，这次阿骆不是押解人的身份，他灰头土脸，肩上套着沉重的木枷。

四叔觉得真是世事难料，先是审判他的肖蕴章成了流徙犯人到了尚阳堡监狱，现在曾经押解他的阿骆也进来跟他为伍了，审判者成了被审判者，押解人成了被押解人，只有他是被冤枉的，尽管认可他无辜的人并不多，但至少还有人清楚他的清白。

阿骆看到了四叔，发现四叔瞅他，还挑衅式地做了回应，仍旧一副管人的傲慢姿态。显然，阿骆不知道这几月发生的变化，他大概还认为，自己毕竟当过押解人，即使犯了法，也是犯法的押解人。凭借他过往与狱卒、巡更的交情，怎么也比四叔那类身材瘦弱、一身酸腐气的南方人强吧。从古至今，监狱里的犯人就分三六九等，甚至比监狱外面的等级还分明，怎么说自己也该排个差不离，再不济，也不至于排在四叔之下。

那天，刀疤脸从地牢里回来了。他脸色苍白，有些浮肿，像被水泡过似的，虽然身体还没有恢复，可他回来的第一件事是巩固他"牢头"的地位，对新来的流人挨个教训，特别是阿骆，被刀疤脸打得鼻青眼肿。

刀疤脸回到监房做的第二件事是叩拜四叔，他说兄弟我在地牢里听说先生病好了，甚是欢喜，日后如有吩咐，刀山火海，兄弟我在所不辞。四叔说岂敢岂敢，罪身承受不起呀。刀疤脸说你救我性命,就如再生父母,兄弟我一辈子感激。四叔说要说感激我应该感激你,为了我你才被关进地牢……两人你一句我一句,客气了半天,还是刀疤脸先耐不住性子了,他的大脖筋有些发红,仿佛以威胁的口气告诉四叔,必须接受他的感激,四叔哭笑不得。四叔拿出两个半块月饼,那是八月十五狱卒额外塞给他的,四叔一直给刀疤脸留着。刀疤脸知道月饼是四叔专门留给他的,沉默了好一会儿,拿在手里翻来覆去,不舍得吃。为了感激刀疤脸,四叔专门为刀疤脸一个人抚琴,曲目是《广陵止息》,四叔弹奏得激昂、慷慨,"纷披灿烂,戈矛纵横",透射出愤慨不屈的浩然之气。一曲终了,四叔从古意沉浸中回到了现实,再看刀疤脸,刀疤脸有滋有味地嚼着月饼。

"没了?"刀疤脸问。

四叔双手抱拳,躬身施礼。

刀疤脸说:"要是有酒就好了。"

…………

这段时间里,吕丙午和许昆季常在一起密谋,更加频繁地研究逃狱的事。凡事都有多面性,八月十五晚上,四叔在监狱里演奏古琴,一方面抚慰了大家的思乡之情,另一方面使得个别人的思乡之情更加浓烈,坐下了病根儿,吕丙午和许昆季就属于后者。当时新粮还没打下来,陈粮不足,按人按份定量供应,监狱里的生活十分辛苦,附加了这个因素,更加坚定了吕丙午和许昆季在入冬之前逃离尚阳堡的决心。

吕丙午和许昆季蹲在茅房里小声嘀咕时,许昆季看到茅房地上的影子,他对吕丙午嘘了一声,两个人意识到,有人在偷听他们的谈话。果然,等他俩出来时,看到老瘪站在茅房门口。老瘪悠闲地抽着叶烟，对他们诡异地笑了一下。

吕丙午和许昆季对老瘪礼貌地点头，想快点儿离开，不想老瘪说："这样，就走了吗？"

两个人停下了脚步。

"有何吩咐？"吕丙午问。

"想不到你们两个弱书生，也想干大事儿。"

"什么大事？我没明白。"许昆季说。

"我是谁呀？自打新朝重开尚阳堡监狱，我就在这儿巡更，啥人都见过，啥事都经历过，你们俩打的那点儿小算盘，能瞒得住小爷我吗？"

吕丙午说："我们没打小算盘。"

"跟我装糊涂不是？不怕我抓你们到左司衙门拷问？"

"凭什么拷问我们？"

"彼此都心知肚明，非得我点破不成？"

"拷问也没用，我们什么都不承认。"

老瘪说我就知道你们不会承认。你们这些人呢，都是不见棺材不落泪，不到黄河心不死的家伙……我以一个过来人的身份奉劝二位，逃尚阳堡容易，出关东山难，想走出荒山野岭就没那么简单了。这些年来，能成功逃出尚阳堡的人，背地里都有人帮助。

许昆季说："你说的这些，我越听越糊涂。"

"你一点儿都不糊涂……我知道你们不信任我，可如果，我要说想帮你们，你们做何感想？"

"帮我们？你图啥呢？"

"还不是的！我就说你们不信任我吧。其实我早就观察你们俩了，也知道你们被判流徙有些冤屈，你们毕竟还年轻啊！不能在这苦寒之地耗一辈子。你们是读书人,你们的命比我的金贵……"

"你的话,是打心眼儿里说的吗?"许昆季说。

老瘪说当然是心里话。在监狱里,表面上我比你们风光,可混这碗饭也不容易,我们自己管这份差事叫背死人。啥是背死人?流人来一波走一波,还有个期限,我们呢?好像有点活动自由,可一辈子都得困在这个牢狱里,与流徙犯打交道。说到底不就是为了吃口饭,填饱肚子嘛。

"你的意思,可以帮我们逃狱?"吕丙午问。

"逃狱不用我帮,关键是逃出去之后能不能活起来,能不能顺利回到关内。"

"那就是说,你可以帮我们回到关内?"

"不是我。我有个兄弟是干这个生意的,人可靠,讲信誉。"

许昆季问:"真的假的?"

"放心吧,花人钱财,替人消灾!"

"那要多少银子?"

"我说不准,送一段有一段的价格,没有定数,你们得具体商议。"

吕丙午说:"你不会……给我们下套吧?"

"信不信随你……得了,就说到这儿,回去你们自己寻思吧,需要的时候再找我。"

吕丙午和许昆季疑惑地看着老瘪的背影。

老瘪走了几步又转过身来,小声说:"严守秘密,尤其不能在茅房议论!"

吕丙午疑惑地瞅了瞅许昆季,许昆季也瞅了瞅吕丙午……

秋雨缠绵的那个上午,四叔在监房里静坐发呆。阿骆跌跌撞撞地进来，什么话都没说，直接跪在四叔面前。没等四叔做出反应，阿骆"啪啪"地抽打起自己的嘴巴。阿骆一边抽打还一边念叨着，我不是人！我有眼无珠、有眼不识金镶玉，虐待先生罪不可恕，罪该万死……还望先生大人不计小人过，不跟我这个小人一般见识……四叔有些不知所措，以阿骆现在的身份，对他转变态度是可以理解的，让他没想到的是，转变的幅度这么大。也许是因为舒大人，也许是因为刀疤脸，像阿骆这种小人，最善于审时度势，或许听说了他和舒大人的关系，毕竟舒大人是尚阳堡监狱的官方老大。或许知道刀疤脸对他的尊崇，刀疤脸是尚阳堡监狱的头子，所以阿骆才主动来负荆请罪。尽管其中的原因双方都没有挑明，不过打那以后，阿骆的确常来讨好四叔，为四叔打洗脚水，态度虔诚地给四叔洗脚。阿骆还给四叔送来一个掌手板，恭恭敬敬地递给四叔，对四叔说："你先罚我二十下，你打，我数数！"

秋高气爽的那天午后，舒克宽带四叔去"以琴会友"，在铁岭卫郝浴的"银冈"谪所拜见了函可师父。函可大和尚算是清代第一个流人，顺治五年，因文字狱株连，被流放关外，先在尚阳堡拘役三年，发遣后到距离尚阳堡100多公里的沈阳大南关慈恩寺隐修，后来又结庐于铁岭龙首山，与当时因言事被流放尚阳堡，谪居铁岭银冈的前御史中丞郝浴相友好。

聚会时，四叔弹奏的是《平沙落雁》，一首传统的古琴名曲，基调静美，起而又伏，绵延不断，仿佛天空高远，风静沙平，雁行云下，天际飞鸣，借鸿鹄之远志，写逸士之胸臆，同时，也生发出世事险恶，不如大雁自由的感慨。四叔凝心静气弹奏了七段，连贯流畅。函可大和尚及在场的文人雅士都由衷地赞叹。

抚琴过程中，四叔并没有注意到阿木叶，阿木叶是舒克宽的小女儿，她原本在另一个房间与郝浴家眷探讨满绣针法，被四叔的古琴声音吸引，悄悄溜进会友的客厅。一曲终了，俏皮的阿木叶来到四叔身边，她偷偷地摸了几下琴弦，还趁机摸了摸四叔的手。四叔抬头一看，是一个着满人服饰的小女孩儿，阿木叶也盯着四叔看。四叔心里觉得奇怪，那个眼神怎么好像熟悉呢？或者说透过眼神儿，他触碰到了一个旧交的灵魂。

那是四叔第一次见阿木叶，阿木叶的胸前戴着一个玉佩，一看就是古玉。那年，阿木叶一十六岁。

7

饥饿笼罩在尚阳堡监狱，流人的份粮拨不下来，每日的人均口粮就得控制，由原来的一日三餐变成了一日两餐，其中一餐还得喝粥，清汤寡水的。流人家属随行流放的，一般都生活在尚阳堡周边，多多少少还可以接济一点吃的，但带家属的毕竟属于少数。原本，一些流人的条件很优渥，有的家资丰厚，有的家境殷实，怎奈流徙之前已经被抄没，家财全部充官，过惯了富足生活的人一下子饥寒交迫，仿佛从天上掉到了地上，难以适应。四叔、吕丙午和许昆季虽没有被抄没家产，可毕竟远水解不了近渴，关山阻隔，路途遥远，家里邮来的补贴费用，常常延期。没多久，吕丙午和许昆季都吃不消了，吕丙午说他嘴唇总是发麻，肌肉经常痉挛，偶尔还手足搐搦。许昆季则患上夜盲症，到了傍晚就什么也看不见了，监房里点了麻油灯，也看不清东西。四叔还好，去舒大人那里弹琴，还可以吃些舒大人家里送来的肉干，补充能量，但那些"嚼裹"只能在衙门里吃，带不出来。奇怪的是，饥饿的环境下，流人之间的关系反而紧张了，为了一点吃的，他们相互监督、监视，监督谁干的活儿不好，监视谁发了牢骚，说了对朝廷不满的话，一群面黄肌瘦的人，显得精神饱满，眼睛四处搜寻着，炯炯有神。

那天，阿骆哎哟哎哟叫着，说自己肚子疼，被狱卒带离了监狱。出了监狱大门他又提出有要事向舒克宽报告，狱卒问什么事儿，阿骆不说，一定要亲口跟舒克宽说。狱卒说你不说啥事儿，我不能向舒大人禀报。无奈，阿骆透露，监狱里有人要暴狱，涉及流徙犯，还涉及巡更……狱卒一听，觉得此事严重，立即向舒克宽报告。听到暴狱两个字，舒克宽连忙从官椅上站起来，立即召见了阿骆。

"哪个要暴狱？"舒克宽问。

"吕丙午和许昆季，他们勾结巡更老瘪，密谋要逃狱……"

舒克宽绷紧的神经立即松弛下来："逃狱？你是怎么知道的？"

"我偷听了他们的谈话，好像外面有人接应，老瘪还跟吕丙午、许昆季讨价还价……"阿骆把所探知的情况详细向舒克宽做了禀告。

舒克宽慢悠悠地说："逃狱不是暴狱。"

"好几个人逃狱不算暴狱吗？舒大人啊，我就是因为押解路上跑了犯人，才落得今天这个下场。"

舒克宽笑了，说："押解失职，当然得受处罚！"

"可监狱跑了犯人，不一样吗？"

"道理差不多，但律规有所不同。你在押解路上跑了人，追回来了吗？"

"要是追回来了，我就不待在这儿了。"

"还不是的……"舒克宽笑着说。

舒克宽带着阿骆向后院走去,边走边对阿骆说,尚阳堡的确是一座关押犯人的监狱,可也是置于荒凉之地的监狱,也是流徙犯人的周转站,有进有出,逃狱没有出路,而且,终究插翅难逃。

"有些人想不明白,他以为逃出了尚阳堡就算逃狱了,殊不知尚阳堡外面,那是更大的尚阳堡!"舒克宽说。

舒克宽养的小狗崽已经快两个月了,见到舒克宽都兴奋起来,尾巴摇得跟拨浪鼓似的,身子都跟着扭动,小狗纷纷围在舒克宽身边。舒克宽蹲下来,疼爱地抚摸小狗。

"坐!"

有的小狗坐了下来,得到了舒克宽赏食。别的小狗也学着坐了下来,同样有了收获。

"叫!"

"汪汪",小狗叫着,叫的小狗又得到了食物,眼睛盯着舒克宽,左歪歪头,右歪歪头,样子很萌。

"卧!"

小狗立即趴下……

这时,大狗过来了,在阿骆裤脚闻来闻去,吓得阿骆一动不敢动。舒克宽把挂在墙上的一件残破囚服摘下来,让大狗闻了闻,然后用力抛向了远处,大声喊:"袭!"

大狗噌地一下,有如离弦之箭,向破囚服冲去,小狗紧随其后。一群狗围着破囚服撕咬起来,瞬间扯出几块碎片儿。"吐!"舒克宽喊。狗子们立即停止了撕咬。

阿骆看得心惊胆战。

舒克宽唤回了大狗小狗,收回了残破的囚服,开始给狗子们赏食物，饥肠辘辘的阿骆看在眼里，难以抑制地吞咽起口水。

"想吃吗？"舒克宽问阿骆，阿骆点了点头。

"从门口那边爬过来，叫两声，剩下这块黏糕就是你的。"

阿骆犹豫一番，可抵不住黏糕的诱惑，他走到门边趴下，慢慢向舒克宽爬了过来。"汪汪，汪汪，汪汪！"

舒克宽笑了，说："叫两声就行了。"

阿骆拿到黏糕，三下五除二，快速吞到肚子里。

"别噎着，这里可没水。"

阿骆还是被噎了，他原地蹦蹦跳跳，总算把最后一口黏糕咽了下去。

舒克宽对阿骆说："以后，监房里有啥情况随时向我禀报，干好了就有吃的，不仅有黏糕，还有肥肉……"

"感谢舒大人委以重任！"

"我关心的重点不是越狱，重点要防暴狱，这方面你要特别用心。"

"小的明白。"

"从现在开始你就是我的人了，要小心从事。"

"感谢舒大人信任！"阿骆跪倒在地，千恩万谢。

这时，衙役过来，提醒舒克宽，说四叔已经过来，在衙门里等候。

舒克宽说知道了，叮嘱阿骆从另一个门回去，别让人看到他。

阿骆连连点头，欲沿墙根儿溜走。

"还有，禀报情况要真实，逃狱就是逃狱，暴狱就是暴狱，别小题大做的。"舒克宽叮嘱道。

阿骆抱拳道："小的遵命！"

阿骆走了,走得虽然鬼鬼祟祟,却挺直腰板儿了。

舒克宽回到左司衙门前厅,见四叔正在调理古琴琴弦。舒大人笑吟吟的,拉四叔坐在南炕上。舒克宽对四叔说:"今日叫你过来不是弹琴,是有事托付。"

"悉听大人吩咐。"

舒克宽说这件事本不该启齿,怎奈小女过于执拗,非要跟先生学琴,所以,想跟你商量商量。

四叔问:"我见过的吧。"

"见过,小女阿木叶。"

舒克宽解释说,阿木叶小时候病病恹恹,他就对她多了一些疼爱,凡事都依从她,不想长大后愈发任性,想做什么想要什么,非得可她的心儿。自从上次在铁岭卫听四叔弹琴,阿木叶就嚷着要跟四叔学琴,不答应就不吃饭。舒克宽心疼女儿,只好找四叔商议。

"都怪我把她宠坏了。"舒克宽叹了一口气。

四叔有些犹豫,说自己尚在监禁期,还不能开馆授徒。舒克宽说这个我想过了,我可以上疏盛京五部衙门,给你申请一个笔帖式候补,咨报一经核准,你就可以出监走动。同时,我在尚阳堡城内找一房舍,可以在那里教授阿木叶琴法。

笔帖式候补,其实就是临时工的意思,虽然没有正式名分,却有官差之实。

四叔心里一喜,觉得好运临头。在那样的处境中,改变环境比改变身份还要重要。四叔连忙给舒克宽施大礼:"舒大人和令爱信任,罪身不能不识抬举,只是小可才疏学浅,唯恐辜负了大人和格格的期望。"

舒克宽说:"哪里是抬举,先生肯答应我的贸然请托,实是我们父女的荣幸……如果先生没有异议,我这就给盛京衙门起草公文。"

四叔再拜:"让大人为罪身操心费力了!"

舒克宽说:"眼下委屈一点,按律只能做笔帖式候补,等发遣时转为笔帖式……当然,如果先生不想做这份差事,想收入高一些,自由一些,可以在谪居地自行开馆授徒。"

四叔回监房之前,吕丙午和许昆季商量要不要跟四叔说逃狱之事,两个人意见相左,产生了分歧。

"我看这事儿还得跟先生说一下,不说……我总觉得对不起先生。"许昆季说。

吕丙午摇了摇头,说:"说了才对不起先生呢,你让他怎么办?十有八九他不会跟我们走。"

"你怎么断定他不会跟我们走,一旦跟我们一起走呢,我们还可以照顾他。"

"他现在过得不错,舒大人对他关爱有加,他肯定不能跟我们走。"

"也许恰恰相反,先生表面风光,内心可能比我们还苦闷,巴不得马上就离开这个人间地狱呢。"

"这样说有根据吗?"

"根据……倒是没有。"

"所以呀,无论是为了先生好,还是出于对先生尊敬,我们都应该跟先生说一下。"

"我不这样认为。我认为,既然先生不可能跟我们走,为保险起见,知道的人越少越好。"

"你担心先生什么呢。"

"先生跟舒大人接触频繁，一不小心走漏了风声，那我们可前功尽弃了。"

"你怀疑先生会告密？"

"我说了一不小心，是不小心，一旦无意泄露了消息……"

"那你小瞧先生了，我相信他决不会出卖我们的，如果想出卖我们邀功，柳条边工地逃跑那次，先生早告诉给舒克宽了。"

"我没说先生要出卖我们，我说过了，是不小心……"

突然，刀疤脸推门进来，大声说："有好事儿咋不想着兄弟我呢？"

吕丙午和许昆季愣住了，相互交换眼神儿。

许昆季故意装糊涂，对吕丙午说："刚才说到哪儿了，对，说到先生丢书那件事儿了，你知道是谁拿的吧……"

"你们俩别扯犊子，跟俺打马虎眼？不好使！……前几天，家里给你们邮的钱到了，你们一文钱都不动，都饿成这熊样了，留钱干啥呀？"

许昆季和吕丙午面面相觑。

"别说你们两个小崽子，尚阳堡监狱啥事儿能逃过我的法眼？"

见吕丙午和许昆季不说话，刀疤脸说，跟你们说实话吧，我早就琢磨逃狱了，暗暗观察你们很久了，要论逃狱招法儿，我在尚阳堡不是第一也得第二，而且，离开尚阳堡之后，外头也有兄弟，就算一时半会儿找不到人照应，在荒野里求活的经验也比你们多。"怎么样？带上我，一起走。"

"既然你那么能耐，为什么还要跟我们绑一起呢？"吕丙午问。

刀疤脸有些无奈的样子，两根手指捏在一起，搓了搓："不是少这个嘛。"

许昆季说:"你说得挺好,可怎么早没……"话说了一半,卡住了。

吕丙午和刀疤脸顺着许昆季瞅的方向看过去,见四叔站在了门口。

四叔给阿木叶授课是在舒克宽的官邸,说官邸其实就是左司衙门的后屋。四叔讲的时候,阿木叶一双眼睛滴溜滴溜转着,注意力不够集中。四叔第一次授课主要是说难,把学古琴说得仿佛比登刀山还难。

四叔说古琴讲究技、艺、道,需形、神、意统一,不单单是弹出曲调,更重要的是修养境界。别的不说,单右手指法就有八法,分别为抹、挑、勾、剔、擘、托、打、摘,这八种指法有或紧或慢、或多或少等诸多不同的组合,变幻出无穷的指法,如"历""叠涓""轮""滚""拂""锁"等,又有二十四况和十六法之说,如和、清、古、澹、洁、轻项,二十四况之静与十六法之虚、雅与中、圆与松、健与脆、迟与徐、速与疾……若想赏玩一番姑且不论,若通琴道,没几十年功夫是难入境界的。

阿木叶听得云烟雾绕,目瞪口呆。

四叔问阿木叶,我说了这么多,你是怎么想的。

阿木叶说:"教我弹琴吧!"

四叔愣住了,想了想说:"那就试一试左手指法……"四叔做了一个示范动作:"这个叫抹。"

四叔让阿木叶抚琴。四叔在一旁讲解,抹是用右手的食指向身体的内侧弹出的一个指法,它的触弦点大概在食指末节三分之一的地方，对音色的要求也是半甲半肉。食指自然弯曲，向下放在琴弦上……其他三个手指自然打开，手腕、手肘、大臂到肩膀头都需要放松，手掌微微向右偏，侧峰朝斜下方向……在向后移动时，要保证手腕是水平的，手腕和手臂要保持不动，整体发力……手有向内收拢的感觉……"对，这是第一个指法，要反复不断地复练，最终到'鹤鸣于九皋，声闻于野'的效果。"

"就弹这一个吗？"

"必须一个一个练习。"

"那要练多久呢？"

"我说过了，要达到'鹤鸣于九皋，声闻于野'的效果。"

"啥是……你说的那个效果？"

"在不断刻苦、反复练习中，你慢慢就可以体会了。"

阿木叶无奈，只好嗯了声。

阿木叶在屋子里练琴，四叔来到前厅找舒克宽。舒克宽正在练书法，四叔进来他正好收笔。舒克宽端着毛笔，流露出一丝得意的神色，本以为四叔会夸奖他几句，不想，四叔只是安静地等待着。

"咋样？"舒克宽问。

"嗯，有颜体的韵味。"四叔说。

四叔只是评价而少夸奖，舒克宽略有失望，不过他很快调整了情绪，放下笔，一边擦手一边问四叔："咋样？吓着她了没？"

"我把学琴的难处都跟她说了。"

"她呢？"

"她还是想试一试。"

"也好，让她试试吧，越枯燥乏味越好……我的女儿我了解，她长性不足。"

"我就让她练习一个指法,指法需要反复练习。"

"嗯,最好让她自己知难而退,主动放弃。"

四叔点了点头。

舒克宽说,其实我也不是不支持阿木叶学琴,可如果咨报不被核准,你就不能离开监狱大门,总不能天天在左司衙门里教授琴法吧……咨报呈送上去已经八天,一点动静都没有,以往七日内必复,以我的经验判断,这种情况一般都不会太顺利……不核准的可能极大。

"都听舒大人的。"四叔说。

里屋传来琴弦音,舒克宽用眼神示意四叔,两人慢慢移步到了后屋的门口。

果然如舒克宽所言,阿木叶常性不足,她不练习"抹"了,而是胡乱弹起琴来。舒克宽咧嘴笑了,说:"咋样,我说中了吧?"

四叔却在倾耳细听。

四叔的心怦怦直跳,他听到了一种充满灵性的声音,尽管那些音符显得有些杂乱无序,却透露出少有的特异禀赋。四叔心想,真是奇怪了,阿木叶以前学过琴吗?胡乱弹拨就显示出了功力,那种功力是学琴者三五年所不及呀。

"舒大人,罪身有个请求。"

"请讲。"

"若盛京五部衙门不予核准,可否在此授课,不用每日授课,一旬一次即可。"

"你的意思?"

"令爱抚琴,才情毕露,百年不可一遇。"

"果真?"

"不愧为大人的女儿,名门出才子呀,难得难得!"

"果真?"

四叔郑重地点了点头。

舒克宽和四叔进后屋,阿木叶站了起来。

"真好玩!"阿木叶对舒克宽说。

那天晚上,阿骆被刀疤脸一伙人棒揍一顿,据说是捂着棉被打的,以防留下伤痕和证据,由于打得过重,阿骆还是受了内伤。

许昆季怕死了人,把事情闹大,私下里找四叔,让四叔帮阿骆针灸。四叔过去一看,见阿骆面色苍白、肢冷汗泄、呼吸急促、脉微欲绝,怀疑阿骆脾不统血而发生崩漏,情急之下,采取益气摄血、固脱止崩的针法,一连串在百会、人中、气海、关元、三阴交、隐白等下针。半个小时过了,阿骆的脸色和呼吸慢慢有所恢复。"算这小子命大!"四叔说。

四叔毕竟不是大夫,私下给人诊治风险很大,况且,他对自己的判断也没把握,完全是撞大运的心态,在家乡,打死他也不敢贸然行事,关东这样的环境或者说水土的滋养,使得做事一向规规矩矩的四叔居然也有了豪气和胆量。

事毕,四叔问许昆季缘由,许昆季浮皮潦草地说,只是教训阿骆一下。

"为什么要教训他?"

许昆季支支吾吾,说阿骆是个坏人,头顶上生疮脚底下流脓。

"不对,肯定有缘由。"

许昆季没办法,只好交代说,阿骆是衙门的奸细,监督流人的告密者。

"有证据吗？"

"刀疤脸拿到了证据。"

"什么证据？"

"他拉的屎是香的。"

"屎算什么证据？"

许昆季说，眼下，监狱里所有流人都饥肠辘辘，都是清水肠子，阿骆跟大家吃的一样，为什么拉的屎带油性，闻起来有油香味儿。四叔无言以对，只是轻轻地摇了摇头。

四叔从阿骆监房出来，碰到了肖蕴章。肖蕴章连忙给四叔作揖，四叔还礼。四叔向前走，肖蕴章跟在身后。

肖蕴章说："我明白了，先生留我狗命，是让我赎罪……我的罪还没赎完呢，不能让我轻易就走了，对不对？"

四叔说："我哪有本事决定别人的生死，不像你当年，我不行……不行。赎罪不赎罪是你的事儿，与我无干。"

"唉，"肖蕴章叹了口气，说，"在你眼里，我是彻头彻尾的恶人了。"

"不，"四叔说："在我眼里，你是坏人，阿骆才是恶人。"

"求教先生，坏人和恶人怎么分别？"

四叔说："我不是个修行之人，在我看来，坏人和恶人都不可原谅，坏人比恶人更不可原谅！"

8

阿木叶坐在四叔对面，暖色光线照在阿木叶身上，她胸前的玉佩泛出蜇人的光泽。四叔说，我见你一直带那个玉佩。阿木叶说是额娘让我带的，不让我离身。

"我能看看吗？"

阿木叶把玉佩摘下来，递给四叔。四叔仔细翻看着，自言自语道："这是上古的啊。"

"上古的？什么意思？"

"起码是殷商之物，甚至更高古。"

阿木叶懵懂地摇了摇头。

"这个玉佩是哪儿来？"

"额娘在赫尔苏城集市上买的。小时候我身体不好，说戴这个保佑身体强壮。"

"知道雕刻的是什么吗？"

阿木叶又摇了摇头。

"是个龙凤玉佩，你看看，上面这个是龙，下面这个是凤。"

"原来是龙凤佩呀，还是第一次知道。戴这个好吗？"

"当然好了，龙凤呈祥嘛。"

四叔的临时笔帖式身份经五部衙门核准后，舒克宽在城里找到一个宅子，四叔开始正式收阿木叶为徒，每隔两天在狱外教琴一次。

这天，四叔教授阿木叶左手指法——泛音。古琴的十三徽各配一泛音，泛音是古琴最富有魅力的音色之一，与按音、散音共同构成古琴的三大音色体系，如用天、地、人三才来寓意此三种音色的话，泛音应位于天，被誉为"天籁之音"。四叔告诉阿木叶，弹泛音有三个要点，一个是只在有徽的地方才会产生泛音，徽中间是没有泛音的；一个是弹泛音要蜻蜓点水，是一个凌空的动作，手要先向下，接触到琴弦之后，瞬间提起，向下的动作是非常轻的，不要向下砸，也不能很重地拍。向上抬起，不是手指抬起，手臂要整体带动，瞬间向上抬起。再一个是左右手配合，左手离弦过早，会混入散音，如果离弦过晚，声音会闷在里面。阿木叶——谨记。

阿木叶上手之后，四叔耐心地向阿木叶讲解指法，弹泛音除了左手小指不用之外，四个手指都会用到，用得最多的是食指……食指自然伸直，其他三个手指自然打开，食指的触弦点常在关节线和指肚中间，触弦的时候，手指略微向左偏，触弦时轻微接触，出来的音色会更清亮一些。"对，就是这样。"四叔说。

然而，真的学起来，阿木叶还是感觉到枯燥乏味了，向四叔提出想弹曲子。四叔不同意，要求她必须按部就班，一步一步练习。练到第六次，阿木叶甩袖子不干了。

"啥破玩意儿，不学了不学了。"

"不学可以，必须经你爹同意。"

"我一会儿就告诉阿玛，跟他说你不好好教我，天天让我拨拉琴弦，不教我曲子。"

四叔说："好啊，你去告状吧，我还想告你状呢，告你好高骛远，心性不长。"

"你敢！要告状也得说是你的错，你不好好教我。"

说完，阿木叶开始收拾自己的东西，装在皮质的荷包里，风风火火地离开。四叔没办法阻止，显得心灰意冷。

四叔坐在琴前，屏息静气，自己弹了一曲《广陵散》。不知什么时候，阿木叶回来了，站在四叔对面听四叔弹琴，四叔不理她，继续弹。阿木叶绕到四叔身后，从后面搂住四叔的脖子，俏皮地对着他的耳朵说："我服个软儿，然后你教我曲子好不好？"

四叔不得不停止弹琴。

"基本功不练好，不能教曲子。"四叔说。

"一边练一边教曲子。"

"不行！"

"行！"

"不行！"

"就行！"

四叔哭笑不得。

傍晚，四叔回到尚阳堡监狱。阿骆大概一直在等候四叔，见到四叔之后，阿骆很神秘的样子，吞吞吐吐，欲言又止。四叔说，如果你想跟我说感谢的话就不必了。阿骆说我明白了，你救的不是我，是单单的一条命。今儿个我找你，也是想救命，不是一条命，是三条命。四叔问哪来的三条命。阿骆说吕丙午、许昆季和刀疤脸要逃狱。"他们根本逃不了，"阿骆说，"逃出尚阳堡监狱容易，到了野外就逃无可逃了，就会成为监狱衙门猎狗的猎物，那些猎狗经过专门训练，可以咬断胳膊咬断腿，也可以掏出人的肠子。"

"你是怎么知道的？"

"猎狗吗？"

"吕丙午和许昆季他们……"

阿骆解释说，过两天舒大人和威远门扎大人打秋围，就是秋天打猎，会从尚阳堡抽调囚犯帮着围猎，吕丙午他们三个密谋，趁打秋围时逃跑，接应都安排好了。

"既是密谋，你怎会知道？"

"这个，你不用问了。"

"那，你为什么要跟我说这个呢？"

"我想让你阻止他们，何必白白送命呢？"

"我能阻止吗？"

"你是他们的先生。"

"现在我跟他们一样，都是流徙犯。况且，这样的事儿他们是不会听我的，若果真逃狱，我这个小体格，能拦住他们吗？"

"想办法呗。"

"什么办法，告诉舒大人？那你为什么不告诉左司衙门？"

"我不能。"

"怕他们打你，骂你是奸细、告密者？"

阿骆不说话了。四叔说："你不想成为告密者，让我成为告密者？"

阿骆想了想，下了决心似的："好吧，我跟你说实话吧，衙门关心的是暴狱而不在乎逃狱。"

"不在乎逃狱？"

阿骆告诉四叔，凡进入尚阳堡监狱的人都想过逃狱的事儿，逃狱就成了很多人捞金的途径，从狱卒到巡更，上上下下都吃这碗饭。比如老瘪就两头通吃……

"两头通吃？"

阿骆说没错，一边儿，老瘪在监狱里收钱，说是帮关押人员逃狱，一边儿，他又收外边的钱。老瘪有个弟弟是威远门下边的站丁，说是弟弟，也不是亲弟弟，属于结拜兄弟那一类的。他弟弟负责把逃狱的人送到关外。

"我好像没听说有人逃跑成功。"

"有倒是有，但都是发遣之后逃跑的，真逃回老家的并不多，十之一二而已。"

"舒大人知道这些吗？"

"我不知道，我认为他应该知道。"

"舒大人不制止吗？"

"他为啥要制止呢？"

"他对整个监狱有监护的责任。"

"监护监狱还是守护人？"

"你是说，舒大人也跟着内部勾结，串通捞金？"

"这个我没听说过，也不敢妄自猜测，不过从舒大人的态度看，他并没有制止逃狱的意思，甚至放纵这种行为……"

"放纵？他怎么会放纵呢？"

"你想，囚犯逃狱，是不是说明监狱有漏洞？朝廷应该拨银子来加固？再者，逃狱的被抓了回来，不仅没了责任，反而还应该嘉奖不是……"

"你这不属于妄自猜测？"

"尚阳堡的事我比你知道得多，以前发生过类似情况，舒大人亲自带人抓回了逃狱犯，不仅没被问责，反而从四品升任正四品。"

"所言句句属实？"四叔问。

阿骆赌咒发誓，对先生所说，若有一句谎话诳语，必遭天谴。

四叔沉默了。

回到监房，也就在大家都睡熟之后，四叔才想起应该向阿骆问清楚一件事实，就是被舒大人抓回那个逃狱者怎么样了，是否有性命之忧？其实不用问也行，从阿骆陈述的口气看，那个人注定凶多吉少，因为一开始阿骆就说过，是性命攸关的大事儿。之前，吕丙午和许昆季逃过一次，要不是许昆季发了瘟病，他们不会及时回头，回来也许是被抓回来，结果难以预料。很多事情就是这样，有了一次就会有第二次，尤其是第一次侥幸躲避了惩罚，发生第二次的可能性极大。问题是，他如何制止吕丙午和许昆季呢？这么大的事儿，吕丙午和许昆季没跟自己说，一点风声都没流露，说明他们俩根本就不想让他掺和，他贸然去跟吕丙午和许昆季讲，只能使事情变得更加复杂。如果逃狱的事儿是真的，他们一定筹划了很久，下定了决心，四叔去劝阻也没用，肯定无效。还有一个办法是跟舒大人说，让舒大人在他们逃跑前采取措施，制止于萌芽状态。可那样，自己不成了告密者了吗，连阿骆都不想当告密者，转过头来找他，他可不想被阿骆利用，被别人当枪使，一辈子背负告密者的恶名，尤其是先生告学生。既然不能做告密者，唯一的办法是做个搅局者。四叔开始谋划去搅局，他想全力争取参加秋围，死死盯着吕丙午和许昆季，一旦他们行动，四叔便奋不顾身地扑上去，体力阻止不了，他就会大喊大叫，以别的方式搅乱他们的计划，那样，既阻止了逃狱，又可以保护他们……四叔在炕上翻来覆去，反复思量，彻夜无眠。

早晨，流人在监狱大院里集合，被点到名的站到另一个列队之中。吕丙午、许昆季和刀疤脸都被点名了，却没点到四叔，一直到了参加秋围的人集合完毕，仍没有四叔什么事儿。四叔有些急了，去找狱卒，狱卒说他有别的事儿。四叔问什么事儿，狱卒说，一会儿舒大人给你交代。

四叔随着狱卒、巡更和流人出了监狱大门,打秋围的流人在左司衙门前的空地前列队,唯独把四叔甩在了外面。四叔直接进了左司衙门,舒克宽正在穿戴出行的猎装。

"打秋围得出去两三天,你留在尚阳堡教阿木叶学琴。"舒克宽说。

"我也想去。"

"去打围?打围可不是看热闹,有危险的。"

"我不怕危险。"

"还是算了吧……打秋围不适合你。"

"你怕我身体顶不住?"

"打围是个苦差事,一天要跑百八十里……"

"我能跑百八十里。"

"能跑还不够,关键是你行不行!……别说了,你安安心心在家里教琴吧。"

"我一定要去!"

"你啥?"

"我、必须得去。"

"你在命令我吗?"

"罪身不敢,大人!"

"那我现在命令你,留在尚阳堡公干。"

"是,大人!"

舒克宽穿好了猎装,正欲往外走,四叔急了,为了挽救吕丙午和许昆季的性命,他必须豁出去,就算背负恶名和骂名他也没办法。

"大人!"

舒克宽摆了摆手："无须再议。"

"大人，罪身有要事禀告。"

舒克宽停下，转过身来。

万般无奈之下，四叔把吕丙午、许昆季和刀疤脸欲借打秋围之机逃跑的事向舒克宽做了禀报，他甚至对舒克宽接下来的问话都做了对应的准备，他想，舒克宽若向他了解情况，他会建议把吕丙午几个人留下来，一时查问不清楚，只要暂时关押在监狱，就有缓冲的时间和解决的办法。不想，舒克宽没问四叔，只是轻描淡写地说，这些心你就别操了。

四叔的心怦怦直跳，试探着问："难道，大人已经知道了？"

舒克宽笑了，他说如果连这个情况我都不掌握，那我不失职了吗。

四叔当然不能问谁告诉舒克宽的，也想不出是谁告的密，这些不是他关注的要点，他最想知道的是，舒克宽将如何处理。没等四叔问，舒克宽说："放心吧，他们跑不了多远，我早已设下了天罗地网，他们定然插翅难逃。"

"可是……"

"我知道吕丙午和许昆季是你的学生，如果此次出猎顺利，本官心情好，或者可以饶过他们性命。"

四叔一听，连忙抢到舒克宽身前，扑通一声跪在地上。

"罪身冒犯了，请大人务积阴德！"

"这个不用你教我，起来吧。"

"请答应罪身，不伤害他们的性命。"

舒克宽稍有愠怒，本想训斥四叔一番，此时狱卒已在门外催促，就说："好吧，我卖你个面子，不过，死罪可免，活罪不饶，对无视朝廷律令，作奸犯科者，必予严厉惩戒，以儆效尤。"

打秋围的人离开之后，左司衙门突然安静下来。四叔已经摆好了琴，等阿木叶一来就开始焚香。等待期间，他静静地谛听着屋外的风声，秋风挂在旗杆上发出呜咽的声响。

大门外有了响动，四叔连忙迎了出来。

来人不是阿木叶而是驰送文报的差使。邮差属于戴罪之身的驿丁，本来一份不加急的公文，也得昼夜星驰。四叔接过公文，是盛京衙门的文牒——关于拨付过冬物资的详册。四叔本想留驿丁喝一杯热茶，驿丁辞谢了，两人寒暄几句，驿丁就离开了。四叔回到大屋，继续听断断续续、令人心寒的风声。

门外又有了响动，四叔连忙站了起来。

来人仍旧不是阿木叶，而是来掏茅坑拉大粪的毛驴车。衙役打开大门，让毛驴车进了第一道门，来到了监狱大门口，也就是第二道大门。开监狱大门的是肖蕴章，隔着大老远儿，他还对四叔点了点头。不知道是不是毛驴感受到了监狱的气场，它突然嗯啊嗯啊地叫了起来。毛驴叫过之后，大屋又恢复了安静。

四叔大概觉得这种静有些压抑，他慢悠悠转到了衙门后院，到了后院他才意识到，也许大屋里的安静与空空荡荡的后院有关，原来在后院扑腾的那些猎狗，一个都不见了。四叔的心立即缩紧了，猎狗全都跟舒克宽去了，连三个多月的半大小狗也跟着"锻炼"去了。真的发生情况了，吕丙午和许昆季能招架得了吗？尽管舒克宽向他承诺，活罪难逃，死罪可免，应该是保全性命的，而狗没有承诺，狗也不会做出承诺。一旦开始追捕，动起手来人都不敢保准儿，何况狗呢，尤其是一群狗。以四叔有限的猎狗常

103

识推理，群狗容易兴奋过度，发生意外在所难免。这样说来，自己是不是被舒克宽骗了？不行，四叔在心里说，我必须想尽一切办法，阻止一场血案的发生。

"先生，傻看啥呢？"

四叔回过头来，见阿木叶站在身后。

"没事。"四叔说。

"你是等我吗？等的地方也不对呀。"

四叔沉下脸来，说："抓紧过来练琴吧。"

阿木叶规规矩矩地进屋，净手，燃香。

"把我教过你的指法弹给我听。"

"都弹吗？"

"都弹！"

阿木叶调整好身姿，开始抚琴。阿木叶弹得挺认真，四叔却心不在焉，一直在走神儿。

"心里长草了。"阿木叶说。

"弹琴时心里不能长草。"

"我没说我，我说的是你，你心里长草了吗？"

四叔有些难为情，叹了口气说："有一份文牒要送给舒大人。"

"急吗？"

"也……不是特别急吧。"

"他在打秋围呀，送去也处理不了。"

"所以，我在考量。"

"我看看文牒说的是啥。"

"你不能看。"

"我可以看。"说着，阿木叶跳到了文案旁边，拿起了文牒。

"这个呀，根本不用送的，他打秋围的时候你送这个过去，他肯定怪罪你！要是换了我，我也会怪罪你……"

四叔重重地叹了口气："我干脆跟你说实话吧，我之所以要去追赶他们，是为了避免一场血案……"

"血案？啥血案？"

四叔只好把吕丙午、许昆季和刀疤脸计划趁秋围时逃跑，而舒克宽已经布下了天罗地网，以及他跟舒克宽争取的事都对阿木叶讲了。

"我阿玛不是答应你了吗？"

"舒大人答应了，可猎狗一旦咬上了，能保证控制好吗？"

"倒也是，狗跑得快，等人赶过去了，黄花菜都凉了……"

"我必须马上过去，在他们还没逃跑前就搅局，让他们跑不成。"

"这样啊……那好吧，我陪你去。"

"你不能去。"

"我不去，你怎么能找到他们？"

"我可以打听。"

"上哪儿打听去？出了威远门，半天都看不到人影儿，找谁打听……放心吧，我知道围场在哪儿，我六岁就跟阿玛打围了。"

"不经准许擅自出边，会受重罚的。"

"你怕了？"

"我都豁出去了，还怕什么？"

"我也不怕，我是陪你送公文的向导啊。"

"送公文？"

"是啊，不送公文连边门都过不去……"

"不是说这个公文不急吗？"

"急不急的阿玛说了算，咱不知道，以为是急的呗。"

四叔一拍脑门，一连说了三个"就这么办"。

9

出了尚阳堡，四叔对阿木叶赞叹道，可惜你是个女娃儿啊，如果是个男儿身，日后必定有大出息，做官比你爹还强。事实上，阿木叶高估了她对方向的判断力，出了威远门，两个人走了相反的方向。

太阳快落山了，阿木叶才意识到问题严重了，好在他们走的是驿道，如果抄近路走入荒野之中，尤其是误入刺毛果野榛林或者草甸子，结果将难以预料。榛棵野莽一望无际，误入其中如果没有砍刀等工具，不免会被密织的榛林和带刺的野玫瑰枝条困住。草甸应该属于沼泽地，草根在水中长久浸泡，生成了铁锈颜色，像人害了红眼病一样，被当地人称之为"红眼哈塘""红锈水""虾荡"。误入其中只能在塔子头上穿行，稍有不慎就会掉入泥淖之中，人还好些，如果马一失足，别了马腿，拉都拉不出来。

天色渐暗，四叔有些发慌，荒郊野岭只有他和阿木叶两人一马，夜晚怎么办呢？阿木叶似乎没那么担心，兴致勃勃，不停地向四叔讲打围的事。阿木叶说打围就在于围，按参与打围的人数分旗，一旗一队，两翼进发，形成一个大大的口袋阵，再由远而近，渐次相逼，将猎物赶到口袋阵里。狩猎者臂鹰走狗，逐捕禽兽。

"打围时大家一边走一边击鼓喊叫，十分热闹。"阿木叶说。

"可是，天色已晚，这前不着村后不着店的……"

"别担心，会找到地方的。"

"早知如此，我们应该带些干粮。"

"别担心，饿不着。"

阿木叶告诉四叔，只要有窝棚，里面肯定有吃的，边外民风淳朴，宁愿自己挨饿也会把吃的东西留给路人。

"果真如此？"

"不仅不收分文，还把自己最好的东西送给不相识的客人。"

"前面山坳里好像有一户人家……"

阿木叶看了看，牵马就走。

"麻溜跟上！"阿木叶说。

那是一座土坯草房，左呼右唤也不见回应，房主人大概没在家。进了屋，屋里十分昏暗。好在阿木叶经验丰富，很快找到了糠灯，用火镰点亮。关东没有蜡烛，一般都点糠灯。糠灯的主要成分是苏子油渣及小米糠，将两者搅拌均匀，粘在麻梗秆上晒干，糠灯四尺多长，横插在木梁上，风吹不灭。

阿木叶找来了人吃的稗面饽饽，也找来了喂马的饲料，豆麦拌剉草。用草木枝叶和干马粪烧炕。屋子虽然不大，却有南北两炕。阿木叶告诉四叔，满人风俗，南炕为主为尊，西炕为客，北炕为奴。吃过晚饭，阿木叶对四叔说："你住南炕吧，我住北炕。"

"你是官家格格，我是戴罪之身，还是你住南炕，我住北炕。"

"你是阿木叶的老师，自然为尊为贵。"

"你住南炕，我住北炕。"

"别磨叽了，快上炕！"阿木叶过来要推四叔，四叔只好坐上了南炕炕沿儿。四叔真的感觉累了，蹬掉鞋子爬上了南炕。南炕临窗，窗户上糊的是涂了油的高丽纸，在秋风中呼哒呼哒的。

阿木叶上了北炕，噗地把糠灯吹灭了。

熄灯之后，四叔听到阿木叶脱衣服的窸窣声，四叔不敢脱衣服，拉过被子，和衣而卧。为鼓励阿木叶学琴抱有恒心，四叔向阿木叶讲了孔子学琴的故事。孔子刚学琴十天，便将琴谱烂熟于心，能流畅地弹出乐曲。老师，也就是师襄子，听后说这首曲子你已经弹熟了，可以学习新的曲子了。孔子却说，我虽弹得熟练了，可还没掌握它的音规曲律，需再练十天。十天之后，孔子的琴艺更胜一筹，老师说看来你已经掌握了曲子的规律，可以学新曲了。孔子又说，我虽掌握了它的规律，但还未能领会到曲中所包含的情感，还要再练十天。又过十天，孔子的琴音情真意切，令人忘俗。老师说你已经弹出了曲子所蕴含的思想情感，难能可贵，可以学习新的曲子了。孔子还是摇着头说，我还无法借由琴曲进入作曲之人的心境。于是，孔子一遍又一遍地弹奏同一首曲子。数日之后，老师来到孔子的住处，从琴音中感觉到他时而穆然深思，时而怡然高望，恍若进入圣境。孔子说，我通过琴见到了人，此人目光深邃，器宇不凡，胸怀天下，我想此人非周文王莫属！师襄子听后十分惊讶，说此曲名为《文王操》，确为文王所作！

阿木叶听罢，沉吟一下，问出一句令四叔瞠目结舌的话："孔子是谁？"

四叔开始向阿木叶讲起孔子来，讲着讲着，四叔感觉阿木叶已经睡着了。

天一亮，四叔和阿木叶就向东北方向进发，太阳出来了，天高云清，风和日丽。阿木叶骑在马上，跑来跑去，英气迫人，浑身充满了活力，仿佛辽河春水，不知疲倦地流淌着，欢畅而激越。

阿木叶在马上说:"其实,我知道孔子,还学过《论语》。"

"你是故意气我啊。"

阿木叶咯咯笑着,催马远去。

午后,阿木叶看到旷野中的人群,原来,打秋围的大队人马返回了。四叔心想:完了,一切都结束了!自己拼命努力还是没赶上,看来凡事都有定数,他本无力扭转乾坤。想是这样想,望着打围归来的队伍,四叔还是心灰意冷,两腿筛糠,一步都挪不动了。

然而事实令四叔始料不及,他挖空心思去阻止的事情根本就没发生,好像原本就没有那回事儿一样。吕丙午、许昆季和刀疤脸都好好的,有说有笑地走在流人的队伍里。这是怎么回事儿呢?四叔觉得自己被耍了,被当成一个大傻瓜彻彻底底地耍弄了。

事后四叔想,也许这件事儿就是吕丙午和许昆季设计出来的,兵不厌诈,使了反间之计,往复几次,以打消和麻痹左司衙门监视的注意力。这样说来,吕丙午和许昆季已经很有心机,看来,以后他不需要再为两个不省心的学生操心了。

尚阳堡开始下雪了,尽管只是薄薄的一层,监狱里很多流人还是十分兴奋的。四叔也是第一见到雪,他站在院子里迎接着,雪花落在他的头顶、肩膀上,任凭在脸上融化,他也没用手去擦。四叔用舌头舔了舔融化的雪水,觉得似乎有一种盐碱味儿。下雪那天,四叔第一次教阿木叶弹曲子,弹的是《良宵引》小段,阿木叶非常高兴,很快就学会了,虽然弹得不算熟练,却韵味十足。

舒克宽一进屋,阿木叶就跑了过去,抱住舒克宽的胳膊,一定要舒克宽听她弹曲子。舒克宽说行行行,你弹吧,阿玛听就是了。

阿木叶正襟危坐，表情凝重地弹了起来，还好，比前几次都显得流畅。

一曲终了，舒克宽微微颔首。

舒克宽回头对站在身边的四叔说："函可大师向你发出了邀请，让你去参加他的聚会。"

"什么时候？"

"后天……你明天就得动身了。"

"我陪大人一同去吗？"

"我公务在身，不便前去。"

"那，我一个人去，不好吧。"

"函可师父与我有交情，不好拒绝呀。"

"可我跟他只有一面之缘。"

"说来说去，还是你的琴弹得好，上次弹琴征服了大师。"

阿木叶噘着嘴，大声说："阿玛，我不高兴了。"

"怎么啦？"

"你也太抠了。"

"我啥时候抠啦？"

"人家弹得这么认真，夸几句，你能少块肉啊？"

"啊，我没夸吗？本来弹得就好嘛，名师出高徒！"

"马后炮，晚了！"

舒克宽对四叔笑了笑，说："看到了吧，都是我把她惯坏了。"

阿木叶不理舒克宽，对四叔说："你去聚会带上我呗。"

四叔瞅了瞅舒克宽。

"你去干啥？"

"我可以替师傅弹琴。"

"别胡闹，函可大师请的是你师傅，连我这个旧交都不在邀请之列……别跟着捣乱了。"

"要去，我就要去！"

舒克宽严肃起来，说道："再胡闹，我可要家法伺候了！"

"家法伺候我也跟师傅去……师傅你说句话呀！"

四叔说："你不能跟我去。"

"我不跟你去，你自己不丢了才怪呢！"

"走驿道，没问题的。"

"真没良心，上次要不是我陪你，你早喂豺狼虎豹了。"

舒克宽厉声道："再胡搅蛮缠，琴也别学了，我把你送回赫尔苏城！"

阿木叶的眼圈儿随即泛红，咬着嘴唇，说："烦人，不稀得搭理你们！"

农历十一月二十七日是大诗人左懋泰55岁生日，函可大和尚组织的聚会实际上是给左懋泰的祝寿活动，也是尚阳堡、铁岭卫和盛京三地文人雅士的大聚会，只是这些文人雅士的身份特殊，都是戴罪在身的流人。活动在左懋泰谪居的寓所举办。被誉为天下文章之大家的左懋泰曾是明朝吏部高官，一家百余口人随之流放尚阳堡，发遣后分别谪戍铁岭、盛京等地，在流人中有很大的影响力。参加聚会的人有的赋诗，有的作画，四叔则抚琴献礼，一曲《梅花三弄》惊艳四座。

兴之所至，函可赋诗一首："塞外高松青百尺，凄风吹雨半天声。共经万死知生重，却羡孤身似叶轻。东海只今余大老，西山不愧是难兄。予生匪远寒逾甚，白雪同歌岁岁情。"

大家纷纷响应，赋诗唱和。轮到四叔，四叔谦辞，表示自己不善诗词。实际上，四叔从蒙冤入狱开始就暗下决心，自此封笔，不再舞文弄墨。函可来到四叔身边，对四叔说："人间万劫均虚空，先生断舍离的应是肉身和执念，而不是飘逸的魂灵。"

四叔心里咯噔一下，觉得函可看透了他的心思，同时，仿佛领悟了函可禅语的寓意。四叔略一思忖，吟诵道："愁云紫气满关东，无数顽民献寿同。眼底河山三盏内，世间日月一枰中。悬孤岂必皆男子，啮雪今看有巨公。愧我不才花笔在，追陪长共笑虚空。"

"好诗，好诗！"函可带头击掌，赞叹道，"一琴一诗，琴瑟和鸣，美不胜收啊。"

不知道是不是受到函可和四叔的鼓舞，大家赋诗更加踊跃……左懋泰深受感动，含泪答诸公见赠："神农虞夏忽荒芜，五十五年事杳茫。绛县春秋羞甲子，楚歌宋玉谱宫商。腐儒不死蠹空在，窜客填龄罪愈彰。松柏好存冬日色，任随沤沫注沧桑。"

函可在席间提议，仿照江南文人结社的方式，创立"冰天诗社"。大家一致响应，公推函可为盟主。加入诗社的僧人、道士、文士及后至者共33人，得诗32首。

那是一场典型的猫冬式聚会，当地叫"串门子"，今天到你家明天到他家，五日之后，恰逢函可大和尚生日，在左懋泰的率领下，大家又去给函可祝贺生日，冰天诗社又一次聚集。这次聚会，左懋泰率先赋诗一首："去年已见西方曙，今岁仍亲大海澜。片月人天随竹杖，慈云忠孝一蒲团。既穷震旦三千里，又想尧蓂十二看。劫火常留多佛塔，苍生灰烬共盘桓。"

轮到四叔了，四叔吟诵的是："世间两字是君亲，明白输他世外人。自是传家无二道，犹闻报主有孤身。到边已作开荒主，先代曾为柱石臣。见说佛慈原等视，巨航普度尽顽民。"

诗社成员纷纷献诗歌，加上函可最后的答诸公见赠，共计54首。

那些日子里，四叔虽身处塞外寒地，内心里却仿佛照耀着江南的夏日骄阳，一直热气腾腾。回到尚阳堡，收入眼帘的是沉闷压抑的监房和囚犯，移步换景，四叔的心情又有些沉闷，好在阿木叶给他带来了一缕春风，脑海里出现了一幅盛景，杨柳依依。

四叔教授阿木叶的新曲目是《潇湘水云》，阿木叶上手很快，曲意本为凝望九嶷山，被潇湘之云所蔽，以寓拳拳之意，然水云之为曲，有悠扬自得之趣，水光云影之兴，更有满头风雨，一蓑江表，扁舟五湖之志。到了阿木叶手上，既有古韵的中正和平、清微淡远，又有关东的刚劲和豪气，似潇江和湘江，亦如辽河之条条支流，云聚时如梦如幻，尘心顿息，云开后风吹大地，滋生万物……四叔屏息谛听，听得入神，不知不觉眼睛开始湿润。

一曲终了，阿木叶问："我弹得怎么样？"

四叔缓过神来，喃喃道："尚可！"

"这不算夸奖吧？"

四叔点了点头，说："尚好，尚好！"

那天晚上，舒克宽在大屋里请四叔吃杀猪菜，席间，舒克宽和四叔讨论起古琴来。舒克宽说："先生的琴过于破旧了，没考虑换一把新琴吗？"

四叔说："琴旧没错，然而不破。"

"还不破吗？旧漆剥落、爆纹累累。"

四叔笑了，说："不瞒大人说，这把琴值钱就值钱在这个地方。"

"是吗？请赐教。"

"但凡上乘古琴，都讲究一个古字，越古越好，而古琴都有断裂纹，依据年代不同，有梅花断、牛毛断、蛇腹断、冰纹断、流水断、龙鳞断等等。一般来说，不过百年的琴是不会出现断纹的。"

"这样啊，愿闻其详。"

"这把琴是唐代的'九霄环佩'，伏羲式，鹿角霜粉屑调和的底胎，干透磨平后多次擦拭生漆而成，历经了千年磨砺，才有了这么漂亮的蛇腹断。尤其琴音……这个，有如风中铃铎；这个，犹如敲击玉磬。此琴出自以清雄沉细著称的制琴名家雷氏之手。"

"如此说来，这把琴该极其名贵吧？"

"算是稀有之物。"

"可估多少银子呢？"

"没具体估算过，不过在罪身老家，应该可以换一处居所。"

"原来如此，原来如此！我说先生怎么视琴如命呢。"

"算是吧，不过，罪身视琴如命，视的是琴，而非这把琴。"

舒克宽哈哈大笑，说："说得好，说得好啊。"

舒克宽给四叔夹了一块血肠，四叔连忙摆手："这个，罪身不耐受用。"

舒克宽将血肠放在自己面前的碗里，笑着说："嗑儿唠到这份儿上，我就从实道来，原本我想借你的琴一用，现得知这把琴如此珍贵，也就打消了念头。"

"借琴？"

"是这样的，冬天来了，我要送阿木叶回赫尔苏老家，本想借

114

琴予她,这样她就可以在老家练琴了。"

"现如今,她还没练到自己掌琴的功夫,应该留她几个月。"

"惯常冬天她都该待在赫尔苏城,就算她待在尚阳堡也没办法跟先生学琴,威远门监工总催扎大人看好你了,要你去柳条边协助勘估。"

"我不懂监工勘估啊。"

舒克宽告诉四叔,他本来想拒绝的,也说了同样的话,可扎大人说,勘估由盛京五部派的工程专办负责,四叔协助记录就行。考虑到尚阳堡左司衙门和威远门监工衙门的关系,总要相互给面子。

"要去多久?"

"起码要三个月吧。"

四叔本想说点牢骚话,话没吐出口,就突然意识到了自己的身份,他本该在监房里服刑,能在监外走动已是舒克宽额外开恩了,自己还想要什么呢?四叔苦笑一下,说:"谢谢舒大人提携。"

"可不是我提携啊,扎大人点名要先生,说明你已经名声在外了。"

"没有舒大人提携,罪身难有今天。"

"不说这些了,来,大口吃肉。"

四叔夹了一块肥肉放到嘴里,一嚼,扑哧一下挤出油来。

四叔试探着问舒克宽:"大人,有个问题不知当问不当问!"

"说来无妨。"

"罪身离开尚阳堡这么久,你不怕我跑了吗?"

"跑?你不会跑的。"

"为何?"

"你不会跑,不过你的两个学生,吕丙午和许昆季我不敢保证。"

"监房里都传说,大人不怕流徙犯逃跑,抓回来大人还可以得到嘉奖,不知道是不是谣言。"

"你认为呢?"舒克宽反问道。

"我不知道。"

舒克宽说:"我怎么能希望流徙犯逃跑呢,按律在押犯逃跑,监管者枷号三个月,鞭责五十,系官,革职;系民人,杖一百流三千里;系旗人,枷两月鞭一百。相关的专管各官,降二级调用。你说,我希望流徙犯跑吗?"

"看来,传说确属谣言了。"

"不过,在扎大人那里跑了就不属于我的责任了。"

"大人的意思,我可以逃跑?"

"你不会跑,不会的,可吕丙午和许昆季就不好说了。"

四叔沉吟一番,对舒克宽说:"我想好了,把琴留给阿木叶吧,练一个冬天,应该有特别的长进。"

"先生,我可没有威胁你呀,连暗示都没有……"

"是我自己决定的,跟大人无关!"四叔说。

舒克宽与四叔谈话的第二天,四叔就被扎大人派来的人领走了,他没见到阿木叶,他不知道阿木叶见到琴之后是怎样的心情,可是,以他流徙犯的身份,他能怎么办呢?

四叔到威远门时已是大雪封山,旷野四周白茫茫一片,大风扬起的雪沫子如弥漫的大雾,遮挡了人们的视线。"风三风三,一刮三天"上点岁数的关东人都知道这句俗语,冬天的风刮不过三天。果然，起风的三天后，天空湛蓝，万里无云，大雪好像把沟沟岔岔都抹平了，原野辽阔，一望无际。四叔被眼前的景色震惊了，他长久地瞭望着，以致阳光下的白雪，把他的眼睛都晃得生痛。

雪停之后，柳条边勘估工作也开始了，四叔跟着工程专办、小马仆、长随一行五人，沿着原来划定的线路勘测估算。到了冬季，水和土都冻住了，柳条边停止施工，不能挖边壕，不能垒边台，整个工地处于停歇状态。勘估工作往往都在休工期进行，主要是根据实际的地形地貌，校正山涧、坡岗等，随地形取直，查明线路上土质情况，比如泥土中含石量等，对工程量和用料进行核算。四叔的任务是协助测量、挖土和记录。那一带路上人烟稀少，几十里不见人家。工程专办比较有经验，下午太阳西斜就收了工，事实也是如此，四叔跟随专办进入赫尔苏河支流叶赫河旁边那个小六七户人家的屯子时，天色已晚。

屯里居住的是原住民，对四叔一行人十分热情，可谓"马有青刍客有粟"。陌生人进门，主人家像过节日一样，人人脸上露出了笑容，连家里女人和孩子都出来见客，右手抚额头，点头礼拜。自四叔他们进院，主人一家就忙活起来，有的抱柴火，有的舀水，烧火做饭。大锅里煮着野猪和狍子肉，还专门为他们捞了稻米饭。当时，关东不产稻米，稻米极为昂贵，稀有的稻米多易货自盛京，家境殷实的人家才存有稻米，平时不舍得吃，用来招待客人或者为家里生病人专属。四叔有机会近距离观察当地民人的生活，他发现民人的饮食工具多是木质的，盆、碗、碟子、杯盏都由原木削挖而成。

说起来，四叔的身份是戴罪的流人，专办也是流人身份，几

117

年前在尚阳堡监禁期满，发遣后才做了工程专办。民人一家不问这些，把四叔他们当成了尊贵的客人，让到南炕就座，接着，由主人敬烟。上烟是一项重要的礼节。四叔第一次抽烟，他学着专办的样子，吸了一口，被呛得咳嗽起来。紧接着，主人开始敬茶，那种茶是乳茶，也叫奶子茶，这个四叔还可以受用，只是喝了之后，有一层沫沫挂在四叔的嘴唇周围，引得大家笑话。再接下来，主人开始敬酒了，主人单腿跪地，擎着托盘奉上，托盘上放着爵，爵中注满了酒。那酒看起来与四叔家乡的米酒差不多，味道的差别还是蛮大的，当地米酒是用黄米酿就，甜丝丝的。四叔不胜酒力，不敢豪饮。四叔不喝完，主人就不起身，无奈，四叔只好将爵中米酒全部饮尽。这时，刚刚煮好的大肉块被端了上来，大家围着热气腾腾的托盘，用手刀割肉以食，渐渐地，四叔也有所适应，开始大块吃肉大口喝酒了。

四叔早晨起来，还觉得周身发热，出门小解时，碰到了也在小解的专办，从背影看，专办身子摇晃，好像站立不稳。

四叔在专办身边并排站着，对他说："昨晚喝醉了，现在还没醒酒。"

专办抖动自己的命根儿两下，笑眯眯地说："正常，我尿的尿都有酒味儿。"

四叔解开裤带，说："几个随从都没醒呢。"

专办说："你得适应这里的风俗，每次喝酒都得喝饱，不醉不休。"

"我的小身板，恐怕招架不了啊。"

"天寒地冻的，没酒不行，慢慢你就适应了。"

"我天生没酒量。"

"酒量是可以练的，练一练就成就了。"

专办在原地转了一圈儿，走到四叔跟前，小声说："听说你是神医。"

四叔连忙说："不敢不敢。"

"别谦虚了，上秋时你诊治瘟病，救了不少人，名声从尚阳堡传到了盛京。"

"折煞我也，那时候我没办法推辞，赶鸭子上架。"

"你的意思，瞎猫撞上死耗子了呗。"

"差不多。"

"别披着藏着了，隐藏得再深，还会露出马脚的。我已经答应你给人家治病了……"

"治病，治什么病？"

"你昨天没看见吗？这户人家的老人躺在炕上，病病歪歪的。"

"西炕上那个吗？"

"原来肯定在南炕上。家里来了客人，才把老人移到了西炕上……我们进门的时候，老人的脑袋上蒙了块湿布。"

"还真没注意到。"

"你一喝酒就迷瞪了。我去看过病人，说是恶心、呕吐，我见他小肚子发胀，手脚冰冷，面色灰白，冒虚汗，应该是得了臭番。以前我见识过这种病。"

"何谓臭番？从未听说过。"

"这种病在关东一点儿都不罕见，番有好几种，尤以攻心番厉害，不及时治疗会死人呢。"

"没找大夫吗？我看他家的条件还可以呀。"

"当地人信跳大神儿，不相信大夫。"

119

"那怎么办呢？"

"答应他们了，你去给他看病。"

"我？不行不行。我从未听说过此病。"

"我见识过，我看过治病的方法，先将肛门翻开，里面有紫黑的血泡，把泡挑开，用罐子拔毒血，之后塞一块面碱……我听人说，好像塞烟丝也行。"

"既然如此，你为什么不去诊治呢？"

"我从未动过刀针，不敢下手。"

"我在老家，也从未行医问药。"

"这样说有人信吗？尚阳堡那样的瘟病你都能治，这个病还不小菜一碟。"

"不行不行，真的不行。"

"哎呀，这样的话，就属于见死不救了，枉费我一向对先生崇敬。"

四叔摇了摇头，只好硬着头皮去治病了。

情况如同专办说的一样，病患肛门里有一圈紫色的痘痘，四叔果断地刺血拔毒，还在病患的经络上下了几针……效果出乎四叔预料，不消半个时辰，病患竟然坐了起来，还要到外面去上茅房。

主人心里充满了感激，一家人跪在四叔和专办面前，不停地说着感恩的话，长跪不起，拉也拉不起来。四叔不太适应这种答谢方式，可不知为什么，他的心里还是生出了莫名的自豪感，虽然戴罪在身，可自己还是有些价值的。

数九寒天，四叔一行五人走走停停，经常酩酊大醉，勘估效率很低，半个月才勘估了80里左右。腊月头一天，他们到了辽河的支流清河河畔的一个小集市，勘估小队住在山窝里一个叫"老鸹眼"的屯子。主人为了招待四叔一行，拿出渔网要去捕鱼，四叔非常好奇，想象不出冰天雪地里如何捕鱼，提出要跟主人一同前往。

离老鸹眼屯不远是清河的一个大泡子，从住处到大泡子正好经过集市，那天赶上开市，一些人穿着民族服装，见了面热情地打招呼，仿佛久别重逢，彼此拥抱，执手问安，分别时，男女之间还相抱亲脸，唧唧有声。在三三两两的易货摊前，四叔很快有了新的发现，关内熟视无睹的铁锅，在关东居然这么值钱，需要用貂来换，换的方式为大小布貂投于锅内，锅填满了，交换完成。那些貂就是换锅的钱，令四叔觉得不可思议。还有，在关内，稗子深受鄙夷，农人给庄稼除草时最先拔除的就是稗草，而在关东却成了好东西。关东多不耕地，春季随意挖坑埋种，任其自由生长，所以产量不高。稗子面是有身份的人才可以吃的，粟谷面才是大众的食物。集市上，稗面的价格比粟面的价格高出了好几倍。

当地人管捕鱼的地方叫泡子，其实那是一个小湖泊。由于湖面平而宽阔，积雪被大风吹走，有的地方还露出了冰面。主人先是在选好的位置上清理积雪，然后用冰钎子凿冰，湖冰冻得很厚，差不多四五尺，等冰面凿透，泛青的湖水冒了出来，四叔拿着网兜帮着捞取水里的碎冰，主人继续扩充冰洞，他一边扩充，四叔一边捞碎冰，最后，那个冰洞凿成了，圆圆的比水井口还大。冰洞一共五个，除第一个洞口较大，其他都是小洞口，每隔两丈左右一个。大冰洞被四叔捞得干干净净，洞口的湖水如酱油一般油亮。

主人开始下网了，先用一根细木杆穿网，木杆如梭子，从一个洞过渡到另一个洞,一直将渔网全部展开。四叔奇怪的是,下网之后主人还将一根系了牛骨的绳子沉入水中,单独拉了一个绳子。四叔问,牛骨是鱼饵吗?这鱼饵也太大了。主人告诉四叔,牛骨不是鱼饵,鱼畏惧白骨,躲避牛骨时会蹿入网内。

下网之后,主人就去湖边捡些干树枝和杂草,在洞口不远处支起了木杆,生篝火,烧水,热干粮。四叔十分担心篝火会把冰面融化了,掉入冰窟窿可不得了。主人大概看出了四叔的担心,只是嘻嘻地笑着。主人看了看四叔脚上的毡靴,问四叔冻不冻脚,四叔颔首确认。主人说冻脚就脱下来烤烤火,还说,别看他的皮乌拉不起眼儿,里面是乌拉草,暖和。起风时,主人把自己的兽皮袄脱下了,坚持披在四叔身上。

四叔没想到下网的时间那么长,一直到了天色发青,主人才去起网,渔网带出一些活蹦乱跳的鱼来,有大有小,如果是在太阳下,一定金光闪闪。鲜鱼活蹦乱跳的,没多久就挂上一层霜,再后来就冻得硬邦邦了。

冻鱼装在两个麻袋里,主人似乎还不满意,不肯离开湖面。四叔本来想早点返回,又不好开口,静静地等待主人发话。主人的话很少,继续烤火、烧水、烤干粮吃,一直到夜幕完全降临。

天黑透了,主人一手拎着鱼叉,一手拿着松明火把,他们来到最大的冰洞前。清理了新封冻的薄冰之后,主人举着火把,对着冰洞晃来晃去。过了好一会儿,主人一跃而起,将鱼叉投入水中,同时大喊了一声,随着鱼叉收回,带出一条扑扑棱棱的大鱼。"原来如此!"四叔自言自语道。

矮脚马拉着雪爬犁,上面拉着满满的收获。走出湖面时,四叔抬头仰望天空,星汉无际,明亮的星星在湛蓝的天空中闪烁着。

四叔想，哪个人的生命中不曾经历冬天呢，度过冬天之后，严寒也许会被一点点遗忘，但冬天的篝火和天空里微弱的星光却镌刻在他的内心深处。

接下来的一场暴风雪把勘估小队一行困在了老鸹眼屯。雪晴后第三天，勘估小队准备开工时，阿木叶却意外地出现了。

"你怎么来了？"四叔问。

阿木叶笑着说："总算找到你了。"

阿木叶满脸笑容，四叔的内心却十分苦涩。那场雪下得很厚，当地人叫"蹲裤裆雪"，阿木叶一个小女子，一人一马一爬犁，她是怎么越过这茫茫雪原的？路上需要战胜多少困苦和艰辛啊。

四叔冷下脸来，心疼又怪嗔地说："你来这儿干什么？"

"我来弹琴啊，这一段我按琴谱练习，学有长进，请先生指教。"

"什么时候指教不可，非得这天寒地冻的……"

"学生见先生心切，哪管什么天寒地冻。"

阿木叶要现场给四叔弹琴，专办等人在一旁呼应。四叔说不可，我跟你说过"五不弹"和"十四不弹"，你不记得了？阿木叶说记得的，可先生也说过十四宜弹啊，遇知音……值二气清朗，当清风明月。四叔无言以对。专办等人继续在一旁起哄，喊着："弹一个！弹一个！"

于是，在那间草泥墙、挂碱草、泥壁上覆白霜的茅草屋里，披裘的阿木叶深情地演奏了一曲《凤求凰》。此曲传说是汉代古琴曲，演绎了司马相如与卓文君的爱情故事。正所谓外行看热闹，行家听门道，阿木叶演奏时，四叔一直低着头，紧闭双目。一曲终了，阿木叶在众人起哄中望向了四叔，泪眼相望。其实，四叔早已泪眼婆娑，他偷偷擦掉眼泪，慢慢抬起头来……

晚上，阿木叶喝了热乳茶，也喝了米酒，兴高采烈地跟着房主人跳起了舞蹈，充满了青春的激情和活力。席间，阿木叶偷偷告诉四叔，先生大可不必参与柳条边勘估。四叔解释说，是威远堡扎大人点名。

"啥扎大人点名，这事儿跟扎大人无关，跟阿玛有关。"

"怎么回事儿？"

阿木叶说："阿玛让我回赫尔苏，我不同意。"

"可这跟我有什么关系呢？"

"阿玛调虎离山之计呗，你想啊，你离开尚阳堡，我就没理由在尚阳堡跟你学琴了，就得回赫尔苏。"

"这样啊。"

"可是，我没想到会这样，委屈你了……"

"行了……琴也弹了，也知道你进步了，明天早晨就回去吧。"

"不，我要在这儿待两天。"

"你可以自己练琴了。"

"……就两天。"

"不可，我送你回去。"

"你送我？算了吧，你不如我适应关东的天气……"

"我一定要护送你回赫尔苏城。"

暴风雪那几天，伐木工地歇工，吕丙午、许昆季和刀疤脸就在一起密谋逃跑事宜。

四叔去威远堡协助勘估的第三天，吕丙午、许昆季和刀疤脸等人也被抽调到山上伐木头。冬季柳条边边台停工，却是备木料的好季节，每年威远门工程督办都组织人员进山砍伐原木，其中三分之一是尚阳堡的流人。原木归集之后，再沿冰封的河道，人畜拖运下来。

许昆季认为，越是寒冷越有机会，没人相信他们会在寒冬腊月逃跑。吕丙午不担心逃跑的时机选择，他更担心怎么越过这冰天雪地的关东大地。刀疤脸说可以先向北上行走，沿昭苏台河进入辽河河套，之后进入蒙古王爷领地。

许昆季说："本来路遥艰险，何必舍近求远呢？"

刀疤脸说："不怪有人说读书人酸腐，那不是舍近求远，是人在屋檐下不得不低头。"

"什么屋檐下，哪有屋檐？"吕丙午说。

刀疤脸向吕丙午和许昆季解释，蒙古王爷领地有特殊规定，很多流人都研究过，具体律例是牧民不准行人住宿而致冻死者，勒令赔偿，罚取一九（即罚犏牛、乳牛等七只马二匹）；若未致死，罚取二岁牛。若准住宿而财物、牲畜等被窃者，则令户主赔偿。要想冬天不被冻死饿死，最好从王爷领地绕道而行。

许昆季说："既然很多流人都知道了，那左司衙门也一定会知道。"

"咱如今不归尚阳堡管，放给柳条边工部了，就归柳条边监工管。"

"直觉告诉我，那条路不保险。"

"你们就把心放肚子里吧，听我的准保没错！到蒙古王爷领地，搞好了，还可以喝到马奶子酒呢。"

吕丙午瞅了瞅许昆季，许昆季还是一脸疑惑。

暴风雪停止那个后半夜，吕丙午、许昆季和刀疤脸的身影消失在茫茫黑夜之中。

腊月二十日,四叔回到了尚阳堡。

回尚阳堡的路上,四叔还想到了吕丙午和许昆季,他认为他们是不会逃跑的,冰天雪地,生存非常困难,正如舒克宽所说,外面是更大的尚阳堡!可是,回到尚阳堡,四叔听到的第一个消息就是,吕丙午和许昆季逃跑了,同时逃跑的还有刀疤脸。当然,人不是从尚阳堡跑的,责任也划不到左司衙门头上。四叔突然意识到,尚阳堡监狱这些人都斗不过舒克宽啊,是不是连吕丙午他们逃跑这件事也在他的掌控之内?所以派四叔走后,舒克宽又把几个危险人物派给了威远门,进山备木料,巡更老瘪却留在了尚阳堡,这里没有蹊跷才怪。现在,危险人物跑了,他可以推个干干净净,潜在的风险也消除了。

没多久,刀疤脸被抓回来,绕城示众,之后收押在监狱的地牢里。由于抓他时他持刀杀狗伤人,被盛京五衙门定为斩监候,报刑部复核,说是秋后问斩。不过四叔听说,刀疤脸根本活不到秋后,不要说秋后,能活到过年就算命大。监狱大院里传说,刀疤脸被抓时肠子流了出来,有的肠子还被当场喂了乌鸦。

腊月二十二日,舒克宽带领左司衙门大小人等举行仪式,封笔、封印。关东过年放假时间较长,差不多有一个月的时间,到正月二十才回衙门开笔、开印,正式上班。当然,值班还是要有的,四叔作为笔帖式候补,被安排在三十晚上值班。

"三十晚上,你可以在衙门里吃饺子。"舒克宽说。

四叔大礼拜道:"感谢大人关照!"

"对了,还有一件事跟你说一下,过了年我就把古琴带回来,还给你。"

"阿木叶……"

"阿木叶不回来了，她该出嫁了。"

"这样啊。"

"还有，我代阿木叶谢谢你，教她那么多天，十分辛苦。"

"不苦，不苦！"

此时，尚阳堡城里已经有了年味儿，街上锣鼓阵阵，花花绿绿。十字街、关帝庙卖年货的摊位多了，常常围着老人和孩子。随着喊声，马虎舞列成两队出现在土街上，一队戴兽面具，披兽皮，一队身披猎装，长矛弓箭，有的行人也跟着载歌载舞。走在街上，四叔的心空空落落，说不清，也道不明。

回到监房大院，院子里冷冷清清，死气沉沉。四叔走到地牢跟前，见老瘪在地牢外雪地里抽烟，一脸愁苦模样。老瘪把抽了一半的叶烟递给四叔，四叔谢绝。四叔靠近地牢谛听，里面一点动静都没有。四叔用眼神询问老瘪，老瘪面无表情。

天色已晚，四叔坐在监房门口望天，那天是阴天，天上没有星星，四叔不知道吕丙午和许昆季身在何处，是否还活着。

大年之后，阿木叶回来了，目光呆滞。

四叔见到抱着古琴的阿木叶时愣住了，半天没说出话来。

"不认识我了吗？"阿木叶问四叔。

四叔说："你，不是出嫁了吗？"

阿木叶眼圈儿一红，哭了起来。

四叔不知道怎么哄阿木叶，在阿木叶身边转过来，转过去。

原来，阿木叶腊月里私自去找四叔闯了大祸，惹怒了舒克宽，尽管舒克宽对阿木叶一向娇生惯养，可总还是有底线的，这次闹大发劲儿了，舒克宽忍无可忍，最终决定把阿木叶嫁给赫尔苏城文官京章的公子，预定婚期是大年之前。当时京章的公子作为披甲人，正在乌拉的船厂服役。婚礼紧锣密鼓地筹备着，公子也被召回了，不想，结婚头一天，阿木叶用一根锦缎悬梁，好在及时抢救，没断送性命。婚礼不能如期举行，而按当地风俗，正月不能结婚。事后，舒克宽和阿木叶各退让了一步，在旗长面前达成了和解。阿木叶答应开春结婚，结婚之前继续跟四叔学琴。阿木叶以死相逼，只为她跟四叔学琴争取了三个月时间。

四叔拿到琴之后就回到了监房大院，来到地牢跟前，就地弹奏了《阳关三叠》。千古送别，哀怨凄苦，诉尽离愁……其雄浑仿若岳武穆，感慨欲将心事付瑶琴，知音少，弦断有谁听！柔软恰似白玉蟾，十指生秋水，数声弹夕阳，不知君此曲，曾断几人肠。

琴声把流人都吸引出来，大家木呆呆的样子，驻足观望。连大小便失禁的阿骆和疯疯癫癫的肖蕴章也出来了，肖蕴章随着旋律扭动着，披头散发，手舞足蹈。

阿木叶没听到四叔弹奏的曲子，如果听到，她一定能感受到，这是一曲多么不同的《阳关三叠》！

阿木叶为四叔弹奏一支曲子，她胸前挂着龙凤玉佩，隐身在缕缕香烟之内。本是古曲《流水》，却演绎出特别的韵味。不过，那个场景却是在四叔的梦境里出现的。

阿木叶气定神闲，弹奏时意、形、心、气、神合而一，身心俱正，物我两忘，琴音绕梁三日，挥之不去。恍惚间，阿木叶变成了仙女，一个凌风傲骨、超凡脱俗的仙女，飘然而至，融化在四叔的怀抱中……

沿辽河支流寻访柳条边时，看到夕阳下沃野千里中，夹杂着一个个断断续续的颓败土堆，上面长满了荒草和老柳，柳树很苍老的样子，但那不会是三百多年前的柳树，如果有联系的话，那也是柳条边修建时柳树的子孙后代吧。

复原后的柳条边是这样的：用土堆成宽、高各3尺的土堤，堤上每隔5尺插柳条3株，柳条粗4寸，高6尺，埋入土内2尺，外剩4尺。清朝用的尺是指营造尺，一尺为32厘米。株距一尺七寸，也就是54厘米。柳树之间这么小的株距显然不合常规，也难以保证树木生长，因此柳条边栽植的柳树应该多为灌木柳而非乔木柳，东北人习惯把灌木柳称之为柳条，而把乔木柳称之为柳树，只有柳条才适于密植，长出独立的枝条，层层叠叠，密密麻麻，就如同东北农村房前屋后常见的榆树墙。土堤外侧，是一道上宽8尺、下宽5尺、深8尺的边壕，至于边壕里有没有水，文献记载说法不一。清康熙二十八年（1689年），山阴学者杨宾从浙江到东北来探望被流放的父亲，将柳条边记录在《柳边纪略》里："今辽东皆插柳条为边，高者三四尺，低者一二尺，若中土之竹篱，而掘壕于其外，人呼为柳条边，又曰条子边。"

柳条边分老边和新边。老边基本是在明长城的基础上修建的，起始于丹东凤城，向北经新宾至开原市的威远堡，然后折而西行，经法库、彰武等直至山海关，长1950里；新边由开原威远堡附近起始，从威远堡向东北到吉林北法特哈，长700里。我核对过几个版本的柳条边地图，重叠性较高的边门有20座，其中，老边有边门16座，依次是鸣水堂门、白石嘴门、梨树沟门、新台门、松岭子门、九官台门、清河门、白土厂门、彰武台门、法库门、威远堡门、英额门、兴京门、碱厂门、叆阳门、凤凰城门。新边有边门4座，分别是法特哈（又名巴颜额佛罗）门、伊通（又名易屯或一统）门、赫尔苏门、布尔图库门。边门与边门之间设有边台，整个柳条边上共设边台168座，每个边台设千总三四人，台丁近二百人，负责巡视、维护，可见规模之浩大。

我站的那个位置不知道是不是四叔营造的那一段柳条边墙，我的面前也吹过一阵风，我感觉到，额头的头发被吹乱了。1682年，康熙第二次东巡，路过柳条边时诗兴大发，挥笔写下《柳条边望月》七绝一首："雨过高天霁晚虹，关山迢递月明中。春风寂寂吹杨柳，摇曳寒光度远空。"康熙的孙子乾隆1743年东巡，从东段英额门过柳条边，也写下诗句："霓旌摇曳晓曦明，故国人人喜气迎。三月关山征辔远，而今屈指到兴京。""区分只用柳条边，堪作金汤巩万年。不是秦皇关竟海，空留遗迹障幽燕。"这祖孙两人的诗的水准就不评论了，想一想，一生写了4万多首诗的乾隆皇帝，有哪一首被人们熟知和传诵呢？当年在自己的国土上建一个比现代出国还要难的篱笆围墙，然而"金汤"并没有"巩万年"。帝王的诗没流传下来，柳条边也只剩下残破的痕迹，王朝的背影隐没在辽河流域的旷野之外，令人感慨万千。

第三章

1

太阳升一蒿高时,堂弟从赫尔苏边门西侧的一个边台旁越过了柳条边。堂弟天没亮就起来了,一大早就从古渡渡过了赫尔苏河。那个时候,柳条边已经十分破败了,壕栅边沿凹凸不平,里面没有水,杂草丛生。

堂弟过柳条边是想去徐家堡,徐家堡居住的是许昆季的后人。转眼时光来到了清文宗咸丰十年(1860年),也就是说,距离四叔和吕丙午、许昆季他们在尚阳堡活动的时间相隔了二百余年。是的,堂弟是四叔的第八代孙——云孙,四叔是堂弟的远祖,也就是八辈儿祖宗。

为了勘正和注释四叔遗留的诗集《辽河诗抄》，堂弟专门到关东实地走访，之前他去了元祖母的老家赫尔苏城，远祖四叔和远祖母阿木叶的墓地都在那里，堂弟祭拜了四叔、阿木叶以及阿木叶的父亲舒克宽。舒克宽在当地享有很高的声望，是位清廉从政、体恤百姓的好官。当然，舒克宽也是一位好父亲，当年，别说四叔是流人身份，就是民人，按当时的律规，满汉两族不能通婚，虽然民间有满族男性娶汉族女性的，但汉族男性娶满族女性却十分罕见，况且，阿木叶还是官宦人家的格格。当然，四叔和阿木叶更了不起，他们遇到的阻碍和磨难是难以想象的，最终还是冲破了重重艰难险阻，达成圆满，那种心境可以在四叔的诗《残冬尽退》里窥斑见豹。

四叔的案子是在皇帝大赦之前平反昭雪的，那一年，言官季开生的案子也平反了，可惜，季开生头一年就殒命尚阳堡。季开生是顺治十二年（1655年）流放到尚阳堡的，那年秋天，乾清宫成，发帑遣内监往江南采购陈设器皿，民间讹言往扬州买女子。季开生上疏极谏获罪，携家眷流徙尚阳堡监狱。季开生也是冰天诗社成员，与四叔等流人文士多有交往，歌咏不断。堂弟比较喜欢的句子如："床前见月家园梦，雪后听鸿兄弟情。消浊却怜诗兴浅，三秋不敢忆鲈莼。""骨肉书传辽塞少，林泉话入故园多。边城老将秋霜下，夜半闻笳起自歌。"……当时流人创作的诗作，被刑部法司等转抄呈报给皇帝，以了解流人的思想动态。顺治对季开生的诗作曾做过御批："哀而不怒。"然而，季开生命运不济，尚阳堡有一未婚光棍，极其无赖，对抑郁中的季开生很不友善，将季开生殴打致死，并狂言欲焚其尸，季开生死时年仅33岁。第二年，也就是顺治十七年（1660年），顺治下诏罪己，命吏部察谪降言官，谕曰："季开生建言，原从朕躬起见，准复官归葬，荫一子入监读书。"季开生得到平反。

也许是命运暗暗补偿四叔，回到家乡后，四叔声望大增，达官显贵纷纷送子弟进馆学习，门庭车马不断，"谈笑有鸿儒，往来无白丁"。然而，到了夜深人静时分，四叔却孤寂难眠，像丢了魂一般。他打破了"雨中不琴"的禁忌，只焚香不点灯，面向东北方向，在暗夜中抚琴，如泣如诉。

四叔和阿木叶一共生了四个孩子，三男一女。随着年龄的增长，四叔对关东的思念之情愈发严重，60岁那年，四叔带阿木叶和小女儿，携古琴重返关东，定居在赫尔苏城，直至去世。

堂弟刚刚越过柳条边，就被人喊住了。

喊堂弟的人叫老疙瘩，是山坡上边台的站丁。老疙瘩站在离堂弟十几米远、没膝的蒿草丛中，斜披一件脏兮兮的站丁制服。

"你是谁？为啥越边？"

堂弟愣住了，听到"越边"这个词儿，他的心里仿佛被柳条抽了一下，倏地抵达了深处。也许对一些人来说，不会对这个词儿过于敏感的，堂弟不同，作为流人的后代，他对那段历史颇有研究，深知越边的严重性。

老疙瘩一点点向堂弟身边移动，在离堂弟四五米处停了下来，显然，老疙瘩在堂弟的眼睛里看到了恐惧。于是，老疙瘩像对犯人一样，大声喝道："放下你手里的棍子和包裹，把手举起来！"

堂弟一哆嗦，慢慢放下手里那根临时榆木拐棍儿，从肩上取下包裹，放在草地上。

"把手举起来，举过头顶！"

堂弟的双手高高地举过头顶。

这里有一个重要的细节，其实，老疙瘩叫堂弟的时候，如果堂弟撒腿就跑，前不久扭了脚脖子的老疙瘩不可能去追赶他；如果堂弟根本不理睬他，继续赶路，也许老疙瘩反而没了底气，不知道该怎么处理了。问题就在于，老疙瘩的试探取得了堂弟的配合，于是，老疙瘩开始一本正经地执法了。

"把你的包裹扔过来，我要检查有没有违禁品。"

堂弟想伸手拿包裹，胳膊移下来，又举了回去，他用脚踢了踢包裹，将包裹踢向老疙瘩。

"你，跪地上！"

堂弟扭了扭身子，蹲在地上。

此时的柳条边已不是当年的柳条边了，边壕多年失修，边台多有颓废，值班的站丁三天打鱼两天晒网，有一搭无一搭的，名存实亡。堂弟大概跟很多人一样，已经对那道"边墙"忽视了，到关东后，堂弟目睹放牛放羊的人越边成了家常便饭。堂弟越边是因为，一方面想节省时间，一方面想走近路。如果申请通关文书，最快也要几天时间，况且，通过赫尔苏边门出边就得绕一个大弯，去徐家堡起码多走30多里。大意加侥幸，使得堂弟直接越过了柳条边壕。

过边壕时，堂弟不是没观察周边的情况，柳条边的两边都是农地，只是没见到老疙瘩。

本来，老疙瘩应该在农地里拔草的，他二哥进城去赶集，勒令他在田地里拔草。但老疙瘩自认为是读书人，不怎么会干农活，更不喜欢干农活，于是当他坐在柳树下读闲书时，听到了声响，就看到了越过柳条边的堂弟。

如同衰败下去的柳条边，前期的站丁多为流人的后代，后来吴三桂兵败，被俘的兵将和家眷被成批发配到关东，修筑柳条新边，新边修筑完成就地做了站丁。站丁没有俸禄，而是在柳条边耕种土地，自给自足，唯一的好处是减免了赋税。老疙瘩属于被俘兵将的后代，不是第八代就是第九代，公开的身份是官差，实际上是一直戴着流人帽子的栅壕差使，世代不能参加科举，不能做官。

老疙瘩拎起包裹，几本书从里面掉了出来。老疙瘩一看，眼睛里立即闪出了亮光。老疙瘩看到了《红楼梦》，那是一本禁书。老疙瘩翻了翻，又翻出了函可的《千山诗集》和四叔的《辽河诗抄》。他不知道《辽河诗抄》是不是禁书，但《红楼梦》和《千山诗集》肯定是，乾隆朝的时候就定为禁书了。发现禁书等于发现了违禁品，不亚于发现了盗挖的山参。

老疙瘩之所以对禁书熟悉正是源自他常偷偷读禁书，家庭贫困加之身份属性，使他没机会去读私塾，只在识文断字的族人那里得到了初步的启蒙教育，剩下的就是自学自悟，自己修行了。怎奈他接触不到学堂里的规定读本，能淘弄到的就是几代站丁查抄罚没的禁书，于是，《红楼梦》《说岳全传》《英烈传》等被他翻了一遍又一遍。

老疙瘩说："私自越边，携带禁书，罪加一等！"

堂弟被触痛了软肋，吓得丢了魂一般，扑通一下跪在地上。

老疙瘩将堂弟的手反绑在背后，押解到了边台，在曾经关押越边罪人的拘留房，老疙瘩审讯了堂弟。

老疙瘩几乎没有审讯他人的经验，如果说有经验也来自白话小说中的清官断案。为了展示威严，老疙瘩还找来一块石头当醒木，"哪"地敲击一声，大喝道："大胆刁民，从实招来！"

偏偏堂弟吃这一套，老疙瘩每敲击一次，他就哆嗦一下。

在老疙瘩的恐吓下，堂弟的心理防线很快就崩溃了，他如实交代自己为什么来关东，都到过哪些地方，做了什么事。只是他不承认自己带了禁书。《红楼梦》是前几年新刊印的版本，在老家很多地方都可以买到，至于《千山诗集》他就更不清楚了，是祖上传下来的。

老疙瘩说："你若老实诚实，我还可以帮你说话，如果不老实诚实，等我二哥回来，必会给你大刑伺候。"

堂弟说："我说的句句实话，没有半点诳语。"

"我不信，你不知道你带的书是禁书？"

"真不知道，我可以对天起誓，若撒了谎，天打五雷轰！"

反复了几次，老疙瘩实在审不出新的东西，他也审累了，索性把堂弟锁在拘留房里，自己上了边台顶，一边吹口哨，一边瞭望，等待二哥回来。

老疙瘩美滋滋的，心想，二哥回来一定不会怪罪他没拔草，因为他干了件正经事儿，抓到一个越边的人，身上还带着朝廷禁止的书册。

午后，堂弟又饥又渴，他拍打木门，喊了几声。

老疙瘩从边台顶下来，呵斥道："是不是皮子紧了，想让我用鞭子给你熟一熟？"

"我饿了，把我包裹里的饽饽给我。"

堂弟这样说，反倒提醒了老疙瘩，大半天了，老疙瘩也饿了。老疙瘩对堂弟说："你这个人心够大的，犯这么大事儿了，不着急上火，还想吃，你吃得下吗？"说完，老疙瘩反身到了更室，打开包裹，拿出了小麦面饽饽，狼吞虎咽地吃了起来。吃完饭，老疙瘩摇着辘轳把，从井里打上一木桶水，先是舀了一葫芦瓢，自己咕咚咕咚地喝，喝罢，又给堂弟送去了一瓢。这方面的经验老疙瘩还是有的，人可以饿几天，但是断了水不行。

堂弟接过葫芦瓢，眼巴巴地看着老疙瘩，说："我说的都是实话。"

"我暂且信你！"老疙瘩说。说的也是白话腔儿。

老疙瘩怕堂弟再折腾，就把堂弟反吊在屋脚的梁柱上。以前，老疙瘩见过吊人，有一种是反绑双手腾空吊起的，有一种是可以站在地面吊着的，这次属于第二种。第二种也算是处罚，虽然双脚着地，可活动范围有限，没多大工夫，堂弟就开始冒汗了。

拘留房的门关上，屋子里十分昏暗。堂弟龟缩在角落里，他并没有老疙瘩说的那么"心大"，在忍受饥饿的同时，也忍受着煎熬。堂弟担心的是，自己会不会也像四叔当年那样，莫名其妙地成了有罪之人，也被流放到尚阳堡或者别的什么地方，何况，自己还真的越边了，触犯了禁地的律规。堂弟对尚阳堡的情况还是了解的，当时流徙尚阳堡的犯人不乏朝廷要员和翰林，顺治进士、刑部主事、湖广道御史郝浴，顺治进士、礼部右给事中季开生，刑部右侍郎、吏部右侍郎董国祥，康熙进士、翰林院庶吉士陈梦雷，河南主考官黄沁、丁澎，江南巡按卫正元等，重要官员100多人，文人500多人。仅顺治三年（1646年）到康熙十年（1671年）25年间，就有3315人被流放到尚阳堡，涵盖刑部发来的流人2654名，督抚衙门发的流人661名，加上被流放的妻子父母兄弟，总数超过了万人。四叔在他的诗集里提到了后来做了大官的郝浴，而他的儿子郝林还官至二品，任奉天府尹。提到流人的生活，郝浴写道："大雪弥天，寒可裂肤堕指；夜卧多年不火之炕，三更倚枕，布被如铁。"……除了郝浴和四叔等少数人外，有多少人能平反昭雪，官复原职？堂弟绝对不想重蹈覆辙。

2

太阳快落山时，二哥回来了。

二哥从马鞍上卸载在集市上换得的农具，老疙瘩在他身边喋喋不休地讲着，二哥有一搭无一搭地听着。"咋样？我挺厉害吧？"老疙瘩说。

二哥撇了撇嘴："就你？"

"不信你去看看，我真抓了一个越边犯。"

"是老头还是老太太？"

"啥老头老太太，是年轻力壮的小伙子。"

老疙瘩拉着二哥去拘留屋，从门缝里看到在墙角的堂弟。二哥问老疙瘩："你把他吊起了的？"

"不是我是谁！"老疙瘩有些自豪地说。

二哥紧皱川字眉，说："马嚼子戴到牛嘴上，胡勒！……人不能吊时间长了，时间长了要死人的。"

老疙瘩翻了翻眼睛，有些紧张。

"吊多长久了？"

"不长时间。"

"喝水了吗？"

"喝了。"

"快点把人放下来。"

老疙瘩进拘留屋给堂弟松绑时，二哥到了更室，打开堂弟的包裹，一件一件查看着。突然，二哥的眼睛亮了。

二哥感兴趣的不是禁书，他发现了银子。

二哥贪婪地抚摸着银子，掂量着，把玩着。这些银子可以买一挂他梦寐以求的牛车啊。二哥十分投入地欣赏着银子，以至于老疙瘩走到他身后他才发觉。

二哥说："你是鬼呀，吓我一跳！"

"这是越边犯的东西。"老疙瘩说。

"这么多银子啊，你说，如果咱在山上捡的，是不是就成咱的了。"

"又动啥歪歪心眼儿了？"

"没啥，如果那个人进深山老林，麻达山了，让野兽吃了，后来咱捡到了东西……"

"这样不行，越边犯死了，咱也有罪。"

"死在咱手里，咱当然有罪，可人没在咱这儿，在深山老林，被野兽吃了，跟咱有啥关系？"

"他咋进深山老林的？"

"这个，我自有办法。"

"不行不行，这不还是跟咱有关系。"

"你的脑袋是不是让牛顶啦？"

"反正我不同意，咱必须公事公办，说不准还能立功，立功也有奖励，为啥正道不走，要谋财害命呢？"

"读了点破书，五迷三道啦？立功？别做梦了。"

"这些年，我一直找机会，我不信打不破套在咱头上的紧箍咒儿。"

"醒醒吧！"

"本来嘛，我练了一身本领，一直没机会为朝廷效劳……"

"狗屁本领，你自己以为你有本领罢了。"

"你才狗屁呢！"

"你狗屁！"

老疙瘩和他二哥争论时，堂弟的脑海里突然蹦出了逃跑两个字，尽管他不知道老疙瘩兄弟俩讨论什么，拘留屋的压迫感足以让他产生脱逃的想法……当初，吕丙午和许昆季成功逃狱了，本来他俩和刀疤脸一起出逃的，路上，三人对早已精心规划的路线产生了分歧，吕丙午和许昆季向西沿辽河走，刀疤脸向北进入蒙古王爷的领地，后来刀疤脸被抓，死在尚阳堡监狱。吕丙午和许昆季到了彰武台边门附近，被追赶的旗兵冲散，吕丙午和许昆季走了不同的方向，吕丙午奔向南方家乡，而许昆季走错了方位，奔向了边外的东北腹地。

吕丙午沿辽河支流饶阳河南下，混迹到辽河口的渔村，渡海回到了故乡。回到故乡的吕丙午隐姓埋名，东躲西藏，郁郁而终，死的时候才43岁。许昆季则沿昭苏台河东行，跨到了赫尔苏河，他最后的求生方式是装哑巴，在人烟稀少的平原山地生存下来。许昆季装了一辈子哑巴，可他毕竟有文化，加之心眼儿灵活，帮助原住民盖结构复杂的房子，指导农耕生产，经商做买卖，混得风生水起。在男多女少的东北，许昆季竟然娶过三个女人，一共生了九个孩子。后来，许氏家族开枝散叶，延展到了松花江、牡丹江等地。也许是为了避讳什么，许姓改成了徐姓，徐家堡中的徐姓人家几乎都是许昆季的第八代、第九代后人。

傍晚，二哥把拘留屋的外门插打开，老疙瘩把堂弟押解出来。

二哥先是把堂弟领到辘轳井边，在木桶里舀一瓢水让堂弟喝。

堂弟低头喝水的时候，老疙瘩十分紧张，站在堂弟身后。

二哥对堂弟说："你看这井帮的木头，打井的时候就有，两百多年了也不腐烂。常言道，干百年，湿千年，不湿不干就半年……"

堂弟挪动了身子，低头向井下看。老疙瘩偷偷拉住堂弟的后脖领子。

"你干啥？"二哥问老疙瘩。

"我怕他掉井里！"

二哥的眉头又拧巴在一起，大声说："放心吧，我没那么傻。"

堂弟抬起头来，他一时没明白两人话说的意思。

喝完水，二哥递给堂弟一个苞米饼子。

"饿了吧，吃个饽饽吧。"

堂弟接过饼子，狼吞虎咽地吃了起来。

"喝口水，别噎着了。"二哥说。

堂弟吃完饼子，打了个嗝儿。二哥笑了，说："吃饱喝足，一会儿送你去赫尔苏边门。"

老疙瘩愣住了，问二哥："天黑了，为啥非得今天送？"

"不送走，晚上他跑了咋办？"

"我不答应。"

"你不好使！"

"人是我抓的，我拿主意。"

"我是你哥，你得听我的。"

"我知道你啥意思，你别想！"

"我啥意思？我就把他送边门，我能有啥意思？"

"你自己心里清楚，非得让我揭破你不可。"

"你……如果你放心，你去送，你送他去边门。"

"我送……你不知道我脚崴了吗？"

"脚崴了，可以骑马去呀？"

"黑灯瞎火的……"

"我就知道你这个胆小鬼不敢！你不去，我去送。"

"明天白天，我去送……"

"不行，今天晚上必须送走，反正我不看管，你也看管不了。"

两人相互拉扯着，僵持起来。

"你想干啥？"

"你想干啥？"

"松开，不然我不客气了。"

"不客气就不客气！"

堂弟从他们的谈话和反应中，感觉到有什么不对。无奈，他只好说话了："能不能明天再说……我从赫尔苏城来，舒家是亲戚，我可以找他们作保。"

老疙瘩和二哥都愣住了，慢慢松开了手。

老疙瘩问堂弟："舒家是你亲戚，那你为啥不早说？"

"没什么，我怕丢人。"

此时的赫尔苏城舒家已经没人在朝廷里做官了，但舒姓人口众多，在当地势力很大，盘根错节，一般人招惹不起。

二哥气呼呼地说："明天就明天呗，犯得着翻脸吗？"

老疙瘩也不示弱，说："谁翻脸谁心里清楚。"

老疙瘩把堂弟送回拘留屋，插上外门闩，返身回到更房。老疙瘩本以为二哥会找他算账，像以前一样，不是给他一巴掌就是踹一脚，不想，二哥坐在凳子上安静地抽烟，脸上的怒气早就烟消云散。

老疙瘩坐在二哥对面，不主动跟二哥说话。二哥也不瞅老疙瘩，自说自话。

"不送他走也行。"

"不送了？"

"我倒是想了个主意……"

"不是啥坏主意吧？"

"咋跟你二哥说话呢？我看你是脑袋上长反骨了！"

"别说我，说你的主意吧。"

"我看这事儿，最好一个办法——私了！"

"私了，咋私了？"

"你想，赫尔苏舒家不好惹，不如我们把人送回去，讨个人情，说不准还能弄点好处。"

"咱不是官，没权处理越边犯呀。"

"你傻呀？这事儿本来就没惊官，除了咱俩，谁知道呢？"

"我不赞成，这事儿不是私事，必须公事公办！"

"真邪门了，抓了个人就了不起了，小翅膀就支棱起来啦？好好瞅瞅，我是你二哥，跟你二哥过不去，就是忤逆！就是大逆不道。"

"公事在先，私事为后。"

回到拘留屋，堂弟隐隐约约听到老疙瘩和二哥的争吵声，此时，他后悔没早点说出自己跟赫尔苏城舒家的关系，如果早点说了，也许就不用在这个黑屋子里过夜了。

堂弟又想起了四叔，他在这样的黑屋子里不知度过了多少个夜晚，可他为什么还对关东魂牵梦绕，执意要返回关东呢？在四叔的诗词里，堂弟还是能找到一些蛛丝马迹的。比如四叔开始恐惧关东，写到凄惶岭和欢喜岭，其实，凄惶岭和欢喜岭是同一个岭，距离山海关3里外的一道山岭，出关的人称之为"凄惶岭"，入关的人却称它为"欢喜岭"，一岭之隔，可谓两重天地，三月江南花红柳绿的时候，关外仍是大雪纷飞。当然，那道岭不完全是地理气候的分界线，而是人们内心世界的分界线。后来，四叔对关东不再恐惧了，诗词里不仅少了伤感，反而觉得那里浓烈、火热，增添了热爱。四叔的转变是不是跟阿木叶有关？一定是有关的，但也包括了更多的内容，比如四叔诗词中对融入原住民的欢喜心情，对底层民众的认可和赞美……事实上，当时的原住民并不歧视流人，对流人多予热情接纳和无私帮助，民风淳朴，待人真诚，乐善好施。流人在谪居地或者"改流徙入籍"，除了教授诗书礼乐之外，大多从事商业活动，一般都比当地人富足，满洲官兵民则贫穷。"衣食皆向熟贾赊取，俟月饷到乃偿直，是以平居礼貌，必极恭敬，否则恐贾者之莫与也。"

当然，四叔也有很多反思，认为有些刑事犯流人败坏了关东的民风、民俗，"凶恶习成，岂能悛改，其子孙亦未必能成善类"。那些不善的流人经商不诚信，流染匪癖，废坏风俗，从而导致关东地方奢靡之风渐起，赌博之习渐兴，官场风气日趋腐败，导致社会风气开始恶化。不过，从堂弟的角度看，关内流人对东北社会发展还是"功莫大焉"的，利大于弊，流人传播了文化和技术，原住民告别了刀耕火种的生产方式，提升了生活品质。

透过气窗投进的月光，堂弟想，蹲这个小黑屋，会不会是冥冥之中的安排，让他对四叔那一代流人的生活有更加深刻的体验和感悟呢？

堂弟又联想到了丁伯。丁伯是赫尔苏河旁边丁大户屯的族长，据丁伯讲，他家十世祖自顺治十年（1653年）迁徙关东，他们是民人，不属于流人，他的先祖还因为招民有功成了七品官员。堂弟查过史料，清朝初期，满族八旗兵丁和汉军八旗部队"从龙入关"，关外人口只剩十余万人，导致关东大量土地闲置荒废，人丁稀少，"有土无人"。顺治十年，朝廷颁布了《辽东招民开垦例》，鼓励民众出关垦地，努力恢复辽东残破的社会经济。规定："辽东招民开垦至百名者，文授知县，武授守备；六十名以上，文授州同、州判，武授千总；五十名以上，文授县丞、主簿，武授百总。招民数多者，每百名加一级。所招之民每名给月粮一斗，每地一晌，给种六升，每百名给牛二十只。""垦民"陆续沿大辽河而上，开始开荒种地，繁衍生息。后来，到了康熙七年（1668年），朝廷又加禁止，下令"辽东招民授官，永著停止"，实际上禁而未绝，到了乾隆四十一年（1776年），朝廷又下了严格的禁令……柳条边一边封建，一边开禁，一边突破，形成了反反复复的拉锯战。

为了考证四叔诗句"河边柴门冰含雪，丁翁火炕黍酒烧"，堂弟专程来到了丁大户屯。接待堂弟的丁伯属于典型的东北大汉，说话"嗯呐""嗯呐"的，管褐色叫鸡粑粑色儿。进屯时丁伯指着土路说，前几天下雨，这疙瘩稀能（泥泞），二丫卡旁边鸡粑粑色儿石头上，蹭突噜皮儿了。她哭哭唧唧的，我跟她说，白（别）尿叽，过两天定嘎巴儿就好了，她还跟我劲儿劲儿的。我让她把家里整干净儿的，别整得屋里屋外都是蚕丝线儿，埋了估汰，匹儿片儿的。堂弟听得似懂非懂，过了好一会儿，他才听明白丁伯说的大致意思。

在丁伯的屋子里，堂弟看到了各种各样的箭，有圆头的、方头的，还有花头的，在堂弟的印象中，箭都应该是尖头的，事实上，那些箭有的是哨箭，有的是鱼叉箭……真是大开眼界。丁伯家干干净净，东西炕上有炕琴，炕琴上叠着炕被，地上的大木箱上摆放着化妆盒、点心盒、鸡毛掸子瓶和帽筒。大箱子是装粮食的，丁伯说，看一家干不干净就看箱盖儿和锅沿儿。丁伯家的锅沿儿也很干净，旁边放两个坛子。丁伯说一个盐罐和荤油罐，过年的时候他还专门移动了荤油罐，二丫十九岁了，还没合适的人家，动荤油罐是想让二丫动婚。

吃饭之前，丁伯请堂弟上炕，围着烟笸箩抽烟。那是长杆儿、玉石嘴儿、铜烟袋锅的烟袋，烟袋杆儿有两尺长，丁伯点上烟先抽一口，递给堂弟，堂弟不好拒绝，也抽了一口。这样，一个烟袋你一口我一口地抽了起来。第一次抽浓烈的东北旱烟肯定是要遭罪的，不过堂弟觉得挺有意思，他还了解到，蚊子怕旱烟儿，烟袋油子味儿还可以驱赶蛇虫。

请烟之后请吃点心，是丁伯家自制的槽子糕和沙琪玛。槽子糕有种特别的香味儿，丁伯说做槽子糕的诀窍在于鸡蛋，鸡蛋不能太新鲜。过去鸡蛋很金贵，鸡蛋坏了不舍得扔，做点心时就加到里面，没承想味道十分特别，后来这个传统就延续下来。当地有句俗语"没你这个臭鸡蛋，不信就做不成槽子糕了"，说的就是这事儿。

吃饭的时候，堂弟见到了二丫，就是丁伯说的、在鸡粑粑色儿岩石上卡突噜皮儿的二丫。二丫是丁伯的孙女，不仅人长得漂亮，还心灵手巧，是远近闻名的满绣高手，一根蚕丝线能劈出十六瓣儿。堂弟第一次见到二丫绣的挂贴，不知道用了多少种针法儿，羊毛绣得疙疙瘩瘩，跟真的似的，鸳鸯的羽毛有顺有逆，五颜六色，金光闪闪，堂弟整个人都看傻了。

二丫胸前戴了一个龙凤玉佩。堂弟问是丁伯祖上从中原带过来的吗，丁伯说不是，是他姥姥的姥姥留下来的，具体他也说不清楚，不过，好像是他的祖上与当地人联姻，从当地人那头转过来的，传来传去，就传到了二丫这里。

堂弟说，这个玉佩可是件宝物啊，一看就是上古的东西。

二丫说当然是宝贝了，咱这的人都说龙和凤是吉祥物。

丁伯热情地给堂弟夹肉（他叫叨菜），大嗓门喊："来来，可劲儿造！"二丫负责烫酒、倒酒，时不时自己也抿上一小口。丁伯说："丁大户屯的人都尿性、实诚，从不武武玄玄地瞎忽悠，瞎忽悠的人时间长了，招人膈应。"堂弟扑哧扑哧笑着，喝得浑身燥热，完全感觉不到这里是"极边寒苦""绝塞荒山"之地。二丫也扑哧扑哧笑着，圆脸红扑扑的。堂弟时不时偷瞄二丫一眼，见二丫也在看自己，堂弟心里春水荡漾一般，他觉得，二丫那个眼神儿好像在哪里见过，十分熟悉……

3

第二天天亮，二哥就出去了，他想去赫尔苏城走一趟，了解一下情况，看看能不能讨一分人情，至于"接"还是"送"，那都好办。去赫尔苏城一个来回，差不多要一天时间，然而，二哥出去一个上午就匆匆忙忙返回边台。

"这么快就回来？"

"刚到赫尔苏边门，我就听到一个情况……"

"啥情况？"

"开禁了!"

"啥开禁了?我没听明白。"

"朝廷下令,过柳条边不查印票了……"

"啥时候的事儿?"

"好几天了。"

"也没人告诉咱啊。"

"咱算啥呀,朝廷文书也到不了咱这个小小的边台。"

"这扯不扯,咱还一本正经地……"

"你也是,惹这麻烦干啥呀?"二哥有埋怨老疙瘩的意思。

"干啥呀,放下打狗棒就骂花子……要不是我拦着你,还不知道出啥事儿呢。"

"不说这些了,赶快把那个家伙处理走。"

"咋处理走?"

"放人呗。"

"可是,他一旦知道开禁的事儿,咱还抓他,他不肯走,讨个说法,就麻烦了。"

"那咋办,反正祸是你惹的。"

老疙瘩说:"据我观察,那小子正盘算脱逃呢,咱俩就筹划一番,让他逃跑。"

"脱裤子放屁,费二遍事儿……敞开门,就让他跑不就得了。"

"不行,那样容易露馅儿了。"

"那咋办?"

"表面上,咱的小绳得勒得紧紧的……"

"逼他逃跑?"

"对,越严越好,而且他还能跑成。"

"那，你就筹划筹划吧。"

过了中午，老疙瘩和二哥在拘留屋门口转悠，堂弟听见二哥对老疙瘩说："这小子的事儿可大了，咱千万不能让他跑了。"

"我也怕他跑了，可门闩已经锈透了，随时都可以断了……明天让铁匠过来，打把新的门闩吧。"

"今晚咱谁也别回家了，就守在更房吧。"

"好，我回去打点酒，今晚咱就住这儿。"

堂弟听着，倒吸了一口凉气，他预感情况严峻起来，心想，得想办法逃离这鬼门关，先逃回赫尔苏城，到了那里，再想办法。

下午，老疙瘩和二哥在更室里喝酒，划拳猜酒令，吵吵嚷嚷，折腾一阵子后，传来两人此起彼伏的呼噜声。堂弟试探着叫老疙瘩，没有回应。堂弟开始推搡拘留屋的木门，弄出一些声响，声响并没把那两个兄弟招引过来。堂弟的胆子大了一些，想各种办法开牢门，忙活得浑身是汗，还是没能打开。堂弟觉得机会难得，就横下一条心来，走到墙角，助跑几步，用肩膀猛撞牢门。

不想，牢门真的被撞开了。

堂弟跑出拘留屋，见更室里杯盘狼藉，老疙瘩和二哥都趴在木桌上酣睡。堂弟撒腿就跑，跑出边台十几米，他又返了回去，拿起自己的包裹。拿包裹时，堂弟见老疙瘩流着口水，一只胳膊耷拉在木桌外侧，一半身子悬空，堂弟小心翼翼地将老疙瘩的胳膊扶回桌子上，背起包裹，消失在没人的柳林蒿草之中……

堂弟逃跑了，觉得自己很成功。不过回到赫尔苏城，他才知道柳条边已经开禁了。本想回去找老疙瘩和二哥算账，可想一想，自己什么东西都没少，那两个站丁算是可怜之人，也就作罢。

两个月后堂弟返回南方，水乡中的堂弟常常在睡梦里回到了赫尔苏河边,看到了栩栩如生的满绣。三年之后,堂弟重返关东,并从此在关东扎根。

走访开原威远堡镇正值初冬。到小镇的第二天,我的身体开始不舒服,应该是感冒了。说起来我起码有四五年没感冒了,但是感冒的记忆还是有的。不舒服是从鼻孔发痒开始的,痒的时候我揉搓鼻翼,接着就开始打喷嚏,觉得嗓子里有异物又咳不出来。中午时分,我在小镇上找了个不起眼儿的小饭店,小饭店叫四海酒楼,店名挺大气。有趣的是,大城市里的饭店一般愿意往小上起名,比如妈妈味道、胖嫂水饺、小弟烤串,而小镇不同,时不时表现出宏大的愿景。吃过午饭,我就回到旅馆,裹着棉被倒头就睡,醒来时,发现清鼻涕流到了枕头上,我坐起来,觉得有点头晕,浑身乏力,到了半夜,我的嗓子开始疼了,同时,肌肉蔫了吧唧地酸痛,还伴随间歇性钻骨缝儿的那种疼法儿。我想,这回是……彻彻底底感冒了。

感冒的事就不说了,回头说说吃中午饭的事儿吧。

本来,我想在小饭馆里点一碗热汤面,如果方便,再请老板给我煮一壶姜丝可乐,不想,看到展示台的菜品照片,我临时改变了主意,因为那里有很多我从没吃过的菜,我决定克服掉"把自己当病人"的心态,也许饱餐一顿之后,贸然造访的病魔就会被赶跑了。

"炒鱼子?单独炒吗?"

老板说当然是单独炒了,碰到这么大的鱼子不容易,说明你是幸运的。我问他怎么个幸运法儿,老板说必须是大鱼才有这么大的鱼子,这条白鲢这么长——他比画着,足有一米多长。"正儿八经的辽河野生鱼。"老板说。我看了看炒鱼子的价格，立即觉得占了很大的便宜。

"来一个炒鱼子！……这个、猪头焖子是什么？"

"你没吃过猪头焖子？就是猪头肉压的。"

"没吃过，冷盘吗？"

"算凉菜。"

"那就来一份，尝尝。"

"蒸血糕是什么？"

"猪血糕，"老板说，"昨天杀的猪，农村养的，非常新鲜。"

"也来一份。"

"烤哑蛋是什么？鸭蛋吗？"

"寡蛋……没受精的鸡蛋，孵不出小鸡的鸡蛋，大补的。"

"尝一尝！"

主食我点的是黏火勺。

菜很快就上来了，炒鱼子真的很好吃，很干爽，入口有起沙的感觉，就是油大了些。猪头焖子也很好吃，五香味儿，糯而不腻。最有特色的是蒸血糕，清香顺滑，清香大概跟加了很多姜末有关。黏火勺是两种颜色的，白色的是黏大米面儿，黄色是黏小米面儿，煎得老了点儿，反而皮脆面软，内核是火勺里的红豆馅儿，与一些稀软均匀的豆馅不同，这个豆馅干爽粗粝，红豆还翻着白茬儿，这种粗粝与黏软配合起来可谓恰到好处。

店里没有别的客人，我一边吃一边跟老板搭话，请教他猪头焖子的做法。老板说猪头焖子就是把酱好的猪头肉捣碎，放到托盘里压制成型，一般要一个晚上，然后改刀码在盘子里。我又请教蒸血糕的做法，老板笑了，他说看你这模样儿不像是做菜的。

151

我说我不是专业做菜的，但是爱好做菜。

说来说去，老板与我的距离越来越近，后来干脆坐在我对面。

"要不，我陪你喝两杯？……酒不要钱。"老板笑眯眯地说。

我说："没关系，我请客，你再加俩菜。"

"我吃过了，看你一个人，想陪你说会儿话。"

老板拿来他自己泡的药酒，酒体通红，倒进玻璃杯里像威士忌一样。老板说："听你说话声像冻着了，喝点火力旺的酒吧，驱寒！"

于是，我和老板对饮起来，没多大工夫就觉得后脖颈儿发热。

我不停地向老板请教。"我发现，你们这儿说话挺有意思，有些话加个后缀儿，比如阴天呼啦后边的呼啦，二虎吧唧后边的吧唧，我感觉应该是程度副词吧，不过汉语的程度副词一般都在名词的前边，为什么在后边呢？……其实说程度副词也不太准确，比如把阴天呼啦改成很是阴天，把二虎吧唧改成比较二虎，好像意思又不太贴切……呼啦和吧唧是满语还是蒙语呢？"

老板直盯盯地看着我，低下头说："大伙儿都这么说，为啥这么说，我也不知道。"

我换了个话题，向他请教辽河捕鱼的方式方法。这个话题大概对老板的胃口，他说等等，我去加一个生拌鱼。我阻止了他，因为桌上的菜都吃不完，浪费可不好。老板说好吧，那我加个小拌菜吧，我自己吃。

老板端一盘农家酱拌葱叶上来。"小拌菜我自己吃。"老板再次强调。我问为什么，他说大酱是自己家下的，农家酱有臭味儿，估计你不会喜欢，不过我就得意这口儿。我试着尝了一口，大酱味儿稍有些古怪，不过还在承受范围之内。"大蒜吃不吃？独头蒜!"我问有什么特别吗,老板有些自豪地说,铁岭的大葱,开原的蒜,西丰的姑娘最好看,大蒜是西丰产的独头蒜……出于好奇,我还是生吃了一头大蒜,差点儿没把我的眼泪给辣出来。

微醺状态下,我向老板打听尚阳堡的事,老板想了好一会儿,说从没听过这个名字。我说尚阳堡是清代最大的国家监狱。老板说清朝的事儿他就不知道了,眼巴前的事儿他都知道。后来我打听去清河水库的走法,他还真挺明白的,给出了好几个方案。

是的,尚阳堡已经淹没在清河水库之下。1958年7月修建清河水库,千年古城尚阳堡便从此沉睡在水下。走在大街上,如果你问十个人,十个人都会告诉你没有尚阳堡这个地方,更不用说400年前发生的那些故事了。

去年春天,我走访东辽河,也就是清代的赫尔苏河。东辽河在汉代被称为苏河,三国至隋唐称为杨柳河,明代称为艾河,清代称赫尔苏河。东辽河发源于吉林省东辽县小葱顶子山,"为辽河之东源,故曰东辽河"。东辽河大致分三段,二龙山水库以上为上游,二龙山水库坝至长大铁路桥为中游,长大铁路桥至平齐线三江口铁桥为下游。东辽河共有大小支流71条,右侧36条、左侧35条。赫尔苏城因境内有赫尔苏河而得名,满语意为"海边盐池所生之草"。赫尔苏城是一座有一千年历史的古城,战略地位十分重要,是东辽河流域经济、文化的中心之一。明嘉靖年间,海西女真各部千里南下,先后形成哈达、乌拉、叶赫、辉发"扈伦四部",赫尔苏城为叶赫部城寨。万历四十一年(1613年),努尔哈赤以叶赫部"拒婚、匿婚"责问北关,并率4万骑兵讨伐叶赫,占领赫尔苏城。赫尔苏边门是柳条边新边的边门之一,是当年入盛京围场和吉林围场的必经之路。赫尔苏城西临东辽河，北依二龙山，曾是繁荣的集市，有龙泉庙、吉祥寺、关帝庙三座庙宇，每逢大集时，商贾云集，人头攒动，熙熙攘攘。1942年，日本侵略者为掠夺农业资源，开发水田，在孤家子平原生产稻米，修建了二龙湖水库，千年古城——赫尔苏城遂淹没在水库之中，成为故事发生地的又一座水下古城。

探访东辽河源头的路上细雨蒙蒙，抵达东辽县辽河源镇福安村境内时，太阳出来了，天空一片晴朗。我沿东辽河源头顺流而下，从咕咕泉眼到涓涓细流，从粼粼波光到滔滔河面，仿佛走进了历史的回廊。过一个小河汊时，我见三个妇女在洗衣服，她们光着脚在石板上搓着，清水流过她们脚面，令我十分好奇。停下车，我在小河沟里洗了洗手，河水冰凉刺骨。我问洗衣女水不凉吗？她们告诉我不凉，还爽朗地笑了起来。

站在二龙湖水库大坝上，我感慨万千：历史的书册一页一页地翻着，如今的东北不再是苦寒之地，人们不再饥寒交迫，城乡一派欣欣向荣的景象，满目绿色充满了勃勃生机。由于雨水过旺，时值二龙湖水库放水泄洪，奔腾的河水如一条腾飞的黄色巨龙，轰轰隆隆发出雄浑的交响。

在东辽河边，每遇到陌生的面孔我都不禁看上几眼，我在想，能不能遇到四叔的后人呢，或者说，是堂弟的后人。

第四章

1

老舅和堂哥在马蓬沟码头下船那天是个阴天,望着灰蒙蒙的天空,老舅觉得有些压抑,不怎么敢用力喘气儿。

在老舅眼里,马蓬沟是一个大码头,一眼望不到尽头的桅杆和船帆,槽子船、牛子船、扒纲槽子拥挤在一起,十分喧哗。马蓬沟也是一个破码头,木桩不规则地竖立在浑浊的水塘之中,衣着不整的扛跤行(码头)伙计在装卸货物,船与码头中间排着黑黢黢的桥板,一尺多宽,一走三晃,伙计肩上扛着麻袋嘴里叼着"筹",那些竹子或木头板儿的"筹"是计数凭据。从堂哥那里,老舅知道了一句码头流行的歇后语:扛豆饼回头忘了筹(愁)。

从船上下来，到处是泥泞的水坑，所谓的石条道儿也泛着泥浆，老舅看到一些拉粮食的马车，车夫一手拉缰绳一手挥舞着鞭子，吃力地、艰难地移动着。

在那个码头，老舅第一次见到了"二迷糊"，二迷糊抱着鞭子，坐在马车辘轳旁边，屁股底下是一个草袋子。有人跟二迷糊开玩笑："二迷糊咋还不回家呢，你老婆正跟别人睡觉呢。"二迷糊笑眯眯的，也不生气。

那时老舅跟二迷糊还不认识，不过二迷糊给他留下了深刻的印象，因为二迷糊的眉头有个凸起的大瘩子，瘩子是肉色的。

在码头街市里，堂哥带老舅下了馆子，堂哥点了酱牛肉、熘肥肠和一屉酸菜馅包子，打了半斤高粱烧。钱需要老舅来付，付钱时老舅的心有些颤、手有点抖。也就在那个馆子里，老舅平生第一次见到了"洋火"，此前，老舅只见过火石和火镰刀，两者撞击出火花，然后用火绒点着。用洋火的是柜台旁一个穿绸缎、戴水獭围脖的公子哥儿，他用一根火柴头在小方盒边一擦，"嗤"的一声，火苗就蹿了出来，把老舅吓得一哆嗦。

回到堂哥身边，老舅兴奋地对堂哥说："你说的那个，俺亲眼见了。"

"啥？"堂哥停止咀嚼，油花花的嘴唇翻动一下。

"洋火，"老舅小声说："真的有咧。"

那时洋火可是奢侈品，不是一般人可以用的，尤其是点烟，点一次烟一根火柴，那得啥身价才能摆的谱啊。

说起来，老舅下决心跟堂哥到关东来闯荡，跟堂哥说的洋火有点关系。村里人都知道堂哥在关东贩卖皮货，发了大财，回到村里的堂哥打扮得溜光水滑，花钱大手大脚，一向瞧不起他的亲戚也主动跟堂哥套近乎。堂哥却主动来找老舅，他送给老舅一块带香味儿的洋胰子（香皂），他说别人跟他套近乎他都不感冒，他最想见的人是老舅。堂哥还说他是个懂得感恩的人，当年他两三天没吃东西，饿得前胸贴后背，是老舅给了他一个菜馇馇，滴水之恩当涌泉相报啥的。老舅问起堂哥贩卖皮货的事，堂哥眉飞色舞地讲开了，有很多老舅闻所未闻的新鲜事儿，其中就有洋火。没见过洋火的老舅，无论如何都难以理解堂哥说的一个木棍随便一划，"刺啦"一声火就着了的感觉。除了见识之外，堂哥主要是强调关东赚钱机会多、赚钱容易什么的，尽管老舅对堂哥说的"动一动脑子就有赚不完的钱"保持警惕和怀疑，可堂哥的话还是在他心里留下了抹不掉的影子。

晚上，新婚三个月的老舅妈已经熟睡，老舅却翻来覆去睡不着，他悄悄爬了起来，坐在炕沿儿抽烟。

老舅妈醒了，问："这是咋了？哪不舒服吗？"

老舅说："没，堂哥邀俺跟他一起去跑买卖，不知真假。"

"堂哥那名声你不知道啊？十里八村都知道他是个二流子，跟他一起跑买卖，你咋想的呢？"

"老话讲，人不可貌相，海水不可斗量，士别三日当刮目相看。"

"俺看啊，他就发了点小财，顶端端一个土包子开花。"

"不能把人一棍子打死。要说，他这人还算有良心，记得小时候俺给过他一个菜馇馇。"

"送一块胰子你就不知道东南西北了？"

"不是一块胰子的事儿，赚钱的事儿他咋不找别人，专门邀俺呢？"

"依俺看，他来找你，是看咱家在村里还算殷实，说到底还是惦记咱的钱。"

"别把人往坏里想。"

"俺说得不对吗？做买卖不要本钱啊？村里穷的他不能找，找了白找；'有的'他找不动，人家凭啥跟他合伙？只有你这样憨直的，人家说啥你都信。"

老舅将烟袋锅儿里的烟灰磕了磕，你说的这些俺都掂量过……跟你说实话吧，就是没堂哥邀俺，俺也想过要去关东闯一闯，谁不想发财过好日子呢。眼下咱还不至于挨饿受冻，不遇灾年几亩地能供上嘴儿，可将来呢？再添几个孩子就不好说了，你跟了俺，俺可不想让你跟着遭罪。老舅妈打断老舅的话，说："俺跟你没求大富大贵，只想小日子平平稳稳，夫妻间恩恩爱爱。"

"可俺一个七尺男儿，不甘心啊，俺不跟别人比，就说堂哥吧，论脑子，俺读过两年私塾，学过《算经》，心里有小九九；论体力，俺比他强多了，掰手腕俺得让他一个半；论为人，俺心地善良讲诚信。堂哥那样的都发财了，俺差啥呢？"

老舅妈叹了口气，说："看来，你都想好了。"

老舅说："俺是这样想的，下个月就秋收了，秋收之后也没啥农活，俺就跟堂哥到关东闯一次，阴历年前回家，能不能发财都回来，大不了一个冬天，明年开春不耽误种地。"

"可是，跑买卖是要本钱的，本钱呢？"

"这个俺也想好了，把咱压箱底儿的都拿出来，差的部分向二爷筹。"

"差的可是大头儿。"

"俺算计过，把地和房子抵押给二爷，可以筹两百块大洋，俺一回来就还款，赎房子赎地。你一百个放心，钱在俺手里，买卖做不成也不能蚀了本钱，保证能还款，买卖要是成了，就全是赚的了！"

"算计得挺美……实在要去，俺跟你去。"

"你不能去，跑买卖带你不合适，俺就走几个月，你愿意回娘家就回娘家，愿意住咱家就住家里，俺跟二爷说好，只抵押房照。"

"你非得这样吗？"

老舅说："俺这辈子不试一次，怎么能心甘啊。"

老舅妈的眼泪在眼里转了两圈儿，唰地流了下来。老舅妈抱住老舅，老舅翻身上来，一点点运动起来，老舅妈在下面悄无声息地流泪……

老舅和堂哥在马蓬沟街市的馆子吃完饭，系紧绑腿，背上褡裢，准备沿古驿道一路北上。在点心铺前，老舅还买了路上吃的炒面。本来，堂哥要买槽子糕和炉果饼干，老舅比较一下价格，还是买了最便宜的炒面。

堂哥嘟嘟哝哝："跟你出门穷嗖嗖的。"

老舅反驳道："咱出门是做买卖的，又不是来享受的。"

堂哥说："做买卖讲究的是运气，舍得舍得，有舍才有得。"

老舅说："那也看为啥舍，咋样得啊。"

"老话说得好，穷算计，越穷越穷算计。一算计，财神爷就不愿意搭理你了。"

"老话说得好，吃不穷穿不穷，算计不到就受穷。"

尽管堂哥不太高兴，可他也没办法，钱在老舅手里，确切地说在老舅的腰带和裤裆里，腰带里的是路上的盘缠，裤裆里的是货款，两个口袋都是老舅妈一针一线缝的。

老舅和堂哥一路北上，越走天气越寒冷，他们到达吉林乌拉时遇到了一场大雪，雪花纷纷扬扬，断断续续地下了七八天，把沿江的老城密密实实地覆盖了。大雪阻断了交通，也打乱了老舅和堂哥收购皮货的计划。雪刚停，堂哥立即带老舅进山。堂哥向大车店租了两匹矮脚马，店老板乐颠颠地把喂饱草料、装了马鞍的马匹送来，连定金都没跟堂哥要。老舅似乎觉得，堂哥在店老板那儿挺有信誉。天刚放亮，他俩一人牵一匹马，蹚着没膝的雪窝子艰难地跋涉起来。进山的路被大雪抹平了，根本看不到真实的面目。在老家，老舅从没见过这么大的雪，心里很是没底儿。

那是一段蜿蜒曲折的沿江路，路的一侧是宽阔的江面，江道的中间流动着尚未封冻的青黑色的江水，冒着丝丝缕缕的热气儿。

老舅问堂哥："这么冷的天儿，河水怎么不冻呢？"

堂哥说："水流急的地方冻不住，冻实成了可能要到三九天。"

老舅有些恐慌地问："那，要是掉到河里，可就要小命了。"

堂哥说："没事儿，你把心装到肚子里吧，这条道我走了很多次，道的两旁有树，咱在树当央走就行，准保没事儿。"

老舅跟在堂哥身后，他对堂哥的依赖感本能地提升起来。

老舅踩着堂哥的雪窝子，亦步亦趋，逐渐找到了感觉，步伐变得有力起来。此时天空湛蓝，一丝风都没有，江边的树枝披着银色的树挂，老舅不由得恍惚起来，仿佛进入了仙境一般。

走过江边柳堤路段，已经到了中午。老舅和堂哥停下来歇息，他们走得浑身湿漉漉的，眼眉和睫毛上也挂了树挂那样银白色的霜。老舅从褡裢里拿出了炒面。饥饿状态下的堂哥也不挑食了，他们俩一把炒面、一把雪,狼吞虎咽,很快就填饱了肚子。

接下来是进山的路,落叶后的山林显得树木稀疏,山道深一脚浅一脚,不太好走。堂哥对老舅说:"这已经不错了,要是让风吹过了,沟沟坎坎都抹得通平,能不能掉到沟里就不好说了。天黑之前,咱俩必须赶到佛塔密。"

老舅看了看天,不禁嘟哝一句:"好一个响晴的天儿啊!"

堂哥说:"别高兴得太早,雪晴之后肯定刮大风。"

老舅看了看堂哥,目光里流露些许敬佩。

堂哥和老舅到佛塔密时,村里家家户户已经掌灯,街上行人很少,偶尔听到相互呼应的狗吠。堂哥带老舅到了一个叫来福的客栈,叩开客栈木门,一股热气腾腾的蒸汽扑面而来,以至于老舅都没看清屋里的人的模样。堂哥和客栈掌柜很熟悉,他们寒暄了几句,掌柜的就打发店小二安顿客人。稳了稳神儿,老舅才看清店小二的模样。店小二东一趟西一趟,先是领老舅和堂哥到铺屋里烤火,又把马牵到马棚,随后跑出去安排饭菜,闪来闪去,神龙见首不见尾。

铺屋里南北两个大通铺,火炕上有十几个汉子,大概都是老客。屋里虽然点了两盏油灯,可还是显得有些昏暗,有的老客凑在一起抽烟,有的躺在炕上打呼噜。堂哥对老舅说:"把你的棉裤棉袄都脱下来吧,放火墙上烤一烤。"

老舅抬头瞅了瞅,火墙上横七竖八地搭了些棉衣棉裤,他这才意识到,自己的棉衣和棉裤已经湿透了。老舅小声对堂哥说:"这么多人,脱衣服怪羞的咧。"

"都是大老爷儿们,有啥可羞臊的?"堂哥大声说。

老舅用眼角巡视一圈儿,好像没人特别注意他们。老舅解开

161

棉衣盘扣，脱下第一层棉衣，从外面看不出什么，里面的确湿透了。老舅伸手摸到腰带，身子猛然激灵一下，立马改了主意。堂哥看出老舅不想脱衣服，说："你要穿湿棉裤睡觉，明天大腿根儿就得生疹子，生疹子是一码儿，明天咱还得去见猎户，要是把棉裤棉袄冻上，可就得冻疮了。"

老舅想了想，心里有了主意，他不打算上炕上睡了，就坐在火炉旁边，等关灯了他就烤衣服，囫囵个儿烤，一边打盹一边烤。

堂哥大概明白了，他撇着嘴摇了摇头。

吃过早饭，堂哥带着老舅上路，临近中午他们才见到猎户老客，猎户坐在炕上吧嗒吧嗒抽烟，不怎么说话。堂哥连说带比画跟他沟通，后来老舅才明白，猎户已经把手里的皮货卖掉了。

"雪一停，俺可就来了，难道还有比俺下手早的？"堂哥问。

猎户摆了摆手，用生硬的汉话说，昨个儿收走了，昨个儿收走了。

无奈，堂哥请猎户帮着联系手里有货的人，猎户点了点头，说出一个地名。老舅对所有的地名都不知道，不过从堂哥的表情看，他知道那个地方一定非常遥远，要么就是路太难走。

回到来福客栈，堂哥的脸色一直阴沉着，直到喝过两盅高粱烧之后，他的眼睛才泛起光泽，云开雾散。堂哥对老舅说，你尽管把心放到肚子里，俺的道儿多了，下一场大雪之前，咱一定能收到上好的皮货。

老舅不知道堂哥的道儿在哪儿，他能做的就是千方百计守住腰下的钱袋子。

接下来几天，堂哥还真是忙碌开了，一会儿接待送货的老客，一会儿出去看货，来来往往最多的还是中间人，好吃好喝侍候着，只是收购皮货的事儿迟迟没有进展。老舅眼巴巴数着天数，心里暗自焦急。堂哥却一副胸有成竹的样子，经常是天亮出去天黑才回来，酒气熏天。到后来，堂哥天黑出去，天亮回来。

一天早晨醒来，老舅摸了摸堂哥的铺盖卷儿，被窝是空的，却有热乎气儿，老舅连忙下地去找堂哥，前街后院都找遍了，也没见到堂哥的人影儿。老舅来到马棚，问正在铡草料的店小二，店小二说："早上我见他在掌柜的屋里，这会儿不知道在不在了。"

老舅转身去了客栈后院，还没进掌柜的屋前，就听到掌柜的大声训斥着："我的话你怎么听不进去呢？"掌柜的房门没关，溜出了一道光影，也跑出了声音。对方的声音很小。接着又是掌柜的声音："听进去什么了？左耳听右耳冒。别总去王姑娘大炕了，那是填不满的窟窿啊。"

堂哥说："女愁哭男愁唱，我不解解闷就憋死了。"这会儿，老舅确认是堂哥的声音了。

"大兄弟，你要是听我一句劝，就别在哈达岭这一片收皮货了，再往北走走。"掌柜的说。

堂哥问："为啥呢？"

"猎户说是手里没货了，可你想过没有，他是不是不想给你呢？"

"不应该啊，俺少给他银子还是绷他们皮货了？"

"介个，介个我可说不好了。"

"奶奶个熊的，俺……"

里屋的人大概感觉到屋外有人，急忙出门查看，来不及躲闪的老舅和堂哥撞了正脸儿。

老舅的脸腾地红了，嗫嚅着说："是俺。"

那天晚上，堂哥半夜回来，衣服都没脱就上了火炕，翻来覆去"烙烧饼"，老舅本想问问他，又觉得时候不合适。此刻老舅当然希望堂哥一切都好，收货顺顺当当，他已经被绑到堂哥这条船上，堂哥好了他才能好。

第二天早晨老舅发现堂哥脸上带着伤痕，青一块紫一块，问堂哥缘故，堂哥遮遮掩掩，说喝酒喝醉了，摔到一户人家的菜窖里。说是这样说，老舅还是为堂哥担心，忧心忡忡。

那天中午，堂哥兴高采烈地回来，像换了一个人似的。堂哥对老舅说："走，今个儿喝点。"

"有好事儿？"

"肯定有好事儿。"

堂哥带老舅到了客栈对面的"野味馆"，点了"辣炒野猪肉"和"红焖狍子肉"，打了半斤烧酒。堂哥告诉老舅，他已经联系到40张上等的皮货，有狐狸皮、貉子皮和獾子皮，吃过午饭他们就上路，去松树岭拿货。见堂哥紧锁的眉头舒展了，老舅紧绷的神经也放松下来。堂哥让老舅喝酒，老舅不喝。堂哥告诉老舅，松树岭的路挺远的，天寒地冻，不喝酒暖身子扛不过去的。再说了，这么多天都熬过来了，眼看买卖就成了，也值得庆贺庆贺。

没办法，老舅就接过了酒杯。

"会划拳不？"堂哥问。

"不太会。"

"我教你，一学就会了。"

于是两个人就哥俩好啊，三星照呀，四喜财呀，五魁首啊，六六顺啊，七个巧啊，八匹马呀，全来了啊！

吃过饭他们就收拾行囊上路了。两人一人牵一匹马，还是堂哥在前老舅在后，这次他们走的是一条通往山里的路，与之前的山路不同，之前的山路是起伏的丘陵缓坡，这一次却是急促而陡峭的悬崖。走一走，老舅就觉得两腿发软，眼前模糊。本来，老舅是有一些酒量的，何况喝得不算太多，他们两人才半斤酒。按理说老舅喝那些酒也不至于有这么大的反应，到了半山坡，老舅就走不动了，慢慢坐在地上。堂哥走过来，说这地方可不能歇脚，一停下来，天黑就赶不到松树岭了。这荒郊野岭的，搞不好就成了冻死鬼。"说话的工夫，堂哥扶着老舅上马："走不动，你就骑马吧。"

老舅骑到马背上，一手抓着马鞍一手攥着缰绳，可还是坐不稳，摇摇晃晃的。这时，堂哥一抖马的缰绳，将马头拉向了悬崖的方向，同时抡圆了鞭子，猛地抽打在马屁股上。"驾！"堂哥大声喊。

瞬间，受惊的马驮着老舅狂奔起来，所到之处，树枝上的雪沫子纷纷落下。没多大一会儿，奔马的一只脚踏空，一个趔趄带着老舅摔下了悬崖。

2

堂哥回到老家。

没几天工夫，村子里都听说老舅拐了合伙做买卖的钱不知所终。老舅妈不相信，找堂哥要人讨说法。还没等老舅妈找堂哥，族长二爷就把老舅妈和堂哥找了去。堂哥说本来他和老舅在吉林乌拉收购皮货，在大车店里，老舅结识了黑龙江来的老客，不知道他们私下里怎么嘀咕的。那个老客也鼓捣俺多次，说过了黑龙江就是罗刹，那里的皮货比吉林便宜五倍，跑一趟可以赚十趟的钱。别说罗刹，黑龙江那边就好几千里，山高路险，到处是胡子，俺都不敢去，再咋样，也不能挣钱不要命啊。二爷问："你确定祥子去了罗刹？"

祥子是老舅的乳名。

"俺不确定。俺去山里联系猎户回来，人影儿就不见了，黑龙江那个老客的人影儿也不见了。"

"你没找吗？"

"能不找吗，做买卖的钱全在他手里，俺的钱也在他手里……"

"你的意思，俺当家的拐了你的钱？"老舅妈问。

"你问俺？俺还想问你呢，你不知道祥子管钱啊？他的钱袋子还是你缝的呢。"

"那也不能证明他拐了你的钱啊。"

"他管钱，人没了，俺手里一文都没了，不是拐走是啥？"

二爷说："没见到祥子之前不能光听你一面之词，俺现在问你的是，你咋知道他去了罗刹？"

"听老客说的。俺找了他半个多月，该打听的都打听了，有的老客说他跟黑龙江来的老客去了罗刹。"

"要真去了罗刹，那得啥时候能回来？"二爷问。

堂哥说："快的话，几个月。如果那边生意好，年把的都不好说。"

老舅妈说："二爷呀，你可要给俺做主啊。"

二爷安慰二舅妈："唉，依祥子的性格，他不会在外边待太久的。再怎么，开春之前也能回来。房子你该住住，开春时该种地种地。"

堂哥说:"那俺呢?"

"你又怎么了?"二爷问。

"钱都在祥子手里,那可是俺的身家性命。如果他开春回来还好,要是路上遇个好歹儿回不来了,俺的钱管谁要去啊?"

二舅妈说:"还没管你要人呢?还想赖上俺,猪八戒倒打一耙。"

"冤有头债有主,别搞错了,现在是俺的钱被拐跑了。"

"你说祥子拐了你的钱,怎么证明呢?"

二爷说:"俺说过了,祥子不在,不能光听你一面之词。现在咋争讲也没用,糊涂庙糊涂神,一笔糊涂账,就是青天大老爷包公来,也断不了这个案。我看啊,还是等祥子回来再论论是非曲直吧!"

老舅妈从二爷家出来,走到村头的小河边,呆呆地望着河里嬉戏的鸭子,大哭了一场。

进入腊月,老舅的身影出现在离马蓬沟码头15华里的车家堡,他成了车东家的跟班伙计。

是车东家救了老舅。

那天,老舅和受惊的马从20米高的悬崖掉下来,马摔死了,老舅却捡了一条命。说来还得感谢悬崖上的一棵老榆树,老舅在跌落过程中被树枝挡了一下,重力得到缓冲,所以他只受了伤没殒了命。摔下悬崖之前的事他还记得,包括堂哥用力抽打马屁股、大声喊"驾"、惊慌中打在脸上的雪沫子以及从悬崖上自由落体下落时被树枝抽打着。摔到崖下,老舅瞬间失去了知觉,他仿佛来到一个清清凉凉的世界,一点都不疼,不仅不疼,反而有种舒服惬意的感觉，好像一下子被弹射到空中的，他在空中飘啊飘的，甚至看到雪窝子里躺着的人形，那个人形就是自己，大半个身子埋在洁白的大雪之中。老舅还隐约地看到，有人来到人形面前，翻动那个人形，从他身上搜走包裹，然后用枯树枝和雪将人形掩埋。埋过之后，那人还向人形的自己鞠了三个躬……老舅觉得那个人特别像堂哥。

老舅是疼醒的，他吃力地拨开覆盖在头顶和身上的积雪枯枝，伸出头来，见天色已经灰蓝发暗。老舅醒来做的第一件事是摸腰带和裤裆，发现自己的裤子是解开的，裤带不见了，也就是说口袋里的钱不见了。钱可是老舅的命根儿，他挣扎着想站起来，可怎么都站不起来，每动一下，大腿都钻心地痛。老舅这才想起，自己掉到了悬崖下了。可惜老舅无法动弹，他忍着剧痛，费了好大的劲儿才挪动一个窝儿。老舅喊了几声，明明知道喊是没用的，老舅还是喊着，直到喊不动了，才呜呜地哭了起来。老舅心想，完了，自己这辈子就交代在关东了，交代在荒山野岭里，成了孤魂野鬼，真是倒霉透顶了。

天色越来越暗，老舅开始绝望了，不想这时，山林里传来吱扭吱扭的车轱辘声和车老板赶牲口的吆喝声，老舅拼尽全力喊了起来。

老舅福大命大造化大，车东家把老舅拉到了佛塔密，找了一个有名的骨科郎中，据说那个郎中很神，接骨药是家传秘方，糊上草药可以听到嘎巴嘎巴的响声，那是骨头生长的声音。一般的骨折三天可下地，七天可以走路。也许他的病是耽搁了，也许骨折过于严重了，伤筋动骨一百天，两个月后老舅才敢出门溜达，只是伤腿还不敢负重。

两个月后，老舅才看清了救命恩人的尊容：长脸大下巴，一双细长的眼睛笑眯眯的。车东家瘦高的个子，手上戴一串念珠，胸前挂一件玉佩。

老舅给车东家磕头，车东家过来搀扶，老舅抬头正好碰到了那件玉佩。

"碰到我的龙凤玉佩了，"车东家说，"碰到我玉佩，一定是有缘分的人。"

老舅一心想报答救命恩人，腿脚还不利索，就点灯熬油为车东家算账，车东家虽然是八旗子弟，可他读过十部《算经》，与老舅有共同语言，尤其了解到老舅被堂哥陷害的经历，对老舅格外照顾。车东家对老舅说，病好之后，你想跟我干就留下来，日后再把你媳妇接过来，不想留下我出盘缠，送你回山东老家。老舅暗自下了决心，不管怎样，一定要报答车东家的大恩大德。

养病期间，老舅透过方方面面对车东家也有了一些了解，车东家洞察世事却大智若愚，善于经营却为人谦和，二十多年间挣下百万贯家财。不知道是不是经商过程中经历了太多的辛酸苦辣，车东家在家里家外都沉稳低调，生活简朴，不事张扬，更不露富，与八旗子弟的区别十分明显。尤其是近几年，车东家财运旺盛，常有大笔的进项，有人见他买过不少坛子，揣测他埋了不少金银，至于埋到什么地方就不得而知了。

老舅的腿基本恢复了，可伤腿比好腿短了半指，走快些一跐一跐的，被称为"地不平"。老舅挺乐观的，他自嘲道：不是我腿有毛病，是这个地不平整，深一脚浅一脚的。老舅在人群里属于高个子，身高八尺，按现在的算法一米八左右。当有人问他多高时，他说那要看我怎么站着了，说的时候还左右脚轮换："这样站着八尺，这样站着七尺七寸。"

腿好之后，老舅请求车东家派他去马蓬沟码头装卸货物，车东家说："那些活儿不适合你干，你还是帮我理账吧。"

"陈旧老账都理完了，新账随有随记，不用一个整人手。"

车东家想了想，说："是啊，哪有你这样干活的，一年的活儿让你两个月干完了！"

老舅说："您答应我去马蓬沟了？"

"我再想想，我再想想。"

老舅打起了喷嚏，一个接着一个。

车东家笑着说："准是有人念叨你了。"

此时，老舅妈在老家望眼欲穿，不停地念叨着。一段时间以来，二爷的确没难为老舅妈，然而堂哥却没有罢手，隔一段时间就上门讨债。堂哥开始对老舅妈说老舅不可能回来了，发了财也得让罗刹那边的老娘儿们缠住。老舅妈了解自己的男人，根本不信堂哥的话。后来堂哥又说有老舅的消息了，说老舅已经死了，过边境时被胡子绑了票，死在地下3米深的秧子房里。老舅妈问堂哥，俺当家的死在秧子房里你是咋知道的？莫非你跟胡子有勾连？堂哥支支吾吾，说自己也是听别人说的。没多久，堂哥又醉醺醺地上门了，说这回有准信了，是以前一个老客跟他说的，老舅早就死了，被黑龙江那个老客害死的，为了贪图钱财，那个老客把老舅推到了黑龙江里喂鱼了……老舅妈还是不信，她觉得，如果老舅真的横死了，她右眼皮起码得跳十天半个月的。堂哥不肯善罢甘休，色眯眯地对老舅妈说，现在只剩一个办法了……用你来抵债了。说着对老舅妈动手动脚，老舅妈反抗着，还是被堂哥扑倒了。

堂哥喘着粗气对老舅妈说："听话啊，只要你听话，俺会好好待你的……"

老舅妈说："你让俺起来，有话慢慢说。"

"这就对了吧，你跟了俺不吃亏，俺保证让你吃香的喝辣的。"堂哥松开老舅妈。

老舅妈摆脱堂哥的束缚，快速跑到外屋，她拿起菜刀对准自己的脖子，大声喊道："你要再逼俺，俺就先给自己一刀。有种你离俺近点，俺溅你满身血！"

堂哥的酒醒了一半，他连忙后退。

临走堂哥还嬉皮笑脸地说："俺就喜欢你这样的刚烈女人。可你也别小瞧了俺，早早晚晚你是俺的，等生米做成了熟饭，你就老实了。"

为了防备堂哥骚扰，老舅妈每天天不黑就把大门小门插严，谁敲门都不开，睡觉时身边放着菜刀和剪刀。然而有天早晨，老舅妈在房后蹲茅房，突然，堂哥在茅房后露出半个脑袋。老舅妈吓得惊叫一声，险些掉到粪坑里。

堂哥嬉皮笑脸地说："咋样，想好了没？"

老舅妈冲堂哥呸了一口。堂哥笑嘻嘻地说："早早晚晚，早早晚晚！"

这回老舅妈真的恐惧了，恐惧源于防不胜防的那个二混子，更主要是对老舅的担心。尽管她不相信老舅已经死了，可毕竟这么长时间了，没有老舅一星半点儿的消息。老舅妈实在坚持不下去了，暗暗下了决心，她要去关东找老舅，老舅真的去了罗刹，她就去罗刹找，走遍天涯海角也要去找，生要见人，死要见尸。

171

那天上午老舅妈背着一个小包裹，以回娘家的名义，离开了老家。出了村子，老舅妈沿河套走去，寒风凛冽，刮在脸上像糜子抽打一般。

老舅在马蓬沟粮库替车东家装粮，领着扛跤行伙计往粮囤子里搬运装满玉米的麻袋。冬天储备货物，开春之后通航，这些粮食就沿辽河顺流而下，直抵海口。

腊月二十九，车东家的粮囤开始封顶，大伙儿拍打掉身上的尘土，准备回家过年。粮囤老板对老舅十分满意，偷偷塞给老舅5块银圆，老舅不要，粮囤老板说这不是一般的赏钱，是兄弟我个人的意思，过年了，给家里买点年货。老舅实在推脱不了，只好收下了。

老舅来到马蓬沟街市，当初他跟堂哥在街市上经历的往事历历在目，不免心生感慨。快过年了，街道上推独轮车、挑担子的少了，买年嚼裹的人也明显减少。十字街头，老舅看到一个卖拉丝糖的摊位，不由得想起了老舅妈，老舅妈最喜欢吃拉丝糖了，他们结婚后第一次逛庙会，老舅妈就吵吵着要吃拉丝糖，由于卖拉丝糖摊位围拢的人太多，老舅就想过一会儿人少了再买，不想，等他们去庙里进香回来，卖拉丝糖的正在撤摊儿，糖瓜已经售罄。眼下，拉丝糖摊儿前没人，小贩问老舅："这位大哥，你都瞅了半天了，到底买还是不买呀？"

老舅用手焖子擦了擦鼻涕，对小贩作了个揖，抱歉地笑了笑，走开了。

就在老舅回车家堡的那个下午，老舅妈也来到了马蓬沟街市，她戴着破狗皮帽子，棉袄上系着草绳子，打扮得像一个打短工的小伙子。老舅妈也来到拉丝糖摊儿前，眼睛直盯盯地看着，看了半天。小贩问老舅妈："这位小哥，你都瞅半天了，到底买还是不买呀？"

老舅妈用手焖子擦了擦眼角，转身就走。

小贩摇了摇头，嘟哝："真是活见鬼了。"

3

那天，老舅妈遇到一个好心的大爷，搭上了往北走的马车。赶车大爷问老舅妈："这是要回家过年啊？"

老舅妈说："投亲戚。"

"大过年的投亲靠友？那得是绝对亲戚。"

老舅妈不置可否，点了点头。

大年三十那天下午，老舅妈在驿站外徘徊着，一阵寒风吹过，不由自主地打了个寒战，她觉得自己像一只孤独的鸟儿，不知道该往哪里飞，只有树枝间吹过的风声跟她耳语。偶然间，一只鸟儿扑腾着翅膀独自飞过，老舅妈心想，如果自己真的是一只鸟该多好，不用拖着沉重疲惫的肉身，可以俯瞰大地，轻盈地飞翔。不知不觉间，眼泪混合寒冷的夜风，挂在眼角的睫毛上。

天黑了，老舅妈投宿到一个大车店，店老板领着老舅妈看屋子，屋子里南北两铺大炕。过年住店的人不多，只是南面大炕上躺着一个老人，呴喽气喘的，身边一个小男孩破衣烂衫，脸色皴黑，眼白外露，疑惑地看着老舅妈。老舅妈对店老板点了点头，说自己就住在北面大炕吧。

店老板临走对老舅妈说，晚上一块儿吃饺子，饺子不收钱。

老舅妈十分感动，连着对店老板鞠躬。

那天傍晚，车家堡的老舅被车东家叫到堂屋。一进门，一大桌子菜肴香气扑鼻，车东家和老婆热情地迎了过来。"快，洗洗手，上桌吃饭。"

老舅愣住了，喃喃着："这咋行呢，使不得，使不得！"

车东家说："我们可没把你当外人啊，不能见外。"

车东家老婆说："就是就是，过年了，一家人就得一起过年。"

老舅推脱不掉，只好回厢房洗漱一番，换了一件算是干净的衣服。

车东家拉着老舅坐下来，塞给老舅两个红包，车东家说："按老规矩，工钱不能跨年。"

"工钱俺已经领了呀。"老舅把红包放到茶桌上，推给了车东家。

车东家又推了回来："这一个，是马蓬沟粮囤给你个人的赏钱，你不用上缴，这个，是我给你的赏钱。"

老舅说："粮囤给俺赏钱也是看东家的面子，哪有俺啥份儿，再说了，俺的命都是你给的，感激还感激不过来呢，还什么赏钱。"

车东家说："你这样，还是跟我不合心啊！要说感激，我还要感激你呢，实心实意帮我做事，辛辛苦苦大半年，一点不藏假……你真要感激我，就得听我的话，以后咱立个规矩，给你啥你就拿着，听到没？"

老舅不说话了，颤颤巍巍地摸过了红包。

车东家老婆把一个包裹放在茶桌上，说："我给你做了一件新棉袍。"

"这可是你大嫂的一片心意。"

老舅伸手摸包袱皮儿，大嫂打了他的手一下："不是现在穿的，明天……我们这儿都是大年初一穿新衣服！"

老舅忍住眼泪，使劲儿点了点头。

车家也入了汉人的习俗，年三十晚上吃饺子放鞭炮，给祖先上香。在烟花爆竹声中，老舅一个人跑到车家后院儿，仰望星空，他先是找到了北斗七星，然后朝西南方向的家乡跪下，点燃三支香，连着叩了三个响头。

此刻，老舅再也抑制不住自己的泪水，不知不觉哭出声来。

哭了好一会儿，老舅听到车东家的声音。

车东家说："想媳妇了？"

老舅连忙回过头来，不知道车东家什么时候站在了他的身后。

老舅说："给家里捎的信儿不知道收到没有。"

车东家说："应该能收到，知道你平安，家里也放心了。"

"嗯。"老舅点头。

说一说，老舅居然像个孩子一样坐在地上，抱住了车东家的大腿，委屈的泪水如河坝决堤，无法止住。车东家也坐了下来，坐在风干一些的雪地上。老舅敞开心扉，向车东家原原本本讲了自己丢下刚过门三个月的媳妇闯关东，堂哥如何加害于他的经历，憋闷了大半年的愤恨和委屈一股脑儿地倾倒出来。车东家啜了两口大烟袋，又递给老舅，老舅接过来也啜了两口。

"过了年你就回家看看吧。"车东家说。

老舅说："不行，那样俺就不是人了，俺要跟着东家报恩。"

车东家说："那就这样，明年开春我去山东商行收款，顺路把你老娘和媳妇带过来。"

老舅千恩万谢。

正月初五那天,老舅妈去找店老板,说自己带的钱不见了。店老板过来帮她寻找,该找的地方都找了,可还是没找到。那几天老舅妈一直穿衣服睡觉,而店里也没住新的客人,涉及的人只有南炕上的老头和十来岁的小男孩,再有就是大车店老板和马棚里的马夫,店老板很少来客房,马夫只是在院子里跟老舅妈打过照面。老舅妈怀疑小男孩偷了她的钱,店老板把小男孩叫去单独审问,毫无结果。老舅妈要去报官,店老板说:"报官没用,你咋证明你的钱是在大车店丢的呢?"

老舅妈说:"俺投宿的时候查看过,俺还给你交了定钱。"

店老板说:"官府不能听信你一面之词,口说无凭。"

"可俺的钱真不见了……俺不信天底下没有公理。"

"小兄弟,你见的世面还是少啊……报官?别说官府离咱这儿远,为你几个小钱人家来不来,你就是去了,十有八九不会接你这个案子,以前比你大的事儿多了,哪次官府来人了?除非出了人命。"

"你的意思,这地场就没说理的地方?俺的钱就白丢了?那可是俺的命根子啊。"

"反正该说的我都说了,你实在想去报官,我也拦不住你。"

老舅妈收拾好行囊,气哼哼地去城里的官府报官。刚出了大院,就被店老板喊住了。

"你拦俺干啥?怕俺去报官?"

"我不是怕你去报官,你还欠我的店钱呢。"

"店钱?不是交了定钱吗?"

"你交了定钱,可那点儿钱不够。"

"俺的钱丢了。"

"你丢没丢，我不知道，只要不是用这法子使诈就好。"

"你怀疑俺使诈？"

"我不怀疑你，可来的时候，我也没看见你的钱啊。"

老舅妈想了想，说："这样吧，你让俺去报官，等钱找回来，俺给你店钱加倍。"

店老板撇了撇嘴："小兄弟，我可啥样人都见过。不是信不过你，事儿还得明着办，你去报官我不拦你，留下值钱的东西不过分吧。"

老舅妈哀求店老板让她走，店老板不答应，无奈，老舅妈抽身就走，不想被店老板死死拉住，两人你拉我挣，没撕吧多大一会儿，老舅妈就没了力气。

店老板说："小兄弟……大妹子！"

老舅妈愣住了，气喘着问："你叫谁大妹子？"

"甭跟我装了，其实你刚来的时候我就看出你是个女人，再乔装打扮，也能看出来……"

无奈，老舅妈就把到关东找丈夫的事儿对店老板讲了。店老板挺佩服老舅妈的勇气，对老舅妈的遭遇也十分同情，可他认为看好自己的钱财天经地义，丢了钱自己也有责任，官府是招不得的，见官自己得先扒层皮。老舅妈有些无助地哭了起来，见老舅妈哭得伤心，店老板也动了恻隐之心，给老舅妈出了一个主意。

店老板说："你一个女人，无依无靠，身无分文，先活下来才是根本。"

"你不是想雇俺帮工吧？"

"雇你，你能干啥呀？"

"洗衣服做饭俺都行。"

"我这儿不缺人……你会女工吧？"

"会呀，缝衣服绗被子都行。"

"会就好，屯子里有雇女工的，就是为准备出嫁的女儿做嫁妆，一雇就两三个月，供吃供住，还给工钱。"

"俺出来不是做工的，是找人的。"

"找人？人在哪儿呢？……你去哪儿找人都不知道，咋找？依我看，你还是先活下来，稳定下来再打听消息，有了消息，也有钱了，才能找到你家男人。"

老舅妈不言语了，反复思量着。

店老板说："你琢磨吧，我说的肯定在理儿。"

正月初八，老舅妈在上官屯找到一户女工活儿，雇主姓关，是个五十岁左右的寡妇。走投无路的老舅妈没有别的选择，只能搬到被称为老关婆子的那户人家，约期三个月。

七九河开八九雁来，一直到了九九，辽河才能化冰开河。

开河之后，车东家就坐下行船出河口，又渡海去了山东。处理商务之余，车东家还专程去了山东登州府文登县大刘家村，找到了老舅家。经询问得知，残害老舅的歹徒堂哥早已回村，对大家说是老舅拐走做买卖的本钱，已经横死在罗刹异乡，堂哥逼迫老舅妈用人顶债，老舅妈性情刚烈，逃离家乡，至此不见踪迹。车东家非常义愤，将老舅的冤案报了官，堂哥被官府传唤，刑讯之下，他从实招供，被收押于大牢。

除掉了堂哥这个祸害，老舅心里自是高兴，可一个好消息后边跟了一个坏消息，他压抑的心情并没得到有效改善，老舅担心老舅妈的冷暖安危，每一天都在惦记和牵挂着。

车东家看出老舅的心思，对老舅说："按理说，应该让你去找媳妇，可关东这么大，你两眼一抹黑，人生地不熟，恐怕没啥结果，我这头已经跟老客和朋友打了招呼，让他们多打听、多留意，你不用太过担心，我相信弟媳自有好命。"

…………

柳树叶放绿的时候，老舅妈为新娘做嫁妆的活儿也快完成了。那天，她去房山头的茅楼小解，听到老关婆子和麻婆两人说话。老舅妈之前见过麻婆，麻婆是个媒婆，与老关婆子关系密切。

老关婆子说："这份活儿眼见就干完了，你啥时候给我再送一份儿啊？"

麻婆说："这阵子我这双搂钱的耙子也上锈了，没合适的人家啊。"

"老话说得好啊，人找钱不如钱找人，等你保媒拉纤了，我才跟着借光，唉，等吧！"

"依我看，钱找人不如人找钱，眼见着就有了。"

"怎么讲？"

"你屋里不就有个宝贝吗？"

"我屋里？那个小娘儿们？"

"活儿眼瞅着就要做完了，做完她就走了。虽然她是个小脚，可长得周正，准能卖个好价钱。"

"不行不行，人家有男人……"

"男人在哪儿？这么长时间了，生不见人死不见尸，要我说啊，不死也有家了。这年头，一个女人咋活？有个男人才是家，才能过消停日子。"

"理儿倒是这么个理儿,她人年轻、模样俊,不像我老模磕嗤眼的,想找男人还没人要呢。"

"屯东头老乔家的二柱子你知道吧?"

"是不是有点儿缺心眼儿那个?"

"正愁找不到媳妇儿呢,咱给他来个旱苗得雨——他家肯定出大价码。"

躲在茅楼门后的老舅妈吃了一惊,竖起耳朵继续听下去。

"咱这样做,是不是有点儿丧良心?"老关婆子说。

麻婆的声音大了些:"丧良心?咱在积德咧!让她有个安稳的家,不用四处流浪了,流浪好啊?不死在胡子恶棍手里,也得让山猫野兽吃了。"

"她要不同意呢?"

"那就看我的本事了,不过话说回来,你也得配合我。"

"忘了你是媒婆了,死人都能让你说活了……可她,要是死也不依从呢?"

"这可是咱的地界儿。她一个女人家,叫天天不应,叫地地不灵,她还能飞了不成?"

第二天上午,老舅妈埋头在炕上飞针走线,老关婆子和麻婆进屋,麻婆坐到老舅妈旁边,摸了摸被子。

"啧啧,这棉花絮的,多匀称,这针脚,规矩,密实板正。"

老关婆子在一旁溜缝儿:"那当然了,活儿干得好,人也干净利索。"

麻婆问老舅妈,听说你到关东是找你当家的?老舅妈点了点头。麻婆说:"这年月啊,大伙儿都不易,我说实话,你别不爱听,兴许呀,人早没了。"

老舅妈说:"俺也犯合计呢,从南到北,从东到西,咋就一直没打听到他的信儿呢?"

"你得想得开呀,找个好人家就得了,哪疙瘩不是过日子呀。"

老舅妈点了点头:"你老说也是,不往开了想咋办呢?这苦俺实在是受够了。"

"那就帮你找个人家?……不瞒你说,我手里还留了个压箱底儿的呢,小伙子没结婚,老实厚道不说,家里的条件也没得比,可是百里挑一的殷实人家。"

"就是怕俺那个当家的没死,万一找上门来……"

麻婆的头摇摆得跟幼童玩的拨浪鼓一般,说:"不能够,不能够,你就把心稳当地放肚子里吧,天地这么大,就算他没死,一辈子也甭想找到咱这个屯子。"

老舅妈有些羞涩地说,出一家进一家的,多让人笑话。老关婆子说,关东有关东的风俗,在咱这疙瘩没人笑话这事儿,有的门户拉帮套都没人笑话,何况明媒正娶呢。老舅妈低下头,不再吱声。

麻婆觉得老舅妈被说服了,笑着说,那我就给你撮合撮合了。老舅妈的头更低了,小声说,俺再寻思寻思。麻婆说,还寻思啥呀?大姨还能给你领泥洼地里呀?不好意思说是不?那就摇头不算,低头算。老舅妈面无表情。麻婆说,那就吱声不算,默许算。老舅妈双唇紧闭,不说话……

麻婆来到屯东头老肖家,进了门脱鞋上炕。二柱子爹妈坐在麻婆旁边,三人守着烟簸箩抽着旱烟袋,你一句我一句地商量二柱子和老舅妈的婚事。二柱子靠着柱脚听大人说话,心不在焉地东张西望,样子憨态可掬。

二柱子娘说，她婶子多亏你了，俺这傻儿子，没人乐意跟哪。麻婆说，说实在话，你家二柱子这样，我还没跟她说呢，我怕她反桃子了。二柱子娘作了个揖，说她婶子，你就多费心了。麻婆叮嘱二柱子娘，把她弄到你家，我手拿把掐。可进了你家门，我可就管不了啦。你们得把她看得死死的，别让她跑了。二柱子爹闷乎乎地说，她跑不了！跑，我拿扎枪扎死她！麻婆说也没那么严重，管住她两三个月，怀上了，就死心塌地跟二柱子了。二柱子娘说，只要她好好跟二柱子过日子，我们也不会亏待她……

麻婆招呼二柱子过来。

"二柱子，想娶媳妇不？"

"想。"

"明个儿见了人家姑娘，问你叫什么，你怎么回人家呀？"

"叫傻柱子。"

"不对，你得告诉人家你的大号——"她扭头问二柱子娘，"他大号叫啥来着？"

"乔德礼。"二柱子娘说。

媒婆对二柱子说："你叫乔德礼。记住了吗？"

"记住了。"

"问你多大了，你告诉人家二十七了。记住了吗？"

"记住了。"

"问你家有几亩地，你告诉人家有十五垧。记住了吗？"

"记住了。"

"问你家都有谁，你告诉人家，爹和娘，还有大哥、大嫂。记住了吗？"

"记住了。"

"问你家有多少牲口,有二十头。记住了吗?"

二柱子不耐烦了,对麻婆说:"记住了,记住了!你傻呀?老叫我记住。"

麻婆无奈地瞅了瞅二柱子爹娘,叮嘱道:"我刚才教的话,你们得让二柱子背下来。"

麻婆带二柱子和他娘到老关婆子家相亲,柱子穿了一身新衣裳,可怎么看都让人觉得别扭。老关婆子十分热情,端来一个大簸箩,分别放着瓜子、松子和榛子。

"她大姨,她婶子,快上炕,上炕。"

老舅妈打量一下二柱子。二柱子身材魁梧高大,就是有点儿心眼儿不够用,就算没有心理准备,一眼也可以看明白。老舅妈坐在炕沿边,害羞地低着头。

老关婆子招呼二柱子:"孩子,你吃呀。"

二柱子不客气,抓一把榛子,"咔咔"地嗑起来。

老关婆子问二柱子:"孩子,你叫啥呀?"

"乔德礼。"

老关婆子咧嘴笑了笑,又问:"你多大了?"

"二十七。"

麻婆问:"二柱子,你家里都谁呀?"

"有二十头。"

二柱子娘着急了:"你说的是咱家牲口。"

"牲口啊,有爹和娘、大哥、大嫂。"

老舅妈忍了又忍,才算没笑出来。

二柱子见大家都不言语,主动说:"十五垧地呢,你们咋没问呢？"

二柱子娘羞臊地扭过脸去。麻婆对老舅妈说，二柱子说的没错，他家真有十五垧地，还雇长工呢，咱这十里八村，也算上上等户了。老关婆子也在一旁帮腔，说是啊，他家老'趁（有钱）'了，你过去就享福吧。麻婆拉了老舅妈一把，小声对老舅妈说，不瞒你说，这孩子有点缺心眼儿，可缺心眼儿有缺心眼儿的好处，他家老大分出去另过了，你一过门儿，啥都是你说了算……

老舅妈说："你不用费口舌了，这家人俺挺满意的，人也实诚。俺现在还能图啥，有饭吃、有衣穿，能过上安稳日子就行了。"

二柱子妈愣了一下，接着醒过神儿来，问麻婆："我耳朵没听错吧。"

媒婆说："没错，大伙儿都听见了。"

二柱子妈连连点头："好好，这事儿就这么定了。"

老舅妈说："定下之前，俺有个条件。"

"你说。"

"俺男人找不着了，俺也当他死了。按俺老家的规矩，男人死了，女人得过一年才能跟新男人圆房，不然会克新男人，还克他全家。"

二柱子娘说："答应，可以答应。"

二柱子娘回家跟二柱子爹一商量，怕夜长梦多，把结婚的日子定在了月底。筹划婚礼时，老舅妈对老关婆子和麻婆说，婶子、大姨都在，咱们的账该算一算了吧？老关婆子愣住了，问啥账，老舅妈说，大姨您老的忘性真好，俺来你家干活，你答应给俺工钱的。俺都要走了，该给了吧？老关婆子支支吾吾。老舅妈笑着问，咋的？想打赖呀？媒婆用胳膊肘碰了碰老关婆子，老关婆子说好，我给，我给！老舅妈又问麻婆，婶子还有你呢。麻婆说我可没欠你工钱。老舅妈笑眯眯地说，你保媒拉纤儿挣的钱俺不管，可你不该收下俺的彩礼钱哪，你是俺爹还是俺娘，凭啥密下俺的彩礼钱哪？老关婆子说，你这丫头，还挺绞牙呀……老舅妈又冲老关婆子说，正要跟你说呢，你是不是也密了一份儿呀？

老关婆子和麻婆不停地交换着眼神儿。

老舅妈笑模滋儿地说，俺也讲理，把俺嫁给二柱子，你们也费了不少心思——咱二一添作五行不？

老关婆子和麻婆对了一下眼神儿。

"三人三十一。"麻婆说。

老舅妈冷下脸来，停了片刻，不紧不慢地说："不答应，俺明天就不嫁了。"

老关婆子和麻婆很无奈，只好答应了。

就这样，老舅妈坐上二柱子牵来的一条披着红被的毛驴，在一帮吹鼓手吹吹打打和鞭炮声中进了乔家门，成了二柱子的媳妇。

…………

辽河有一条支流叫清河，清河有一条小支流叫柳毛河，春天，老舅妈在柳毛河边洗衣裳，用棒槌搥石板上的衣物，她尽可能地熟悉屯子周边的地形。二柱子娘在大地剜野菜，不时看一眼老舅妈，时不时就叮嘱二柱子，看住你媳妇儿！一会儿都不能离开你。二柱子每次都保证，说娘你一百个放心。

老舅妈回家，把衣服晾在晾衣竿上，趁往墙角放洗衣盆时，对二柱子说："咱俩藏猫猫好不好？"

二柱子乐了，说："好啊，我就藏在这儿，你来找我呀！"

"不不不，俺藏你找，如果你找不到俺，你就喊：媳妇跑了！媳妇跑了！俺就出来了。"

"好啊！好啊！"

"要是有人问俺往哪跑了，你就说顺大道跑了。"

"哎，妥喽！"

"你靠在墙边，背过脸去，眼睛闭上。"

二柱子果然听话，走到墙边，见半天没有动静，二柱子转过身来，他没看到老舅妈的身影。二柱子有些着急，喊了起来："媳妇儿跑了，媳妇儿跑了！"

正在后院翻地的二柱子爹和撒菜籽的娘听到二柱子的喊声，忙放下手中活计，奔向前院。

二柱子爹问二柱子："你媳妇儿往哪跑了？"

二柱子说："顺大道跑了。"

二柱子爹顺手操起支在墙边的扎枪就冲出了门。老舅妈从一个破水缸里站了出来，冲二柱子招手："二柱子，俺在这儿呢。"

二柱子笑了："找到了，我找到媳妇了！找到媳妇了！"

老舅妈领二柱子进屋，两人哈哈笑着。二柱子娘捂着胸口对丈夫说，我咋觉着这个媳妇儿也缺心眼儿啊。二柱子爹说，甭管她缺不缺心眼儿，只要他们和气就好，最好再给家里添个大胖小子。

据老舅妈后来讲，那样的闹剧重复了很多次，直到初夏的一天，二柱子爹在库房边修犁杖，二柱子娘在一旁收拾套具。老舅妈和二柱子拉着手走向后院。来到后院，老舅妈扳过二柱子的身子，让他面向山墙。

二柱子说："还玩藏猫猫，好啊好。"

老舅妈说："每回你都找不着俺，这回你要好好找，实在找不着了你再喊。要不，俺不给你饭吃，啊？"

二柱子点了点头："嗯，我好好找。"

"你闭上眼睛。"

二柱子闭上了眼睛。

老舅妈蹑手蹑脚地走到院墙边，翻过墙去，顺小河沿跑，蹚过了小河。天黑时，老舅妈已经越过了吉林交界。

整个夏天，老舅都是在马蓬沟度过的，他负责装卸车东家的货物，整天忙忙碌碌，日子过得还算充实，令他难以忍受的是毒蚊子太厉害。马蓬沟水泡子多，大量繁殖虐蚊，苇塘深处，泥沟暗塘隐蔽众多蚊虫，白天还好，到了晚上，密密麻麻的蚊子就开始出动了。

平日里，老舅都点燃艾蒿熏蚊子，这个方法是跟车家堡车夫二迷糊学的。二迷糊还跟他讲过蚊刑，说的是多年前朝廷往东北流放犯人，赏给披甲人为奴。如果流放犯不老实逃跑或者再犯罪就可能受到蚊刑。老舅很好奇，问二迷糊蚊刑具体是啥样儿的，二迷糊说他也没见过，都是听人说的，说是行刑都在晚上，将犯人带进蚊虫密集的树林里，全身脱光绑在树上"喂蚊子"。夜里，犯人身上爬满了密密麻麻的蚊子，奇痒难耐，活着比死了还难受，最后在痛苦中死去。说归说，说得多吓人都不要命，影响毕竟是心理上的。不想有一天老舅也亲身体验了蚊刑的痛苦。

那天，老舅督促满载大豆的马车从车家堡向马蓬沟码头运输，走到半路，车轱辘陷在车辙里，老舅指挥车老板连推带拉，拉了重物的大车扭曲着，咔的一声车轴断裂，大车随即散了架。

出事地点离码头十多里路，在一个树丛茂密的低洼地，前不着村后不着店，老舅只好让车老板去码头找人找车，自己在原地看守事故现场。

上半夜，嗡嗡作响的蚊子像吸血鬼一般，一波接着一波缠绕着老舅，赶不走，打不尽。老舅龟缩一团，把棉布衣服蒙在头顶，蚊子的口器如针一般锋利，居然可以刺透两层衣服。没办法，老舅就围着瘫痪的大车四处游动，可惜，明枪易躲暗箭难防，一些蚊子是偷偷摸摸进攻的，到了下半夜，老舅感到全身都被蚊子咬出了大包，几乎没个好地方，起包的地方钻心地难受，把皮肤抓烂了都不解痒。

运货车发生事故之后，车老板去马蓬沟码头求援，大概找人找车都不顺利，第二天早晨才带着救援车赶过来，只是苦了老舅，他几乎一夜没睡，没睡觉也就罢了，关键是受到了蚊刑，救援人员抵达时，老舅已经处于半昏迷状态。有人说老舅的血被蚊子吸干了，有生命危险，其实蚊子的吸血量并不大，也不是当时人们认为的"中毒"，真正威胁老舅生命的是过敏反应，导致了器官衰竭。车东家得到消息，立即给老舅找名医，针灸、刺血、灌汤药一顿忙碌，总算把老舅从鬼门关拉了回来。

老舅醒来，听到了车东家的训斥："你这个人啊，咋能惜财不惜命呢？货重要还是命重要？"车东家嘴上这样说，心里知道老舅是在为他守护财产，所以格外心疼老舅。

初秋时节，老舅回车家堡吃宴席，车东家四十九岁得子，媳妇生了一个大胖小子。席间车东家单独敬了老舅一大杯酒，眼含热泪说："谢谢你老弟……"

老舅有些发蒙。

车东家小声对老舅说:"大嫂过门三十年,一直怀不上孩子,你来了之后,我的运气越来越好,你大嫂也跟我说,你是个福星,给车家带来了好运。"

老舅连忙说:"这个可不敢说啊,是东家福德深厚,您这样的大德之人,做了那么多善事,本来就该有好报,不然,天理都说不过去。"

车东家说:"我越来越信这句话了,人和人彼此积福,我虽然为你做了点事儿,可你也成就了我。能不谢你吗?"

"东家,俺担待不起呀。"

"前些年我挑灯夜读《了凡四训》,对汉家文化很是羡慕,看来,人的命运真的可以通过积德行善来改变啊。"

喜宴结束,车东家挽留老舅住两天,老舅坚持要回马蓬沟码头,车东家也不再挽留,一直把老舅送到了大门外。车东家对老舅说:"如果再没媳妇消息,你就娶一个吧,看你一个人孤孤单单的,我心里不好受。"

老舅说:"东家的好意俺心领了,现在媳妇生死不明,还不想考虑续弦的事儿。"

"你怕续弦了,原配夫人找上门。这个不要紧,咱事先讲好,原配夫人找到了,续弦就做妾。"

"那倒不是,"老舅说,"她只身一人到关东找俺,俺不能对不起她。"

"是啊,千里寻夫,感天动地。古代才能有的事儿竟发生在你身上。"

…………

车家孩子满月时,老舅从马蓬沟回到车家堡,刚进车家院套大门，就听说外面有人要饭，老舅在自己住的长工房盛了一小碗小米干饭，浇上白菜豆腐汤端了出去。老舅刚把海碗递给要饭花子，花子惊叫一声"俺的娘吔"，放下饭碗，扑到老舅身上，一边叫着老舅的小名，一边捶打着老舅。

老舅扳过花子身子，发现竟然是日思夜想的老舅妈。老舅妈剃了光头，女扮男装，如果不是老舅，还真无法那么快就辨认出来。也许老舅妈怕自己年轻貌美难以自全，所以才以炭涂面，把自己打扮成了要饭花子。老舅妈跪在老舅面前，老舅也跪下来。

"是你吗？"老舅问。

"是俺是俺。"

"是你吗？"老舅妈问。

"是俺，是俺呀！"

夫妻俩抱头痛哭。

车东家听到老舅夫妻团圆的消息，十分高兴，让车家大嫂亲自下厨，做了满族人接待贵客的八盅碗席，庆贺他们夫妇团圆。席间，车东家提议老舅和老舅妈在车家堡落户扎根，车家大嫂抱来刚满月的儿子，认老舅和老舅妈做了干爹干妈。

4

那个冬天格外寒冷。

老舅和老舅妈在车家已经度过三个春秋，车家的哈勒珠子（满语，男孩）四虚岁了，孩子是老舅妈帮着带的。可惜的是，老舅妈千里寻夫，饥寒交迫，劳累惊吓，肚子里的孩子没能保住，那之后，老舅妈就怀不上孩子了，四处寻医问药也不见起色。老舅妈自己不能生育，而车家大嫂高龄产子，生孩子后一直病恹恹的，自己无力抚养，只好把孩子交给了老舅妈，老舅妈把车家儿子当亲生儿子一样疼爱。

秋天的时候，老舅和老舅妈随车东家迁居到了通江口。

通江口是前些年兴起的码头，它比马蓬沟码头开埠要晚很多，由一个河滩上狐狸和野兔经常出没、默默无闻的滨河小村迅速发展起来，成为辽河航运有名的大码头，可谓后来者居上。老舅知道车东家迁居，是因为通江口兴旺而马蓬沟衰落了，人往高处走水往低处流嘛，至于通江口为什么兴旺，马蓬沟为什么衰落他就不知道了，他只管追随车东家，车东家去哪儿他就跟着到哪儿。

车家在西北临河处买了一个院套，办了一个"通达号"船店。那时通江口已经十分繁荣，店铺林立，人烟稠密。客栈、货栈、商铺、钱庄、药房、当铺、饭馆、妓院、澡堂等应有尽有。加工衣服鞋帽、金银首饰、糖果糕点、铁器木具、烟花鞭炮、烧纸香烛、柴米油盐酱醋茶等的小作坊一应俱全，鱼肉市、粮米市、蔬菜市、柴火市……七十二行，行行具备，三教九流，样样俱全。通江口还有戏台子，设有两层看台，可容纳观众近百人。通达号旁边是山西人开的商号，叫"广增达"，一看院套就财大气粗，清一色的青砖围墙一丈五尺高，周长3里，四角设有炮楼，大门楼面向辽河，像古城门一般，飞檐斗拱，巍峨耸立，方圆几十里举目可见。

严冬来临，车家大嫂的身体也像被封冻了一般，各种功能都有僵硬的趋势，吃不进饭，喝不进水，浑身浮肿，手和脚的皮肤油亮，肿得跟小馒头似的。老舅妈日夜守在车家大嫂身边，本以为喝了点利尿的汤药情况会有所改变，不想，那天下半夜，老舅妈发现车家大嫂浮肿的双腿开始渗出液体，额头的抬头纹也不见了。老话讲男怕穿靴女怕戴帽，老舅妈有些慌了，天没亮就把老舅和车东家喊了过去。

车东家叹着气，声音低沉地对老舅说："你回车家堡一趟，让二迷糊把寿棺拉过来吧。"

按当时的风俗，寿棺虽是提前制作的，可人咽气之前一般不动寿棺。早在两年前，车东家和车家大嫂的寿棺就做好了。

老舅立即动身回车家堡，临出门，车东家又把老舅叫住，对老舅说："这样吧，把我的'寿棺'也一起拉过来吧。"

老舅有些犹豫，说："东家的，还是先不动吧。"

"拉来吧！"车东家低着头，高举着手，摆了摆。

老舅赶着马车，下了河套。回头瞅了瞅，见车东家远远地站在大门外。老舅挥了挥手，车东家也挥了挥手。

辽河覆盖着冰雪，人、车和马走在上面，扑哧、吱扭、踢嗒，合成了一组音响。老舅吃力地行进在裹挟着雪沫子的北风里，双眼迷蒙起来。

老舅不能确定二迷糊在不在车家堡，在他的印象里，二迷糊一年十个月在三江口，据说在那里赶车拉货，维持生计。二迷糊的两个女儿在车家堡，寄养在他姐姐家里。每年开春、上秋，二迷糊都回车家堡帮着耕种、收割，主要是帮车东家出工，他起早贪黑，任劳任怨，活儿没少干，却经常感觉不到他的存在。

眼下是隆冬季节，二迷糊应该在辽河上游、二百里之遥的三江口拉木材或者粮食呢，车东家怎么认为二迷糊会在车家堡呢。

路上，老舅脑子里不时闪过二迷糊的模样儿。以前，老舅听过关于二迷糊的一些笑话，有人说二迷糊小时候缺心眼儿，他娘叮嘱他:"二迷糊啊,到了外头,见到娶媳妇的就跟人家道个喜,看到出殡的,就说节哀节哀,碰上打架的,就上前帮着拉架。"二迷糊牢记在心。二迷糊出门见到一个出殡的,就上去给人家道喜,被人家揍了一顿。路上,二迷糊又遇见一个娶媳妇的,上前说节哀节哀,又让人家揍了一顿。二迷糊往家里走,碰到两头牛拱架,他上去拉架:"大哥大哥快拉倒吧,别打了。"结果让老牛拱了个底朝天。老舅曾问过二迷糊,这事是真的吗?二迷糊不置可否,只是嘿嘿地憨笑。

令老舅印象深刻的还有二迷糊娶亲的笑话,说二迷糊第一次见老丈人,娘怕二迷糊说错话,叮嘱他,路上见到什么人学什么话。走到林子里,听一位猎人说,一鸟入林,百鸟不语。二迷糊记住了。走到河边,有人伐柳树,听伐木的人说:河边砍树,有立处没坐处。二迷糊记住了。小河沟上搭了一个木桥,有个人过桥,自言自语:"唉,双桥好走,独木难行啊。"二迷糊记住了。走到一个大水坑,听一个人说,好大一个水塘,打一网,看有没有鱼吧。到了老丈人家,女方家人想试探他是不是缺心眼儿,都不说话。二迷糊说:"一鸟入林,百鸟不语。"老丈人听了,跟他打了个招呼。打过招呼,却不给他让座,二迷糊说:"河边砍树,有立处没坐处。"老丈人连忙让座端茶倒水。吃饭时老丈人故意难为他,给了他一根筷子,二迷糊说:"唉,双桥好走,独木难行啊。"于是,给了他一双筷子。饺子煮好了,别人碗里盛的是饺子,只给二迷糊一碗汤。二迷糊说:"好大一个水塘,打一网,看有没有鱼吧。"女方家人一看,这个二迷糊也不缺心眼呀,就把闺女嫁给了他。

其实,这些笑话是民间流传的,不知道为什么按到了二迷糊头上，关键是二迷糊从不反驳，还乐哈哈地接受了。

老舅曾问车东家，听过二迷糊这个笑话没有，车东家说那些都是别人耍笑二迷糊的，二迷糊这个人确实不精，可也没那么缺心眼儿，有时候显得过于老实窝囊了，所以招人嘲弄。不过，二迷糊这个人忠诚可靠，值得信任，不然他也不会娶了蒙古包印军的闺女。印军是个称谓，说是个官名也搭点边儿，其身份是蒙古王爷手下管理印务的。车东家了解的情况是这样的，二迷糊十五岁从河北老家到关东谋生，从法库门去了草原。所谓的法库门指的是法库北门，是清康熙年间修建的柳条边的一座边门。站在法库北门的高坡上，向北望去，眼前是一片广阔的绿色大草原，归科左后旗的王爷管理，也就是今天康平的地界。"一过法库门，只见牲口不见人"，二迷糊就在茫茫草滩上放马，那些马属于包印军。起初，包印军并不认识二迷糊，最先认识二迷糊的是包印军的小女儿达古拉。一次达古拉来套马，见二迷糊傻乎乎的，就捉弄起他来，把马赶得四分五落，二迷糊阻止不了，气得坐在草甸子上号啕大哭。达古拉是包印军最疼爱的小女儿，从小娇生惯养，性格乖戾，像男孩子一样在大草原上独来独往。后来，包印军把二迷糊叫到身边当随从，二迷糊自己都不知道什么原因；再后来，达古拉在一个夜晚，将二迷糊拉到马背上，消失在草原夜色里。二迷糊和达古拉的一段奇缘结出了果实，婚后，他们相亲相爱，生了两个女儿。可惜，好日子总不长久，正当二迷糊为拓展家业勤奋劳作时，达古拉却意外身亡。达古拉死后，二迷糊就带两个女儿投奔到车家堡姐姐家，定居下来。

看来，面对同一个人，不同的人说法差别太大了。

在车家堡，老舅居然见到了二迷糊，他不知道车东家是怎么知道二迷糊在车家堡的,他回来是不是跟车东家通过气儿?应该不会,也许是别人给车东家通报了信息,不管怎样,老舅不好多嘴去问。老舅把车东家叮嘱的事跟二迷糊讲了。二迷糊问了问车家大嫂的情况,随即低下了头,蹲在地上吧嗒吧嗒抽烟,半晌才闷乎乎地说:"人怕不行了……吃了饭,咱就上路吧。"

车家大嫂过世之后,车东家把通江口的日常事务交给老舅打理,他自己常年在外,继续奔波劳碌。一晃又三年过去,车家儿子已经进私塾念书。那天下午,老舅接车家儿子放学回来,看到通达号门口停一辆挂彩棚的马车,车东家拉着一位年轻女人下车。车家儿子跑了过去,阿玛阿玛(爸爸)地叫,车东家摸着儿子的头顶,让儿子管年轻女人叫额莫(母亲)。车家儿子怯生生地望着老舅。车东家向老舅招手,对老舅说,这是哈勒珠子的新额莫,日后,你就叫小阿莎(嫂子)。老舅明白——车东家续弦了。

晚上,老舅躺在老舅妈大腿上,老舅妈给老舅剪倒戗刺。老舅妈的女工好,剪刀能贴着倒戗刺的根儿剪。这一段时间,老舅总爱生倒戗刺,倒戗刺往肉里长,用手去揪,很容易拨出血丝儿。"是不是擦屁股碰到手指了?"老舅妈问。老舅不承认,刚结婚的时候,老舅妈给他剪倒戗刺问过同样的话,他自己并不清楚,由于好奇,老舅做了试验,果然很灵,碰了屁股的手指真的起了倒戗刺。"这次真没碰过屁股,这段儿老犯病,我问了大夫,大夫说是脾胃不调和。"

剪完倒戗刺,老舅妈问老舅:"你觉得东家新娶的媳妇咋样?"

老舅说:"挺好。"

"听说是个格格,俺看模样挺俊的。"

"女人嘛,年轻的时候都好看。"

195

"你就没想……娶一个小的？"

"俺有媳妇。"

"可俺不能给你留后了……当家的，听俺的劝，趁年轻抓紧娶一个，别等上了岁数，生了孩子不大点儿……你不好意思出面，俺给你出面……"

老舅在老舅妈腿上呼呼大睡。

车家小嫂年轻漂亮，就是好吃懒做，规矩大、说道多，时不时跟老舅和老舅妈保持着距离，她不喜欢老舅管她叫小嫂，要叫太太，她还纠正老舅和老舅妈，不让他们管车东家叫东家，叫老爷，管车家儿子叫小爷。车东家看不上车家小嫂的做法，他当着大家伙的面儿，公开表示自己与老舅像亲兄弟一样，是一家人，既然是一家人，除了辈分之分，家里家外都不要分三六九等。说是这样说，车东家毕竟在家的时候少，家里大事小情还是车家小嫂说了算，她平素在眼神里、言语中总能流露出隔阂和不满。

车家小嫂的肚子真够争气，过门不到一年，就生了个宝贝儿子。车东家刚过六十花甲，老年得子，自然欢喜得不得了，对车家小嫂宠爱有加。然而世事难料，车家上上下下沉浸在欢乐喜悦气氛的日子里，突然传来了噩耗，车东家在古榆树被土匪绑了票。

当时活动在三江口和古榆树的大小土匪有十几股，而实力最大的有两股，一个叫老常好，一个叫混天珠。这两股土匪都是斗狠碰硬的主儿，敢和官府真刀真枪对着干，不过据说对待客商他们还是有讲究的，一般情况下，客商通过镖局交了车船保护费，土匪不会再找啥毛病，可如果与土匪结了梁子，情况就不一样了，搞得好可以保全尸，搞不好连骨头渣子都不剩了。车东家是明白人，人情练达，世事洞明，行走江湖几十年几乎从未栽过跟头。

他非常自信，这次出去做买卖，肯定不会差事儿，可问题出在哪儿了呢？

绑架车东家的胡子正是老常好，索要赎金800两银子。车家虽是远近闻名的大户人家，可一下子拿出这么多现钱也不容易，何况，车家的钱一直由车东家亲自掌管，除了做生意的钱之外，多年积蓄藏在什么地方，谁也不知道。大家只知道车东家曾经买过坛子，那些坛子里装了什么、埋到了哪里没人知道。车家小嫂心急如焚，四处筹钱，眼看就到了赎人的期限，可还是没凑齐银两。老舅等不及了，他担心时间久了，土匪没耐性伤害到了车东家，于是就联系了镖局里和土匪有联系的线人，谎称自己身上带着银票，只身闯入龙潭虎穴。

老舅见到土匪头目，讲了山下正在筹钱的事，土匪头目下令把老舅浑身上下扒个精光，搜了几遍也没搜到银票。本来土匪头目想把老舅活沉辽河，可报告大当家老常好时，老常好没同意。老常好说，一个下人，倒也没犯多大的错，就是他不该撒谎，等赎金到了放秧子时，把他的舌头割下来就算了……先扔进秧子房吧。

老舅被小匪押解到秧子房。所谓的秧子房，实际上没有房，而是吊在大树上的木棚子，原来大概是用于观察瞭望的木塔，后来加工改造而成。小匪让老舅顺梯子爬上了木棚，撤掉了梯子。没了梯子，想从树上爬下来很难，树皮上涂了发亮的油，树下布满了蒺藜，当然也有小匪看守。爬进秧子房，老舅并没有看到车东家。那里空间逼仄，坐着顶头，只能猫腰移动。老舅四处巴望着、搜寻着。这时，老舅听到了喑哑的声音。

"是我家老弟吗？"

"是俺、是俺呀！东家你在哪儿？"

老舅循着声音摸索过去，发现棚子里一处漏光线的暗格，透过竖着排列的原木缝隙，老舅看到了车东家，他坐在旁边的木棚里。

"你不该来呀！"车东家说。

老舅连忙把家里紧锣密鼓地筹银两的情况和自己担心时间到期东家受伤害的想法都跟车东家讲了。车东家说："筹不到钱都在我的预料之中，你来也没用，还得白搭一个。"

"不白搭，俺想了一个主意，东家不出去肯定凑不齐钱，那就让俺在这里替你……"

"没用，他们不会同意。"

"不管怎么说，俺见到你人，心里就踏实了。就算死，俺也陪你一块儿死！"

"你这是何苦呢？"

"本来俺这条命就是你捡回来的，多活了这么长时间，俺已经知足了。"

"老弟呀，你这样，让大哥承受不起呀！"

那天夜里，车东家想到了一个主意，他想跟土匪谈判，派老舅领土匪去车家堡，挖他埋藏的金子做赎金。条件是土匪拿到金子之后，立即释放老舅。车东家告诉了老舅自己埋藏金子的大致方位，还叮嘱老舅脱身的办法。老舅不同意，死活也要跟东家在一起。车东家不高兴了，严厉地说："听话哈，你这样做，才能救我的命！"

老舅这才想起什么，见车东家胸前的龙凤玉佩和手腕上的念珠都不见了，忙问起来。"搁家里呢。"车东家说。

"是不是因为没带护身符呢?"老舅问。

车东家摇了摇头,叹口气说:"没老祖宗护佑,心里不托底呀。"

很多事情是说不清楚的,人生命运仿佛早就写到编码程序里。那段时间老常好和混天珠两股胡子正寻机灭了对方,一个没有星星月亮的夜晚,混天珠绺子袭击了老常好的大本营,两股土匪黑吃黑火并……半个时辰混战之后,老舅发现看秧子房的小匪不见了踪影,他就从大树上滑溜下来,找到梯子救下了车东家。两人趁着黑夜和混乱逃离了匪巢。跑了十几里之后,老舅晕倒了。

他的小腿和脚踝在下秧子房时被蒺藜划破,流了一路的血。

车东家回到通江口,身子骨大不如从前了,几十年奔波劳累加上被绑票折腾,仿佛一个被霜冻打过的老倭瓜,外表坚硬,里面的瓤儿却懈囊了。那个冬天,车东家经常回车家堡处理一些事务,老舅总是陪同在他左右。马车上,车东家跟老舅讲了不少年轻时做的荒唐事儿,还说起小时候家里来了一个瞎子要饭,额娘送给瞎子一碗饺子,瞎子很感动,给他打卦算命,留下了十二字:河上走,地里钱,生河滨,葬陵山。车东家感慨地说:"是不是有些事,老天在账本里早就记好了?"老舅望着车东家忧郁的眼神儿,心里十分难过。突然,车东家喊着停车,让老舅搀扶他下来。

下了马车,车东家抬头望着天空,一群排成人字形的大雁从高空掠过。

车东家仰着脖子,长久地望着。

"冬天要来了。"车东家哑着嗓子说。

老舅说:"冬天来了好啊,可以打猎了,你还答应带俺打猎去呢。"

"冬天来了，我也该走了！"

"不能东家，你不能走……"说着，老舅的眼前的景物模糊起来。

入冬不久，车东家安详地离开了人世。

离世头一天晚上，车东家独自约见了老舅，让老舅上炕陪他说话。车东家的精神很好，一点不祥的预兆都没有。车东家说："下边我说的话你都要记在心里……我走之后，两个哈勒珠子就托付给你了，尤其是老二幼小，如果你小嫂走道了，拜托你把他抚养成人。"

"俺记住了。"

"你重复一遍。"

老舅一字不落地重复了一遍。

车东家把龙凤玉佩摘了下来，递给老舅："这个玉佩你代我保管，将来给……老二。"

"这个不着急吧。"

"拿着！"

"我不知能不能碰这个宝物，我的德性不够啊。"

"你够！咱这些人都是龙和凤的后辈传人，能到你手里，就说明你够！"

老舅只好把玉佩攥在手里，又小心翼翼地放到内衣口袋里。

车东家接着说："我走之后，自会下葬陵山，一年后把你大嫂的尸骨也迁到陵山，与我合葬。此事必然会有人阻止，到时候你拿出我的遗嘱，扛住压力，且不要大操大办，宜低调从事。"

"俺记住了。"

车东家又让老舅一字不落地重复了一遍。

"我走之后,恐怕小嫂会与你、弟妹闹不和。原本我想让你营运辽河的槽船,考虑再三,觉得你的个性不太适合,你又不大喜欢那个行当,也没征求你的意见,就在辽河边的柳毛沟村给你买了三间瓦房,三十亩地……如果小嫂铁了心赶你们走,你就带弟妹去柳毛沟吧。"

"俺记住了……"

"你重复一遍。"

老舅一字不落地重复了一遍。

车东家拿出一个皮革信袋,里面装着他亲笔写的遗嘱,其中一份字据为:"房屋和田地赠给祥子,他人不得争执。"

车东家过世之后,车家小嫂果然变脸了,仿佛一切都在车东家的预料之中,只是来得比预想的要早、要猛烈。老舅妈性格刚烈,自然不能看人家脸色过日子,她根本不听老舅的劝阻,收拾了包裹就去了柳毛沟村。老舅心里还装着车东家的嘱咐,还想帮着抚养拉扯幼子,他的想法刚说几句,就被车家小嫂一通冷嘲热讽。没办法,老舅死皮赖脸地跪在通达号门前不走,车家小嫂开始对老舅破口大骂,还满街吆喝,说老舅人品有问题,对女主人动了歪心思。无奈,老舅只能默默流泪,满脸委屈地离开了车家。

老舅和老舅妈到了柳毛沟,如同鸟儿归林,想甩开膀子大干一番。老舅与村里的农民不同,毕竟跟着车东家闯荡了多年,长了见识,所以他已经不满足单纯种地了,琢磨来琢磨去,他看好了编织生意——夏编柳、秋编蒲。

辽河边柳毛树茂盛,田间地头河汊沟旁都遍布柳毛棵子,镰刀齐刷刷割下的柳条可以编很多东西——笊篱、笸箩、簸箕、水罐斗、笆斗、粮囤仓围、大车栏厢、小车偏篓、粪箕、柳条帽……带皮的黄色柳条制品多为生产工具，去皮的白柳条制品常为生活用品，像花篮、签子、针线笸箩什么的。每年入伏前，割取两年柳，也就是上一年长的柳枝明条，当即撸下绿皮，阴干后撒上淡盐水，闷湿后的柳条绵软自如，有利于编织。生活用品编成后，还要进行硫黄熏蒸，去掉杂色，变为洁白如雪的成品。

老舅和老舅妈是天生的劳动者，很快就学会了编柳手艺。编柳条的家伙什特别简单，一把镰刀、一副枷子就可以搞定。老舅家的柳编卖到通江口时，他还不知道车家大儿子已经离家出走了。

赶走了老舅和老舅妈，车家小嫂开始折磨起车家大儿子，一开始冷落孩子骂孩子，给孩子吃剩饭剩菜，后来变本加厉，用锥子扎、用炭火烧。车家老大无法忍受，偷偷离家出走，不知所终。

老舅的编柳出了名，前村后屯的人都慕名而来，有的要入伙，有的要联合，老舅概不拒绝，带着大伙儿一起编柳赚钱。老舅和老舅妈的柳编制品质量好，尤其是雪白的花篮堪称珍品。其实诀窍不外乎用心和精心，从备料抽拽条皮开始，老舅就一丝不苟，小心翼翼，用力小拉不掉皮，用力过大容易夹坏了条质，条子打光了要马上晾晒，晾晒不及时会发红发黄。

老舅妈说："你抽的条子娇贵着呢，不能风吹雨淋，让俺都嫉妒……可话说回来，看你这样精心备料俺就明白了，不是俺花篮编得好，是你的条子好。"

老舅说："啥都有神性儿，你糊弄它，它就糊弄你。"

老舅妈女工好，特长发挥在了编织花篮上，编柳前把白柳条浸泡在水盆里，泡到绵软时捞出来晾好，随后按粗细、长短分等，哪些作底穴条，哪些作帮径条，哪些作帮围条，分得恰到好处，编出来的花篮几乎完美无瑕。

自打听到车家老大离家的消息,老舅隔三岔五就去通江口街市,名义上是卖柳编,实际上是打探车家老大的消息。因为辽河经常发大水,码头上很少建有永久性建筑,只有一些临时存储货物和供船工、苦力食宿的简易建筑。小商小贩把买卖做到了辽河边,从吃喝穿戴到油盐酱醋、针头线脑,无所不有。妇女们则到码头上缝船篷、补袜底。老舅的柳编摊儿就在码头最热闹的地方。每天从早到晚,车水马龙,人流不断。

车家小嫂常到街市上买柳编花篮,每次选的都是老舅妈编的白柳花篮,只是她并不知道那个花篮出自老舅妈之手。那段时间老舅也经常去通江口,只要见到车家小嫂的身影,大老远的,他就躲了起来。

秋天,老舅和老舅妈去辽河对岸的蛤蟆塘编蒲团。辽河边的低洼沼泽多,盛产的蒲草随处可见,取之不尽用之不竭。蒲草是二年生的草本植物,生长在半深半浅的水面,叶子宽长平直,里面经脉生有气孔,耐潮湿又保暖,尤其是根茎柔软坚韧。立秋以后,老舅带着徒弟采割蒲草。割蒲草掌握好割草时节最为关键,割早了,叶子未成熟,强度筋性不够;割晚了,叶子老化,发脆少韧性。割下的蒲草要及时通风晾干,防止着雨发霉,半黄半绿才属于上品。割蒲草时不小心割破了手指,老舅就用民间传说的方法,用蒲棒的绒毛止血,捺住伤口。

当时,销量最大的蒲编产品是蒲包和蒲垫两大类,老舅家的蒲编产品主要是蒲团、蒲囤、草鞋和鸡鼓箂,尤其是蒲团,编织工艺要求高,先是喷水湿润蒲草,用石磙碾平、压柔软,用蒲草叶从里往外编织,弯曲团绕,环环相扣,既要"腰身"显,还要

"茶盘"圆。

车家小嫂坐在洁白的蒲团上,两个佣人被她呼来唤去。现在好了,老舅和老舅妈离开了车家,车家老大也离开了车家,只剩下她和亲生儿子过日子,车东家留下的财富足够她好吃懒做了,唯独有两件遗憾事。一件是儿子车老二不上进,不喜欢读书,不愿意干活,衣来伸手饭来张口。尽管车家小嫂对儿子也多有管束,实际效果并不明显。另一件是车东家留下的金银财宝,车东家过世前把埋金子的地点告诉过她,宝贝装在三个半腰高的坛子里,是那种普通人家冬天用来腌咸菜的收口坛子。人啊,没有钱心里慌,可钱太多了心里也慌,钱多了怕丢了,怕贼惦记。除此之外,车家小嫂还有一个困扰和苦恼,她怀疑车东家没有把所有的家底儿都交代给她,也许,车东家的金银财宝她并没有完全掌握。

老舅家和车家小嫂家仿佛两条小河支流,分叉了就各自流进岁月深处,彼此互不打扰,各过各的日子。

车家小嫂和车家老二过了一段锦衣玉食的生活,实现了财富自由的她算过账,按当时的物价推算,车东家留给她的钱几辈子也花不完。车家小嫂本以为坐吃山不空,没想到车家老二长到十七岁,结交了一群市井无赖,他们怂恿他进酒楼,入赌场,逛窑子,骑马游铁岭、逛盛京。老话叫劝赌不劝嫖,赌博是一个无底的黑洞,不到一年时间,车家老二就把车东家辛辛苦苦留下的家业败祸精光,钱没了不说,他还欠了一屁股赌债,车家小嫂终于知道坐吃是可以山空的。没钱了,车家老二就开始折磨起额娘来,赖车家小嫂改了账簿,把坛子里的黄金换成了沙子,对车家小嫂拳打脚踢。车家小嫂实在拿不出钱来,车家老二就将额娘赶出了家门。

车家小嫂浑身是伤，饥寒交迫，露宿街头，她无论如何都没想到，亲生儿子如此虐待自己，不禁感叹自己的命太苦了，悲悲切切，觉得自己活着没有了指望，一个黄昏，车家小嫂走到辽河边，一头扎进水流湍急、漂浮着草叶、泛起泡沫的河水之中。

5

老舅把柳编和蒲编产品远销到了三江口，三江口的需求量远不如通江口，他之所以选择三江口，有他自己的想法，这个想法他不大好说。老舅妈不明白老舅的意图，对老舅舍近求远的做法颇有微词。

老舅在三江口结交了一些江湖中人，不露声色地打探老常好的消息。车东家虽然不是殒命于绑架，而绑架之后，他的确大病如山倒，一天不如一天，最终命赴黄泉。车东家在世时并没跟老舅讲老常好绑架他的原因，这其中难道会有什么难言之隐？老舅想解开这个秘密，因为这不仅关系到车东家，还关系到车东家的后人。

老舅和车东家之所以能逃出虎口，是源于老常好和混天珠之间的火并。关于老常好后来的结局有好几种不同的说法。有的说老常好在那次火并中被乱枪打死，残匪还为他举办了隆重的葬礼；也有的说那次老常好被混天珠暗算了，偷袭成功，因之元气大伤，手下死的死伤的伤，侥幸活下来的也各奔东西了，老常好独自一人去了长白山，隐姓埋名。直到有一天，老舅见到了曾在马蓬沟钉马掌的佟师傅，马蓬沟衰落后，佟师傅就到新兴的三江口谋生。故交相见，自是亲切，佟师傅向老舅道出了一个多年前的秘密。

车东家小时候就跟老常好熟络，他俩曾是喝过鸡血、拜过天地的结义兄弟。那时候车东家还没有发达，他带着常老好等七八个兄弟，往返于草原和平原之间经商，就是那种被人称为"拨子"的商队。他们这个拨子属于中上规模，五辆大车上装着两万吊货物，开春辽河化冻前就出发，深秋辽河封冻时返回。到了草原深处尤其是牧民扎堆的节日里，就支起大帐篷开店，有粮食、烟草、餐具、佛像、马具以及烟酒糖茶和布料丝线等日用杂货，买卖双方多半实行易货贸易，即以物换物。牧民用来交换的是马、羊、马鬃、羊毛等等，拨子交换的则是琳琅满目的商品。易货贸易的特点就是延时性，买卖先做，但物品交换清算可能会拖到第二年或者下次行商时期，比如小羊羔要等长大了再交割，比如遇到特殊年份，没有遇到好的卖家，车东家他们就托付当地的牧民代为养牧，找到了合适的买主，再拿到市场上转手出售。尽管牧民的生活是游动的，但都有归属，绝不会到所属旗的领地外放牧，不会找不到。况且，当地的牧民十分讲信用，即使替拨子多放牧几年，也像对待自家的牲畜一样，毫无怨言。不幸的是，那年夏天老常好得了懒汉病，就是从羊传染给人的布鲁氏杆菌病，老常好肌肉痉挛，疼得直不起腰来，尤其难以忍受的是睾丸红肿，化脓流水儿。眼看深秋时节，车东家要带兄弟们在暴风雪来临前离开草原，腰椎强直的老常好无法经受车马颠簸，车东家只好把老常好委托给当地的牧民照料。听牧民说，那种病分三个阶段，一入血，二入肉，三入骨，看样子老常好已经病入骨髓，命不久矣。车东家给了牧民一堆值钱的东西，无论如何都要想办法保住老常好的命，实在不行，人走了也要厚葬。就这样，车东家带着拨子在辽河封冻之前离开了草原。第二年开春，车东家带拨子来到草原，那户牧民已经迁移到岭外去了，同时车东家得到消息，老常好已经离世，他无比悲痛，不再往草原深处走了。几年后，车东家在大草原见到了老常好，他没想到老常好居然还活着，并且，无怨无悔地放牧一大群牛羊。然而，时过境迁，车东家已经娶了老常好的媳妇，也就是车家大嫂。老常好觉得车东家霸占了自己的媳妇，背信弃义，自此与车东家反目成仇，恩断义绝……老舅想，难怪车东家用忏悔的心情向他讲了自己年轻时做过的荒唐事，只是他没有提起老常好的名字，车东家之所以不提老常好和他们两人之间的事，也许他已经悟透了人生真相，早年种下的善恶种子，大概都会生长起来，所以他能够坦然地面对绑票，算是接纳了因果报应吧。

如果说这个谜题破解了，另一个谜题却出现了。为什么在车东家身处绝境的关键时刻，另一股胡子会及时出现呢？都说老常好和混天珠积怨多年，可他们早不打晚不打，偏偏在那个时候大打出手。鹬蚌相争渔翁得利，客观上救了车东家和老舅，这一切仅仅是巧合吗？

老舅从三江口回到家，天色已晚。听到狗叫声，老舅妈就迎出了门。老舅妈见到老舅啥都没说，默默接过老舅肩上背的褡裢。

老舅小声问老舅妈："小嫂咋样？"

"挺好。"

"挺好？"

"身体调养差不多了，心情也比以前好了。"

"她来咱家有两个月了吧？"

"快了……"

车家小嫂没死。

车家小嫂投进辽河之后，在湍急的水流里翻滚着，被一个鱼亮子挂住，看鱼亮子的小伙子以为捕获了大鱼，就把车家小嫂拉了上来。老舅得到消息，赶了过去，认出是车家小嫂。

老舅把车家小嫂接到家里，好吃好喝供养起来。怕车家小嫂生疑，他拉着柳编乘船去了三江口，留下老舅妈照顾车家小嫂。头几天，车家小嫂不吃不喝，在老舅妈的哀求下，她才勉强喝点稀饭。七八天之后，车家小嫂才下了炕，她大门不出二门不迈，除了唉声叹气，一句话也不说。半个月之后，车家小嫂才迈出了屋门，看到满院子的柳编立即愣住了，尤其是那雪白的花篮，跟自己在通江口买的一模一样。

"花篮是你家编的？"车家小嫂问。

"俺编的。"

"你是……咋编出来的呢？"

"很简单，就这样。"老舅妈坐下来，抽出柳条编了起来。车家小嫂眼睛眨都不眨，一直紧盯着老舅妈的手看。过了好一会儿，嗫嚅着："弟妹，可以求你一件事儿吗？"

老舅妈看了看车家小嫂："俺知道你稀罕俺编的花篮，俺专门给你编个属相的。"

车家小嫂说："不是，我想求你的是……你能教教我吗？"

"你？不行不行，你的手细皮嫩肉，干不了这样的粗活儿。"

"教教我吧，我真想学。"

打那日开始，车家小嫂跟老舅妈学起了柳编，有事儿做，她的状态也稳定下来，四十天后，身体基本得以恢复。

白天忙忙碌碌，一点儿都看不出车家小嫂的情绪变化，可到了夜晚，车家小嫂经常从梦中惊醒，坐在黑暗中独自啜泣。一天，老舅妈听到哭泣声，就过来安慰她。车家小嫂拉住老舅妈的胳膊跪下了。

车家小嫂带着悔恨向老舅妈道歉："弟妹呀，我对不起你，对不起祥子兄弟，我有愧啊！"

"别寻思这些了，过去的事儿就过去吧。"

老舅妈拉车家小嫂，车家小嫂不起来，无奈，老舅妈也跪下了。

车家小嫂抽泣着："看看过去我是怎么对你们的，现在你们是怎么对我的？"

老舅妈也流着泪说："东家在世的时候不是说过吗，咱是一家人，不计较那些。"

车家小嫂一边哭一边说："事到如今，我才看明白是非曲直，分清楚好坏香臭，真是……悔不该当初啊。……看看你们家，家里虽不富裕，可夫妻和睦，人勤劳身体好，日子过得有滋有味儿。反过来再看看我家，穿绫罗绸缎，吃山珍海味，本来指望儿子有个出息，不想惯子如杀子，培养出了忤逆之辈，六亲不认，狼心狗肺，连自己的亲娘都赶尽杀绝……我也是罪有应得，活该老天给我报应啊！"

"好了好了，不想这些了。要说报应，该报应都报应了，老天爷只是给咱提个醒儿，以后，还得好好活。"

"我还咋活呀？人心不足蛇吞象，当初见了金子起贪念，结果把车家的两条根儿都害了。我真是死不起活不成啊。活着有罪，死了没脸见老爷。"

老舅妈说："没事儿没事儿，事情都过去了。要是和我经历的那些事儿比，磨难不小多了吗？人这一辈子，谁敢保证没个三长两短的，可只要有口气儿，咱就得活呀，不仅活，咱还得好好活。"

"唉，我啥谋生本事都没有，岁数也大了，活着比死都难。"

"你就待在俺家，有俺吃的就有你吃的。"

"我知道你们不把我当外人，可长久住着，总不是个事儿。"

"既是一家人，啥说道都没有。"

"我住在这儿，大兄弟就躲外面去了，我心不忍啊！"

"他是去三江口做生意，没给你腾地方的意思。"

"不管咋说，我总不能劳烦你们一辈子啊。"

老舅回来，老舅妈把车家小嫂的情况对老舅讲了，她想让老舅拿个主意，找个有效的办法打开车家小嫂的心结，以免车家小嫂转不过弯来，再出什么意外。

老舅想了好几个方法，比如到庙里上香，请跳大神儿的扶鸾，找丫鬟陪护等等，老舅每说出一个办法，老舅妈都觉得不太牢靠，都能找到质疑的理由。最后，老舅狠了狠心，说："那就只有一个办法了。"

"啥办法？"

"拿出杀手锏吧。"

"杀手锏？……"

"带小嫂去趟蛤蟆塘吧。"

老舅妈明白了，不过她还有些犹疑："你的意思……能行吗？"

"药是好药，能不能对症就得看造化了。"

第二天早晨，老舅套上马车，要拉车家小嫂去辽河对岸的蛤蟆滩看蒲编。

"俺也陪你去，散散心。"老舅妈在一旁帮衬道。

"是编蒲团吗?"车家小嫂问。

"有啊,不光有蒲团,蒲草可以编出很多花样呢,蒲草包、蒲草囤、草鞋、鸡鼓菜。"

"我买过不少蒲团呢。"

"当家的徒弟在蛤蟆滩,也是俺的干儿子,手艺比俺都好。"

车家小嫂沉吟一下,点了点头。

一行人穿得干干净净,像串门走亲戚一样,从古渡口乘船横渡辽河,过河之后再向西北走十多华里,中午时分到了蛤蟆滩。徒弟一家大概早已得到了消息,听到马车铃铛声就迎出了大门外。老舅扶着老舅妈下车,老舅妈扶着车家小嫂下车,徒弟、徒弟媳妇和两岁的儿子跪在地上迎接,看到这个场面,车家小嫂傻眼了。

"还不快叫娘?"老舅提醒徒弟。

徒弟冲车家小嫂叫道:"儿子拜见讷讷(母亲)!"徒弟媳妇跟着叫道:"儿媳给阿玛哈(婆婆)请安!"徒弟媳妇还拉了拉东张西望的孩子,小声说:"叫玛法(奶奶)!"小儿高声喊道:"玛法!玛法!"

车家小嫂认出老舅的徒弟正是车家老大,心里一热,鼻子一酸,转过头去。

"这回好了,你们一家人团圆了。"老舅妈说。

车家老大和媳妇站了起来,热情地拉住车家小嫂的手。车家老大说:"讷讷你回家太好了,儿子有娘了,你孙子有奶奶了。"

车家小嫂不说话,只是默默流泪。

自从老舅得知车家老大离家出走,他就四下打探车家老大的行踪,老舅妈也偷偷搜罗车家老大的消息,功夫不负有心人,一年之后,老舅听三江口扎纸匠活的刀条脸说,有人在吉林见过车家老大，他跟着"师傅"学哭丧，混饭吃。刚一入冬，老舅就背上褡裢去吉林找车家老大，在赫尔苏河边的一个小村子里见到了他。那天正赶上村里有家出大殡，车家老大随师傅唱《十跪母重恩》和《哭七关》，"宁隔万重岭，不隔一层土……"老舅心里翻江倒海，伤心落泪。为了保护恩人的后代，老舅向哭丧师傅付了"谢恩"银子，带着车家老大返回了柳毛沟。蛤蟆滩的蒲编买卖兴旺之后，老舅模仿当年车东家的做法，在蛤蟆滩给车家老大买地买房，成年后还给他娶了媳妇，安安稳稳地过起了日子。

车家老大已经为车家小嫂准备了住屋，像对待亲娘一样尽着孝心。车家小嫂时常对自己过去的所作所为懊悔，对车家老大满怀愧疚，可不管怎么说，自己毕竟是在车家生活，总算回到了自己"家里"。

6

那一年辽河发大水，老舅被困在三江口半个多月。空闲下来，他就去找刀条脸，遇到刀条脸干活儿他就跟着干活儿，赶上刀条脸吃饭他就上桌吃饭。一天阴天，老舅来到纸匠铺，刀条脸正在扎纸人儿，老舅二话不说，坐在矮凳上跟着忙活起来。扎纸匠的材料挺复杂的，高粱秸秆、白纸、黄表纸、糨糊以及颜料。第一道工序是扎出童男童女的骨架，老舅负责备料，在火炉上烤高粱秆儿，一边烤一边用嘴吹着，烤轻了折不出弯来，烤重了会把秸秆烤煳，容易断裂。刀条脸扎好了骨架，老舅就帮着往上面糊纸，后面的工序老舅就插不上手了，上颜色料的活儿一般都是刀条脸亲自上手。男纸人穿着黑色褂子，戴着瓜皮帽；女纸人穿着裙子，脸上涂着红蛋蛋儿。童男童女都是一对儿，配有对联，写遇山开山，遇水搭桥啥的，目的是安然无恙将逝者送往阴曹地府。纸扎人很有说道儿，绝对不能画上眼睛，不然可能招灾惹祸。在纸匠铺，老舅跟刀条脸学到不少讲究，知道"男烧马女烧牛"是源自马喝清水、吃脏草，牛喝脏水、吃干净草。

临近中午，刀条脸搓了搓手，对老舅说："该吃饭了。"

老舅在胸前拍打拍打，随刀条脸离开摆满纸人、纸马、纸牛、纸轿子、纸宅子、纸摇钱树的后院，来到了前店。

店里桌子上摆着盘子碗筷，主食是高粱米水饭，配菜是一小盆土豆蒸茄子，一大盘青菜，主要是小葱、辣椒和生菜，一碗鸡蛋酱。两人坐下来，拿起碗盛饭，客气话都不说，大口大口地吃了起来。

老舅吃着吃着，放下饭，嘴角掠过一丝笑意。

刀条脸瞅了瞅老舅，似乎意识到什么，回头对媳妇喊了声："拿两个咸鸭蛋过来。"

老舅没说话，抬头瞅了瞅角落里的酒坛子。

"俺看呀，那些活都干完了，不喝点儿吗？"

刀条脸平时话不多，属于"阴气重"的那类人，对外格外手紧，花钱抠抠搜搜，可一喝二两酒就不一样了，完全变了个人似的，豪言壮语，豪爽大气。

"不喝，不喝了。"刀条脸说。

以前，老舅逗过刀条脸好几次，想让刀条脸破费了，就鼓动刀条脸喝点小烧酒。刀条脸先是一番谦让，少喝几口还好，一旦超过二两的警戒位，他就面色红润，双眼发亮，摆动着手说："咱大小也是个老板，是有身份的人，哪能吃这些破玩意儿，喝糙酒呢？走走走！去大馆子，点最好的菜，上最好的酒！""人生不过百年，今朝有酒今朝醉！""喝酒不醉枉花钱！"第二天，刀条脸醒酒了，他知道自己犯了显大眼儿的毛病，肠子都悔青了。然而，下次一旦喝过了警戒线，他的身体一如泛滥的辽河之水，依旧难以把控。

老舅不说话，时不时瞟酒坛子几眼。

"不喝了吧。"刀条脸说。

老舅还是不说话，继续吃饭。眼看饭快吃完了，刀条脸说："要不，就少喝一点儿，你想喝多少喝多少，我就一两。"

说是一两，喝一喝就冒了。突然，刀条脸啪地一拍桌子，站了起来。

"这，哪有下酒菜啊，走走走，去大馆子！"

老舅故意说："已经吃饱喝足，不去了。"

"去，必须去，不去就是不给我面子！"

刀条脸连拉带扯，把老舅拉到了三江口最繁华的码头街市，进了三江口号称最上档次的"观海楼"。三江口没有海，为啥叫观海楼不得而知。

观海楼由一个戏园子扩建，除了前院戏台的建筑高大一些，屋脊两端有鸟兽的造型，后边的连体建筑只是青砖青瓦的平房，有酒馆、赌场、妓院和烟房，属于一条龙消费场所。观海楼的主人叫丑奴儿，在三江口非常有势力，有"三江口女王"的绰号，据说丑奴儿是胡子头儿混天珠的女人。

丑奴儿不丑，不仅不丑，而且还是百里挑一的漂亮女人。

以前老舅听刀条脸讲过丑奴儿的事儿。丑奴儿本是正经人家出身，父兄常年在辽河码头做木材生意，后来遭一股土匪抢劫，由于反抗被淹死在辽河中。年幼的丑奴儿被卖到了妓院，妓院老鸨为了把丑奴儿培养成摇钱树，专门为丑奴儿请了师傅，让她拜师学戏。15岁的丑奴儿亭亭玉立，嗓子好，人漂亮，名声很快传到了营口、田庄台。丑奴儿16岁被客人开苞，据说是一位不肯留下姓名的关内富商，为了占有丑奴儿，他付出了高昂的代价。一是花了大把银子，为妓院盖了一个石雕花木镂空的戏台子；二是背负了死去的名分，让人家正儿八经地哭丧和诅咒。按老传统，妓女被开苞后"丈夫"就死去了。"新婚"的第二天，丑奴儿在妓女们陪同下，身穿孝服，哭哭啼啼，在空空如也的灵堂前祭拜，焚香烧纸。身边的哀乐队吹吹打打，跟真的办丧事一样。送走了"丈夫"，丑奴儿的心也死了，开始无差别地接待客人。没多久，丑奴儿远近闻名，成了望海楼名副其实的头牌。嫖客们蜂拥而至，挤破了头，可谓日进斗金，老鸨做梦也没想到丑奴儿这么快就成了她的摇钱树，所以对丑奴儿百般呵护，实质上是百倍看护。可惜好梦不长，初秋的一天，混天珠大当家的过生日，雇望海楼戏班子去祝寿，指名让丑奴儿去，老鸨得罪不起，只好亲自陪着丑奴儿出场。

土匪看戏还雇吗？的确是雇。那时三江口的土匪类似一个个黑社会组织，同乡、同行业或者同一伙兄弟都可能是拉绺子的胡子，与习惯认为的土匪不同，或者说很多人习惯认为的只是土匪的一种，住在山洞或者匪巢里，啸聚山林。混天珠这股绺子的规模很大，可平时并不聚在一起，该干活干活，该做买卖做买卖，该杀人越货就杀人越货。这个神秘组织有自己的暗号，一声令下，很快就能把匪徒聚集起来。有的土匪农忙时节干农活，农闲时节上码头收河道费，平时很难看出他是土匪，土匪头目也跟当地人

215

一样过日子，红白喜事人情往来一份不落。当时，黑话也不全是土匪的专利，所谓的黑话其实是清末民间社会各种集团或群体出于各种文化习俗与交际需要，而创制的一些以遁词隐义、谲譬指事为特征的隐意，林场子、水场子和金场子的人都有不希望别人听懂而用以内部交流的语言。土匪请戏班唱戏，该赏钱一样出手大方。

那天，丑奴儿在台上唱，混天珠在台下观看。

虚空渺漠叹浮生
日月笼中鸟
乾坤水上萍
浩劫只为无始终
世事何尝有定踪
图王霸业临明月
惜玉怜香半夜灯……

混天珠的眼睛牢牢地钉在丑奴儿身上。

那之后，混天珠经常光顾望海楼，一来二去，两人动了真情。都说婊子无情戏子无义，不想，本已心死的丑奴儿竟对混天珠情有专属，落草为寇也不在乎，决心做混天珠的压寨夫人。混天珠找老鸨给丑奴儿赎身，老鸨不敢得罪混天珠又舍不得这棵摇钱树，就狮子大开口。混天珠啥都没说，转身就走。没几天，老鸨的儿子被土匪绑票，老鸨这才醒悟过来，连忙把丑奴儿送给了混天珠。

刀条脸之所以带老舅来望海楼，是想让老舅见一见丑奴儿。丑奴儿并不是想见就能见到的，那要看她的心情，据说她也喜欢喝酒，喝高兴了就登台唱上一段儿。说是这样说，刀条脸来望海楼好几次了，一次都没那么幸运。刀条脸和老舅在戏台下选了个桌子坐下，店小二过来送菜谱，倒茶水。刀条脸一副大金主模样，高声道："来几盘硬菜！再烫壶上等好酒。"

"啥是硬菜啊？"老舅故意逗刀条脸。

"啥好上啥！"

"好咧，二位爷。"店小二喜滋滋地答应。

老舅拦住了店小二，从菜谱上点了两个冷盘，在酒牌上点了最下端的一款酒。

店小二看了看老舅，又看了看刀条脸。老舅拍了拍店小二，小声说："俺这是第二顿了，去吧，一会儿给你小费。"

店小二乐颠颠地回着："好咧，二位爷。"

喝茶等菜的工夫，"肿眼泡"走了过来，冲着刀条脸抱了抱拳："好久不见，小弟给小爷请安了！"

刀条脸连忙拉住肿眼泡："小爷啊，快请坐，今天我请客。"

"那，恭敬不如从命了。"肿眼泡真的坐了下来。

肿眼泡是附近六营子屯大户胡家大公子，因科举落第灰心丧气，整天混迹于烟花柳巷、茶楼酒肆，二十岁出头就谢顶了，戴一顶脏兮兮的瓜皮小帽。

老舅小声问肿眼泡："有个事儿，不知道你知不知道？"

"真是巧了，你问的人他就没有不知道的事儿。"

刀条脸说："吹牛皮要上税的，你啥都知道，那我问你，今天能看到丑奴儿唱戏吗？"

"不可不可，不可叫丑奴儿，叫采桑子。"

"裁殃子？什么东西？"刀条脸问。

"词牌名，采桑子是正名，丑奴儿是俗名，还是叫采桑子好听。"

老舅听说过，丑奴儿是肿眼泡心目中最崇拜的女神，已经痴迷到了疯癫的程度。

肿眼泡满含深情地吟诵道："两堤绿柳一色烟，水莲渚熏风，夜半月色听松语，酒后话遗踪……"

"还整上古诗了。"刀条脸说。

"是古词。"肿眼泡认真地纠正。

老舅笑了笑，对肿眼泡说："老常好的事儿你听说过吧？"

"自然知道，你要问哪方面？"

"听说老常好被混天珠给灭了，现在的三江口，混天珠一家独大，是真的吗？"

"老常好肯定没死，在哪儿就不知道了，不过他的手下生死逃亡倒是真的，我亲眼所见，码头上停了三十多具尸首，连官府都派兵丁看守呢。"

"是啊，可你知道吗……混天珠为啥要灭老常好呢？"

"三江口的人都知道混天珠跟老常好不对付，早早就结了梁子，可没几个人知道咋结的梁子。"

"你知道？"

"自然知道……因为那个宝贝呗。"

"哪个宝贝？"刀条脸问。

"采桑子呀，采桑子的爹和两个哥哥就是老常好害死的。"

老舅明白了，自言自语道："这倒说得过去。"

"冤有头债有主，君子报仇，十年不晚！"

三人开始喝酒，从晌午喝到下午。突然，客人中一阵骚动和喧哗。有人喊："丑奴儿来了……丑奴儿！丑奴儿！"

肿眼泡站了起来，激动而痴迷地喊："采桑子！采桑子！"

拉弦的、弹琴的试了几次，都被现场客人的喊叫声盖住。不想，丑奴儿一亮嗓子，整个院子立刻安静了。

> 说什么闭月羞花貌
> 说什么沉鱼落雁容
> 峨眉每恨英雄少
> 杏眼常将天下空
> 步转金莲花影外
> 风敲环佩月明中
> 一声长叹栏头靠
> 九曲柔肠月下拧……

肿眼泡听得如醉如痴，泪流满脸。

一晃又是几年过去。

这年腊月二十七，老舅和老舅妈去蛤蟆滩，跟车家老大商议一番，决定带全家去牛庄过大年。那时，牛庄已经开辟为辽河出海口营口港，成为远近闻名的大港口。他们套了两个爬犁、一辆马车。爬犁上坐人，马车拉年货。因为路途遥远，车上的油壶必须加满，木头轱辘大挂车一走吱吱响，走20里路就得加油润滑。车家小嫂不知道其中缘故，只听车家老大说，去营口大地场见见世面。

既然是老舅和老舅妈的决定，车家小嫂也没什么好说的。

爬犁和马车沿着封冻的辽河，一直走到了晚上。爬犁先到营口地界，抬眼望去，营口码头和老街一片灯火辉煌。

在营口老街一个店铺前，老舅对车家小嫂说："嫂子，累了一天了，咱进屋歇息歇息吧。"车家小嫂还没下爬犁，店铺里跑出两个人来，扑通扑通跪下，一边磕头一边说：

"请讷讷到儿家过年！"

"请婆婆到儿媳家过年！"

车家小嫂认出是亲生儿子车家老二，不由得变了脸色，冲儿子呸了一口。

车家老二哭着说："讷讷，儿子对不起您老，现在您儿子学好了，特地央求干爹干娘出面，接您老和阿哥、阿嫂、侄儿们到家里过个团圆年……"

"讷讷，您老快进屋暖和暖和吧！"

车家小嫂怎么都不肯从爬犁上下来。老舅上前劝道："咋也得给孩子一个机会，等你听他说完了，再不原谅他，俺也不拦着你。"

经老舅一番劝导，车家小嫂这才下了爬犁，一步三摇晃，差点跌倒。

进屋之后，车家老二向车家小嫂哭诉了过往的经历。

原来，金山变沙坑之后，车家老二的酒肉朋友一个都不见了，进酒馆有人撵，进窑子有人赶，进赌场有人打，投奔客栈敲不开门，走到哪里，人家都指着他的脊梁骨，瞧不起他，骂他丧良心。冬天来了，车家老二饥寒交迫病倒在一个牲口棚里。此刻，车家老二恨自己，也特别恨额娘，他不明白，为啥额娘从小不教他学好，把他惯得没了人样，除了吃喝玩乐，啥也不会做，可惜，一切都太晚了。车家老二挣扎着在牲口棚里上吊，不是滑下来就是布套断开，到最后他连上吊的力气都没有了。车家老二更加沮丧，认为自己是无用之人，连阎王爷都不收他。就在他闭着眼睛昏昏沉沉之时，有人把他抱上了马车。车家老二隐隐约约听有人说，救那败家子干啥？吃喝嫖赌抽五毒俱全，金山都得叫他败祸成穷坑，谁救他谁跟着遭殃！

救车家老二的人正是老舅，老舅说我一定要救他，他是我救命恩人的骨血，说啥也要帮他一把，帮他成为有用之人。

后来，老舅和老舅妈找大夫给车家老二治病，调理身体，苦口婆心地对他讲做人的道理。车家老二病好之后，发誓要重新做人，他在胳膊上刺了两行字：不碰烟赌嫖，誓守情义信。打那以后，车家老二脱胎换骨一般，冬天烧木炭，夏天挖药材，春天秋天做买卖，终于自食其力。经过几年的观察，老舅觉得时机成熟了，就把车家老二送到了营口，给他一坛子金银做本钱，开了一间杂货铺子。现在，车家老二的生意越做越红火，去年结婚，娶了二迷糊的二女儿。

"你哪来那么多钱？"老舅妈偷偷问老舅。

老舅说："不是俺的钱，是车东家留下的，俺不过代他看管几年罢了。"

老舅和老舅妈在营口过了一个团圆欢乐的大年。

过了正月十五，老舅在通江口渡口码头看到官府的告示，第一眼搭上的画像令老舅触目惊心，那个画像太像二迷糊了，老舅又仔仔细细端详，怎么看怎么像二迷糊。告示的大意是，官府剿灭了三江口顽匪混天珠一伙绺子，匪首混天珠被当场击毙，故昭告左右，官府有能力保一方平安云云。

二迷糊是混天珠胡子的大当家？怎……么可能？

为了求证，老舅专门去了一趟车家堡，听说二迷糊家已经被官府查封，至于查封的原因，村里人众说纷纭。

回来的路上，老舅心里挺难过的，他怎么都不能把窝窝囊囊的二迷糊与那个叱咤风云的胡子头儿联系在一块儿。也许是误会和巧合，如果不是误会和巧合，他从心底里不希望二迷糊是混天珠大当家的，从老舅的角度来说，毕竟他是平民百姓，对胡子有种天然的仇视。二迷糊是个好人，可做了胡子的二迷糊一定不是什么好人……想来想去，老舅跟自己妥协了，就算二迷糊是胡子头儿，可他还是不希望二迷糊死，不知道为什么。

老舅记得，最近一次见二迷糊是去年秋天，他跟二迷糊去车家堡拉嫁妆，明明是送自己的二女儿出嫁，二迷糊却穿得一点都不讲究。从通江口到营口的路上，他迷迷糊糊，逮机会就睡觉，坐在马车上睡，歇脚时抱着马鞭子靠着大树睡，像个事不关己的外姓人。或者这样说，二迷糊不像是岳丈人，妥妥的一个被雇佣的马车夫。路上，二迷糊还跟老舅讲过笑话，二迷糊问老舅："你是不是听人说过我的故事。"

"啥故事？"

"傻女婿的故事呗。"

老舅嘿嘿笑着。

二迷糊说："我给你讲一个……八月十五吃月饼的故事听过没？"

"这个，还真没听过。"

说的是八月十五晚上一家人赏月，员外和三个女婿饮酒作诗。岳父出题：诗中必须有"圆又圆""少半边""热闹闹""静悄悄"。

大女婿说:"八月十五的月亮圆又圆,过了半月就少了半边。天上的星星热闹闹,如果阴天就静悄悄。"二女婿说:"这个月饼圆又圆,咬一口就少半边。上面的芝麻热闹闹,全都吃了就静悄悄。"三女婿想了半天说:"我们桌子圆又圆,爹要死了少半边。一家人热闹闹,都死了就静悄悄。"

老舅哈哈大笑。

二迷糊说:"大伙儿都说那个傻女婿是我……"

"是你吗?"

"不是我,戏园子里的故事,安我头上了。"

"安你头上你不生气呀?"

"有啥好生气的。"说完,二迷糊挥舞着鞭子,高声喝道,"驾!"

马车渐行渐远,远处传来二迷糊的歌声:"辽河两岸走,二斤白酒漱漱口……"

正月里,老舅专门去了趟三江口。三江口码头老街依旧热闹,白天唢呐锣鼓打秧歌,晚上灯笼高跷跑旱船。望海楼已经易手他人,围罩着草编袋子,人去楼空,一片寂凉。

听刀条脸说,混天珠大当家的死后,丑奴儿变卖了产业,遣散了弟兄,在一个雪花纷飞的日子,独自一人赶着马爬犁离开三江口码头,消失在古老的辽河河道。

老舅在望海楼旁的小食摊买了四个油炸糕,顶着凛冽寒风大口大口嚼着,突然老舅停止了咀嚼,他想起自己和车东家被绑票时的事儿,如果二迷糊是混天珠大当家的,那个节骨眼儿上老常好的老窝被混天珠端了,仅仅是一种时间上的巧合吗?

老舅被油炸糕噎住了,差一点儿背过气去。

223

的确，车东家埋的金银不是三个坛子，而是六个，其中，他将三个坛子的埋藏地点告诉了车家小嫂，而将另外三个坛子的埋藏地点告诉了老舅，老舅一直没去那个地方启封，他想，不到万不得已，他是不会动那些坛子的。后来，他觉得车家老二已经改邪归正，可以自立门户了，就挖了一个坛子出来，送给车家老二做生意，同时送给车家老二的还有那个古旧的龙凤玉佩。

至于另外两个坛子，老舅认为此生无须再动了。为了斩断妄念，以免日后哪一天坚持不住反悔了，老舅就去埋藏地点清理了一番，清除掉用来做记号的卧石、老槐和枫杨树。后来辽河发水，那片地方被水淹过，水退后一片狼藉，面目全非。没有树木和卧石做参照，老舅自己也找不到埋藏坛子的地点了——那些坛子在他的记忆里不知所终了。

走辽河之前，有人跟我提出一个问题，他说童年时自己家门口流过一条小河，可他长大之后再回到村里，那条小河不见了，消失得无影无踪。那条小河是辽河支流上的一个小细支，属于辽河孙子或者重孙子辈儿的，可那也没理由说没就没了呀，希望你走辽河时会寻找到答案。事实上，我走辽河不是为了解决这个问题的，应该说不仅仅是解决这个问题的。还有一种说法，君住河之源，我住河之尾，河流的上游缺水，而到了入海口，河面宽阔，水量丰沛，一定不会缺水的，情况果真如此吗？

初秋时节，我来到了鸡鸣三省的三江口镇，那里有一个醒目的地理标识：三根原木上连接着木牌，木牌上分别用绿色篆字标注辽宁、吉林、内蒙古，对应的就是三个省区的方向。在三江口镇用微信发送所在位置，会出现辽宁省铁岭市昌图县三江口镇、吉林省四平市双辽王奔镇三江村以及内蒙古通辽市科尔沁左翼后旗三江村，三个地方都有"三江"的字样。现在的三江口镇最早却叫大明屯，查阅档案资料时，我惊讶地发现，大明屯早在1905年就上了英国皇家《地理》月刊。英国人泰雷君写的《辽河外记》，刊发在1905年10号《地理》月刊（总第26卷）上，那篇文章除介绍辽河的文字之外，还有两幅手绘地图，中文翻译者为李玉林。我查阅过省市县的档案资料，这件事没有被资料提及，似乎遗落在了历史的烟尘之中。昌图县是这样记载大明屯地名由来的：光绪十五年（1889年）因大雨，东辽河泛滥，洪水淹没右岸，无家可归的人们纷纷渡河到东辽河左岸的大明屯定居。由于来自三江口的住户居多，故大明屯改称为三江口，沿用至今。三江口镇地处松辽平原，属科尔沁沙漠边缘延伸部，地层结构除少部分冲积平原土质肥沃外，大部分为沙丘地、盐碱地，土质较瘠薄。地貌特征为东北高、西南低、自东北向西南倾斜。海拔最高为三马架村，135米，最低点为二河村，101米，新立村出土了6000年前的文化遗存"白沙滩遗址"。

　　我之所以介绍三江口镇，是因为三江口曾是辽河航运最北端的大码头，更重要的是，三江口与我要讲的"老舅和老舅妈""堂妹和堂妹夫"有关，当然，从牛庄营口到田庄台，再到三江口和郑家屯，700多公里的辽河航运上有码头188个，所以我只能择其重点，对与他们有关的几个港口码头做一些背景交代。

　　在已经见不到码头模样的马蓬沟，我听到了老舅被蚊子咬中毒的故事，联想起关于辽河沼泽的蚊虫，我印象深刻的是《燕行录全集》中记载的内容，那是韩国东国大学林基中编的一部书，书中有明代朝鲜使臣黄士佑朝贡路过辽河、抒发羁旅之苦的一些诗,其中这样描写辽河的蚊虫:"虻飞蔽野逢人吮,利嘴如针痛不堪。左击右攻犹突入,恰如秦汉战方酣。"将蚊子来势汹汹的叮咬比作秦汉战争,可见辽河的蚊子有多厉害。

走访辽河时,我还专程寻访了康平和昌图交界的通江口镇,查阅了一些图片资料。通江口码头取代马蓬沟码头大概与交通运输间距有关,也就是我们说的"亚平宁半岛效应"。通江口地处辽北交通要道,一定意义上讲更接近东北腹地,辽北乃至长春一带货物运往马蓬沟码头要比通江口运距远,于是,客商们纷纷改运通江口,这样一个来回儿即可缩短陆运距离200多华里。就这样,通江口蒸发糕一样快速膨胀起来,储存粮食的客栈"高壁环绕,规模宏壮,累累如山",积粮达到100余万石,最高峰时粮食运输量达到200万石至300万石,发展成为商贾云集、名闻遐迩的水陆码头、商业重镇,直至成为后来的奉天省十大对外开放商埠之一。

在通江口,我查到车家通达号毗邻的广增达商号(广源达的前身)居然跟大名鼎鼎的乔家大院有关。光绪五年(1879年),山西太谷富商乔国棠在通江口经营广增达商号,主营粮油购销,兼营钱庄、烧锅和船店业务。每年冬春时节,大量购进大豆、豆油、豆粕等农副产品,等到春天辽河解冻,再用船只运往营口销售。船只返航时,再运回南方生产的各种生产、生活用品以及进口洋货和食盐等。而车家通达号则是一家小规模的船店。船店是当时通行的一种综合经纪机构,不仅本身拥有运输船只,而且还为其他船户的食宿、接洽业务、融通资金等方面提供方便。另外还代理外地客商收购、储存和运输货物。船店内设有客房、账房、经纪房等，人来人往，客商盈门。

辽河航运自古有之，清道光之前，辽河航道主要服务于军事活动，比如三国时期，孙、吴发兵由海上航行，经辽河口循大辽河、太子河到达襄平（今辽阳），与公孙渊通好以牵制曹、魏。比如明朝初年，朝廷在辽东地区设置了25个卫，驻扎重兵20余万，辽河两岸一片沼泽，陆路交通十分困难，于是就利用辽河水道运输便利，由山东向辽东运送军需粮饷。至清康熙年间，为反击沙俄入侵，清廷采用松辽水陆联运的方式，为吉林和黑龙江驻军提供军需供给。一直到道光初年，辽河才大规模开启了民间商船通航。那时山东连年受灾，急需外地接济粮食，同时大量灾民通过海路前往东北，于是，一些福建、浙江和山东的商人便驾船驶进辽河，开展运送粮食和移民的航运业。据记载，道光十年（1830年）至二十年（1840年）间，新民屯相继修建了马厂、老达房、门家湾等码头，辽河航运抵达了盛产粮食的辽沈平原。从此，东北粮米源源不断地经辽河运往山东。仅道光十六年（1836年）一年，辽河就向山东输出粮米100万石。丰厚的利润，必然激起辽河沿岸其他地区的热情。咸丰初年，铁岭县马蓬沟码头获朝廷批准，于1853年正式开港。辽河航运的历史新起点是1861年的营口开埠。1861年，驶入营口的外轮为33艘，三年后达到302艘。外国船舶的进入，使辽河的商品贸易由区域贸易发展成为国际贸易。1877年，昌图的通江口和开原的英守屯相继开设船埠。不久，法库的三面船码头也对外开放。这三处码头的建立，使辽河的航运接纳能力骤增，每年由辽河输出的货物，仅粮食一项就超过300万石，经辽河进入东北的山东难民，每年有30多万人。1906年，昌图三江口码头建成开放，辽河航运之兴盛达到了历史顶点，有"拉不败的法库门，填不满的新民屯"之说。当年，码头上樯帆如林，舳舻相接，辽河河面上的各类船只在2万艘以上，"船行如梭，殆有掩江之状"，现在也已复归平静。

　　时间本身就是个奇怪的礼物！

第五章

1

辽河发水的时候，平原上仿佛成了汪洋泽国，连空气中都充满了水汽。

堂妹趴在化妆桌上睡着了，醒来时，发现身边没有人。窗外是傍晚的颜色，浑酱酱的。堂妹打开化妆盒，发现胭脂扣不见了，她分明记得中午自己染过腮红，现在，胭脂扣换成了火柴盒，怎么会有火柴盒呢？堂妹起身去上房找人，推开门，看到了佝偻着身子的老舅妈……堂妹瞬间惊醒了。

醒来，堂妹发现自己还在化妆桌前趴着，她知道自己刚刚做了一个梦。现在，窗外透过一抹夕阳的颜色，照在首饰盒上。化妆盒是打开的，里面却没有了龙凤玉佩。堂妹记得，龙凤玉佩是放在里面的，而且盒子平时挂着小锁头。堂妹连忙起身，去上房找人，在过廊里，她看到家里的小黄狗阿黄。阿黄冲她摇着尾巴，谄媚地讨好。堂妹伸手摸了摸阿黄的头，随着扑棱棱的声音，一片鸡毛飘落在脚下，堂妹抬头瞅了瞅，两只公鸡在院墙上打架，打着打着，两只公鸡掉到了柴火垛上，接着，又从柴火垛斗到了大酱缸上。堂妹走到上房门口，大声喊：有人在吗？屋里仿佛有人嗯了一声。堂妹推开房门，里面空无一人……堂妹突然惊醒。"还好是个梦！"堂妹想。

醒来的堂妹回屋去找首饰盒，来到化妆镜前，她不仅没见到龙凤玉佩，连化妆盒也不见了，化妆盒换成了火柴盒。堂妹有些惊慌，什么东西都可以没了，就是不能丢了龙凤玉佩，那可是祖上传下来的，没了玉佩，就没了根儿。这时，外面熙熙攘攘，堂妹醒了，她知道自己是在做梦。这时，堂妹看见老舅妈跑进来，就向老舅妈讲述自己反复做梦的过程，老舅妈说，别管梦了，火上房了。老舅妈拉起堂妹就往外跑。跑到院子里，看到大伙儿都在救火，吵吵嚷嚷的。在院子里，老舅妈停下了脚步，堂妹拉了拉她，她一动不动。堂妹说：这里危险，赶快离开！老舅妈还是一动不动。老舅妈的手向西南方向指了指，身子突然升腾起来，左右摇晃，飘忽不定，一点点融入蹿起来的火苗之中。

堂妹再次从梦中醒来。

醒来的堂妹发现自己正躺在老家的炕头上，她听到了鸡叫声。堂妹扒开窗帘，外面晨曦初露……堂妹再次确认，这次她的确是醒过来了，在通江口娘家的火炕上，车家小嫂和老舅妈两个人都守在她身边，堂妹已经发了两天两夜的高烧。

"出汗了，被都湿透了。"车家小嫂说。

"发出汗就好了。"老舅妈说。

那天，李子涵从烟台回到营口，得知堂妹在通江口生病了，他没出港，直接上船奔赴通江口。点灯时分，李子涵见到了堂妹，此时堂妹已经从高烧昏迷中恢复过来，她吃了一大碗豆面皮儿馄饨。

堂妹跟李子涵讲述自己做的梦，她认为十分奇怪，梦里一环套着一环，像走不出来的迷宫。

李子涵说："这个梦是个好兆头。"

"啥好兆头？"

"这次去烟台，我跟叔说了开火柴厂的事儿，叔没说话，临走时，叔才说话，他让我写一份商事计划书。"

"他同意了？"

"没反对，可能还要跟其他董事商议商议。"

"可我的梦，跟这事有啥挂连呢？"

"你的化妆盒里装的不是火柴吗？……还有，火烧旺运！"

"你不是不信这些吗？"

"干爷爷说过，信神有神在，不信泥一块。"

"我基本上不信，我之所以主张开办火柴厂，主要是考虑关东火柴厂少，这么大的需求量，不能让洋货都给霸占了。"

"这个想法，我跟叔说了好几遍。"

堂妹说："我爹答应出三分之一，可毕竟还缺三分之二的股份。"

"我觉得叔最后还是能出钱的，我也联系了另外两个股东。"

"叔不入股也没关系，我把私房钱都拿出来，叔那部分我出，如果钱不够，我还可以变卖金银首饰。"

李子涵笑了，说："李记公司怎么会缺这点儿钱呢，再说了，就算凑不够本钱，也不容许动我太太的私房钱啊。"

"反正这件事我是铁了心要做的。"

"为了干爷爷的心愿？"

"不全是为了干爷爷，也是我自己的心愿。"

堂妹是从车家老大孩子那头论来的。车家老大有两个儿子。在堂妹的成长历程中，干爷爷——也就是老舅，是个特殊的存在。打小，车家老二没少向堂妹灌输，没有干爷爷就没有车家老二，没了车家老二当然也就没有堂妹了，堂妹不可能出生，不可能健康长大，还留洋吃洋墨水儿。堂妹小的时候，老舅跟她讲过火柴的故事，讲过好几次。老舅告诉堂妹，他就是因为看到了火柴，才从山东老家走了出来，尽管日后历经了生死考验，可毕竟改变了人生命运。他认为，火柴给他带来了指引和光明。办火柴厂的确受到老舅的影响，却也是堂妹自己的心愿。由于打小就对火柴关注，读大学期间，堂妹就萌生了开办火柴厂的念头。那个时代里，火柴毕竟是先进的东西，市场需求很大，无论城里还是乡下，哪个人能离开火柴呢？关键是，那个时候辽河航运已经开始走下坡路了，车家老二的船店业务不断萎缩，连续几年吃老本儿，如果不开辟新的路子，坐吃山空是早早晚晚的事儿。

堂妹和车家老二提起开火柴厂的事，车家老二不住地摇头。早年的败家子，浪子回头，转变成了一个安分守己、勤勉敬业的人，优点自不必说，缺点也许是矫枉过正，过于保守了，甚至有些固执。堂妹去做老舅的工作，讲传统行业走下坡路和辽河航运衰落的道理，老舅尽管没怎么听明白，可他知道，柳毛沟的柳编和蛤蟆滩的蒲编确实滞销了好几年，生意越来越惨淡，新的皮革制品、帆布制品和粗麻制品不断顶替柳编和蒲编，时代巨变如同悄然而至的辽河大水，无情地展开涤荡和冲刷。

堂妹和老舅谈过之后，老舅就去做车家老二的工作，车家老二对老舅唯命是从，于是答应出钱给堂妹开办火柴厂。车家老二的资金到位之后，李记公司三个股东的投资款也陆续到了。经过三个月的筹备，营口生生火柴厂在青堆子老街举行了开工仪式。青堆子据说是因烽火台报废为一堆青砖而得名的，世间万物，完全的新是没有的，总有些被忽视的旁枝末节是陈陈相因的。

老家人管开业仪式叫"办喜事"，管参加活动叫"赶礼"。本来约定，车家老二在开工仪式上代表股东剪彩，车家老二坚持让老舅去，老舅口头上答应了，可到了开工仪式那天，他并没露面。其实，老舅人到现场"赶礼"了，只是混迹在人群里，他戴了一个蒲编的宽檐儿帽，躲得大老远的，生怕别人发现他。车家老二学老舅的样子，也把自己躲藏起来。眼看预定的吉时良辰到了，站在台边的堂妹焦急地四处张望，还是没见到老舅和车家老二。

李子涵走到堂妹身边，小声问："还等吗？"

"再等等。"

露天场地上，人头攒动，东张西望，喊喊喳喳。

又过了一会儿，李子涵忍不住了，对堂妹说："眼见时辰就过了，要不，你代干爷爷剪彩吧。"

堂妹踮脚扫视了一圈儿，她好像看到了什么，同时也明白了什么，于是向司仪招了招手，自己走上了台子。

红绸子被几个股东的剪刀剪成了几段，随即，鞭炮齐鸣，烟雾缭绕，空气中弥漫着硫黄的味道。等硝烟散尽，能看清楚人时，老舅和车家老二已经离开青堆子老街。

　　老舅和车家老二乘坐在马车上，他们直接去了西大庙。西大庙又叫天后行宫，在渔市老街西端，听说是由南方江浙闽一带来营口的客帮兴建的。西大庙有前殿三间，东西廊各五楹。进了山门就可以看见殿前的石狮，石狮上刻"没沟营天后宫"，院心设有铁铸香炉一个，上铸有"天后圣母""嘉庆二十五年立"的字样。老舅步履蹒跚，带着车家老二上高香、许愿叩拜。西大庙主殿供奉的是海神娘娘，车家老二和老舅并排跪在蒲团上，老舅双眼紧闭，十分虔诚地祷告着，祈祷堂妹的火柴厂生意兴隆、平安如意。车家老二抬头看了看"灵通泉府"的匾额，他有些不明白，海神娘娘保佑的是航船安全，也会保佑火柴厂生意兴隆吗？出了主殿，老舅又到了东陪殿祭拜"天医晋财"药王，到观音阁祭拜观音菩萨……老舅带着车家老二祭拜了一圈儿，一个不落，连娘娘庙里供奉的散仙杂神"齁巴老"、"十不全"、子孙娘娘、眼光娘娘、筋骨老爷以及风神、雷公、雨神等都一一祭拜。

　　过了晌午，老舅和车家老二坐在西大庙旁边的一个小饭馆里。

　　酱焖大头宝的气味飘浮在老舅的鼻子周围，勾起了老舅的食欲。车家老二坐在老舅对面，桌子上摆着骚夹子豆腐，此外还有生卤海瓜子、河蟹和虾爬子。

　　"喝二两？"老舅问。

　　车家老二笑眯眯地，回头对店小二说："来二两高粱烧！"

　　老舅说："吃过饭咱就回通江口。"

　　"见不到丫头，她不会埋怨咱吧？"

　　"丫头应该看见咱了。"

　　"看见了？啥时候？"

"办喜事的时候。"老舅说。

车家老二说:"不看见还好,看见了,咱不见见她,她心里该难过了。"

老舅说:"这个,俺也想到了,可难过就一会儿,睡一觉就过去了,那么大的买卖可不容易,要撑住那么大的买卖,心肠得硬啊。"

"嗯。"车家老二迟疑着点了点头。

老舅喝了一口酒,思忖着。

老舅说:"农历四月二十八,西大庙可热闹了,大伙儿从四面八方过来,有进香求事的,有拜庙还愿的,有做小买卖的,有打把式卖艺的。转过年,丫头的火柴厂生意好了,就是我不在了,你也别忘了来烧香还愿。"

"不能说这话,您老身子骨硬实着呢。要来,我也陪您来!"车家老二说。

"不说这些了,你知道牛庄为啥叫牛庄吗?"

车家老二摇了摇头:"以前没少跑牛庄,还真没注意这个。"

老舅笑了,他说:"牛庄牛庄,大早前,这个地场是养牛的地方。"

车家老二也笑了,他说:"我说牛庄馅饼怎么是牛肉馅的呢。"

"馅儿的样数多了。"

"我就爱吃牛肉馅的。"

老舅看了看酒盅里剩下的酒,说:"喝了酒就上路吧。"

"听爹的,一会儿上船,晚上就可以到家。"

很显然,老舅对牛庄的来历解释得不够准确,资料上关于牛庄名字的由来有两个说法。一是辽、金时辽河在牛庄附近入海,商船（牛子船）云集于此，太子河涨潮时，帆船进入城东太平桥处，"牛子"或"牛船"晚间抛锚河岸，灯火连天，远远望去犹如村庄，继而有了牛庄之名。二是牛庄的历史与海城同处一个时期，相传尉迟敬德在东南方城基内置一铁牛，以镇城者，牛庄的名字由此而来。这样看来，老舅关于牛庄的说法真是无据可考了。

吃完饭，车家老二想起还有一个菜没上，问店小二，店小二站在桌子前，伸手点了点，一摸后脑勺，说："对不住了二位爷，还差一个泥流！"

当地人管玻璃牛叫泥流，是种小型的圆锥形海螺。

2

正值辽河口的一个经济活跃期，按当地人的说法，"油性"比较大，大街上到处是怀揣着梦想、忙忙碌碌的人，他们的眼睛里充满着发财的热望、渴望以及奢望。生活在商业野蛮生长的环境里，堂妹的激情也被点燃了，并持续地燃烧着。

火柴厂开工生产了。一开始，堂妹并没插手生产经营的事情，她只是对火柴的生产原理感兴趣。

在辽河边的西餐馆，一身盛装的堂妹请工程师喝咖啡。工程师告诉堂妹，世界上第一根火柴出自法国，由一根细木棒的头端沾上硫黄颗粒，在涂了磷的粗纸上摩擦起火。后来意大利的威尼斯出现了一种巨型火柴，非常像敲大鼓的木槌，槌头上沾一团药面，由氯酸钾、糖、阿拉伯树胶调和而成，浸到浓硫酸中就燃烧起来。那时候，这种火柴价格昂贵，好几户人家合买一根。后来，人们把木槌缩小为细木棒，价格随之降低，轰动了当时的欧洲，只是这种新奇的火柴使用很不方便，必须随身带一瓶浓硫酸，有多危险可想而知！

工程师说："九十年前，白磷火柴出现了，法国人用白磷代替氯酸钾，制成了一种小巧灵便、受人欢迎的摩擦火柴。火柴在鞋底上轻轻一擦，就点着了。白磷火柴利用的是摩擦生热原理，白磷的燃点低，超过四十度就会燃烧……"

"安徒生童话《卖火柴的小女孩》卖的应该是白磷火柴吧？"堂妹问。

"是的。"

堂妹背诵道："她手中拿着一束火柴。这一整天谁也没有向她买过一根……她在墙上又擦了一根火柴……那时的火柴是论根卖的啊？"

"是啊，挺贵重的。不过，白磷有毒，制造火柴的工人常因为吸入白磷蒸汽而中毒。"

"所以后来才用红磷的？"

"对呀，不过红磷火柴出现是十五年之后的事情了，红磷没有毒，将白磷隔绝空气在二百五十度至三百度之间加热，就转变成紫红色的红磷。红磷需要二百六十度以上才开始燃烧，单靠摩擦是不能起火的，可当它同氯酸钾混合后比白磷更容易摩擦起火，当然，也容易发生燃烧和爆炸。"

"看来，任何一项发明创造都要经历曲折的过程啊。"

"红磷火柴之后又过了十年，瑞典人设计制造出第一盒安全火柴，就是把引火剂分开，火柴头上蘸氯酸钾和三硫化二锑，火柴盒上涂红磷。用的时候，必须将火柴头在火柴盒侧面摩擦，这样才能点燃，这种火柴既没有毒，又不易引起火灾，所以叫'安全

237

火柴'。"

"就是我们生产的火柴?"

"对,现在我们生产的就是安全火柴。"

堂妹生活在传统点火和新方法点火的交替期,对传统点火的记忆并不深。她听老舅讲过,以前人们取火用的是火刀或火石,火石相互撞击,激发出的火花将火绒点着,显然,这种点火方法比较麻烦,如果遇到阴冷潮湿的天气,点火该有多费事儿。

堂妹虽然不参与火柴厂车间的生产工作,不过她熟知火柴生产的原理,甚至会写火柴成分的化学分子式以及配料表的具体数据。

那天碰巧日本商人泽田也在西餐馆,他过来敬酒,表示要多向堂妹和工程师学习火柴生产技术。寒暄过后,泽田让侍者送来一瓶干白葡萄酒。

堂妹对泽田不屑一顾,认为鱼贩子出身的泽田开办火柴厂,属于"凑热闹"。工程师认为,不能小瞧了泽田,他很勤奋,也挺钻研。堂妹说,我就是看不好他身上那股劲儿,点头哈腰的,一肚子鬼心眼儿。

堂妹穿着时尚,时常出现在社交场合,尤其是和工程师去西餐店喝咖啡吃牛排的事儿传到李子涵的耳朵里,那段时间,李子涵经常去上海和烟台,陪叔叔打理保险公司的业务。李子涵对有关堂妹的传言轻蔑一笑,说:"我对我的女人是了解的。"

说归说,李子涵的心里还是留下了一条飘忽不定的影子。回到营口,李子涵把听到的传闻说与堂妹听,说的时候还明确表示:"我是不信那些传言的,我对自己的太太还是了解的。"

堂妹说:"一些人就是闲吃萝卜淡操心,自己的事儿不管,专门替别人家操心。"

"不理会就是了，身正不怕影子斜。"

"你动不动就没影儿了，火柴厂不得有人管啊？我整天忙得要死。"

"我知道，我是知道的！"

"你说，现在啥时代了，女子大门不出二门不迈的老规矩早就落伍了，再说，即便是前朝，也有女人做主当家的啊，朝廷里多少军国大事不都是由女人决定的吗？"

"我就跟你说说，你别多心。"

堂妹没啥可多心的，只要李子涵不多心就好。可话说回来，即便李子涵多心，堂妹也不会回头的，因为她觉得自己没做错什么。

说起来，辽河航运的衰落跟新兴的产业发展没有直接的联系，遗憾的是，生生火柴厂经营一年并没有盈利。车家老二这头，眼看着辽河航运业务萎缩，而营口方面的"股份"空有虚名，他有些坐不住了，想把火柴厂的股份退出来。

入秋一大早儿，车家老二拎两条大白鱼去了柳毛沟，吃过中午饭，他才吭吭哧哧地向老舅说了自己的想法。

"股份是啥我整不明白，可见不到钱我是知道的。"车家老二说。

"俺也不太懂，俺想，就算做生意的本钱吧。"

"我这人老派，还是看得见摸得着的东西心里踏实，股份，股份也不当钱使啊。"

"你想找二丫，拿回份子钱？"

"不撤咋办，咱是一介小民，民以食为天啊，总不能等扎了脖颈儿再想办法吧。"

"扎脖颈儿还不至于吧?"

"我呀,更担心的是二丫,听说她花钱大手大脚,我怕她遗传了我的老病根儿。"

"二丫?不至于吧。"

"反正,我着实想把本钱撤回来。"

老舅一时也想不出好主意,左不是,右也不是。

一个阴雨天的上午,老舅独自一人去了火柴厂。火柴厂大门口有门卫看守,老舅没进门,而是绕着工厂围墙转了起来。火柴厂的建筑大多是红砖砌成,红砖和混凝土构件是从英国运来的,不知道底细的人说,那些房子太讲究了,用的原料都是进口的,其实,大老远用船从国外运来红砖是有原因的,当时从营口外运的货物以豆货三品为主,回程的货物多是棉纱、日用品,往来货运吨位不能平衡,就用这些建筑材料压舱。工厂的围墙也由红砖砌成,差不多两米高,翻墙过去不太可能。好在有一段没有围墙,是一座二层小楼,小楼玻璃窗大多加了铁栅栏。老舅向里面张望,发现有人影晃动,只有最西侧一个房间里没有人,并且上扇窗户还是打开的。老舅四下观察一番,决定从窗户爬进去。

老舅是从火柴厂公用厕所的换气窗爬进楼内的,费了好大的劲儿,裤裆还扯了一个大口子。

进去之后,老舅先是在院子里转悠着,看到院子里堆放的椴木和杨木,工人在案板上锯木头、刨板,排梗机扑哧扑哧地切着火柴杆儿。北面是敞篷车间,有人整梗,有人蘸药,有人糊火柴盒、贴商标,有人往火柴盒上刷磷,有人装盒、打包……大家都在忙着,没人理会老舅。老舅转了两圈儿,走到仓库门口时才被人拦住了。阻拦老舅的人是工程师。

工程师问老舅是谁，到厂子里干什么，老舅支支吾吾，说不出所以然来。好在堂妹回来得及时，不然工程师就把老舅送到警察所了。

堂妹为了给老舅压惊，专门请老舅去吃西餐。老舅不想去，堂妹就在他面前撒娇，连拉带拽，好不容易把老舅哄到了辽河街的西餐馆。

老舅第一次吃那些东西，他想不明白，堂妹为啥会喜欢浑酱酱的、比汤药还苦的咖啡？还有那些没煮熟的、残留着血丝儿的牛肉。堂妹也想不明白，老舅那把年纪了，为什么还要爬窗户，而且他爬的那个窗户口很小，他究竟是怎么爬进去的呢？当然，在吃饭过程中，堂妹也向老舅介绍了工厂的情况，现在火柴厂有400多名工人，实行总经理负责制，下设制造科、会计科、营业科，17台机械设备，生产"伟人""国货"两个商标的火柴，年产6万箱。产品专销南满站沿线及锦县、兆南、热河一带，销路不错。之所以没有利润分红，是因为还没召开董事会，工厂跟辽河岸边的船店不一样，要按公司章程办事。生产经营情况老舅不是太懂，他关注更多的是，工厂那些人在干什么，尤其是堂妹在干什么，这些在他看来，也许更为重要。

那年冬天，车家小嫂的肺结核越来越重。堂妹要接她到营口看西医，车家小嫂不相信西医，不仅不信西医，以至于连城里的郎中也不相信，她认为，真正的神医在民间。老舅和老舅妈与车家小嫂持相同观点，如果家里进行举手表决，他们绝对可以多数胜过少数。结果，车家小嫂一天比一天虚弱，消息传到了堂妹那里，她决定采取强制措施，准备把车家小嫂拉到营口医院。

堂妹和李子涵去通江口的头天晚上，火柴厂发生了重大火灾，大火在凌晨才扑灭。堂妹和李子涵赶到火灾现场时，大院里一片狼藉，工程师和六名工人已葬身火海。站在满目疮痍的泥水里，李子涵吓得脸色苍白，堂妹也吓得不轻。

堂妹把生产车间的负责人老鲁和成品库的王麻子叫了过来，让老鲁负责清理火灾现场，尽量减少损失。让王麻子把库房的火柴运到安全地带，防止潮湿发霉。堂妹问老鲁："你估计恢复生产需要多长时间？"

老鲁愣住了，他嘟哝着："车间都烧散架了，机器埋在里边，现在考虑恢复生产，言之过早吧？"

堂妹说："不抓紧生产咱就违约了，就得赔偿。"

"可现在刚着过火……"

"尽可能减少损失，一边清理一边安排恢复生产！"

王麻子说："库房的损失也不小，火柴差不多一大半都被水淹了。"

"抓紧清点数量，把受损的火柴移到我的办公室……分清轻重缓急，这几天的供货量必须保证……对了，对外不要说熊话，防止用心不端的人夸大我们的损失，对我们造成不好的影响。"

现场安顿完，堂妹又和李子涵去了停尸房。

堂妹对李子涵说："要想控制事态，就得先安抚罹难者家属。"

"怎么安抚？"

"花钱。"

"这事不急吧。"

"必须快刀斩乱麻，等家属来闹咱就被动了，到时候工务局和工会都会来插一杠子，搞不好还敲一杠子。"

"主动找他们，他们肯定会要高价。"

"我想到了，咱出行市的两倍、三倍，实在不行五倍。"

"你发烧说胡话呢？"

"如果能消弭影响，几倍的价格也划算。再说了，罹难的人对工厂都有贡献，咱不能亏待人家。"

"可是，一下子拿那么多钱，上哪儿筹呢？"

"我仔细算了算，按事故抚恤的五倍支出，工程师抚恤四百元，工人抚恤一百五十元。"

"这么多？工人一个月工资才六块八。"

"工程师的加上六名工人的，一共一千三百银圆，把我压箱底儿的钱拿出来，加上变卖首饰，基本上够了。"

"可是，怎么能动你压箱底儿的钱呢？"

"眼下，要紧的是保住工厂，工厂是鸡，其他都是蛋，工厂保住了，以后鸡还能生蛋。"

3

火柴厂挺过来了，车家小嫂却没挺过来。这一年下第二场雪的时候，车家小嫂黯然离开了这个世界。在老舅的操持下，车家小嫂的棺材被拉回了车家堡。那时候辽河已经封冻，封冻后的辽河笼罩在铅灰色的低云下，冰排起伏，一层压着一层，北风断断续续，阴沉地呜咽。

火柴厂运转正常，堂妹就很少去工厂了。这天，李子涵派车去通江口接堂妹，堂妹知道肯定又发生了大事情。

243

堂妹随管经营的老鲁上了工厂办公楼的二楼，拉开会议室房门，里面好几管烟枪，乌烟瘴气，七八个人正在商议着什么，见到堂妹，目光齐聚过来。这些人，堂妹认识多半，有营口另外两家火柴厂经理、奉天惠临的张老板。堂妹眉头紧锁，义正词严地说，各位都是火柴厂的当家人，不知道火柴厂是防火防爆重地吗，怎么在火柴厂内抽烟呢？在场的人目瞪口呆，开始瞅李子涵，李子涵顿时满脸通红，过来拉堂妹。堂妹没给李子涵面子，继续说："我也听到一些风声，眼下，瑞典火柴倾销压得大家喘不过气来，可各位当家的，如果连小事情都做不好，焉有不败之理？"李子涵用力将堂妹推了出去，在门口对堂妹挤眉弄眼的，返身向客人道歉，说自己没管教好贱内，让各位老板见笑了。

堂妹赌气离开火柴厂，直接回了通江口。

李子涵第二天追到了通江口，为了讨好堂妹，李子涵亲自下厨，专门为堂妹酱焖辽河杂鱼，他知道酱焖杂鱼是老舅妈的拿手菜，酱焖杂鱼拌二米饭吃，是堂妹的最爱。杂鱼包括泥鳅、鲫瓜子、柳根、老头鱼等，葱姜蒜爆锅，将农家大酱炒香，放入鱼后加八角和干辣椒，出锅时再撒上香菜碎。按理说程序没问题，可堂妹觉得还是差点味儿。李子涵有些疑惑："火候也对啊，差在哪儿呢？"

堂妹问："你是不是用豆油爆锅的？"

李子涵点了点头。

"用猪大油就好了。"

李子涵表示，这回记住了。

堂妹说："先生第一次炖鱼，已经很好了，下次我下厨做你喜欢吃的。"

"受之有愧啊，太太宁愿背负'悍妇'之名，以警醒激励我等，实在是用心良苦。"

李子涵向堂妹讲了火柴行业面临的困境以及与各位老板商讨的情况。当前，瑞典火柴以雄厚的资本形成了托拉斯垄断组织，快速占据市场，瑞中洋行已经注册了"凤凰牌洋火"等27种商标，以成本一半的价格恶意倾销火柴，宁肯暂时赔本也要占领中国市场，不到三年时间，瑞典火柴的销售量增加了七倍，近两年，还通过控股、收买等手段，控制了日商吉林火柴株式会社和大连日清火柴株式会社。如果不联合起来反击，国内火柴厂已经到了生死存亡的关键时刻。各厂老板一致同意筹备成立东三省火柴同业联合会，呈请奉天实业厅批准立案，通过统一价格、联合销售、统一商标式样备案等办法，与入侵的瑞典火柴势力进行对抗，保护民族工业。

"谁出面牵头儿？"

"大伙儿推举奉天惠临张老板和我牵头。"

"我砸了你的面子，没受到影响吧？"

"没，知耻而后勇。你走之后大伙儿不再无谓地争论了，很快达成了一致意见。"

"其实我没那么重的心计，故意演一出《定军山》，用激将法来激励你们，那不过是性情使然，误打误撞罢了。"

"可还是撞出了好结果。"

"我可不想重蹈覆辙，再来一把火，毁了火柴厂。"

"我知道。"

"成立同业联合会当然重要，同时还要有应对措施，多留一个心眼儿。"

"这个我们也讨论过了，将通过各种办法，向社会各界揭露瑞典资本打击民族火柴工业的真相，争取大众的支持。"

李子涵从奉天回来，让堂妹代为草拟了报民国政府工商部的呈文："为瑞典火柴公司排挤中国民族火柴工业事——瑞典火柴公司，以雄厚资本压迫我华火柴业……造出之货，减价出售，以期制我死命。我华商为保持利权起见，曾组织东三省火柴同业联合会，以谋共同抵制。一方请求官府当局严行禁阻，不得令瑞典火柴商再设厂制造，其所制造之货，每箱成本在六元以上，而销价平均不过四元左右，实力压迫，野心侵略，毋庸深讳。若不急筹根本解决，我华商火柴前途无噍类矣。自非征收吞并费，不足以资抵制，而保利权，况此项办法，海外先进诸国早以实行，我华急应仿效，以维实业。"

是年，民国政府采纳营口三家火柴厂的意见，未批准瑞典火柴在奉天设立新厂，合并税亦得以实行。1930年12月18日，东北政务委员会颁布实施了《东北火柴专卖条例》，设立火柴专卖局，从制造、行销、进口、税收、设厂、转让、原料等方面实行严格控制，限制外国火柴资本继续在东北地区无限倾销扩张。

冬天的早晨大雾迷蒙，堂妹到客运码头送李子涵去上海。为给东北火柴同业联合会争取发展空间，李子涵作为代表之一赴南京寻求支持，积极争取加入了中国火柴同业公会。

堂妹对李子涵说，为了火柴厂的生存发展，她会不遗余力地支持李子涵。"我给你交一个底儿，除了祖上留的龙凤玉佩，我所有的金银首饰都可以变卖。"

李子涵大为感动。

从客运码头回到火柴厂，堂妹一身疲态地进了经理室，屁股刚刚挨到办公室椅子上就睡着了。睡着之后梦就袭扰过来,清清凉凉,十分真切。

那个场景是堂妹不熟悉的,应该是未来的某个日子里,那个时候日常用品要凭票供应:布票、粮票、火柴票……每个月每家供应两包营口火柴。火柴盒一边写的是"营口"两个字,一边写的是"安全火柴"四个字,都是红色的。一个小男孩大概十一二岁的样子,他穿蓝色的衣服,十分调皮,跟几个年龄相仿的小朋友玩耍着。当时有一个谜语很流行:"四四方方一座城,里面的兵马在旅行,个个头戴小红帽,不知哪个是官哪个兵。"谜语的谜底就是火柴。为了拿到锁在屋子里的火柴,小男孩从气窗往屋子里爬,先伸一条腿进去,再伸进头去,然后移动整个身子,没想到,他竟然从小小的气窗爬了进去。遗憾的是,他进屋后打开窗户忘记关窗扇儿,被风摔打几下,震碎了玻璃……眼看入秋了,小男孩的父亲请来工人师傅割玻璃,因为是5毫米的玻璃,必须用带金刚石的玻璃刀割才行。工人师傅用木尺量着尺寸,校对好之后,玻璃刀比着尺,用力一划,随即听到刺啦一声。划过的玻璃垫在案板上,双手用力一掰,啪的一声脆响,玻璃整齐地分开。割好的玻璃镶嵌在窗框里,用秋皮钉钉住四边儿,接下来就可以在玻璃四边上腻子了。为了处罚小男孩,父亲让小男孩封玻璃腻子,那是阳光温和的下午,小男孩正给窗户玻璃边儿上腻子,腻子抹得并不平整,一边上腻子一边玩,他还故意在腻子上按上了自己的指纹,一个连着一个,有斗形的,有簸箕形的……

堂妹的梦持续着,场景转换——小男孩用铁丝、皮筋儿和自行车链条制作了打火枪,打火枪打的是火柴杆儿,正是他爬玻璃窗要拿的火柴。小男孩忘我地玩着,不知不觉,两包火柴所剩无

247

几,这意味着,他们家一个月的火柴都被他挥霍了。父亲出现了,他十分愤怒,一脚踢在小男孩的屁股上,小男孩踉踉跄跄,摔出四五米远。小男孩的手掌流出鲜血。

堂妹从梦中醒来,这个梦似乎并没有给她带来不好的情绪,相反,隐隐约约还有了一丝安慰,她觉得梦里的场景一定是多年以后,多年以后火柴厂还存在,生产的火柴成为人们不可或缺的需要,这一点就足以让她得到慰藉。

年底,李子涵从上海发来电报,告诉堂妹,国民政府在全国火柴同业联合会的再三倡议请愿之下,从保护民族火柴工业目的出发,实施增加外国火柴进口关税,从原先的7.5%,大幅提高至40%,有力遏制了瑞典火柴的进口,一定程度上保护了民族火柴工业。

转过年,老舅的身体愈发坏了。

老舅卧病在炕的日子里,车家老二的船店也面临着关闭,他一边处理船店善后事宜,一边为老舅四处寻找棺材板。老舅的想法很奇特,他指明要用船板做棺材。

车家老二不明白老舅为什么要用船板做棺材,船板不是新材,并且经过河水浸泡,风吹日晒。车家老二尝试着劝说老舅,他对老舅说,我可以淘弄到上等的松木板材。老舅摇了摇头,说别糟践东西了,用旧船板就行。车家老二见老舅固执己见,就自作主张,偷偷安排了新板材,晾在老客的院子里,老舅不知道怎么探听到了消息,他找车家老二,对他说,你还是顺从我的想法吧。车家老二无奈地对老舅点了点头。老舅补充一句:"船板见过世面,结实!"

车家老二的船店关闭那天，家里人吃了一顿"团圆饭"。晚上老舅妈笑着对老舅说，听说"点灯"的生意还不错。老舅妈一直管火柴叫点灯。老舅说，还好，还好，亏得车家还有洋火厂的生意。

"我累了，"老舅说，"总算可以歇歇了。"

老舅是初秋去世的，没隔几天，老舅妈也随即离世。

老舅的船板棺材被拉到初秋的辽河边，车家老二脑子里还萦绕着老舅去世前说的话。老舅说他觉得自己已经死过很多次了，但那大多是在梦里，这次他真的该走了，去见车东家。老舅还说，二迷糊应该是没死的。车家老二当时一惊，问老舅怎么知道。老舅说参加火柴厂喜事（开工仪式）那天，我见到他了，本想过去找他，可一转眼又不见了。我知道他不想让咱知道他还活着。老舅叮嘱，他的棺材里一定要放一坛谷子，是谷子不是小米，没脱壳的小米才是谷子。坛子的外面要写一个字：稷。车家老二点了点头。老舅说不是祭奠的祭，是稷谷的稷。老舅还叮嘱："我死之后，不要埋在土里，把棺材沉到辽河吧！"

堂妹没赶上老舅出殡，那年秋天，日本关东军侵占了沈阳。堂妹和李子涵忙于搬迁设备、转移资金、安置技术人员。期间，沢田多次找李子涵要谈合作，李子涵一度也图省事，要将火柴厂的股份转让给沢田，堂妹坚决不同意，她对李子涵说，当初建火柴厂为了啥，不是要实业报国吗，《营口生生火柴股份有限公司章程》中规定得十分明确——本公司股票不准转售或抵押与非中国人。最后，李子涵同意了。

李子涵成功地将火柴厂的主要设备和技术人员迁往内地，可他却没能带走堂妹。

掌灯时间，李子涵从烟台匆匆忙忙回到营口，堂妹的房间却漆黑一片。李子涵问佣人堂妹在哪儿，佣人向屋内指了指。

李子涵摸黑进屋，他划了一根火柴，"嗤"的一声，火柴点亮，可瞬间又被堂妹吹灭了。

黑暗中，李子涵听见堂妹说："我想了两天，不去关内了。"

"你不去……关内，那，我怎么办？"

"火柴厂拜托给你……"

"不行，你不去关内，我也不去。"

"可火柴厂总得有人打理呀，你先去关内，等时局变化了，再把工厂迁回来。"

"工厂是工厂，我们是我们，我宁愿不要工厂，也不想我们俩分开。"

"别说了，我已经想清楚了。"

堂妹点燃了煤油灯，她对李子涵笑了笑，小声说："对不起了子涵，我实在没有了选择。"

李子涵清晰地看到堂妹眼帘下的泪痕。

分别那天，李子涵沮丧地坐在床上，他说我太失败了，连太太都带不走。堂妹站在他身边安慰他，说问题不在你而在我，是我要留下来的，这里是我的家啊，如果我们都走了，那也太便宜侵略者了，我不离开，我要守在这里。堂妹说的时候，紧咬下嘴唇，咬得有些发紫。

李子涵泪眼蒙眬地抬起头，正好看到堂妹胸前挂着的龙凤玉佩。

深秋时节，堂妹专门去了一趟柳毛沟，请人领她去老舅沉棺的地方祭奠一番。

"哧拉！"堂妹点燃了一根火柴，"哧拉！"又点燃了一根，点燃十几根后，堂妹将一箱火柴都点燃了，河岸的泥滩上，爆发出绚丽的火花。

堂妹想，老舅执意要求把棺材沉到河里，他是想让灵魂顺流而下，越过大海，回到故乡吗？

说起来，辽河已经是老舅的家乡了。

入夜时分，堂妹还安静地坐在岸边，看着辽河水默默地流动着，水面映衬明亮的月亮，秋日河瘦，月光如洗。

走访辽河时，我查阅了牛庄（营口）海关的资料，仅1885年，进口美国斜纹布102000匹，英国9000匹；进口美国平布187999匹，英国20000匹。事实上，英国人统计的海关数据尚未包含经牛庄西海关入港的大量驳船，这些驳船由山东、天津等地出发，经西海关运进糖、丝、宣纸、大米、药、卷烟、夏布等货物，运出杂货有猪鬃、马鬃、麝香、薏米、蓖麻油、玉石等，拥有国际和国内双向进出口渠道的牛庄已经成为当时东北区域唯一的国际贸易大港。大量新兴商品的涌入必然对传统行业和产品产生巨大的冲击影响，个别传统工艺品甚至遭遇了灭顶之灾。

至于辽河航运的衰落，我认为主要与大的经济背景有关，当然，也有其自身的原因。受气候制约影响，辽河每年有4个月左右的封冻期，通航期230天左右，运力受限，更为关键的是，辽河自上流携带来的沙土顺流而下，淤塞河底成为浅滩，航道或阻塞或改道，淤患之症不断拉低运力。康熙年间，辽河在牛庄镇西北折而西南入海，故商货于牛庄"乘舟渡海"，"辽左海禁即弛，百货云集。海艘自闽中十余日即抵牛庄。一切海货，有更贱于江、浙者"。乾隆初年，因泥沙淤塞，港口下移至今营口北40里之白蒿沟。白蒿沟又称小姐庙，此处"为繁盛之口岸，南北商船麇集于此，奉省土产由是通往天津、山东、上海等处，市肆林立，人民殷富"。道光初年，海船渐弃白蒿沟，主要改泊于没沟营（营口）、田庄台。至19世纪中叶，牛庄已无法停靠大型货船，清政府的官方采购点也由牛庄改至营口港。不到200年的时间，辽河航道入海口向下游迁移了65公里。

我与晋先生站在营口西炮台上远望大辽河出海口，河面灰蒙蒙的。西炮台是1882年建立的，经历过甲午中日战争和日俄战争，看到生了斑斑锈迹的德国产克虏伯大炮，我想当时的岸炮还是十分先进的，至于发挥的作用没人谈论，游人关心历史的热情似乎不太高，津津乐道的是，此地曾是电影《大清炮队》拍摄实景地，令人感慨唏嘘。在西炮台土墙内，一只黑色的狐狸出现在大家的视线内，那只狐狸不怕人，面对人们惊奇的议论以及拍照、录像从容不迫，算不上优雅却足够慵懒。我对同行的晋先生说："这只狐狸已经被游客喂熟了。"晋先生笑了笑，说："可能吧，这只狐狸应该很老了。"

营口代牛庄开埠之说一直广为流传，《天津条约》是英国、法国、俄国、美国强迫清政府签订的不平等条约，其中被迫开放的10个通商口岸就有牛庄。《营口县志》记载："以牛庄为商埠，故现在营口咸犹以牛庄混称之。迨十一年，英领事至牛庄，查勘辽河下游海口淤浅，轮舟出入不便，乃舍而移就营口设立商埠……"也就是说，按照中英1858年签订的《天津条约》，原本开放的是海城的牛庄，但由于牛庄港口条件不好，英国人才把口岸转移到营口（时称没沟营），让营口代替牛庄开港。事实上，没沟营开埠时，老牛庄已经不具备建海港的条件了，清政府的官方采购点也设在了没沟营，没沟营算不算是牛庄的组成部分或者延伸呢？当然，没沟营改称营口还是后来的事情。

辽河航运衰落除了自身因素，外来的冲击也挺要命的。一是铁路取代了很大一部分航运运力。铁路运输成本低、速度快，而架设在辽河上的铁路大桥，阻挡了大型货船的出入，特别是京奉铁路以及南满铁路陆续建成通车，使东北各地相继实现了铁路联运，各地货物纷纷选择铁路运输。二是日俄战争后，大连及安东（今丹东）相继开港，原本由辽河独自承担的物流自此被瓜分，大连港系海港，既无淤塞之患，亦"隆冬不冻，又出口甚便……经日本租借，经营不遗余力，故特见发达"。日本人控制的铁路运输与辽河航运形成彻头彻尾的竞争态势，辽河航运终究没能竞争过陆路运输，水运价值一落千丈。战争前，辽河来往船舶多达万余艘，战后民商船则不足三千。

我和晋先生坐在沿河的一个小饭馆里，窗外可以望到灰白色河面，间或有小鸟从窗前飞过。饭馆老板娘向我们推荐本地的特色菜，有玻璃牛、海瓜子、骚夹子和大头宝。玻璃牛是小型的圆锥形贝壳海螺，棕色和紫色相间，老板娘管它叫泥流，不过，我怎么也想象不出玻璃或者牛跟它有什么联系。海瓜子还说得过去，腌制后张着口儿，个头比较小，跟我的大拇指甲差不多。骚夹子学名厚蟹，当地人将厚蟹捣碎做汤，俗称"骚夹子豆腐"。至于大头宝鱼，很多人都吃过，比较熟悉，不过它的学名比较拗口，叫黑鳃梅童鱼。

品尝小海鲜后，晋先生的情绪不错，他说中东铁路支线最早的开建点就设在牛庄，牛庄支线是一个重要的运输线，可以推动南北双向工程同时推进,来自日本和俄国的钢轨可由轮船运抵港口,再用畜力车运往铺设点。另外,牛庄港还能运送来自山东等地的大量工人。晋先生说:"有意思的是,牛庄成了自己的掘墓人,建完开通大连的铁路,牛庄作为辽河最大出海口的地位就被取代了。"

我认为自然条件是一方面,比如大连是不冻港,牛庄港有4个月不通航。我说:"更重要的是,当时日本人控制下的大连不断降低关税和运费,从牛庄运至沈阳及其他地点的税率,高于大连运至同样地点的税率。所谓自由贸易港的政策在短时间内取得了竞争优势。"

晋先生若有所思,他说:"税是一条看不见的河流啊。"

走访辽河时,偶然看到堂妹记于1930年12月7日关于营口火柴的梦,我差点没惊掉下巴。不知道堂妹怎么会做这样一个梦,堂妹去世时我还没有出生,不过她梦中的情景正是我的亲身经历,那个小男孩就是我,至今,我的右手掌——大鱼际与大拇指连接处还保留着肉色的疤痕。因为火柴我被父亲狠狠地教训了,我小时候生活在黑龙江牡丹江林区,离营口差不多相隔1000公里,20多岁才知道真有营口这个地方。已经很多年见不到营口火柴了,营口火柴只保留在早年收集的火柴盒组成的火花册和童年的记忆之中。

再来说说家乡的小河为什么没了吧。走访辽河时,我看到很多干涸的古河道,上面已经开垦了耕地,种植各种庄稼,有的建了道路和房屋。我无法考证那些河流是什么时候消失的,也许始于气候变迁,也许始于植被破坏后的沙化,还有人群聚落,生产生活过度开发用水等等,这些大概都是小河流消失的因素。当然,近一个世纪以来的拦河造坝、大兴水库建设，小流域治理河道截弯取直也导致了河水断流、无法蓄水保持，很多小支流一个一个消失。我曾想过，现在的辽河还能恢复航运吗？很难、很难了。除了前面说过的铁路和陆路运输等原因外，河道本身已经不适合航运了，虽然辽河中下游只有大型水库石佛寺，而上游和支流却有二龙山、大伙房、清河、参窝、观音阁等大型水库20余座，中小型水库及拦河引水枢纽工程近千个，这还不算常见的拦河橡胶坝，这些水利工程的修建对于提高抵御水旱灾害能力、有效地利用水资源、改善生态环境发挥了积极作用，但同时，对生物多样性和河岸生态系统也直接或间接地产生了危害……地图上的辽河有明显的标记，可沿着辽河岸边考察，有时你不能相信自己的眼睛，虽然河床十分宽阔，有的河段却几乎断流，有的成为一条窄窄的"小河沟"，河道很浅，河滩满是淤泥，不可想象，这里曾经是航运的主航道……现在看来，"船行如梭，殆有掩江之状"已经事实地成为历史的背影，一个影像辅助下的记忆罢了。

曾几何时，有些小河流成为"死河""病河"，辽河也曾一度成为全国重点治理的"三江三湖"之一，工业废水、生活污水和农作物药物污染严重，按专业的说法是，氨氮、化学需氧量、高锰酸盐严重超标，水资源、水环境和水生态矛盾突出。河流的污染必然导致入海口的污染，近海的无机氮、活性磷酸盐和重金属指数大大高于正常值，而在正常值之内，看不见的污染也在悄悄影响和改变着生物间的生态链，比如内分泌激素、抗生素、抗抑郁等药品的合成物会穿过我们的身体，从尿液中排出而进入水循环，比如化妆品的微塑珠粒会被鱼类吞食，于是这些化学物质就进入了食物链。在那个淹没了"萨尔浒战场遗址"的大伙房水库，我了解到，那个人工湖开阔的水面下隐藏着三个高低不同的取水口，以保证枯水期也可以用水，那些水通过地下管道输入到下游城市，以保证人们可以喝到安全的饮用水。据了解，辽河流域大中型提水站有111座。如果不是现场考察，无论如何我也是想不到这一点的，没有任何资料将直接取水与小河的消失联系在一起。事实上，如果大量的水都被直接取走了，不参与地表水循环，也不参与地下水循环，自然界的水生态会怎样呢？还会有村头那些小河流吗？

游走在河岸边，我还想到了这样一个问题，按一方水土养一方人的说法，中下游的人直接喝着上游的水，没有了中间矿物质和微量元素的过渡，自然生态会不会改变生物生态？用诙谐的口吻来说，以后说起自己的家乡时，就不用那么复杂了，很多人都是喝着同一个地方的水长大的。

还有，河口为什么会缺水呢？一条河流从涓涓细流到汹涌澎湃，再到入海口的宽阔博大，一般都会认为入海口是最不缺水的，事实正好相反，由于辽河下游地势低，海水倒灌，由原来的58公里逆流上溯到了100公里，入海口的淡水由于含盐分高，不适宜生产和生活，所需的淡水需要单独引进。

古埃及所罗门写的书里有这样的句子：河流都流入大海，大海却没有满；河流从那里来，又回到了那里。但这一切是如何发生的，始终是一个谜。水循环的主要组成部分，即降水、地下流量、河流流量、蒸发、植物蒸腾作用、凝结和冰雪的升华。一条河流仿佛人的血管，有动脉，有静脉，还有密密麻麻的毛细血管。过去，辽河的入海口主要在营口，1861年，辽河河道在盘锦六间房附近决堤，河水开始顺着双台子的水岔子入海，到了1897年前后经人工疏浚后正式成为辽河入海口之一。这个时候辽河有了两个入海口，即接纳了浑河、太子河的营口入海口和新的盘锦入海口。辽河独立入海是当代的事情，1958年4月，盘山县将辽河六间房（冷家口）的南口堵塞，从此，辽河自双台子水道入海。营口入海口则接纳了浑河和太子河等，被称为"大辽河"，与营口入海口清晰的河道不同，盘锦地处辽河三角洲中心，世界最大的苇海辽河口，入海口沟沟岔岔，有21条支流组成了沼泽水脉，将辽泽分割成无数块绿洲。站在初秋的辽河入海口，大片大片的草滩，犹如血液流淌的红色映入眼帘，满眼绯红，那就是著名的红海滩。

有人形容红海滩是一片血红的海洋，那是辽河和大海交汇的颜色，其实，这种红色来源于一种叫碱蓬草的植物。碱蓬草是一年生草本植物，叶子丝条形，像"多肉"般圆润饱满，高的可以长到1米。其性能耐盐，耐湿，耐瘠薄，并能改造潮滩土壤，是盐碱地改造的"先锋植物"。资料表明，碱蓬草还有药用价值，《本草纲目》定义其"消积"功能，现代医学研究发现，碱蓬草能抗氧化、清除自由基，有降糖、降压、扩张血管、防治心脏病、增强人体免疫力等作用，多种指标比螺旋藻更优秀。

盘锦红海滩是世界上规模最大、保存最完好的湿地资源，从四月初的嫩红，逐渐转深。在民间，人们把碱蓬草视为一种野生作物，嫩茎叶可鲜食，草籽可作油料。在渤海辽东湾，初春有吃碱蓬菜包子和馍馍的习俗，滩边的渔民村妇采来草籽及叶和茎，掺着玉米面蒸出"红草馍馍"。碱蓬草只有在初芽粉绿的时候吃，老了就不能食用，成熟的碱蓬草由绿变红，越老越红。

潮水在辽河口湿地耕耘出许多大小不一的潮沟，一些潮沟的名字有些土气,如干鱼沟、鸡爪沟、裤裆沟、流子沟、红草沟等,却照旧充满了生机。当太阳穿越云层,余晖照在红海滩上泛起一片火红,这是辽河口二界沟渔民曾经期待的景象。二界沟,一个名字平淡无奇的小镇,却孕育出了丰富的"渔雁文化"。它的名字源于清朝乾隆年间,当地渔民经常在一个没有名字的海沟出船,东沟西沟被两个县分管,人们便以此为记,称之为二界沟。那些像候鸟一样随季节迁徙的渔民,追逐着鱼虾的踪迹,从春季开始,随着季节的变化而移动。他们在滩涂和浅海中捕鱼捞虾,过着"生吃螃蟹活吃虾"的生活,长年累月的洗礼与淘练,使他们在大自然的怀抱中磨砺出坚韧的品格。

"渔雁文化"是辽河口的一种特殊存在,辽河的海冰也有其特殊的作用,这一点常常被人们所忽视。有年冬天,我有机缘在飞机上俯瞰辽河入海口的冰面,白色冰排碎块不规则地镶嵌在海岸线上,像以前用来装饰台阶的人工水磨石,海冰从岸边向外海延伸,依次分为固定冰、初生冰、冰皮、尼罗冰、莲叶冰、灰冰、灰白冰等,而近岸多是堆积冰。海冰是碱蓬草不可缺少的环境要素,融化后的冰水可以稀释盐分高的海水,恰好可以让红海滩区域的氯化钠含量处于0.031%-4.356%之间,从而有利于碱蓬草大面积生长。海冰也是国家二级保护动物斑海豹的繁衍生息之地。每年入冬前,斑海豹都要洄游到这里繁殖后代,冰区成为它们理想的产院,冰排成为了繁育后代的产床。冰封的辽东湾成为斑海豹越冬的理想家园,直到次年开春它们才离开。斑海豹游走了,海豚又来了,如此往复,大自然成就了神秘的巧合。

每逢初一和十五,大潮时分,浪花覆盖着这片暗红色的土地,勾勒出美丽而壮观的天然画面。各种鸟类的叫声回荡在耳畔,湖水中欢快游动的鱼儿跃出水面。小船在芦苇荡中穿梭，身边是金黄色的芦苇，映衬在阳光下，芦苇穗尖儿银光耀眼。沼泽深处有成千上万只野鹅、野鸭、野鸡、兔子、水鸭在春秋时节栖息，而珍稀的孔雀、鹧鸪、杓鹬、麻鹬、大鸨、金千鸟等动物也不胜枚数。红海滩是一个被太阳染红的世界，是人间绝色，看过就令人难忘。

现在，辽河入海口的海岸线上，港口码头星罗棋布，采油厂井架和采油树排排林立，仿佛当年辽河内陆两岸——时间的沙漏已经颠倒了一个个儿，从内河走向了海洋。

第六章

1

有一句耳熟能详的话：三十年河东三十年河西。其实，这句话并不是放之四海而皆准的，起码到了辽河这儿就不适用了。辽河这儿的说法是：十年河东十年河西。辽河岸边的人说得更夸张，三年河东三年河西。因为辽河经常发生水患，三年一小涝，十年一大涝，遇到大一点的河水泛滥期，发水前村子归这个省管辖，水退之后就变成那个省的了。十年前在河东，十年后就在河西了。

二姨小的时候，没想过长大要找一个男人，稍一懂事，知道将来必然会嫁给一个叫二姨夫的人，可她无论如何也预测不到那个二姨夫究竟是谁。

二姨出生在大户人家，爷爷在世时有100多垧地，方圆百里都有名号。可实际上，二姨小时候的日子却十分清苦。爷爷过世时，二姨父亲和两个叔叔各分得30多垧地。二姨的父亲读过两年私塾，他不喜欢农事，整天鼓捣些中草药，笃信偏方能治大病。他自己可以配伍药剂，针灸、刺血、拔罐什么的更是不在话下。二姨父亲虽然算不上正儿八经的郎中，可他有一个绝活就是治疗蛇盘疮，在当地很有名气，人称神医。河对岸的人都摆渡过来，到六马架子找"神医"扎古扎古。二姨父亲心肠热，老实厚道，无论钱多钱少都不计较，医者仁心，想的是治病救人。二姨父亲的二弟"大种马"与他性格相反，天生骚性，属于典型的大秧子，吃喝嫖赌样样精通，整天打扮得溜光水滑，可奇怪的是，这样的人反而有女人缘儿。大种马在城里鬼混也就罢了，乡下的大闺女小媳妇也不放过，尤其是小媳妇成了他重点狩猎的对象。没几年工夫，祖上留的地产全被他败祸光了。没钱了，大种马就来找二姨父亲借，二姨父亲念及他们是一奶同胞，明里暗里给了他不少钱。除了土地租金，二姨父亲还有行医的收入，手头还算宽裕。二姨父亲行医，家里人跟着沾光，可也惹过麻烦，二姨没出生时，大井泉一带闹胡子，胡子的势力很大，一度控制着辽河两岸几十个村屯。有一次胡子头受伤了，就把二姨父亲请去治病，说是"请"，实际是"绑"。胡子头的病好了，却不肯放人，强迫二姨父亲做随队"军医"，整整扣押了一个冬季。二姨母亲是个小脚女人，从怀德那边农村嫁过来，后来那个地方叫公主岭。当家人不在，二姨母亲只好出来主事儿，抛头露面，四处周旋。后来卖了10垧地，才算把二姨父亲给赎了回来。

受到这么大的挫折，二姨父亲应该体会到行医艰辛了吧？二姨母亲也劝诫他，可是二姨父亲仍痴心不改，偷偷摸摸继续当他的郎中。奇怪的是，二姨父亲的传奇经历不仅没影响他的声誉，名声反而越来越大，找他的人络绎不绝，排起了长队。二姨母亲整日提心吊胆，满脸忧愁，时不时唠叨二姨父亲："吃一百个豆都不知豆腥气。"

二姨父亲不服气，说他在积阴德，他不是为了自己，而是为一大家子人在积阴德。

二姨父亲的生意红火起来，大种马就像狗皮膏药一样贴了上来。有一次二姨父亲和他二弟喝酒，酒至半酣，二姨父亲好奇地问他二弟，为啥那么多小媳妇都跟你有事儿，你有啥特殊能耐吗？大种马说没啥，就得有不要脸的精神，见到动心的大姑娘小媳妇就黏糊上去。

二姨父亲说："那不是下三烂吗？遇到正经老娘儿们还不挠破你的脸。"

大种马说他也遇到过翻脸的，遇到这种情况他就马上嬉皮笑脸，说闹着玩儿，闹着玩儿，你咋还急眼了呢？

二姨父亲说："怎么？你还得理啦？"

大种马说："通常，人家看你打扮得溜光水滑，头油锃亮，也不至于真的跟你翻脸。"

二姨父亲说："你真是个没脸没皮、不知羞耻的东西啊……你说咱这样的仁义道德之家怎么出来你这么一个马粪包，表面看跟个人似的，实际上一肚子坏水儿。"

大种马号称自己常在河边走从来不湿鞋，而在二姨刚记事那年，大种马差点儿栽了一个大跟头。大种马撩的那个女人叫二凤，是沙河镇刘家烧锅的闺女，嫁到六马架子六七年了，好吃懒做，喜欢看热闹溜达街，张家长李家短地扯老婆舌，一直没生孩子。由于二凤的丈夫在牧场放马，不经常回村，所以她三天两头就回娘家，不在六马架子常住。有一次村里人办白事儿，大种马在送葬的人群里见到了二凤，如获至宝。其间，两个人就对了一下眼神，大种马就开始惦记上二凤了。接着一来二去，两人就勾搭上了。

世上没有不透风的墙，二凤丈夫对大种马和二凤的事略有耳闻，只是没拿到证据，加之常年在牧场放马，也没时间看守二凤。于是，二凤丈夫就默默地训练随身的猎狗，让猎狗闻二凤的内衣，将内衣放在一个稻草人的身上，猎狗反复上去撕咬，直至把稻草人咬得破烂不堪，稻草一丝一缕地四处飘散。

下雪的时候，二凤的丈夫带着猎狗回来了，他用大铁链子牵着猎狗，在村里来回巡猎。碰到了村民，猎狗就上前嗅来嗅去。那些人都不是二凤丈夫要找的对象。他就来到大种马家门口，一边敲门一边喊：有人吗，家里有人吗？大种马拎着大衣从屋里出来，衣服还没披上，二凤丈夫就松开了狗链子，猎狗噌地一下冲了过去。猎狗在大种马身前身后闻了好一会儿，才东张西望着，转过头走了。

大种马吓得差点尿裤子，直到二凤丈夫和猎狗走了很远，他才缓过神儿来，一迈步，膝盖瘫软，险些摔个跟头。

说起来，头一天晚上大种马还真和小二凤一起鬼混了，早晨回来，蹚雪窝子把棉裤弄湿了。太阳出来时，大种马把棉裤晾在院子里。说来巧合，大种马的棉裤被村里流浪的二彪子给偷走了。本以为这件事就这样过去了，不想二凤丈夫的猎狗，在村场院谷垛旁嗅到了气味，一路追踪过去，扑倒了正对着天空傻笑的二彪子。猎狗咬住二傻子的裤裆就不松口……这件事像长了腿一般,传得风快,先是在前村后屯,接着传到了刘家烧锅。二凤跟二傻子有奸情,不仅二凤的丈夫脸上挂不住,二凤娘家也觉得受到了莫大的羞辱。逼问二凤,二凤死活也不承认自己跟二彪子有染。这件事儿闹得沸沸扬扬。最后,在族里有威望的老人的调停下,只有采取传统的办法来证明二凤的清白。那个办法是,把二凤扔到河里,如果二凤撒谎,河神必然取走二凤的性命。如果一个时辰之后她还能回到岸上,就证明二凤是清白的。那时,尽管辽河还没有封冻,可封冻之前的河水比冰层覆盖后的河水寒冷,不到半个时辰,二凤就倒在了冰冷刺骨的河里。

大种马躲过了一劫,二姨的父亲却没那么幸运了。

转过年开春,县参议岩下派人来请二姨父亲,去给他得了蛇盘疮的老娘治病,二姨的父亲推脱不掉,只好跟着来人去了县城。按说,医治蛇盘疮是他的拿手好戏,不会有一点闪失的。事实上,他的出现也非常及时,老太太身上的红斑已经连成了一片,上面的水泡晶莹发亮。蛇盘疮也叫"缠腰龙",都说盘了一圈人就活不成了,眼看那些红斑就要围成一圈儿。岩下老娘疼得睡不着,吃不下饭,哎呀哎呀叫个不停。二姨父亲不敢怠慢,针刺放血,外敷药膏,砂锅熬汤药,经他一番神操作,岩下老娘的胃口有了,吃了一碗米饭,喝了一碗大酱汤,安安静静地睡着了。

二姨父亲带着岩下赏赐的洋布和点心得意扬扬地返回六马架子,晚上,他还烫了二两高粱酒,喝得美滋滋儿时,二姨的大哥气喘吁吁地跑了进来。"抓人……来了!"说完就跪在门槛上,口吐鲜血。

原来,二姨父亲离开的第二天,岩下老娘一口气没捯饬上来,一命呜呼。参议以谋财害命为名告到警察局，警察局出动人马奔赴六马架子抓二姨父亲。当时二姨的大哥在城里上学，他同学的爸爸是警察局的刑事队长，得到消息，大哥连忙回家报信，一口气跑了几十里路……二姨母亲连忙把二姨父亲的两个弟弟找来了，一起商量对策。二姨父亲不服气，认为老太太走了跟他没一点关系。"我不怕，有理走遍天下。"

"大哥你别傻了，啥叫理呀，谁嘴大谁说的才是理。"老三说。

大种马说："就是，人家告你行黑医，就算碰巧死了人，也得背黑锅，况且，这回还惹了官。"

"官咋了？官也不能冤枉人啊。"二姨父亲说。

"你别傻了大哥，你能斗过官？哪个庙里的冤死鬼少啊！"老三说。

二姨母亲说："自古民不斗官，我看还是先躲躲吧，起码先躲过眼前的祸。"

"是祸躲不过，躲过初一还能躲过十五啊？我不躲！"二姨父亲说。

大种马说："好，那就让他们抓你进官府大牢，你听说让日本人抓进去的，有几个能回来？"

二姨母亲坐在地上哭了起来。

老三劝道："大嫂说得对，避一时是一时，人命可就一回，先保住命，说不准还有说理的机会。如果命没了……那可啥都没了。"

二姨父亲不言语了，沉默良久，同意连夜逃走。临走之前，他一再叮嘱二姨母亲，让她带好四个孩子，日子再难也要让儿子读书，将来才有机会争取功名。

265

二姨母亲临时收拾了衣物，送二姨父亲和大种马出逃，眼看着他们消失在漆黑的夜幕之中。

二姨父亲外逃之后，二姨母亲决定带领全家离开六马架子，搬到城里去住。之所以下决心搬走，一方面是想避开官家的骚扰和大种马没完没了的纠缠，省得伪县警察和伪乡公所的治保人员动不动就去村里调查，这回干脆搬到城里，就住在警察局眼皮子底下，看你还说不说私藏罪犯了？还有就是大种马，他以"恩人"自居，每隔一段时间就来找二姨母亲要些打点关系的活动经费，报告一些关于二姨父亲平安的消息。有一次大种马还拿出了二姨父亲的亲笔信，委托他照顾家人。二姨母亲无法判定那封信的真假，她意识到，大种马是盯上她家那20垧地了。另一方面更为重要，或者说是二姨母亲搬家的真正动因，她要兑现对二姨父亲的承诺，无论如何也要供两个儿子也就是二姨的两个哥哥完成学业。

二姨家搬到了县城，在娘娘庙后面租了一间民房。

民间风水上有讲究，衙前庙后不适合居住，可为了租金便宜，二姨母亲也考虑不了那么多了，定下之后，匆匆忙忙收拾东西，天没亮就赶着大车上路了，走的时候一个邻居都没打招呼。

在城里租房，房前屋后没有种菜的地方，吃菜全靠买，额外增加了费用。那时一家五口的主要经济来源就靠土地出租，辽河不发水的年景，一年可以收租23石皮粮，也就是带皮的玉米或者高粱米。除了留下家人的口粮，剩余的卖钱作为生活费和大种马索要的"打点费"。城里的日子过得十分清苦。春天挖野菜，冬天捡秸秆，秋收完之后，二姨母亲带着儿女回六马架子，在自己家地里"捡地"，翻土豆地瓜，捡花生。到了冬天就遭罪了，取暖全靠灶坑做饭烧的余温，因为没钱买煤买柴火，做饭烧的秸秆火太软，温度维持不了多长时间，尤其是下半夜，屋子里冰窖一般，早晨起炕是最艰难的时刻，棉裤像冰筒子，伸进去浑身打战。外屋更是寒冷，用来点油灯的豆油都冻起了膏，上面泛着白沫子。水缸冻得只剩下中间的芯儿有水，如果几天不换水，都能冻实心了。家里大人孩子的手脚都生了冻疮，二姨母亲就用茄子秆水给大家洗，效果不太明显。二姨大哥说，要是爹回来就好了，他知道咋扎古。二姨母亲立即瞪大了眼睛，厉声道："你爹早死了，以后不许提你爹，尤其跟外人，一句都不许提！"

二姨母亲重男轻女，两个哥哥上学，6岁的二姨和5岁的妹妹已经开始帮家里干活。为了贴补家用，二姨母亲白天在家里纺线织布，织的也就是当地人说的"家织土"或"土布"，这种自产的土布颜色不够白净，除了做被里、内衣之外，做衣裤、鞋帽就得染成蓝色、青色。二姨和妹妹就去城郊采蓝靛草。二姨母亲用蓝靛叶子浆和水搅拌，掺上石灰沉淀，就可以把土布染成蓝色或青色。

二姨从小就羡慕读书，有一天她偷偷摸摸跟着大哥、二哥去了学校。当时，伪满洲国实行的是日本奴化教育，课堂教学全用日语，体育课进行军事化操练。学校大门口设有御容亭，学生进校就要向御容亭敬礼。早操之前，先要面向东京方向，向天造大神敬礼、向天皇陛下敬礼，然后转向东北新京方向，向皇帝陛下敬礼，仪式结束之后学生才开始做早操。二姨对大哥说，看你们叽里呱啦地练操挺好玩的。大哥说，好玩个狗屁！咣了几口，二姨也学大哥的样子咣了几口。

到了1943年，日本人操控下的伪满当局的统治越来越残酷，农村农民出荷粮的负担一天比一天重，已经到了无法承受的地步。

二姨家六马架子的土地出租出了问题，不管谁租地，交完出荷粮再交地租就没有剩余了，家里土地无人租种，收入也就没了，无法继续在城里生活，供孩子读书。1944年春，二姨母亲带领全家搬回了六马架子，自己种地。

二姨家在农村虽然有大片的土地，可一家人没有会种地的，唯一的办法是雇一个庄稼把式带着学做农活。要想雇人光有地没有钱也不行，找来找去，好不容易找到了二德子。二德子的老家在河北，曾给老三家当过长工，是种地好把式。那段时间，撂荒地挺多，如果没有优厚的条件，正经的庄稼把式凭什么种二姨家的地呢？何况，春耕在即，大多数劳力都定了人家。二姨母亲找了二德子好几次，承诺如果二德子带着他们一家一起种地，秋后地里收成分给二德子三分之一。二德子答应了。

二德子说："收成多分点儿分少点儿无关紧要，我主要是看你这户人家心眼儿好使。"

春天的气浪在辽河平原上悄无声息地蒸腾起来，拉开了春耕农忙的序幕。

二德子带着二姨母亲和二哥送肥、耕地，大哥负责送饭。大哥的身体越来越虚弱，干点活儿就齁喽气喘的，稍用力过猛就开始吐血丝。按二姨母亲的话说，你大哥炸过肺，坐下了病根儿。二姨母亲说的炸肺是指当年他从城里回家报信儿，一口气跑了几十里路，把肺伤坏了。二姨和她妹妹负责做饭，她掌灶，妹妹打下手儿。当时二姨长得比锅台高不了多少，做好了饭，就喊大哥去田里送饭。除了做饭，空闲时二姨还要带着妹妹去野地里采猪食菜，主要是灰灰菜和马齿苋，顺便她也采一些蘸酱吃的野菜：刺嫩芽、柳蒿芽、小根蒜、婆婆丁、荠菜和黄瓜香。

二姨喜欢牛毛广和蕨菜，她把牛毛广晾晒在长工棚的房顶做成干菜，用盐腌渍狼箕贮藏在咸菜罐里。二姨母亲夸她："我家闺女真能干啊。"二姨一高兴，开始讲薇菜和蕨菜的药用价值，说薇菜除了做菜，还可以清热解毒、止血杀虫，可以治腮腺炎、水痘、小腹疼痛，还可以打肚子里的虫子。蕨菜除了黏黏糊糊好吃，还有清热滑肠、降气化痰功能，治头昏失眠、肠风热毒、风湿、脱肛等等。二姨母亲的表情逐渐严肃起来，问二姨她是怎么知道这些的。

"跟我爹学的。"二姨说。

二姨母亲说："一个姑娘家，不许学这些东西。"

"为啥呢？"

二姨母亲脸色变了，大声说："啥也不为，就是不许！"

二姨低下头来。

二姨母亲想了想，缓和了口气："要知道，你生就是女儿身……围锅台转是女人的宿命。从大姑娘到小媳妇儿，再到老婆婆，安分守己相夫教子才是女人的本分。"

二姨还想跟母亲争辩，母亲叹了口气，说："人啊，心强不能跟命争，再说，你也根本不是那块料！"

春天播种时，二姨替大哥去地头送过饭。二姨对种地十分好奇，趁大伙吃饭时，她就帮着撒种子、踩格子。吃饭时，二姨母亲总是把大份儿给二德子和二哥，自己吃得最少。二德子说，婶儿，你不能天天偏向我，这样我心里过意不去。二姨母亲说，你是咱家的主劳力，我没干多少活儿，就是帮衬帮衬，再说，我胃口也小，吃不了多少。

吃过饭，二德子过来教二姨种地。他对二姨说："你这么小，

269

揍饭（做饭）就这么好吃，将来长大了可不得了。"

二姨问："我揍饭真好吃吗？"

二德子说："好吃，白菜豆腐炖得好，发面干粮（发糕）蒸得好。"

二姨笑了，她说你说的话跟我们这儿一样。二德子从河北来东北年头不长，可除了有点口音，很多话都跟当地一样。管头发叫头浮，管脸颊叫腮帮子，管下巴叫下巴壳子，管牙龈叫牙花子，管指甲叫手指盖等等，二姨并不知道，其实很多东北话本来就是从河北话融入过来的。

二德子说："还从来没注意过，你小小年纪懂这么多分别，我看你是块念书的料，不念书白瞎了！"

二姨撇着嘴说："我就是个'锅台转儿'，可不是啥念书的料。"

"你不是念书的料？那可就没别人了。"

"哎，别埋汰人啊！"

那些日子又苦又累，实在熬不下去了，二姨母亲开始琢磨给二姨和二姨妹妹掂对婆家了。给二姨找的是大哑巴沟的田家老二，给二姨妹妹找的是柳营子的庄家老幺。二姨母亲说，这两家都是正儿八经的过日子人家，听听这姓，一个田，一个庄，将来吃穿都不用发愁。二姨心里明白，她和妹妹是家里的卒子，哥哥才是这个家的"车"，遇到困难了，肯定是丢卒保车。二姨性格倔强，她以死抗争，死活都不肯去做童养媳。妹妹却难逃厄运，哭哭啼啼被送上了骡子拉的大车。

转过年，日本人投降了，伪满洲国随之垮台。可还没有二姨爹的消息。二姨母亲找大种马，大种马说他也没有消息。"要让我去找，你家就得拿盘缠。"

二姨手里没钱了，连零钱都拿不出来，她狠了狠心，把最后一件儿银镯子给了大种马。

大种马说："这顶个屁用啊！还不够塞牙缝儿的！"

二姨母亲答应大种马，秋后打下粮食给他5石皮粮，大种马不同意，无奈，母亲许诺外加一头成年猪。经过一番讨价还价，大种马这才答应了。

大种马出去一个多月，他并没有把二姨父亲领回来。

秋天，二姨母亲如约给了大种马粮食，可一直到年底，大种马也没把二姨父亲领回来。二姨母亲绝望了，她有种不好的预感：也许自己当家的，真的不在人世了。

一天，二姨母亲去辽河边的小河汊洗衣服。天快黑了，她人还没回来。二姨去河边寻找，来到小河汊，她发现了洗衣盆、衣服和棒槌，却没看到母亲的身影。二姨急了，沿着河堤跑着，一边跑一边喊。暮色苍茫中，二姨看到大坝下草丛中站立的影子，那是母亲的背影，她一动不动地向河对岸遥望着。

第二年辽河发水，仿佛灌满了的水缸漾了出来一般，辽河两岸的低洼地一片汪洋。二姨家的地也不能幸免，一大半泡在水里。水大的时候，二姨家院子里也灌满了水，河水进了屋，水位最高时差点没到炕沿儿。一家人心惊胆战地围坐在炕上，担心河水一旦上了炕，他们就得爬梯子上房顶了。好在，河水并没有继续上涨。

"啥？啥在水里！"二哥突然从炕上跳起来。

大哥也发现屋地水里有什么东西在游动，他跳到地上摸了摸，大声喊道："鱼！水里有鱼！"

听罢，二哥也跳到水里。二姨也跳到水里，大家在屋地里扑扑腾腾地摸鱼。二姨母亲说，你们那样能摸到鱼吗？外屋地有帘子和笊篱。于是，大哥和二哥到外屋把房门关上，外屋地能用到的炊事工具都用上了，水舀子、面盆、锅帘、笊篱……一家人展开了一场抓鱼大战。

河水退却前后，二姨家有了很大的收获，水缸、水桶都装满了河鱼：白鲢、鲫瓜子、串丁子、鲤鱼，还有一条留胡须的大鲇鱼。二姨好奇地问母亲，这些鱼是从哪来的呢？

二姨母亲说："老辈儿人都讲千年草籽、万年鱼子。鱼子的生命力最顽强了，一千年也不死，只要见到水，它就活过来了。"

"可是，鱼子也不能长这么快呀。"

"这些鱼不是刚长起来的，一定是从河里游过来的。"

二姨大哥说："管它从哪儿长的，有鱼就好，可以解解馋了。"

二姨母亲叹口气说："鱼子遇到大水是好事儿，可草籽就不一样了，等着看吧，水退之后，咱家的庄稼地肯定闹草荒了。"

家里炖鱼的香味儿飘到院子外，有人在院门外敲门。二姨出来一看，好像是一个要饭花子，胡子拉碴，埋里埋汰。

二姨回屋对母亲说："门外来个要饭的。"

"你去外屋地看看有没有吃的，有就拿给他。碰到了灾年，谁都不容易。"

二姨在碗架柜找到一块玉米饼子，大声说："有一块大饼子。"

母亲说："等鱼炖好了再送他一碗鱼吧。"

二姨去外面送玉米饼子，眨眼的工夫又跑了回来。

"真邪门儿啊！那人还占我便宜，说他是我爹。"二姨说话的工夫，要饭花子已经蹚着水跟了进来。

要饭花子叫着二姨母亲的乳名，二姨母亲呆呆地站着，突然傻笑起来，说："死鬼，你还知道回来呀。"

二姨母亲笑着，笑一笑，泪水从上翘的嘴角滴落下来。

原来，二姨父亲并没有逃到辽河对岸，他的藏身地离六马架子不足十里路，那里有一些不知哪朝哪代废弃的炭窑，他就住在炭窑里。炭窑后面是一片乱坟圈子，没人接触他，人们都躲他远远的，以为他是诡异的看坟人。这些年二姨父亲就在林子里种地种菜，自给自足，与世隔绝。

"这么多年，你就不能回家看看啊。"

"我怕连累你们，二弟每次见我都叮嘱我不能见任何人，只要人不被抓，就不会连累家里人，他说日本人可狠了，不分青红皂白喂大狼狗，我的案子铁定了，两个儿子一个也跑不了，都得受株连……"

"我们都被老二骗了！"二姨母亲捂着嘴大哭，是悲痛也是委屈，身子一抖一抖的。

"被老二骗啦？"

二姨母亲用拳头打着二姨父亲："日本鬼子垮台一年多了，你那个案子早撤销了。"

"这一年我也隐隐约约地感觉到了什么，可问二弟，二弟吓唬我说，千万别出去，警察在六马架子设了暗哨，就等着我回来，请君入瓮呢。"

"你还二弟二弟的，那是弟弟干的事儿吗？但凡有点人性、有点良心也干不出那么缺德的事儿，缺了八辈子德，简直是缺德带冒烟儿……"

说到这儿，二姨母亲觉得有些失言，大种马祖宗八代也是二姨父亲的祖宗八代。二姨父亲没吱声，敲了敲长杆烟袋锅儿。

二姨母亲继续唠叨："你说，他大种马就算坏到头顶生疮脚下

273

流脓，也不能坏到自己的亲哥哥身上啊。让你在外边多遭了一年的罪不说，我们娘儿几个也跟着遭罪，特别是咱家老大，如果有你在，他的病也不至于越来越重，现在就只剩下半条命了……"

一直被大种马拿捏得死死的二姨父亲，终于认清了自己二弟的真实面目，开始觉醒了，一向温和的二姨父亲当天晚间就去找大种马算账。

大种马大概也知道二姨父亲回来了，早就躲得无影无踪。二姨父亲没找到大种马，不过他放出了狠话：我已经没有这个二弟了，一辈子也不想再见到他。此仇不报非君子，只要他出现在我的面前，我就给他下药，到时候他做了鬼，都不知道自己是怎么死的，他应该知道我有这个本事……想活着，就别在我面前出现。

这次，大种马真的害怕了。本来，游手好闲的他为了点好处两头欺瞒，瞒了一次就只能继续欺瞒下去，他也知道纸包不住火，可还是能瞒一天算一天，不想，报应终究还是来了。有人看到，大种马背着行李卷儿，登上了辽河古渡的摆渡船，消失在河的对岸，远走他乡。

二姨父亲回来之后，二姨大哥的病情得到控制，还有了好转的迹象。到了年底，大哥还娶了一个媳妇儿。二姨母亲听信了大仙儿的话，说大哥适合早婚早育，娶新媳妇儿可以冲喜。腊月里，家里杀了两口猪，热热闹闹，欢天喜地过了一个团圆年。

2

据说，东北最早开的花是满山红。那时候，柳树还没泛绿，小草还没冒芽。灰蒙蒙的山坡上和深谷中盛开着紫色花朵，叶未绿，花先发，顶着冰雪怒放，远远望去，像"春天的笑脸"。满山红有很多叫法，达子香、杜鹃花、映山红、红踯躅、金达莱等。二姨的身体也和春天的大地一样，一点点苏醒了。二姨头顶戴五瓣紫色花朵，在山野中跑啊跑的，联想到未来总得嫁人，她暗下决心，要找，一定要找一个可以依靠、关爱自己的男人。

那年新兴的人民政权建立，六马架子和辽河两岸的其他村庄一样，开展了轰轰烈烈的土地改革运动。刚一开始，土改进行得并不顺利，由于村民之间都比较熟悉，亲戚套亲戚，所以，斗地主斗不起来。地委派的工作队就到六马架子村蹲点，送来了戏剧《白毛女》和《女奴泪》，村民看了之后觉悟提高得很快。斗地主分田地之前有一段缓冲期，就是号召地主响应土改政策，主动把土地交出来，做开明绅士。二姨父亲回家跟二姨母亲商量，他想做个开明绅士。二姨母亲赞同二姨父亲的想法，她说这些年有了地又怎么样，还不是折腾得差点妻离子散、家破人亡。放心吧，老天是公道的，分了地，别人能活好，咱也能活好。

二姨父亲主动配合土改，受到土改工作队的表扬。后来，他家的老房子也主动倒了出来。老房子是光绪年间盖的，由二姨父亲的爷爷盖的，五间青砖瓦房。二姨一家则从老房子转移到了长工棚，而一些雇工住进了老房子。赶巧大哥的媳妇生孩子，破破烂烂的炕席上连一块完整的布片都没有。二姨父亲把自己的棉袄脱了下来，二姨母亲怕他冻坏了，二姨父亲说，我不打紧，老棺材瓢子一个，总不能让孩子一出生就"落草为寇"吧。晚上，二德子抱着棉被来了，他是六马架子村农会主席，东张西望的，扔下被子就走。二姨母亲追出去感谢，二德子说有啥好感谢的，这些被子本来就是你家的，分给我罢了，既然分给了我，我就有权处理。

六马架子村提前完成了土改任务，县里领导带队到村里开现场会，会上让二姨父亲谈体会。二姨父亲一时激动不知道说些什么，灵机一动喊道："打倒剥削制度，打倒地主阶级。"事后有人拿他说笑，你不也是地主阶级吗。二姨父亲说，所以啊，我就从打倒我自己开始。

现场会后，村里杀猪宰羊，摆了整整六桌，大家一起喝"同心酒"。

二姨父亲满嘴酒气回家，他对二姨母亲说："喝过同心酒了，以后大家就是一家人了，就是一家人了。你知道吗，县里那个领导岁数不大，大概比咱家老大年龄还小……你瞧人家，说话嘎巴溜脆，人长得也带、带劲儿……呃！"

对于二姨来说，新社会为她带来了新希望。那时村里举办扫盲班，从七八岁到二十几岁，女娃娃竟然也可以读书了，读书是二姨梦寐以求的大事，所以她的学习成绩在班里最好。三个月的扫盲班结束，小学就开始正式招收学生了。老师征求二姨的意见，二姨哭了，她说她想上学，可父亲和母亲不让她上学，特别是母亲，认为女孩子不是睁眼瞎就烧高香了。老师跟她讲了一些道理，让二姨心里有了一些底气。回到家里，二姨跟母亲讲道理，讲一讲两人就杠上了。二姨指着母亲说："现在是新社会，讲究男女平等。你就是老封建！"

二姨又哭又闹，不吃不喝。最后，二姨母亲和二姨都做了妥协，母亲容许她上半天课，下午采猪菜、带大哥的孩子。

那时，二姨父亲的年岁大了，干不了农活。大哥和二哥已经分出去单过，家里的生活十分清苦，春天时经常吃野菜拌玉米糊糊。

　　学习方面二姨是把好手，干起活来她也干净利落。别的不说，采野菜比所有小朋友采得都多，苣荬菜、茴香、姜不辣、慈姑、山芹菜、水芹菜、刺嫩芽、薇菜、猴腿菜，啥都有。为了避免小朋友嫉妒，每次她都把柳条筐压得实实的。尤其是采蘑菇，榛蘑生长在榛棵子旁，榆蘑生在榆树上，而榆树窟窿中的榆蘑更是味道鲜美，被称为"树鸡"。二姨心眼儿挺多，蘑菇小的时候她用杂草覆盖起来，等一场雨过后，就蹚着露水去找蘑菇。扫帚蘑、鸡油蘑、冻蘑、羊肚、猪拱、鸡腿、元蘑、黄蘑、花脸等等，各种各样蘑菇的特点她都掌握。

　　采野菜采累了，二姨坐在草地上，望着天空飞过的苍鹭和白鹭。它们俩的习性有很大的区别。一个大长腿安静地等候，以逸待劳，被称为"长脖老等"或"缩脖老等"。另一个则不停地踏水，嘴在水里倒腾着，浑水摸鱼。二姨想，如果自己能长一双翅膀就好了，那样她就可以在辽河上空自由自在地飞翔。

　　那年秋天，六马架子小学并校，二姨不能上半天课了。母亲死活也不同意二姨继续上学，二姨又哭又闹，最后把班主任老师也搬来了。

　　班主任老师对二姨父母说："这个孩子不上学真的可惜了，不仅是你家的损失，也是国家的损失。"

　　二姨母亲说："我家的情况你也了解，恐怕学费都出不起呀。"

　　老师的眼圈儿有些发红，他说："这样吧，孩子的学费和生活费我给出，无论如何，我也要帮这个孩子上学……"

　　二姨母亲和二姨父亲你看看我，我看看你。二姨父亲说："新社会才有这样的好先生啊……还不快点谢谢先生。"

二姨扑通一声给老师跪下了。

那天夜里，二姨梦见自己飞翔在辽河上空，一个俯冲下来，她惊醒了。同一时刻，二姨母亲也从睡梦中惊醒，只是她做的梦是自己走进了齐腰深的辽河。尽管二姨父亲从没说起过，可她还是能感觉到当家的怀疑的眼光，二姨母亲清楚自己跟大种马没一点关系，可谁能给她证明清白呢，日夜奔流不息的辽河吗？

二姨和二姨夫第一次见面是在地区水文站的小会议室里。各个水文站的通讯员汇报工作，二姨是5号水文站通讯员，二姨夫是2号水文站通讯员。按二姨的说法，初次见面，她对二姨夫并没有什么好印象，只是觉得那个年轻人皮肤粗糙，面色发黑，嗓门挺大。

会议结束后，各个水文站的人在食堂打饭，二姨夫站在二姨身后，小声对二姨说："老同学，不记得我了吗？"

二姨看了看二姨夫，可是怎么也想不起来。

"咱俩是水利学校的同学啊，你在一班我在四班。"

二姨仔细想了想，还是觉得没见过他。

"运动会的时候，我还给你们送过水呢。"

二姨只好说："啊，谢谢了。"

这时，二姨不得不认真端详了二姨夫，仿佛在验证是不是真的同学。二姨夫额头短，颧骨高，一双小眼睛。老年时二姨知道二姨夫那双小眼睛具备鄂温克族人特征，不过二姨夫户口本上写的却是汉族。严格意义上，论相貌二姨和二姨夫之间差距太大了，套用一句戏剧台词，他们一个天上一个地下。二姨最初和二姨夫的交往属于礼貌性的，或者仅限于同学之间的关系，毕竟水利学校那届毕业生，分配在地区水文站的只有他们两人。所以，二姨回到2号水文站之后，就没单独跟二姨夫联系过。

女孩子年轻的时候几乎都好看，即使营养严重不良，二姨的皮肤也水灵灵的，白里透红，仿佛用手一掐都能掐出水来。男大当婚女大当嫁，二姨分配到水文站之后，就有人关心起她来。一个是地区水文站政工股的曹姨，一个是劳资股的臧姨。而那个时候正是二姨最艰难的时候。

二姨的大哥因肺痨过早去世，大嫂也"走道"了，扔下四个孩子，大的还没上学，小的刚刚会爬，几个孤儿只能由二姨母亲抚养。二姨挣的工资除了伙食费之外，全部交到家里，二十一岁的大姑娘穿着打补丁的衣服，脚上是手工纳的粗布鞋。到地区水文站"出差"，年轻姑娘都穿得立立正正，唯独她像个"土包子"，二姨最打怵去城里出差，却又惦记每天3毛钱的出差补助，和地区水文站下属单位那些姑娘站在一起，她觉得自己的脚都没地方放，好像自己犯了什么错误，臊得脸通红。

曹姨了解二姨家里的情况，热心帮二姨介绍对象。曹姨介绍的对象是地区一个工作部门的副局长，属于"老资格"，级别高收入多，结了婚二姨就可以调到市里去工作，住小洋楼，楼上楼下电灯电话。还有，二姨跟他结婚了，二姨抚养哥哥的孩子肯定能获得较大的资助。只是"老资格"比二姨大二十五岁，还有就是在战争年代落下了残疾，一只胳膊安的是假肢。二姨心里难以接受，可又不好断然拒绝，结果搞坏了自己的心情。

臧姨看出二姨心情不好，问她缘由，二姨不好直说，犹豫着、迟疑着。臧姨的好奇心更强了，一定要问出个结果不可。二姨思忖一番，鼓足勇气，把曹姨给她介绍对象的事和盘托出。

臧姨叹了口气，说："老曹是好心。你是不知道啊，现在'老资格'可抢手呢，老曹能把你介绍给他，说明老曹高看你呀！"

"可是，我总不能因为自己条件差……就委屈自己一辈子啊。"

"有什么好委屈的，不就是年龄大了点吗？"

"哪是大了点儿，是差辈儿了，他比我娘的年龄还大。"

"那要看你怎么想了，有的人还专门喜欢年龄大的呢。"

"我不喜欢。"

臧姨点了点头，说："如果是这样，你大可不必委曲求全。现在是新社会了，没人敢逼婚的。"

"我知道，可我不好直接回绝曹姨，毕竟她是一片好心。"

"这样吧，你不好意思说，我跟老曹去说。我知道怎么把握分寸。"

二姨回到了2号水文站，工作之余就到后院的地里侍弄蔬菜。那时粮食紧缺，肚子里的油水少，整天都感觉饥肠辘辘的，好在水文站的房前屋后有空地，住在水文站里的职工就在空地里种了蔬菜，有土豆、茄子、黄瓜和辣椒。黄瓜和茄子已经落花了，结了黄瓜和茄子纽儿，土豆种得晚些，还没开花，刚刚长出绿色的小骨朵儿。

二姨在菜地里忙了不一会儿，额头就布满了汗珠，二姨仍旧坚持着，直到杂草全部清理完毕。

二姨坐在房山头的背阴处，此时太阳刚好挂在水文站的房檐上。劳碌没能让二姨的心情放松下来，淡淡的哀愁一直笼罩在心头。菜地里传来大肚子蝈蝈和蛐蛐的叫声，二姨还看到花大姐在菜叶上孤寂地爬着，她用一根草棍拨拉一下，花大姐从高一层的菜叶掉到下一层的菜叶上，又开始忙碌地爬着。

一天，臧姨来到了2号水文站。处理完公务，臧姨把二姨叫到房后的菜地里，小声对二姨说："你说这事儿，还真不太好办。"

二姨问："怎么不好办？"

"老曹给你介绍对象，也是受人所托。"

二姨有些糊涂。

臧姨说："其实吧，'老资格'事先就看好你了，托老曹做媒，也做你的思想工作……所以，这件事跟老曹说是没用的。"

"哎呀！那怎么办呢？"

"那你……就不能再考虑考虑了？"

"我不想考虑。"

"你年纪还小，考虑问题不一定那么周全。你看这样行不行，你回家跟父母商量商量，征求征求他们的意见。"

"他们不了解实际情况，不能帮我拿主意。"

"父母的意见还是要听的，虽说新社会了，不实行包办婚姻，可父母的意见还是应该尊重的。"

"我了解我爹和我娘，他们一定会尊重我的意见。"

"你这小丫头！看不出来，老猪腰子还挺正的……问题是，'老资格'那头怎么办呢？"

二姨低下了头，眼圈一下子就红了，眼泪噼里啪啦掉了下来。

臧姨轻轻拍着二姨的后背，若有所思地说："除非一种情况……我可不是给你出啥主意啊，只是，我听说过这样一件事，以前在地委大院里，一个部门领导看好一个打字员，打字员不同意，那个领导就让人去做她的思想工作，后来那个打字员说自己订婚了，带着对象在大院里转了两圈儿，挨个办公室发喜糖……那个领导就不好再提了。"

281

二姨似乎明白了，用感激的眼神儿望着臧姨。

"臧姨啊，你对我真好，我都不知怎么感谢你了！"

臧姨说："感谢我啥呀，我啥都没对你说，也没给你出任何主意。"说完，转身就走。

这个时候，二姨夫出现了，他出现在合适的时间和合适的地点。

二姨夫是夏初的雨后来2号水文站的，二姨刚刚测量水文数据回来，见二姨夫站在水文站门口的雨搭下，他穿一件墨绿色的雨衣，隔老远就对二姨笑，黝黑的皮肤反而把牙齿衬得白了。

"今天这么忙，你怎么有空过来？"二姨问。

二姨夫咧嘴笑着，他说我是专门来看你的。

二姨连忙四下看了看，小声问："专门来看我的？"

"是啊，我给你带好东西来了。"二姨夫的嗓门还是挺大。

二姨又四处张望一下。

二姨夫从怀里拿出一个油纸包，递给二姨。

"这是什么？"问的时候，二姨已经打开了纸包，露出了"油滋了"。油滋了是猪肉的肥膘炼油后剩下的残渣，可对于肚子里缺油水的人们来说，那些残渣的确是好东西，二姨夫说得并不夸张。

"你跑了这么远的路，专门给我送这东西？"

二姨夫点了点头。

二姨有些感动，她把油滋了送回宿舍，邀二姨夫去河边走一走。

雨后的辽河弥漫腥丝丝的味道，路边的银惠草上挂着水珠，偷偷摸摸地拦着行人的裤脚。没多大一会儿工夫，二姨和二姨夫的裤子就湿了半截。

一路上二姨的话很少，更多的是听二姨夫在讲。那次谈话中，二姨知道二姨夫家在大哑巴沟。二姨告诉二姨夫，她家在六马架子。二姨夫说我去过六马架子，咱俩家离得不远，顶多也就50华里。六马架子在辽河的左岸，大哑巴沟在辽河右岸，尽管他们之间的距离不远，但分属于不同的地区管辖。那次谈话中二姨还知道，二姨夫家的兄弟姊妹多，他是老疙瘩，上边有两个姐姐两个哥哥。哥哥姐姐都在农村，只有他一个人考上学校读书，毕业分配了工作，有了干部身份和城镇户口。二姨夫说他有今天要感谢自己的哥哥姐姐，大哥和二哥十五六岁就下地干农活了，全家供养他读书，盼他有出息，更感谢党和国家的恩情，像他爹那样的雇农，旧社会吃不饱穿不暖，如果没遇到新社会，哪敢想读书啊。二姨说她也是，幸亏遇到了新社会，不然作为一个女孩子，命中注定只能围着锅台转，哪能有机会上学读书，更何况国家出钱供我们读书，毕业了还给分配工作，按时拿工资。

二姨夫说："你家的情况我知道一些，你大哥离开得早，撇下一帮孩子要抚养。我们俩都是农村出来的，需要帮忙，老同学可千万别客气啊。"

二姨听了，觉得心里很温暖。

二姨说："你家里那么多兄弟姊妹，也需要照顾的。"

"我家的确不富裕，可和你家比起来，困难就小多了。"

"哪好麻烦你呢，你有这份心我就很感激了，我能坚持下去。"

二姨夫停下了脚步，不失时机地对二姨说："那什么，如果你不嫌弃我的话，就让我们成为革命伴侣吧。让我们一起去面对困难，共同创造未来的美好生活。"

二姨愣住了，羞涩伴随着紧张，不知道如何回答。

尴尬了一会儿，二姨还是丢下二姨夫，一路小跑回了宿舍。

那个夜晚，二姨彻底失眠了。二姨反反复复想二姨夫的模样，时而清楚时而模糊，只是觉得他身体健壮，汗味挺浓，酸不拉唧的，倒也没有特别不好的印象。

雨季过后，站长让二姨去地区水文站送资料。二姨本不想去，站长告诉二姨，是地区水文站领导点名让她去的。二姨似乎预感到了什么，可她又不得不去面对。于是，她怀着忐忑不安的心情进了城。

二姨在地区水文站大院门口碰到了二姨夫。二姨瞅了瞅二姨夫，就走到门外的大杨树下，独自站在那儿。二姨夫明白了，他立即走了过来。

二姨没跟二姨夫打招呼，直接问他："上次你跟我说的事儿，还算数吗？"

二姨夫卡顿了一下，接着点点头："当然算数了。"

二姨说："好。让我接受你，得有一个前提条件。"

"什么条件，你说！"

"如果要我跟你结婚，你必须帮我抚养大哥的孩子。一直到……大的能干农活，小的上小学为止。"

二姨夫频频点头："应该的、应该的。"

二姨说："这期间我的工资都要交给娘家，我们的生活费要从你的工资里出。"

二姨夫仍旧频频点头："应该的、应该的。"

"那就行了。"

"行了？"二姨夫似乎不太相信自己的耳朵，他大概觉得，自己求婚也太过顺利了吧。

二姨在前二姨夫在后，两人进了地区水文站大院。走了几步，二姨又停下脚步。

"还有一件事。"

"什么事儿，你说！"

"你现在就去供销社，买一包糖果。一会儿到办公室分给大家。"见二姨夫发愣，二姨补充说，"就说我们已经订婚了。"

"订婚？不用举行仪式？起码到照相馆照一个订婚照吧。"

"照相可以后补！"

二姨夫有些懵懵懂懂，可还是按照二姨的要求去办了。

二姨回家跟父亲和母亲说起二姨夫的事，母亲沉默了半晌，说："你说的二姨夫不正是大哑巴沟的田家老二吗？当年给你定的娃娃亲。"

二姨傻眼了。

二姨母亲说："当初你要死要活的，赌咒发誓不嫁给他！唉，人的命啊，上天早都安排好了。"

说起来，二姨和二姨夫还沾点亲戚，不论是辽河左岸的六马架子，还是辽河右岸的大哑巴沟，说整个村子的人都是亲戚一点也不为过，有直系、有旁系，有族亲、有姻亲，反正拐弯抹角都能套上亲戚。而且，分隔在河两岸的村子也能套上亲戚，二姨是二姨夫老姑奶儿媳妹妹对象的妹妹，是不是把人绕糊涂了，不糊涂才怪！总之，反正都能牵扯上关系。二姨和二姨夫打小生活在辽河岸边，二姨娘家在六马架子，二姨夫家在大哑巴沟。虽然都在辽河边儿，实际上，两个村相隔50多华里，按老话说，八竿子打不着。二姨和二姨夫两人之间隔了一条流淌了千万年的河水，他们一个在左岸，一个在右岸。十年河东十年河西，转来转去，他们还是走到了一起。后来二姨和二姨夫还是举行了订婚仪式。

他们拜见了双方老人，在县城照相馆照了一张订婚照。作为订婚礼物，二姨夫给二姨买了一双高跟鞋，还送给二姨一个龙凤玉佩。那个龙凤玉佩是老物件，二姨不懂，二姨夫也不懂，二姨夫说是父亲曾在辽河救过人，人家答谢送的，至于哪朝哪代的东西谁都说不清楚，不过他认为，那应该是一件吉利宝贝，家里实在没有别的值钱物，送这个算是聘礼了。关于那双高跟鞋，一直到结婚前，二姨也没舍得穿它，正好有人看好了那双鞋，她就打折卖了，把卖鞋的钱捎回六马架子娘家。关于龙凤玉佩，二姨也掂对着把它卖了，她想在合适的时候拿到大城市做了鉴定，要卖也卖个好价钱，拖来拖去，到了"破四旧"的时候，二姨把它压在了箱子底儿，不敢拿出来了。

二姨和二姨夫的婚礼是那年秋天举行的。婚礼简单朴素，二姨夫借一辆自行车驮着新娘子，新娘子抱一个搪瓷脸盆，脸盆里放着粉色的塑料肥皂盒。在同事的祝福声中，他们被簇拥进新房。新房在2号水文站不远的东丰小镇，租用的是半砖半坯的小平房。新房的中堂贴对联，棚顶挂着拉花，显出了喜庆氛围。火炕方桌上，放着花生、瓜子和糖块，来宾都可以分享，一个新式婚礼就那样完成了。

从那天开始，二姨夫成为了真正的二姨夫。

3

对于很多女人来说，丈夫才是自己一生的敌人。

刚结婚那段时间，二姨和二姨夫两地分居。每到周末，二姨夫就骑着自行车，从30里外的5号水文站回到东丰小镇。那个时候，两人之间的矛盾并没有爆发。二姨只是反感二姨夫不讲卫生，早晨不刷牙，晚上不洗脚。二姨大概考虑到，二姨夫骑了那么远的自行车回来，没有选择跟他正面冲突，而是想用感化的方式来纠正二姨夫的毛病，所以睡觉之前就给二姨夫端来了洗脚水，即使端来了洗脚水，二姨夫也不愿意洗。二姨只好给他下了通牒，不洗脚就不许上床。

二姨夫心不甘情不愿，嘟嘟囔囔，不是嫌水热了，就是嫌水凉了。

二姨夫调到2号水文站的工作申请是三个月之后批准的，二姨和二姨夫也结束了分居生活。然而真的在一起生活之后，矛盾才逐步暴露出来。二姨夫大男子主义思想严重，他下班回家从不做家务，衣来伸手饭来张口。好在那个时候吃的单调，他也没什么好挑的。

结婚第一年，二姨跟二姨夫去婆婆家过年。一路上，二姨的心情还是不错的，她问二姨夫："你们村的名怎么那么奇怪呢？为啥叫大哑巴沟呢？"

二姨夫说："我们村儿有三条大水沟，水沟旁有三个自然屯，我们家在中沟。老早以前，传说我们这三条大沟有种神秘的怪物，来无影去无踪，昼伏夜出，伸手不见五指的夜晚就出来祸害人命。所以到了晚上，谁都不敢在这三条大水沟里走。"

"白天呢？"

"白天也不敢大声说话，怕招惹了怪物……就这样，一传十十传百，久而久之谁都不敢大声说话了，后来人们就管我们这里叫大哑巴沟。"

"到底是种什么怪物呢？"

"我也不知道。"

"你见过那个怪物吗？"

"我没见过。不过听说有人见过，怪物像一团黑云，飘过来飘过去。"

二姨好奇地问："你走沟里也不敢说话吗？"

"我半信半疑，一般不会大声说话。"

"心理作用？"

"可能吧，反正都想趋利避害，万一真有个怪物因为我们说话惊扰了它，它出来祸害人怎么办？"

二姨刚进婆家门，婆婆就给二姨上了一课。婆婆坐在炕上，让二姨给她倒水瘪，水瘪也就是夜壶。二姨觉得奇怪，婆婆没瘫痪在床，利手利脚的，为什么用夜壶，而且一定让她这个刚过门不久的儿媳妇倒夜壶呢？二姨没理会婆婆，婆婆就示意儿子管教二姨。二姨夫显然是站在他娘那一头，绷着脸对二姨大声说："让你倒你就倒！哪那么多毛病？"二姨的眼睛里溢满了泪水，还是站着不动地方。无奈，二姨夫一手拉着二姨，一手拎着满渍白花花尿碱的夜壶，推推搡搡，两人来到屋外。

倒完尿，二姨夫对二姨吼道："我一个大老爷们儿，你能不能给我点面子！"

二姨哭得更委屈了，身子一抖一抖的。

"大过年的你吊丧啊，真他妈不吉利！"二姨夫骂骂咧咧反身回了屋。

二姨本想拿起自己的东西离开大哑巴沟，思前想后，尽管她非常失望，可还没到绝望的地步，还没有下最后的决心。大嫂和二嫂出来了，劝了二姨一番，无非是说婆婆心眼儿不坏，就是老规矩多，拉二姨进屋帮着剁饺子馅儿。二姨磕磕绊绊地跟着嫂子们进了外屋，给两位嫂子打下手。吃晚饭时，炕上放大桌，婆婆和几个儿子在炕上吃，儿媳妇和孩子不能上大桌儿，只能在地下围着小桌子吃。尽管是小桌子的地位，也没人叫二姨吃饭。一开始二姨还想怄气，打算谁叫她她都不过去。不料，婆婆没发话，二姨夫没去叫自己的媳妇吃饭，其他人自然不好出这个头。于是，一家人有说有笑，又吃又喝，留下又饥又饿的二姨独自坐在灶台前默默流泪。

屋里人吃完饭，嫂子们开始收拾碗筷，二姨夫喊了二姨一声："一点儿眼力见儿都没有，不知道来捡碗吗？"

至此，二姨彻底绝望了。

二姨擦干眼泪，整理整理衣服，回屋去拿自己的东西，准备离开婆婆家。二嫂看不下去了，推了二姨夫一把，说："大过年的，你还不赶快拉住你媳妇！"

二姨夫也在赌气，说："一点儿都不懂事儿。死不死的，她愿意去哪就去哪！"

大年三十，家家户户都挂着红灯笼，屋子里热气腾腾，外面却冰天雪地、天寒地冻。二姨一个人孤零零地走在村道上，寒气直呛鼻子，眼泪和鼻涕流在围巾上很快就硬邦邦的。这种情况下，二姨没有办法回六马架娘家，她只能回东风镇自己家里。路上没有车，行人很少，二姨连搭车的机会都没有。在那样的环境里，二姨爆发了惊人的毅力，她空着肚子走了整整一夜，第二天早晨到了县城。

二姨是大年初一下午回到东风镇自己家里的。打开房门，屋里如冰窖一般，寒气逼人。二姨连烧火的力气都没有了，她耗尽最后一丝气力拉出家里所有的被子，把自己严严实实地包裹在里面。二姨心想，她和二姨夫的缘分到此也该结束了。

年初一下午，二姨夫到了距东丰镇6华里的2号水文站，路过家门而不入，到单位替别人值班。一直到正月初七，他才回家，不仅没有道歉，反而责骂起二姨来。按二姨夫的说法，老太太让二姨给气病了。"晚辈儿孝顺长辈天经地义，孝顺孝顺，首先得顺从。倒个尿壶怎么啦？少你一根儿汗毛了吗？你觉得委屈？老太太那头更觉得委屈。她十二岁嫁给我爹，身子骨还没长结实就伺候一家老小，别说倒屎倒尿了，稍有不慎就挨婆婆的打，身上总是青一块紫一块的。多年的媳妇熬成了婆，回头还得看儿媳妇的脸色。……别说我没跟你说清楚，现在，老太太要死要活的，觉得这辈子活得憋屈，当媳妇的时候受婆婆的气，当婆婆了还得受儿媳妇的气。我跟你这么说吧，媳妇没了可以找，娘可只有一个……别说我没跟你说清楚，老太太要是有个三长两短的，我指定跟你没完，指定跟你不共戴天。"

二姨不屑于跟二姨夫说话，她的眼睛只是瞅着桌子上的离婚申请书，就是不瞅二姨夫一眼。二姨夫骂累了，他来到桌子边，拿起了离婚申请书，看了一遍就气呼呼地把申请书撕了，撕了也不解气，干脆放在嘴里嚼了起来。

二姨夫嘴角粘着纸屑，吼叫道："离婚？痴心妄想，你这辈子都别想！"

二姨和二姨夫闹翻了，为规避矛盾，二姨夫主动申请去青龙山水库工作，那时水库刚刚破土动工，工作条件十分艰苦。二姨夫离开那段时间，二姨也渐渐平静了下来。一方面她觉得离婚是件丢人的事，尽管新社会了，提倡婚姻自由，可真的离婚了，难免会有人在她背后戳脊梁骨。关键是那个时候——从旧社会进入新社会时间短,放眼望去,大男子主义的人比比皆是,离开了二姨夫就能碰到修养好的男人?除非自己不想有婚姻生活了。另一方面,二姨已经怀了三个月的身孕,总不能让孩子一出生就没了爹吧。最终,二姨还是妥协了,她把离婚申请书的抄写件夹到自己的笔记本里。那个笔记本的扉页本来写的是"记账本",里面记录家庭日常开销和人情往来的流水账。二姨在记账本上填上了三个字:记仇本。由于写字时用力过猛,蘸水笔的笔尖儿都劈了叉。好在这个"记仇本"排解了二姨心头的一些愤懑,日后这个小本子也成了二姨发泄情绪的通道,随着时间的推移,大女儿满月之后,二姨随二姨夫搬到城里去住。由于二姨夫在青龙山水库建设中表现出色,上调到地区水文站工作,二姨作为家属一并随迁调入。那时候城市里的房子十分紧张,他们只在郊区找到一处低矮破旧的民房,那个破旧民房也极为抢手,他们与单位另一位职工合住,共用一个厨房,不管怎么说,总算在城市里落下脚来。谁想,家刚刚安顿好,二姨夫的二哥就投奔来了,据说他在老家惹了祸,实在待不下去了,就来求二姨夫给他找个临时工作。二姨夫找人托关系,求爷爷告奶奶,总算在钢丝绳厂给他找了一个打更的活儿。找工作期间,二姨夫的二哥一直在二姨夫家挂吊铺。二姨盼星星盼月亮,总算熬到那个二哥有了活干,不用跟他们挤在一个屋子里睡觉的日子了。问题是,这个二哥很黏糊,晚上不用睡在弟弟家,白天隔三岔五就过来蹭饭。二姨家的日子一直紧紧巴巴,可她一跟二姨夫提这事儿,二姨夫就翻了脸:"小的时候,哥哥姐姐帮我,现在我比他们强了,为他们做点儿事儿也应该应分。人得讲良心,讲良心懂吗?"

"人是得讲良心，我全身心为这个家付出，怎么不见你对我好呢，你的良心呢？"

"你是我老婆，是家里人。"

"我明白了，你只对外人好是不是？外人都是亲人，家里人是敌人？"

"别跟我胡搅蛮缠！"

二姨不想跟二姨夫吵架，家里不和外人欺，况且单位的同事就跟他们住在一个屋檐下，他们头一天吵架，第二天整个大楼的人都会知道。然而，忍耐总是有限度的，仿佛一座酝酿了许久的活火山，迟早有一天会激烈爆发，爆发出足以弥漫半个天空的烈焰。

一天，二姨从外地培训班回家，还没进门，就听到大女儿哇哇哭叫，她推开屋门，看到大女儿掉到摇篮外的地上。二姨夫和他二哥坐在不远处喝酒，喝得正酣。二姨连忙把大女儿抱在怀里，走到哥俩儿跟前儿。那哥俩儿仍旧有说有笑，像什么事都没发生似的。二姨真的火了，她夺下了二姨夫二哥手里的酒杯，将杯里的酒泼在二姨夫脸上。

二姨夫大叫："你这老娘儿们……要死啊！"

二姨夫的二哥也火了："老弟呀！这是想翻天啊。"

二姨指着二姨夫的二哥说："这里是我家，没你说话的份儿。"

"怎么没我说话的份儿？我弟弟家就是我家。"

"呸，真不要脸。在老家混不下去了，跑弟弟家混吃混喝，混吃混喝也就罢了，竟把自己当成了主人。要饭都没有个要饭样儿，还要不要脸哪？"

二姨夫的二哥哇的一声哭了："老弟呀！这老娘儿们就是你给

惯坏了，三天不打，上房揭瓦。"

二姨放下大女儿，走到桌子旁："我让你三天不打，上房揭瓦……"说着就把桌子给掀翻了。

二姨夫嗷的一声冲了过来，一把揪住二姨的头发，把二姨压在身子底下拳打脚踢。二姨也不示弱，对二姨夫又挠又咬。

第二天二姨鼻青脸肿，二姨夫的胳膊和脸上到处是指甲的抓痕……

南北方夫妻闹矛盾有很大的不同，南方夫妻一般是打嘴仗，或者生闷气、冷暴力，北方除了以上情况，很多时候真动手啊，噼里啪啦，速战速决，事后哄一哄，晚上该一个被窝儿还一个被窝儿。可是，夫妻之间一旦动手，接下来就滑出了惯性，一生气就吵架，一吵架就动手，从而形成恶性循环。打那以后，二姨和二姨夫一个月一小打，三个月一大打。打打闹闹就像河滩的激流，喧嚣着流过了岁月。

二姨大儿子出生后，她婆婆就过来了，婆婆来不是帮二姨带孩子的，她得了肺心病，要到城里医院诊治。婆婆每次来都要住在二姨家，好在那时二姨和二姨夫已经换了房子，总算有了两居室，大家不用挤在一个屋子里尴尬别扭了。婆婆每次来都要住上一两个月，而且，只要她来，二姨夫的哥哥姐姐也走马灯似的来探望，今天来一拨儿，明天来一拨儿。来的人都带一张嘴，总不能不让人家吃饭吧。那时买粮油都凭票供应，二姨自己家的粮食都不管够，来了客人，就得从自己的嘴里再往外挤。二姨夫是个好面子的人，家里的粮油不够，就四处去借，以至后来他自己都不记得向谁借过粮食了。

婆婆一出现在二姨家里，二姨和二姨夫之间的战斗随即就打响了，家里鬼哭狼嚎，鸡飞狗跳，打得乌烟瘴气，受到打扰的街坊邻居意见很大，乃至一见到二姨家来了客人，都赶紧把门窗关严。

二姨在与二姨夫的长期斗争中，不断锻炼成长，越战越勇。虽然体力上二姨占不到便宜，可每次打仗，二姨都善于利用环境条件，因地制宜，随手摸到什么就用什么，敢下死手。有一次二姨和二姨夫在厨房里打架，二姨随手拿起炉钩子抡向二姨夫，炉钩子尖儿把二姨夫的脑袋刨了个洞，二姨夫顿时满脸流血，即便这样，二姨也不肯罢手——她已经成长为一个绝不妥协的人。

每打一场大架，二姨就会回六马架子躲几天，二姨夫伤口好了，他就好了伤疤忘了疼，带着礼物去老丈人家接老婆。礼物是10斤一小袋的高粱米和一饭盒油角子，油角子是油坊里清理下来的残渣。油坊是这样榨油的，将豆饼摞在一起上铁架子，铁架子拧紧螺丝扣，不断增加压力将油榨出，油角子就是清理螺丝上挂的残余物，以现在的眼光看，那些残余物属于垃圾范畴，可当时那东西可是稀罕物啊。二姨将油角子掺在苞米面里贴饼子，加了油料的饼子香喷喷的，肚子里本来就缺油水的孩子们一拥而上，疯抢起来。二姨夫看在眼里，心里不太得劲儿，他在一旁不停地提示："慢点吃，慢点吃，别噎着！"

二姨和二姨夫下放到五七干校那两年，婆婆家的干扰少了一些，二姨和二姨夫的正面冲突也明显减少，休战的时间明显变长。后来，婆婆的突然去世给了二姨和二姨夫一个极大的警示，他们开始注重健康问题。当时，干校里一帮人热衷鸡血疗法，使得周边的村庄很快就有了鸡荒，高峰期一鸡难求，小公鸡可以卖出天价。说起来，二姨对打鸡血是有过怀疑的，二姨夫却笃信不疑，他说这是科学的，学习的是苏联的"组织疗法"。"五七干校的大知识分子多了，咱算啥，了不起是个小知识分子，人家都相信，咱还有啥怀疑的？"

作为佐证，二姨夫还拿出一本书，是上海卫生局出版的《鸡血疗法》。于是，二姨和二姨夫自己养了一只小公鸡，在赤脚医生的帮助下打鸡血。打过鸡血之后，夫妻俩的确面色发红，精神亢奋，可惜这样的亢奋状态并没有持续太久。三女儿出生之前，二姨夫大病一场，差一点儿撒手人寰。病榻之上，二姨夫拉着二姨的手，第一次向二姨表达了歉意。这个歉意来得太晚，也来得有些唐突，以至二姨有些不适应。

二姨夫说："这些年咱俩都不容易，咱俩虽然是挣工资的，可是身后都有一个破大家、穷大家，你帮你哥哥养活了四个孩子，我也对养育我的家人竭尽所能做了回报，我们俩做得都挺好的……只是，千不该万不该，我不该伤害你呀，让你伤心不止，遍体鳞伤。"

听二姨夫这样说，二姨哭了起来，她说："老东西你可不能走啊，你要是走了，我活着也没意思了。虽然我跟你在一起总是受到伤害，感到十分痛苦。可要是你离开了……我跟谁打仗去呢？"

万幸的是，二姨夫从鬼门关里溜达一圈儿，又回来了。于是二姨和二姨夫的战斗继续进行，升级为新的版本。落实政策后二姨和二姨夫陆续返回城里，后来二姨夫还调到了省水文站工作，二姨和二姨夫带着孩子进了省城。可是，二姨夫没有汲取打鸡血的教训，仍旧在民间保健的路上狂奔不止。流行喝凉水那阵子，二姨夫每天早晨起床第一件事就是喝一大碗清水，他坚信"清水能治百病",自己喝不算,还逼迫二姨也跟他喝。红茶菌之风兴起,二姨夫也是第一批响应者,家里的劳保茶都被他"发酵"了,坛坛罐罐摆了一窗台。好好的茶水不喝,非得等茶叶长了白毛、茶水稠密如膏时再喝,喝到嘴里都起了黏弦儿,能拔出丝儿来。

二姨夫哥哥姐姐的孩子长大了,二愣子、三牤子纷纷投奔二姨夫而来,让二姨夫帮他们在省城找工作。二愣子在饭店学厨师,由于他脾气火暴,一次酒后伤了饭店经理,被送去劳动改造。三牤子看着老实巴交,实际上胆子特别大,刚时兴做买卖时,他就倒腾批文和紧缺物品,生意做大了,胃口更大,结果一招不慎捅了个大窟窿,栽了大跟头。为了逃避欠债,他东躲西藏,骗来骗去最后骗到了二姨夫那里,把二姨夫家的房改房都抵押出去,二姨夫有苦难言。

二姨很生气,没完没了地数落二姨夫,二姨夫自知理亏,不跟二姨发生正面冲突,数落烦了,就吼两句:"闭嘴吧你!""把你的臭嘴闭上!"

二姨并没有停战的意思,逼着二姨夫拿出铠甲披挂上阵。

"你照镜子看看,你现在的面目多狰狞。"二姨夫说。

"你才该照镜子看看呢,自己几斤几两不知道啊,这个家早晚让你败坏光了。"

吵一吵就开骂了,开始问候对方的长辈甚至八辈祖宗。骂架是战火升级的必经程序,随后,短兵相接,厮打在了一起。

这是二姨和二姨夫打过的最快速的一仗,当时二姨正在熨衣服,两人动手之后,二姨拿起熨斗砸向二姨夫,正好砸在二姨夫的额头,从此二姨夫的额头留下了一条蚯蚓似的疤痕。

4

二姨是1989年退休的,二姨夫比她晚一年退休。三个孩子两个在国外一个在南方,都不在身边。

一天周末,二姨发现储蓄盒里的钱不见了,立即找二姨夫询问,二姨夫理直气壮地说:"一点没错,钱是我拿的,可这次,我拿钱干了正经事儿。"

"啥正经事儿?"

二姨夫神秘的样子,从柜子里翻出一个小盒,小心翼翼地打开。

"这是啥呀?"

"老药!货真价实的宝贝。"

"宝贝?没看出来。"

原来,二姨夫去小区公园练功时,和一个小伙子同时发现了一个小铁盒,打开一看,是6粒药丸,发黄的包装纸上写着"牛黄安宫丸"。小伙子说你看看,是1955年生产的,这可是无价之宝呀。二姨夫说,1955年的不过期吗?小伙子拿出手机在网上查了查,说老药不过期,越老越值钱,说着把手机递给二姨夫,二姨夫仔细阅读,记住了几个关键信息,老药没有假的,用的不是人造牛黄而是真牛黄,市场价格至少4万……小伙子说老伯啊,这个宝贝是咱俩捡的,见面分一半儿,你拿三丸我留三丸。二姨夫说我要这东西没用,你都拿走吧。小伙子说那可不行,说好了一人一半,要不这样,我给你留个字据,等我找人卖了,分一半钱给你。二姨夫问留什么字据。小伙子说这一盒药搞好了能卖一万块钱，我给你打5000块的字据吧，这是我的身份证，一起复印给你……只是，我在这个城市里认识的人不多，恐怕一时半会儿卖不了，老伯你别着急啊。二姨夫说估计这东西也卖不了那么多钱，要不这样，我给你两千块钱，东西我拿走，留着跟老友吹吹牛啥的。小伙子觉得两千块有些少。二姨夫说行啊，两千不少了。就这样，二姨夫觉得自己捡了一个大便宜，小心翼翼地把宝贝藏在柜子里。二姨不相信二姨夫那个老药是宝贝，硬是逼着二姨夫找人去鉴定，鉴定结果出来——假的，分文不值。二姨夫辩解："我这不是想，明年我退休了，咱老两口好好保养身体嘛。"二姨说："别找借口了，我看你就是贪心，想捡漏儿！"

"我不是！"

"你肚子里那点小九九我还不知道啊，老东西！"

"今天天气预报有雨，雨呢？"

"你别跟我打马虎眼，这回好，钱打水漂了，连个响都没听到。"

在事实面前二姨夫不得不承认自己"看走了眼"，不过他还是煮熟的鸭子，嘴硬。

"你错了没？"二姨问二姨夫。

二姨夫坚定地说："我没错。"

"好好说，到底错了没有？"

"没错，说到天亮也没错！"

日子是不抗混的，不知不觉，老两口直奔花甲之年，不过，他们的斗争并没有停息，只是文斗多于武斗了。大女儿经常跟他们视频通话，叮嘱这叮嘱那，像极了当年的二姨，尤其是饮水，一定要喝定制水。为了说服二姨和二姨夫，大女儿费了不少口舌，什么地球表面百分之七十以上都是水，人体百分之七十以上都是水。什么一方水土养一方人了，同一物种，大西洋的鲸鱼是蓝眼睛，太平洋的鲸鱼就是黄眼睛，欧洲的狒狒是蓝眼睛，亚洲的猴子就是黄眼睛，都是因为水里的微量元素不同。还有，为什么北方人的性格直爽脾气暴躁，而南方人的性格温婉脾气柔和呢，还是因为水里的微量元素不同……遗传基因，也就是DNA和氢氧化合物的水有密切的关系，DNA由两根锁链构成，呈螺旋状，是靠氢氧的结合才形成的。人体血液中60多种化学元素与水中、地壳中化学元素的丰度曲线有着惊人的重合性。水是人类内在生命活动赖以进行的基本要素，水的质量决定生命的质量……"妈，你跟我爸打了一辈子，谁都没征服谁，该换换水了，喝点南方的定制水……"

二姨和二姨夫都听大女儿的话，他们定制了一款大牌子桶装水，做饭泡茶都用，不到一周就得换一桶。老两口也觉得水在潜移默化地发生作用，他们变得温和了，彼此考虑对方感受的时候也多起来。一天，二姨夫参加同事孩子的婚礼，听说市场流通的定制水都是本地灌装的，他暗自惊讶，亲自打电话到水质检验所查证，证实那些熟悉的大牌定制水的确是本地灌装的，理论上都是辽河之水。

二姨夫不仅哑然失笑，自言自语道："本来嘛，咱当地的水也很不错！"

1990年秋，二姨夫开始办理退休手续，由于档案中缺资料，二姨陪二姨夫去原单位开证明。两人坐在公交车上，你一句我一句地聊着。

"你就说我大哥的孩子吧，现在过好了，把抚养他们长大的姑姑忘得一干二净，过年过节都不来看一下……还有你大哥的闺女，有次在社区卫生站见到我，带搭不稀理的，都是些白眼狼啊。"

"你别那么敏感，敏感对身体不好。"

二姨心里有本账，亲属的恩恩怨怨记得清清楚楚。二姨得出一个结论："人性是喂不熟的。"

二姨夫一副没心没肺的样子，说："过去的事儿做都做了，好的坏的都过去了。"

"忘记过去，等于背叛。"二姨严肃地说。

二姨夫咯咯咯笑着，笑够了，他说还是说我退休以后的事儿吧，我是这么打算的，这回我终于有了时间，带你去旅游，看看祖国的大好河山。

"跟你走，还不够惹我生气的。"

"要不，咱走一条河，从河的源头开始……"

"跟河打了一辈子交道，你还没够啊。"

"是，咱俩跟水打了一辈子交道，可你和我从没完整地走过一条河，别的不说，辽河都没走过。"

二姨沉默了。

"你不想走一条河吗？走一条河，就是走人的一生，河流的上游是童年和青年，中游是中年，下游是老年。"

"河流从古流到到今天，是不是也是一生呢。不过河与人比起来，河的寿命不知道到要长多久呢。"

"多久也有是有寿命的，以前我去辽西考察，可以看到很多古老的河床，那些河都断流了，消失了，完成了它的生命过程。"

"走辽河我还是感兴趣的，可辽河有两个源头，东辽河和西辽河，走的话，我们先从哪儿走呢？"

"我觉得还是从西辽河开始。"

"为什么？"

"因为西辽河长啊，按着以长为尊的原则，长的为正源。"

"可东辽河水量充沛啊，辽河干流的水主要得益于东辽河。再说了，地球自东向西旋转，太阳从东边升起。"

聊着聊着，二姨夫突然意识到什么，他说："我们是不是坐过站了？"

二姨四下瞅了瞅，说："不应该吧！"

二姨夫与公交车司机确认，他俩的确坐过了站。

二姨说："唠糊了。"

二姨夫说："这扯不扯！"

很不幸，二姨夫工作了三十多年，却连一个月的退休待遇都没享受到。退休文件下达前几天，单位同事为庆祝他退休摆了一桌，二姨夫心情很好，多喝了两杯，不想那天后半夜，在单位代班的二姨夫突然心口绞痛，同事发现后连忙叫来急救车，遗憾的是，到医院时已经咽气了。二姨夫去世的第二天，他正好六十周岁。

二姨夫去世后，二姨衰老得十分明显。二女儿曾接她去南方住了一段时间，她不适应南方的气候，湿疹严重，免疫力下降，只好返回北方。

随着时光的流逝，二姨夫也被渐渐淡忘了，二姨八十大寿的时候，大儿子和二女儿都回来了。二姨担心自己剩下的时间不多，就跟儿女交代了后事。整理旧物时，大儿子发现了二姨的"记仇本"，觉得十分可笑，他说我心地善良的妈妈，怎么会有一本"记仇本"呢。

二姨说："我这辈子都不原谅他。"

大儿子知道二姨说的是二姨夫。

对同一个人的看法，不同人的结论是不一样的，二姨眼里的"敌人"，在儿女眼里并不见得是敌人。并且，大儿子和二女儿印象中的父亲也不一样的。有一点比较接近，他们小时候，母亲经常跟他们唠叨和埋怨父亲，所以，在他们的印象中形成了一个"不管家、不关心母亲和孩子"的父亲形象。大儿子说，我从小到大跟父亲相处的时间少得可怜，他总是在外面忙工作，三天两头出差，常常在我入睡的时候才回家。我记忆中，妈妈对父亲说的最多的话是，我看全世界就你最忙了，少了你地球不转了吗？这个时候，父亲都很不高兴，一言不发。二女儿说，我记忆中，爸爸那双大手可温暖了，每次晚回来他都来摸我的头，出差给我买好吃的……再有就是，爸爸妈妈总吵架。

"你们以为我愿意跟他吵架吗？哪次吵架他没错？就说你大哥头上的疤吧……"

大儿子下意识地摸了摸头顶。

二姨说，那些年家里的经济条件很差，你们都拼命地长身体，一个月16斤的供应粮根本不够吃，过了20号家里就断粮了，我就得想办法东凑西借，你爸那时候工作可积极了，他虽然没当过大官，却管水文站的后勤供应，有实权。没办法，我找了你爸手下的保管员买了一袋玉米面，你爸知道后跟我大吵大闹，说我是落后分子，思想意识有问题，让我写检查书。我和他打了一架，你过来拉架，被他一胳膊甩在一边，把头撞破了。

大儿子摸着头顶，若有所思。

二姨对二女儿说："还有你大姐胳膊上的疤，也是你爸弄的。"

大儿子说："这个我知道，是我爸喝醉的时候，你俩打架，误伤到了大妹。"

二女儿说:"大姐跟我说过,她说老爸本来不太能喝酒,为了和领导阶级——工人打成一片,他用二大碗和工友喝酒,酩酊大醉后被人搀扶回家,因为喝酒他吐出了苦胆汁儿,也休克过,挂了吊瓶。"

大儿子说:"妈你也是,为啥偏偏在爸喝醉的时候唠叨他呢,你不知道喝醉的人容易丧失理智啊。"

"他喝醉了我没理由生气吗?"二姨说,"再说了,我唠叨他不是为他好啊,还不是为他身体健康着想。"

大儿子不说话了,脑海里闪过二姨和二姨夫打架的场面,短兵相接,拳脚相加。母亲虽然打不过父亲,却也给父亲的脸上、胳膊上留下抓痕,第二天父亲被挠破的痕迹颜色变深了,上班前他总要掩饰一番。

"还有你,"母亲对二女儿说,"那次你得荨麻疹发高烧,把我吓坏了。当时你爸在水库参加'百日大会战',我托人去工地找他,他不回来。没办法,我去了工地。他反倒火了,骂我是狗尾巴挂秤砣,以后不准拖他的后腿!你可是他亲闺女呀,想起你爸当时那副嘴脸,我八辈子都不原谅他!"

大儿子瞅了瞅妹妹,说他那个年代的人就那样,整个人都属于公家的,心里不装自己的小家。

"一心为公呗。"二女儿说。

二姨说虽然死者为大,你们也不能无原则地说他好话。就说他去世后吧,那一年时不时有人找我要债……我这头省吃俭用,他那头却大手大脚,背着我到处借钱,尤其是他家那帮穷亲戚,没完没了。他究竟借了多少钱谁也不知道,不知道比知道了还可怕，有时候听到敲门声，我的心都怦怦直跳，不知道是不是有人又来讨债了。

前几年，省水资源科研所找二姨，请她协助整理二姨夫留下的辽河水文资料，那是二姨夫三十多年来一笔一笔记录的原始数据。整理过程中，二姨感觉自己仿佛在整理另外一个人的资料，二姨夫似乎成了"别人的丈夫"。整理完成时，竟然有厚厚的7大本，令二姨感到十分惊讶。后来，省水利厅将这些水文资料编印成书并举行了出版发行座谈会。那是辽河第一部完整、系统的水文资料汇编，其中很大一部分，凝聚着二姨夫一生的心血。主办单位送给二姨5套书，以志纪念。

有天夜里，二姨特别清晰地梦见了二姨夫，二姨对二姨夫说："老死鬼，我原以为你除了跟我打仗有能耐，别的都是废物，没想到，你还干了不少事儿。"

二姨夫有些自豪地说："那是，干工作我可不含糊。"

"我看啊，我看啊，这个世界上，你唯一对不住的人是我。"

"谁说的，我可不承认！"

二姨夫离开后，二姨也变了一个人似的，她变得忧郁而沉默，仿佛没有了"敌人"，她只能自己孤独地、没有目标地到处行军。二姨八十六岁生日那天，她把自己收拾得干干净净，还特意戴上了她和二姨夫订婚时的礼物——龙凤玉佩。

二姨轻轻抚摸玉佩，她似乎明白了一些，那个玉佩不仅仅是个装饰物儿，而是跟祖上、祖上的祖上以及祖上的祖上有关，那是生命和文明源头的戳记。

二姨来到挂着二姨夫照片的书房，翻出了"记仇本"，看着看着，泪水模糊了视线，也许，当年记的"仇"现在反而成了难得的记录,那是他们在这个世界上真实的生命痕迹。

吃过饭,二姨充满斗志地拿起二姨夫的照片,对着照片嚷道:"我来找你干架来了,你没听错,我就是来找你干架来了!你别装傻,别以为你不吱声就完事儿了,我告诉你,咱俩没完!……你直盯盯地瞅我干啥?我都懒得瞅你,瞅见你就不烦别人了,够够的!……你为啥不反驳我?为啥不骂我了?你的能耐呢?服了?服我啦?我看你没真心服我,你是口服心不服……怎么?我说的不对吗?你这个老鬼,你的能耐呢?你长的爪子不就是用来打我的吗?现在怎么怂了,怎么瘪茄子了?怎么草鸡了?来呀,有本事起来呀,起来打我呀!"

也许,任何一对夫妻之间的问题都是整个世界的答案。

晋先生陪我走辽河时,到过二姨和二姨夫工作过的2号水文站和结婚时居住的东丰小镇。我们从东丰小镇古老的渡口渡河,乘坐的是一个门板形状的木船,很显然,那个木船够老旧的了。

摆渡人是位一脸沧桑的老头儿,目测起码七十岁了,我故意往小了说,问他有没有六十岁。他笑了笑,问我会看相吗,我摇了摇头。摆渡人说,他今年正好六十岁。晋先生觉得这种摆渡方式有些原始,问了摆渡人一堆问题,摆渡人并没有对应一一回答,也许,有的不好回答,有的不会回答,有的不想回答。我获得的信息是,摆渡人从十六岁就在这个渡口摆渡,虽然中间有过间断,总体上在这个渡口摆渡了大半辈子,而且,他爷爷和爷爷的爷爷都是这个河段上的摆渡人。

坐在渡船上,晋先生对我说:"毋庸置疑,河流是人类文明的起源,然而并不是所有的河流都是文明的起源,比如世界流量第

一、长度第二的亚马孙河,它的流量比长江、尼罗河和密西西比河三河的总量还大几倍,世界文明史上却没有亚马孙的名字,美洲印第安三大古老文明也没在它的流域范围之内。"

我说:"热带和寒带不合适早期的文明,只有温带最适合人类生存发展。"

"那倒是,黄河、长江、辽河、幼发拉底河、底格里斯河都处在北温带,尼罗河的中下游也都在北温带。尤其是新石器时代,在只有简单生产工具的条件下,对土地的要求更高,土壤疏松才适宜农业生产。"

"除了纬度,还有一个河流走向的问题,你发现没有,世界上产生文明的河流大多是南北走向,只有长江黄河是东西走向。也就是说,东西走向的河流大体在一个纬度之内,容易形成相同的生活方式、协调的生产方式,以及诸多共同的文化要素,组成了一个大家庭;而南北走向的河流纬度不同,容易分割,形成的只是一个大体系。"

"辽河很特别,既有东西走向,又有南北走向,流成一个半圆弧的'几'字弯,更有趣的是,辽河的发源地和入海口居然处于同一个纬度。地理决定了经济,经济产生了文化,文化凝聚了人心,从而骨肉相连,血脉相依。"

"走访辽河,我发现大河文明之前是小河文明。农业发端于大河的支流小河流域,考古发现:先民大多生活在小河流的台地上,古称"高阜",既可靠近水源,又避免祸于水患。《墨子·辞过》曰:'古之民,未知为宫时就陵阜以居,穴而处。'目前统计到的甲骨文卜辞,谷物'黍'出现了一百零六次,'稷'出现了三十六次,而《诗经》中所涉猎的五谷,出现最多的也是黍和稷,黍稷这个古老的本土作物就种植于台地之上，不属于灌溉式粮食作物。"

"文明是有时间性的。河流提供了水资源和交通方式，使早期人类的繁衍与交流成为可能，文明发展后，又推动了农业、牧业和商贸进程。尼罗河点燃了古埃及的文明曙光，幼发拉底河和底格里斯河共同冲积形成美索不达米亚平原，人类最早的农耕技术在那里诞生，世界历史上第一部完备的成文法典《汉谟拉比法典》在那里颁布。恒河是印度第一大河，印度古文明的发展离不开它的哺育。遗憾的是，这些古老文明都消失了。"

"古埃及，古巴比伦，古印度前面都有一个'古'字，只有中华文明不用加古字，因为我们的文明是连续性的，从未间断。"

"重新发现河流，是个命题。"

"知道吗，想到河这个字，我曾联想到'和'，联想到'合'……站在辽河入海口，我还联想到一条河的死亡和重生。"

"看到渡船下的水流，我现在的联想是，河流本身就是一个钟表，显示着时间流逝的刻度。"

我与晋先生的谈话，摆渡人大概都听到了，不过，他的反应十分寡淡，眯缝着眼睛望着远处空阔的天际。

东辽河源头探源，是吉林大学的黄先生陪我去的，我跟他讲起过二凤的事以及辽河岸边居民"以河当裁"的习俗。黄先生说3700年前就有这样的刑罚，《汉谟拉比法典》有这样的规定。我说记忆里，那个法典规定严苛，印象比较深的是"以牙还牙、以眼还眼"，如果一个人打断了另一个人的骨头，那么他的骨头也会被打断；如果一个人打碎了另一个人的牙齿，那么他的牙齿也会

307

被打碎。黄先生说，法典也规定：如果怀疑伴侣不忠，那么底格里斯河就会同时充当法官和执行者。被指控的人会被扔入水中，如果最后他们还活着，就说明他们无罪；如果他们死了，就说明他们有罪。我对黄先生说，可是，二凤的事发生在公元1942年。

我从东辽河的源头顺流而下，到双辽市时真切地体会到了辽河涨水的味道，就是明显感觉到身边的水汽浓度高，脚下的泥土也饱含水分，而空气中可以嗅到"水"味儿，还有一种辽河特有的土腥味儿。返回途中，我和黄先生离开郑家屯博物馆就直奔鸡鸣三省的三江口，按规划线路，我们从三江口到古榆树之后上高速公路回沈阳，晚上在沈阳吃饭，我已经定好了餐位。没想到，三江口到古榆树之间的路不太好走，有的路不通，有的桥被河水淹没，按照导航，我们的车终于陷在一块花生地旁的泥道里。黄先生开的是四驱的吉普车，没承想，一个小小的泥潭却让车难以自拔，越打越滑，真有大船翻在小阴沟里的感觉。没办法，只好找村民求援了。黄先生找到一家有大胶轮拖拉机的农户，农户大娘十分热情，看到黄先生一身泥水非让他脱下来给洗一洗。大娘喜欢唠家常，跟黄先生讲家里的情况，大女儿离婚，二女儿大龄未嫁，老头脑血栓后遗症，不过大娘很乐观，还坚持要黄先生和我留下来吃晚饭。黄先生穿着半干的裤子跟拖拉机过来，还有一些村民，包括花生地的主人，大家一起帮着出力，总算把汽车从泥地里拖了出来。我本来以为花生地的主人会向我们要损失费，不想，他一直没提此事，送给他两盒烟，他还推脱了一番，我和黄先生都被村民的质朴和热情感动了。

不能按计划返回沈阳了，我们只能在古榆树镇吃晚饭，选的是一个叫"扒拉锅"的小饭店。进了饭店之后我才知道扒拉锅的意思，有点类似韩式煎肉，将瘦肉放在黑色的电磁炉煎盘上炙烤，区别在于配料不同，还有就是配料由自己掌控，生熟自己扒拉，颇有自己动手丰衣足食的感觉。那个扒拉锅饭店主打牛肉，新鲜牛肉现切割现过秤，其他的食材都摆放在冰柜里自选，牛蹄筋、牛筋皮、牛脆骨、牛肚、牛肠等，可以根据自己的口味添加素菜、酸菜、茼蒿、菠菜和芫荽。我比较喜欢煎五花肉炒酸菜，纹理漂亮的五花肉被切成薄片，煎烤下"滋滋"冒油打卷，烩入酸菜，两者搭配十分默契，香气扑鼻，蘸上芝麻酱调料让人胃口大开，美食入口，一扫泥塘被困的气滞和郁闷。

吃饭过程中，我问服务员此地为什么叫古榆树，她说不知道，大家都这么叫。又问老板和老板娘，老板是当地人，祖祖辈辈都在古榆树，他们的回答同服务员一模一样，"不知道，大家都这么叫"。我跟黄先生说，记得好像是维特根斯坦说的，语言是思想的边界。黄先生说，马克思说过语言是思想的直接现实。我说福柯认为话语是一种权利，不是我在说话，是话在说我。其实，人最终的痛苦是语言的痛苦，人是语言的动物，是话语的囚徒，不过，人也在话语中慢慢觉醒。

那次走辽河，我到过六马架子村，在二姨家的老房子前停留驻足过，洪水退却，老房子房前屋后一片狼藉。那天傍晚，浅蓝色天幕已经挂满星辰，明亮而闪烁。走过辽河浮桥时，我不小心湿了鞋面，一股冰凉钻了进来，我觉得河水瞬间区分了过去和未来，同时我觉得，时间其实是难以分割的。

第七章

1

东北方言中，很多词都带"打"字，比如吵架是打嘴仗，觅食叫打食儿，拍后脖颈叫打脖溜儿，大人把小孩提起来叫打提溜儿。这些打字跟动作有关，还好理解，可有些带打字的词理解起来就得凭经验了。比如打人儿，这个打人儿不是真的打人，是形容打扮时髦，令人眼前一亮的意思。比如你打哪儿来？这个打是从的意思，你从哪儿来？还有，形容车陷入泥泞原地转悠叫打误、打磨磨，仰泳叫打漂扬，溜冰叫打出溜滑，放赖叫打无赖，钱收不回来叫打水漂儿，心中盘算叫打小九九，故意掩饰转移话题叫打马虎眼等，很多。我猜想，这么多带"打"字的方言是不是跟词汇贫乏有关，同时也体现了严寒气候条件下人们的性格，能简约的简约，能直接的直接，喊里喀喳，爽快利落。

也有一种说法，生活中大大小小的事情很多是用"打"来解决的。

河流的一个重要功能是分界线作用，有的河流是国界，有的是省界，有的是县界。辽河是内河，只是省界及市县的界河。历史上，辽河两岸曾多次烽烟遍地，金戈铁马，刀光剑影，王朝更替，兴衰无凭。游牧部族、渔猎部族和农耕部族在这块湿润的平原上来来往往，打打杀杀，留下滚滚历史烟尘。

辽河在两岸农民的眼里，仿佛是象棋盘中的楚河汉界，围绕这个界河"打"得扬尘暴土，经久不息。

三姐和三姐夫小时候住在辽河边儿，三姐家在干岔子村，在河的左岸；三姐夫家在柳毛沟村，在河的右岸，两个村以辽河为界，分属于不同的省、不同的县，两村隔岸相望本应相安无事，不想，两岸人家却是世仇。虽然辽河有十年河东十年河西的说法，三姐和三姐夫小的时候，倒是没有遇到辽河跨省改道的事情，不过三年一小涝十年一大涝，使得宽阔的河床内，河道频繁变化。

问题就出在河床之内，河滩地随着河道变化，今年属于柳毛沟，明年就属于干岔子。那个年月，衡量粮食产量有长江、黄河、纲要三个档次，长江是亩产800斤，黄河是亩产500斤，纲要是亩产400斤。生产队挣工分，一个工分八厘钱，好劳力一天能挣十个工分，就是一张邮票钱。而更多的时候，年终分红七扣八扣的，几乎家家都欠生产队的钱。说到这儿，就明白河滩地的重要了。由于河滩是不确定的，因而不算正儿八经的耕地，不属于生产队的集体土地，于是成了村民的自留地，尽管每家的自留地不大，全凭着河水涨落赏饭吃的河滩地居然块块高产，村民用以弥补口粮的缺口。

那些看似从辽河河床里"捡"来的粮食，却是两岸村民的保命粮，所以两岸村民争夺滩地也是在争夺保命地。为了争夺有限的河滩地，河两岸村民都绞尽了脑汁。干岔子村为了争夺河滩地，在河道里下石龙。石龙是个说法，就是将石头用钢丝加固成一个长条，这个长条并不是护在岸边而是放在水里，一条条"石龙"斜着伸入河道，把主河道挤向对岸，这样自己这边的滩地面积就增加了。干岔子村这边有石头，他们用石头造石龙，只是造石龙的成本高，投入人力物力大。柳毛沟村石头少，用的更多的方式是插柳，也属于因地制宜。柳树好活，剪裁枝条插在河滩里，很快就生根发芽，无心插柳柳成荫。柳树的另一个功能是拦截泥沙，涨水时树枝拉拉扯扯，等河水退去就形成了新的滩地。即使到了冬天，两岸村民也不会闲着，冬天辽河封冻，就在河面上摆一溜石头，等春天冰雪融化，石头沉到水里形成了小土坝，从而扩大了滩地面积。

滩地有限，你多我少，战争不可避免。每年春耕前夕，河两岸村民都会因河滩地得失而发生争斗，既动口也动手。先是派嘴皮子利落的人出头说理。所谓的"说理"，实际上是争讲和对骂。说理说不下去了，就大打出手。开始几个人动手，后来发展到集体械斗，大家挥舞各种农用工具冲锋陷阵，大规模冲突，伤者不计其数。

三姐爹的大拇指骨折过，三姐夫爹的脑袋上落了羹勺大的疤瘌。

三姐9岁那年，三姐夫从河对岸的柳毛沟来干岔子村小学借读。村里赶大车的"大嘞嘞"是他老姑夫，三姐夫就住在他老姑夫家。

当时三姐不知道三姐夫来借读的原因，只是听同学说，三姐夫在柳毛沟惹祸了，差点被抓进少管所，家里人上下打点，总算把人保了下来，可处理决定迟迟不下。开学在即，三姐夫爹只好找河对岸的妹妹、妹夫——三姐夫老姑和老姑夫帮忙，他们求爷爷告奶奶，好一番周折。好在"大嘞嘞"人缘好，最终三姐夫成了干岔子村小学二年级插班借读生。

在三姐最初的印象里，三姐夫是个标准的埋汰孩儿，穿一件油渍麻花的黑棉袄，腰扎麻绳，脸蛋和手背都龟裂着，时不时还流清鼻涕。三姐夫属于淘气小子，体会不到大人操的心、上的火，不知道珍惜父母以及老姑老姑夫为他争取的学习机会，他不仅不愿意学习，还反客为主，跟班里的同学比硬斗狠，上学的第三天就因为书桌划界跟同桌闹翻。无奈，老师跟三姐说，你是班委，你跟他同桌，好好帮助帮助他。

三姐心不甘情不愿地走到三姐夫跟前，她将打扫卫生的抹布啪啪地摔打在书桌上，三姐夫抬头瞅了瞅，噘了噘嘴说："好男不和女斗！"

三姐夫学习不好，说起顺口溜却一套一套的："大雨哗哗下，北京来电话，让我去当兵，我还没长大。"

三姐白了三姐夫一眼。

"斜了眼上茶馆，喝了人家的茶，打了人家的碗，人家让他赔，他斜了斜了眼。"

三姐说："你以为你们河那边儿的能耐呀，我们也会……大雨哗哗下，北京来电话，让我去当兵，我还没长大。"

"跟我学长白毛,撅着屁股让人挠。"

班里女同学红梅过来,挡在三姐前面:"东风吹战鼓擂,小姑娘我掐腰,谁怕谁?"

三姐夫没急眼,像个士气旺盛的斗鸡:"小丫蛋儿上后院,打出溜滑儿,摔了屁股蛋儿,回家抹点二百二儿……"

三姐说不用你帮忙,我自己可以对付他这个捣蛋鬼。

三姐夫撅着屁股对着三姐:"屁是一股毒气,在肚子里窜来窜去,一不小心放了出去,放屁的扬扬得意,闻屁的垂头丧气。"

三姐一手捂着鼻子,一手捂着嘴:"不听不听王八念经,不理不理骂你自己!"

得嗖的三姐夫还是惹来了众怒,几个男同学在放学路上截住三姐夫,要好好"教育"他一番。三姐夫被推搡得哭哭唧唧时,大嘞嘞出现了,啪啪地甩着赶车的大鞭子。

"我滴个乖乖……恁们奏红么(干什么)?奏红?"

一个男同学说:"大嘞嘞,你别管闲事啊。"

大嘞嘞一边挥舞着鞭子一边说:"他是俺乐儿(我的儿子)!俺乐儿!"

见大嘞嘞真的火了,几个男同学也散了。

晚上,大嘞嘞带三姐夫去三姐家道歉,三姐爹说小孩子闹着玩,别当回事儿。大嘞嘞不同意,非逼着三姐夫道歉。三姐夫只好向三姐道歉,表示以后绝不招惹三姐。事后,三姐夫还主动跟三姐说话,用圆珠笔在三姐的手腕上画了一只"上海牌"手表。

三姐对大嘞嘞的印象非常深,听说他是挨饿的时候从关里来的盲流,一开始在生产队送粪,他不挑不拣,不管脏活累活都抢着做,脾气好、耐力强,大大咧咧,渐渐地被村民接受。后来被三姐夫的老姑招了女婿，落下了户口，还干上令人羡慕的好活儿——赶马车。大嘞嘞在干岔子村生活了二十多年，仍旧乡音不改，管耳朵叫了都，管喝叫哈，哈匪（喝水）！哈舅（喝酒）！表扬人的时候只会说："恁鼓捣地还不孬来！"

三姐也跟大嘞嘞开过玩笑。大嘞嘞劝三姐别跟三姐夫一般见识时，三姐学大嘞嘞说话，说："俺寻思寻思。"大嘞嘞也不生气，呵呵一笑。

大嘞嘞不是他的本名，是外号，叫时间长了，大人孩子都知道大嘞嘞，反而忘了他的姓名。据说这个外号来自过年贴对联。大嘞嘞结婚后第一年过年，他求村小学老师写对联，回家兴高采烈地贴起来，后来有人见到了，招呼了一大堆人来看笑话。原来，大嘞嘞不识字，把"人丁兴旺"贴到了猪圈，把"肥猪满圈"贴到了家门口……不过，这件事与"大嘞嘞"这个外号联系起来好像挺牵强，大嘞嘞这个外号更适合不分场合随便说话的人，也有点邋邋遢遢的意思。

大嘞嘞不识字，脑袋却不笨。那年月村民生活困难，大嘞嘞家孩子多，日子过得更紧巴，常年清汤寡水，过年都买不起鞭炮。看到别人家孩子放鞭炮，大嘞嘞的孩子开始闹他，大嘞嘞没办法，就哄孩子说，三十晚上一准放鞭炮。除夕夜，大嘞嘞把孩子哄进了被窝，说自己到院子里放鞭炮，孩子闹着要跟出去，大嘞嘞老婆也跟着糊弄孩子，说是小孩要躲星，不然就会招灾惹祸。大嘞嘞穿好棉衣出去了，走到院子当央，拉开架势，悠荡着大鞭子，不停地甩出啪啪啪的响声，响声清脆，直刺辽远的夜空。

大嘞嘞回屋问孩子："听见了吧？怪响的咧！"

孩子说："听到是听到了，就是炮仗太少了，不连捻儿。"

三姐夫在干岔子村小学借读半个多月就返回了柳毛沟，第二年开春，柳毛沟村和干岔子村在河滩里打了一场大架，所说的大架是比较而言的，参与人员多，械斗场面激烈，关键是后果严重。那时辽河水还没完全开化，河滩地里到处是白花花的冰碴儿。

那天，大嘞嘞往地里送粪，看到村民拿着镐头、铁锹往河沿跑，他还问："你纵么起（干什么去）？"

"干架去！走啊，一起去！"

"俺不起（去）！"大嘞嘞说。以前，他从未参加过与柳毛沟村的争斗。

"真是个窝囊废、草包！"

"草包就草包，反正俺不起！"

村民走远了。不知为什么，好奇心仿佛一根绳子反复拉扯着大嘞嘞，他自言自语："恁说他是不是得印儿地（是不是故意的）？"迟疑一番，大嘞嘞不知不觉走向了河沿儿。

本来，大嘞嘞是站在护堤坡上看热闹的，可当激烈的打斗场面出现时，他周身的血液也跟着沸腾起来，不知不觉跟着喊了几声，以示助威。不知道什么时候，大嘞嘞出现在打斗人群里，他抡起大鞭子，横扫一片。

战斗结束了。

等村民发现大嘞嘞时，大嘞嘞已经满头血污，口吐血沫子。把大嘞嘞抬回家时，他已经咽气了。那次械斗干岔子村死了1人，重伤3人，轻伤7人。据说柳毛沟村也重伤4人，轻伤八九人。两个县的武装部都派工作组下来调查，调查了五个多月，最后不了了之。

一个月后，辽河两岸毛茸茸一片绿色，河两岸的村庄炊烟袅袅，安详宁静，像什么都没发生过似的。

2

山一程，水一程，身向榆关那畔行，夜深千帐灯。

风一更，雪一更，聒碎乡心梦不成，故园无此声。

第一次看到这首词，是帮学校图书馆老师搬家的那个下午，三姐偶然翻了翻掉在地上的《饮水词集》，那是上海光华书局出的老版本，只此一望，就如同阔别一生的老友重逢，三姐的魂被摄住一般。也许，青春期那段时间，是很容易去"认亲"的，被一首诗词，被一段格言警句，被一个缠绵悱恻的爱情故事吸引而难以释怀。三姐觉得，纳兰性德的词是写给自己的，或者是自己想表达而被纳兰性德表达了，而且表达得如此精准，甚至是她可望而不可即的意境。从那天开始，三姐尽可能地收集纳兰性德的诗词，成了他的铁杆拥趸。

三姐再见三姐夫是他们上高中的时候。论教学质量，三姐夫所在县高中比三姐所在的高中要强很多，为了让三姐能够参加高考考上大学，家里挖门子盗洞，托关系把她安排进来。

第一次在班级里见面，三姐和三姐夫都认出了对方，不过他们没打招呼，甚至连眼神儿都不交流，青春期来临，使男生女生之间的交往平添了羁绊，而更多的阻碍在于，他们清晰地意识到他们分属于两个有世仇的村庄，那是一道仿佛架了电网的高墙。一个学期下来，三姐和三姐夫几乎没说过话。

那年暑假三姐没回家,一方面是想利用假期补习功课,另一方面也是为了给贫困的家里减轻负担。对于有四个孩子上学的农民家庭来说,省下的每一毛钱都十分珍贵。县中学所在地过去是老城文庙,文庙虽然被红砖板楼取代,可校园旁的榆树林还在,围抱粗的古榆树有七八棵,尽管歪歪扭扭,粗糙苍老,每年还是冒出新鲜的嫩芽。校门外是县城市场,每逢大集热闹不凡,三姐在麻绳厂打零工,用以贴补伙食费。三姐夫也没回家,他在干涸的古河道挖沙子,他梦想着赚到钱买一个单卡录音机学英语,事实上,一个假期下来,那个褐色按键的录音机仍旧是他的一个梦想。

尽管自己面对的生活是清贫的,可三姐仍有自己的精神世界,那个精神世界总是与现实世界保持着距离,甚至两不相干。站在校园后面的古榆树下,三姐心生慨叹——"一生一代一双人,争教两处销魂。相思相望不相亲,天为谁春?"

一天黄昏,三姐从榆树林间的小道走过,她听到了琴声。琴声断断续续,旋律是刚刚流行的《大约在冬季》。三姐四下搜寻着,发现了坐在树林里吹口琴的三姐夫。在一般的理解上,口琴不算正儿八经的乐器,可那个时候能吹口琴也算是一种技能,显示出了才华和个性。三姐夫发现站在他身后的三姐,对她点了点头。三姐没说什么,慢慢向他走近,坐在他旁边的石头上。

"我还不熟练……"三姐夫有些难为情。

"挺好听的!"

"真的吗?"

"能……再吹一遍吗?"

三姐夫受到了鼓励,认认真真地吹了起来。

那天三姐和三姐夫说了很多话，三姐甚至问到三姐夫去干岔子小学借读的事。三姐夫说，起因是青年点的知青偷了他家下蛋的母鸡，说是给一个知青过生日，母亲就指望那三只下蛋的母鸡换零用钱，急的时候都盯着鸡屁股，一趟一趟去鸡窝查看。三只母鸡都没了，母亲哭得十分伤心。后来父亲在青年点房后的壕沟里挖出了鸡毛，可青年点的知青不承认，一气之下，我就去砸青年点房舍的玻璃，被人当场抓住……

三姐笑了起来，问："后来呢？"

三姐夫说："后来公社来调查，没处理知青，也没处理我。"

"那你为啥还跑柳毛沟小学躲祸？"

"那时候还没下结论，生产队长吓唬我爹，说我犯了罪，要把我抓到少管所去劳动教养。"

三姐沉吟一番，说："要知道是这样，当初我就不找你别扭了。"

高中最后一个寒假，三姐本来和同寝室的寄宿生约定都不回家了，集中精力备战高考。那时的宿舍是大通铺，一个房间上下两层住了二十多人，取暖是在走廊的炕洞里烧木桦子，由于供暖不足，屋顶和墙壁上都结了厚厚的霜花。渐渐地，大家坚持不下去了，同寝室的人越来越少，最后只剩下三姐自己。不巧的是，三姐还病倒了，浑身疼痛发起了高烧，高烧时甚至产生了幻觉，总觉得辽河发水了，淹了她家的房子。这时，三姐夫出现了，他给三姐送来扑热息痛和麻花，还送来热水和热水袋。三姐昏昏沉沉时，三姐夫就陪在三姐身边，三姐嗓音沙哑，让他回自己的宿舍，三姐夫说他害怕，一个人不敢住。他那个宿舍里住过的一个学生，因没有考上大学寻了短见。三姐问，你是怎么知道的。三姐夫说，听同寝室的人讲的，说上个学年一个男同学暑假一个人留在宿舍，夜晚聚精会神地做模拟题，不知什么时候身边来了一个女同学，她友善地纠正男同学的错误，男同学不服气，两人还争论了一番。后来男同学查了书，证明女同学是正确的，他问女同学是哪个班的，叫什么，女同学一一做了回答。开学时，男同学去找那个女同学，大家都用怀疑的眼光看他，老师也找他谈话，老师告诉他，他要找的那个女同学早就死了。男同学说不可能，暑假我还见到她了呢，她穿白色的确良衬衣……我看得真真切切，连眼睫毛都清清楚楚，她的眉心还有一个褐色的痣。当时，老师被吓得脸色煞白。讲到这儿，三姐一把拉住三姐夫，本来发热的手瞬间冰凉……

事后，三姐埋怨三姐夫不该在她病的时候讲吓人的故事，三姐夫狡黠地笑，说他当时是怕三姐睡过去了。

当年高考，三姐和三姐夫一起考上了沈阳师范学院，三姐被外语系录取，三姐夫被地理系录取。入学之前，三姐夫专门去左岸的干岔子村找过三姐。

三姐夫记得清清楚楚，那天天空晴朗，阳光灿烂，走进三姐家大门，他看到三姐坐在院子里扒苞米。

扒苞米是件挺有意思的事儿，一种是用扒粒杆子，洗衣服棒槌一样的木棍儿轮番敲打，还有一种办法是手工搓粒儿，先用一个铁锥子将玉米棒儿穿几个沟缝，再用剥完粒的玉米骨儿去揉搓，玉米粒儿就唰唰地下来了。

三姐夫连忙凑了过去，坐在三姐旁边，一边帮三姐扒苞米，一边讲学校和同学的事儿。三姐娘大概看出了门道儿，她跟三姐爹说："三丫这是有中意的人了。"三姐爹的脸立刻拉得老长。

晚上，三姐爹警告三姐，他绝不同意三姐和三姐夫处对象。三姐说她和三姐夫只是同学关系，根本没考虑处对象的问题。

三姐爹说："你考虑不考虑我不管，反正就是不行。"

三姐问："不行，得有个说法吧？"

"你不知道他是对岸柳毛沟村的吗？咱跟他们有仇，而且是世仇。"

"两个村有仇，跟我有啥关系？跟他有啥关系？我们是同学。再说了，赶大车的大嘞嘞还是他的姑父呢。"

"我知道大嘞嘞是他姑父，那也挡不住是仇人。仇家结亲，必留孽缘。"

三姐当然不这么看问题，本来她还真没想那么远，她只认可三姐夫是她的同学，或者说关系近一些的同学，至于处对象甚至结婚，影儿都没有。

爹出来横加干涉，引起三姐极大的反感，她的叛逆心理发挥了作用，跟爹顶起嘴来。三姐爹很恼火，忍不住打了三姐一巴掌。

爹和娘的阻挠起了反向作用，越是不让做的事儿，三姐偏偏要去做。当天晚间，三姐赌气约了三姐夫，两人到辽河边儿的树林里约会，手拉着手，对村里人毫不避讳。

爹的暴力方式无效，娘开始上阵了。她躺在床上咿咿呀呀哼唧，要死要活的。三姐给娘端饭娘不吃，端水娘不喝，非得要三姐跪在她面前赌咒发誓不可，三姐实在不理解，问她："娘啊，你们这样，到底是为了啥呀？"

娘说："两个村子有仇是一码事儿，更主要的，你爹打听过了，他爹当会计时贪污过集体资产，受过处分。"

"他爹是他爹，他是他，现在不准搞株连，父罪子受。"

321

"你这个孩子傻呀,好的东西遗传,不好的东西也遗传。"

"那我遗传啥了,你的优点还是爹的缺点?"

"滚蛋!……我咋养了你这么个不孝顺的丫头……"

三姐在家里碰了壁,就躲到辽河的河汊边,滩涂淤泥上布满牲畜的蹄子印儿,旁边杂草丛生。三姐远望默默流动的河水,独自黯然神伤——"人到情多情转薄,而今真个悔多情。又到断肠回首处,泪偷零。"

三姐和家里的矛盾无法调和,她和三姐夫商量,想以时间换空间,用时间慢慢地感化和融化爹和娘。

时间还真是个奇妙的东西,三姐和三姐夫入学之后,三姐和家里的紧张关系渐渐舒缓,后来,三姐娘还打听三姐夫的情况,三姐爹似乎也默认了三姐夫这个准女婿。家人不反对了,三姐对三姐夫的劲头儿也减弱了,逐渐发现三姐夫身上的一些缺点。比如三姐认为三姐夫虚荣心强,她质问三姐夫:"你啥时候成了县文科高考状元啦?"

"有这事儿吗?"

"村里人都这样传……村状元肯定没问题,你们村就你一个上了大学,镇状元恐怕都排不上吧?"

三姐夫嬉皮笑脸地搪塞:"别听他们胡咧咧,别听。"

还有,三姐认为三姐夫好装门面,打肿脸充胖子。刚入学不久,三姐夫就买了时髦的新衣服,穿搭有些花哨,很不得体。三姐说:"一看你就是农村人进城,啥衣服都敢穿。"

三姐夫不愿意听,嘟哝着:"别埋汰人好不好,是你让我穿得干净利索的。"

"干净利索不是花哨,穿衣搭配要得体,要体现朴素之美。"

"你说的得体，我理解是体面，不能让人看不起……"

"咱啥条件啊，能跟城里同学比吗？体面？体面也不能死要面子活受罪啊。"

"我没觉得受罪，相反，我觉得挺好，咱从小受的教育不就是不争（蒸）馒头争口气吗？"三姐夫有自己的一套看法和说法，他对三姐讲了小学时老师讲过的一个范例：有一年六一儿童节，村小学搞运动会，听说上边领导要来，镇里连忙借了一些运动服和运动鞋，分发给三姐夫班的同学，后来发现白色的运动鞋少了两双，老师灵机一动，用粉笔将三姐夫黑色的布鞋染白，算是蒙混过关了。

三姐说："你少找借口，虚荣心和争口气是两码事儿，好面子就是好面子，找多少理由你也脱不了干系。"

其实，三姐夫的面子是给别人看的，他要的是面子背后的实惠。上学期间三姐夫就开始做小买卖。三姐认真地找三姐夫谈话，希望他把主要精力放在学习上，不赞成他浪费大好时光做小买卖。三姐夫说出一大堆理由证明自己的所作所为是正确的，但在三姐那里，所谓的理由全是强词夺理的借口。最后，三姐以分手要挟三姐夫，三姐夫才答应三姐的要求，并明确表态："你放心，打今个儿起，我绝不做小买卖，把主要精力放在学习上……放在你的身上。"

然而两个月后，辅导员告诉三姐，三姐夫卖给她的榨菜都长白醭儿了。三姐问你啥时候买的，辅导员说就上个礼拜。三姐说他答应过我，不再做小买卖了。辅导员说那小子说的话你也信？三姐非常失望，问辅导员，人一旦说了假话是不是就没救了？辅导员说，倒也不能一棍子打死，不过得下功夫硬掰，有些毛病还是能扳过来的，我不看好他的原因是因为他说话不算数，主要是觉得吧，这小子没有远大理想。

三姐很生气，找三姐夫闹了一场。

"为啥说话不算数？"三姐质问三姐夫。

"怎么说话不算数了？"

三姐把辅导员剩下的榨菜扔给了三姐夫。在事实面前，三姐夫不得不承认，可他还是狡辩，说那些榨菜是以前做买卖时剩下的，属于善后处理，并不能定性他"现在"仍在做买卖。

三姐说："你就狡辩吧，反正我不相信你了。"

三姐夫嘚吧嘚吧又找了一大堆借口和理由。

三姐火了，大声说："别说了，我最恨当面一套背后一套的人。"

说完，留下一个冷漠的背影。

那次冲突后他们虽然没断绝关系，但是疏远了很多，以至后来，三姐看三姐夫哪儿都不顺眼了。一次三姐夫吃黄瓜，嚼得咯嘣咯嘣直响，三姐说："吃东西能不能有点素养？"

三姐夫蒙了："我怎么没素养啦？"

"吃东西就吃东西，吧嗒嘴干啥？"

"我没吧嗒嘴。"

"你怎么当我的面儿，瞪眼说假话呢？"

三姐夫反驳道："本来嘛，我只是嚼东西，没吧嗒嘴儿。"

三姐和三姐夫在大三上学期正式分手。起因是体育系的一个新生，三姐亲眼看到，三姐夫兴高采烈地去操场给那个小女生送冷饮，有说有笑的。三姐内心受到极大的伤害，她给三姐夫写了一封长达十页的绝交信，历数他们交往这几年的困惑、问题和遗憾。在三姐看来，她和三姐夫之间的问题，是有心和无心的差别，本质上是理想和现实的冲突。实际情况是，三姐夫并没有与体育系的小女生谈恋爱，他不过是想用这一番表演性的操作，欲擒故纵，来刺激越来越淡漠的三姐。对于三姐来说，确实被灼伤了——"黄昏后，打窗风雨停还骤，不寐乃眠久。""醒来灯未灭，心事和谁说。只有旧罗裳，偷沾泪两行。""西风多少恨，吹不散眉弯。"对于三姐夫来说，他还自以为很高明，洋洋得意呢。

这次，三姐夫真的失算了。

3

"连理千花，相思一叶，毕竟随风何处。"

毕业之后，三姐和三姐夫失去了联系，彼此的消息大都来自别人的口中。三姐夫听说，三姐分配在一所中学当英语老师，那所中学离三姐夫住的地方不远，可他一次都没去那个学校看过，连学校大门什么样都不知道。那段时间，"停薪留职"的三姐夫整个儿心思都在生意上，他一心想实现财富自由，出人头地。三姐夫毕业就赶上了好时候，他的第一桶金是开大货车赚取的。

那时新兴工业园区正热火朝天地建设，工程量浩大，三姐夫不愁没活儿干。有了上学时"小买卖"的经验和积累，他东拼西凑买了一辆旧货车，每天跑上百公里拉土石方。三姐夫天生勤奋，吃苦耐劳，每天凌晨四点起床，五点前进入工地，因为城市主城区对大型货车道路管制，他只能在天亮前把土石方拉进城里。辛苦是辛苦了些，可收入可观，一天进账一百多元，相当于三姐在学校一个月的工资。

三姐夫不仅勤快，脑子还灵活，出手又大方，工地上谁说了算他跟谁近乎，尤其是工程部，他混得像一家人似的，以致外来办事儿的人都以为他是工程部的正式员工。后来三姐夫分包了土石方工程，在社会上雇了七辆大卡车。尽管如此，三姐夫仍不失劳动人民本色，每天还是早出晚归，亲自开车。

年底，三姐夫拉窗帘、上门锁，坐在家里盘点一年的收入。他本以为除了交际打点和吃穿用，怎么也可以剩三万五万的，结果大大出乎他的预料。三姐夫的钱原本放到在家里不同的地方，帽子里、鞋底、柜子后，有的还包在背心裤衩里。三姐夫把数好的钱用橡皮筋扎好，一捆5000块，一捆一捆堆在一起，越堆越高，汇总起来竟然超过16万。三姐夫心情发生了变化，在地上不停转着圈儿踱步。突然，三姐夫想起棚顶的灯盒和墙壁镜框后边还有1万多现金，心脏突突起来。三姐夫心跳加速不是由兴奋引起的，而是强烈的恐惧和恐慌。家庭境遇在三姐夫小时候形成了无形的心理阴影，他对钱既渴望又恐惧。自己开大卡车赚的钱是劳动所得，可那些钱是有限的，自己之所以有了这么多钱，和雇别的大卡车有关，雇用他人劳动不就是剥削吗？剥削来的钱就不算好道儿来的！他这么认为。

三姐夫越想越害怕，吃不下饭睡不着觉，身心倍感消耗。

那几天，三姐夫把工地的借据收条什么的凭据都烧了，他不想留下任何证据。17万对普通人来说是不敢想的一笔巨款，据说当时可以在北京买一个小四合院。多年以后，提起这段往事，三姐夫感慨地说，有钱没钱都是命啊！如果当初拿着钱在北京买个小四合院，一辈子什么都不用干，现在身价怎么也两个亿了。

对当时的三姐夫来说，没钱他不高兴，可有了那么多钱，他同样高兴不起来。三姐夫娘在世时常跟他说，钱少是财，钱多是祸，"巨额现金"成了三姐夫手里的烫手山芋。三姐夫做的第一件事就是不再停薪留职，而是正式辞去公职，名正言顺地办了一家公司。也就在那段时间，三姐夫学会了打麻将。三姐夫打麻将很少赢，十有八九都是三家赢他一家。在别人的体会当中，三姐夫很精明，组牌判断准确，出牌干净利落，可最终结果大抵都是输，令人费解。其中的奥妙只有三姐夫自己心里清楚，他打牌的目的既不想赢也不图个乐儿，他打牌就是为了输钱。

打牌为了输钱？这样说大概没人能理解，如果不了解三姐夫的家庭出身和父亲的特殊经历，他无论怎样解释都是徒劳的。在三姐夫心里，他真的把过剩的钱视为惹祸的根苗，每次打麻将都觉得像喝汤药一样，他在为财富消肿，调理祛病。

当然，后来三姐夫不这样想问题了，可他也完美地错过了财富积累的最佳时机，后来二十多年间，生意起起落落，一波三折。

三姐夫和三姐再次见面是毕业三年之后，那个时候三姐夫已经是成功的小老板儿了。说起这事儿，三姐夫觉得应该感谢二姨夫。那时二姨夫还没退休，他所在的水利研究院有个实验室工程，三姐夫为那个项目的土建工程提供石料。春节之前，三姐夫买了一卡车的活鱼送给工程项目组，二姨夫正是那个项目组的负责人。二姨夫从没见过这样送礼的，以前人情走动也就送条烟、两瓶酒什么的，一下子就送一卡车活鱼，足见三姐夫的诚意和敞亮。一车鱼一部分给了项目组，一部分分给研究所全体职工，二姨夫自己只拿了一条鱼回家。春节过后，二姨夫找到了三姐夫，主动把将要开工的二期工程的土石方项目交给了三姐夫。

那时三姐父母急着给三姐张罗对象，转弯抹角，把这件事托付给了二姨，二姨跟二姨夫提起这件事，二姨夫想到的第一个人就是三姐夫。

二姨和二姨夫是这样设计的，想把三姐和三姐夫请到家来吃饭，"偶遇"中，先感觉一下。就这样，三姐和三姐夫在二姨家见了面。一见面，两人全傻眼了，尤其是三姐，表现得格外抢眼，连个招呼都没打，气哼哼地躲到别的房间。二姨夫问三姐夫："你俩原来认识吗？"

"能看出来吗？"

"明眼人谁都可以看出来。"

三姐夫叹了一口气，意味深长地说："何止是认识啊。"

三姐夫给三姐写了一封长长的信，满满的十页稿纸，解释、说明加强调。三姐夫承认他们之间存在着理想和现实的冲突，可他认为，最好的结果不是将理想和现实对立起来，而应该把理想和现实结合起来。

信邮给了三姐，三姐却一直没做出反应。

半个月后，三姐夫去学校找三姐，在学校门外高大的白杨树下，三姐夫问三姐："我给你的信收到了吗？"

"收到了。"

"你看了吗？"

"看了。"

"不想跟我说点什么吗？"

三姐白了三姐夫："你咋还是那个德行啊，一点都没变！"

三姐和三姐夫结婚之后，三姐夫的生意一度陷入滞涨期，一年忙到头，白赚了吆喝。钱没赚着，生意场上的排面还得讲究，按三姐夫自己的说法，瘦驴也得拉硬屎，打肿脸也得充胖子，上去容易下来难啊。可在三姐那头，她并不知道三姐夫赚了还是亏了，只是觉得三姐夫只管在外面潇洒，不愿意回家，冷落了自己。她常常在阴雨天里，孤独地吟诵——"此情已自成追忆，零落鸳鸯，雨歇微凉，十一年前梦一场"。

儿子贝鹿出生时，正是三姐夫挖河沙的"大干快上"时候，他整天不着家，回家也像个住旅店的客人，来去匆匆。儿子哺乳期，三姐夫偶尔喂过两次奶，喂奶的时候还差点把孩子给呛了，擦屎擦尿洗尿布的事儿就更少了。那期间，三姐差点儿得了产后抑郁症，晚上整夜失眠。——"我是人间惆怅客，知君何事泪纵横。断肠声里忆平生。"

贝鹿打疫苗发烧，三姐联系不上三姐夫。三姐夫在挖沙现场指挥安装新购置的挖沙船，那是刚刚研制生产出来的大型双排斗挖沙设备，可以下挖30米深度，配备水上远距离输送、筛选一体化机械化设备，可以同时完成采沙、筛选、分离等工序，实现了采沙和沙石精选，有了这个挖沙船，三姐夫如虎添翼，产量提高了好几倍。三姐夫看到三姐的电话，想方便的时候回拨，不想忙一忙就给忘了。晚上，三姐夫同时招待几拨客人，一个都不敢慢待。席间，有人向三姐夫敬酒，称赞三姐夫有魄力，新规下来之后，小的采砂户都掉头了，三姐夫反其道而行之，还加大投入上新设备。三姐夫说现在采砂市场比较乱，乱的时候才有机会，乱中取胜嘛。管理部门的干部说，我看，你算是活成精了。眼下对采砂管理政出多门，可管理权在县级政府，县财政不宽裕，当然想广开财路，所以，有点不合规的事儿，也只能睁只眼闭只眼，以罚代管喽。三姐夫笑嘻嘻地说："咱必须守法，该罚就罚！"

三姐夫之所以在颇受争议的大抹弯河道采砂，主要是大抹弯两岸有山，千万年冲击出了沙石，与辽河那些平原河段不同，堆积着厚厚的淤泥。三姐夫信奉"和气生财"，更是秉持"有钱大家赚"的理念，参与者人人有份，甚至见者人人有份。没几年工夫，三姐夫在采砂行业异军突起，后来居上，成了远近闻名的"沙老大"。

"谁念西风独自凉，萧萧黄叶闭疏窗。沉思往事立残阳。"经常见不到三姐夫的三姐变得疑神疑鬼，总感觉三姐夫有了外心。以三姐对三姐夫的了解，问他肯定问不出结果来的，三姐夫善于狡辩，不可能跟她说实话。后来三姐把本家表弟派进三姐夫的公司，她给表弟的任务只有一个，就是时时刻刻监督三姐夫。

三姐夫是聪明人，他当然知道三姐的良苦用心。表弟上班没多久，三姐夫就把他安排到郊区管理公司仓库。三姐认定三姐夫在耍心眼儿，指责三姐夫亏待了自己的表弟。三姐夫解释说，物资仓库是公司重点部门，我让表弟去管仓库，是对他的信任和重用。三姐认为三姐夫是在狡辩，跟他大吵大闹起来，结果依然无济于事。

表弟虽然没在三姐夫身边，可公司的内部传言他还是可以听到的，他时不时把听到的情况向三姐报告。表弟也知道，有三姐在背后撑腰，三姐夫不敢把他怎么样，让三姐满意了才是关键，搞好了他还可以得到好处。所以，表弟不停地揣摩着三姐的意图，一旦公司有点儿风言风语，他就绘声绘色地向三姐讲述。由于表弟在一旁添油加醋，三姐和三姐夫的关系进一步紧张。

贝鹿一周岁生日那天，三姐夫怒气冲冲地跟三姐说，他要把表弟送进公安局。

"出啥事了？"三姐问。

"明枪易躲，家贼难防啊！"三姐夫说，"本来我对他特别信任，把这么重要的事儿交给了他，可他呢？不仅辜负了我的信任，还干违法犯罪的勾当。"

"啥违法犯罪的勾当？你说清楚！"

"他和他的狐朋狗友串通，偷偷倒卖仓库的材料，然后两人分赃。"

"怎么可能呢？他来还不到一年。"

"不到一年偷了半年……这小子干正经事儿不行，动歪歪心眼儿一个顶俩。"

"偷了半年？偷了半年你不知道？"

"他们用蚂蚁搬家的方式，一点点蚕食……还以为自己干得高明，神不知鬼不觉呢。"

"要我看，有问题也出在你们那儿，仓库不是有严格的管理制度吗？怎么有那么大的漏洞？"

"仓库里的人都知道他是我的表弟，他打着我的旗号吆五喝六，谁敢管他？这下好了，二十多万的材料，让他十万块钱倒卖了，你说吧，盗卖数额超过了二十万，够不够判几年的？"

三姐一下子火了："我不信，那么单纯的孩子能偷二十万的东西，绝对不可能！如果真有这样的事儿，恐怕也是你设计的圈套，事先挖好坑，等那个傻孩子去跳！"

"他单纯？……他傻？是，二十万卖了十万，够傻的了。"三姐夫苦笑着。

"我就是觉得蹊跷，这里面一定有鬼，一定有拿不上台面的事儿。"

"咱是一家人，他顶多算个表亲，你怎么能胳膊肘往外拐，站在他那一边儿呢？"

三姐给表弟挂电话，表弟不接，三姐放心不下，就去了姑姑家一趟。

姑姑见到了三姐，差点儿给三姐跪下，替她儿子向三姐谢罪，哀求三姐千万别把她儿子送进监狱，那样，这孩子一辈子就完了。

尽管三姐夫气得牙根儿痒痒，可他并没急着报警，他希望三姐能从这件事中醒悟过来，等着三姐向他求情。三姐怎么会向三姐夫求情呢？她采取的方式是以进为退，反过来威胁三姐夫。

三姐说："别的我不管，如果你把我表弟送进公安局，我就跟你离婚。"

"你这态度是想解决问题吗？"

"随便你怎么想，我就这个态度。"

"你是在对我下最后通牒？"

"也可以这样理解。"

三姐夫一气之下住进了公司办公室，半个多月没有回家。

三姐保护了她的表弟，可她自己的问题并没解决。随着三姐夫外面"有人"的传言断断续续传到她的耳朵里，她对三姐夫的怀疑有增无减，偶尔，脑子里还会蹦出一些奇怪的念头，总觉得表弟的事儿是三姐夫导演的一出戏，三姐夫通过那种方式砍掉她安插进来的内线，并进一步阻断了她再次安排内线的可能性。就在三姐为此事烦恼、一筹莫展的时候，她看到了贴在楼道口的"隐私保护调查所"的野广告，三姐仿佛在深山峡谷找到了一个出口，主动拨通了对方的联系电话。

经过几次试探，双方达成了合作意向。

"隐私保护调查所"就是所谓的私人侦探，在那个行业刚刚起步、还不算合法的时候，三姐就为那个行业的生存发展做出了贡献。

半个月后，私人侦探给三姐打来电话，让三姐带着照相机，去红梅小区"抓现行"。红梅小区是政府回迁房，很多户都是市中心动迁过来的。按私人侦探提供给她的信息，三姐夫带一个漂亮女人进了5号楼二门洞302室，一个多小时了，两人还没出来。

三姐一下子蹦起来，摔门就出去了。

赶往目的地的路上，三姐的手一直在发抖，心脏反射区刺痛。然而到了红梅小区，三姐却冷静得出奇，一点儿没费周折就来到了302门口。

三姐打开照相机的镜头盖，沉着而有节奏地敲门。

"谁呀？"里面问。

"查水表的。"三姐说。

房门打开，三姐举起相机咔嚓咔嚓地拍照……突然，她发现，镜头里除了三姐夫和一个年轻女人，怎么还多了一个老太太？移开相机，三姐傻眼了……

后来，情况清楚了。那天三姐夫带公司业务员去探望客户的母亲，客户常年旅居国外，正因为三姐夫和业务员对客户家人的精心照顾，才稳固了他们公司与海外客户的关系。三姐这一闹，使得她和三姐夫本来就近乎冰点的关系更是雪上加霜，三姐夫借机离家出走，在外面正式租了房子。

三姐和三姐夫分居那段时间，三姐夫和一家银行的信贷员走得很近，顺着三姐夫的叫法儿，姑且叫她小妹吧。那天小妹找三姐夫催还逾期的贷款，眼看中午了，三姐夫就陪小妹去饭店吃饭。

席间，小妹见三姐夫情绪低落，以为三姐夫故意演戏，躲避偿贷。小妹也是久经沙场的人，不容易对付的。为摸清三姐夫的真实心态，小妹提议喝酒，并表示她请客。谁知三姐夫没多大一会儿就喝多了，开始向小妹倾诉内心的苦恼，把和三姐之间发生的事毫无保留地讲了。小妹同情起三姐夫来，不停地安慰他。三姐夫像一个受了伤害的小男孩儿，越安慰越感到委屈，最后喝得酩酊大醉。

一天，三姐到公司找三姐夫，当着公司员工的面，非让三姐夫说清楚和小妹的关系不可。三姐夫觉得委屈，然而，三姐到公司找三姐夫，矛盾就算公开化了，三姐夫已经没了退路，他决定跟三姐离婚，无论三姐提出什么条件他都要跟三姐离婚。

三姐同意离婚，头一个条件是孩子必须归她。走离婚程序期间，三姐回了一趟老家，三姐夫负责接送贝鹿上学。星期五傍晚，三姐夫接贝鹿晚了半个多小时，他在校门口没见到贝鹿，正焦急时，听到街角传来孩子的喊叫声，三姐夫向前快走了几步，透过稀疏的树枝看到三个男同学正在围殴贝鹿。三姐夫怒火中烧，跑过去一番拳脚，将三个男孩打倒在地。

三姐夫为他的鲁莽行为付出了代价，赔礼道歉不说，还赔付了一大笔钱，不过三姐夫认为还是值得的，就在他义无反顾地奔向人生的悬崖峭壁时，贝鹿提醒了他，三姐夫不想让贝鹿成为没有爸爸的孩子。

三姐从老家刚回来，就见到了一个不一样的三姐夫，他低声下气地跪在她面前，请求不要跟他离婚。三姐问为什么，三姐夫什么都不说，就说不想离婚。三姐经不住三姐夫纠缠，反正她已经心灰意冷了，觉得离婚不离婚只是形式，于是就提出了一些条件：第一，每个月给她固定的生活费；第二，家里所有房产都过户并登记在贝鹿名下；第三，三姐夫每天下班正常回家。

三姐夫全部应诺。

三姐夫没有和三姐离婚，同时他也和小妹断绝了联系。经历这次风波，三姐和三姐夫的家庭生活进入了平稳期。也许是他们之间感情淡了，彼此的期待也少了，爱和恨都如劣质肥皂一般泛不起泡沫，生活反而平静了。

三姐和三姐夫的关系仍旧阴阳两隔，三姐夫再有钱，在三姐眼里也只是暴发户，是个"心穷的男人"，而三姐夫则认为，三姐表面上追求尊严、独立和自由，实际上，是"心灵鸡汤"的重度症患者。

4

贝鹿考上省重点中学，三姐夫提议和三姐一起带贝鹿回趟老家。三姐说，我想带儿子回去我会带他回去的。三姐夫说，不管怎么样，在儿子面前总得装装样子吧。三姐说，咱俩的关系贝鹿不可能不知道，表面上家庭完整和谐，伪装得其乐融融，你觉得弄虚作假有意思吗？三姐夫嬉皮笑脸地说："拜托了，给我留点面子。"

"我给你面子，谁给我面子呀？"

"我一向都顾忌你的面子，而且，我就贝鹿这么一个孩子……"

三姐夫只好自己带贝鹿回了老家。先是回了右岸柳毛沟村的爷爷家，接着跨过辽河，来到了左岸干岔子村的姥姥家。

在父母的老家，贝鹿找到了三姐和三姐夫一些方言的源头。比如管胳膊叫嘎北，有呕吐感或恶心叫干哕，管烟花叫吃喽花，眼屎叫痴么呼……再往上的源头就不知道了。

在柳毛沟村，贝鹿亲眼见识了驴打滚和椴树叶饼的做法，尽管以前他吃过老家送来的成品，然而看了制作过程，感觉完全不一样。驴打滚是用豆面做的，把炒熟的黄豆磨成面儿，撒在擀成薄片的熟糯米上，一层层卷起来，蒸熟之后用刀切成段儿。椴树叶饼是椴树叶打底儿，涂上一层豆油，再铺上粘面摁成饼状，夹好红小豆馅，上锅蒸煮。吃饭时，贝鹿用手机拍了驴打滚和椴树叶饼照片发给三姐，三姐点赞并回复："那可是老妈的最爱呀！"

在干岔子村，贝鹿吃到一些从未吃过的山野菜。像猫爪子菜包的饺子，刚一入口，味道有些苦，仔细咀嚼，慢慢地，幽香四溢。还有柳蒿芽炖河鱼、山韭菜炒鸭蛋什么的。有一种黄瓜味儿的蕨菜，三姐管它叫黄瓜香，三姐夫则叫它广东菜，贝鹿不理解，说这东西明明产自东北，为什么叫广东菜呢？三姐夫说可能是因为早年广东人来东北大量收购，所以叫广东菜了吧。三姐反驳说，别听你爸胡说，咱这儿都叫黄瓜香，从没听有人叫广东菜的。三姐夫说，这有啥大惊小怪的，荷兰豆根本就不是荷兰产的，它的产地在地中海，还有夏威夷果，夏威夷果产自澳大利亚昆士兰东南部地区。

吃过中午饭，三姐夫就带贝鹿去辽河钓鱼。三姐夫见到人就热情去打招呼，向站在车上垛秸秆的人招手，亲切地喊老姑父，管大地里起花生的人叫老舅母，同时不忘了介绍，这是我儿子贝鹿，他考上了省重点中学。村里人并不知道省重点中学意味着什么，三姐夫愉快地解释，省实验是全省的重点中学，那个学校的学生是北大、清华的苗子。这样一解释，大家就明白了。

贝鹿不喜欢三姐夫到处介绍自己，不过父母老家的环境还是让他兴致勃勃，他说农村人真勤劳啊，这么多活儿能干得过来吗？三姐夫说，眼是懒汉手是好汉，你读书也要发扬这种蚂蚁啃骨头的精神。贝鹿说我第一次发现，原来黄牛长白色的睫毛，毛茸茸的真好看；马的牙齿很奇怪，像大齿子苞米粒儿……三姐夫和贝鹿来到辽河边，视野顿时开阔起来，水面和天空相互映衬，悠远而宁静。贝鹿站在河堤上登高望远，不由得感叹道："天地与我并生，万物与我为一。"

三姐夫问："这是你作的诗吗？"

贝鹿说："这哪是我的诗啊，这是《庄子·齐物论》里的句子。"

坐在辽河边，三姐夫跟贝鹿讲起"十年河东十年河西"的来历，讲起河两岸为争夺河滩地斗智斗勇的故事。

贝鹿说："以前我妈说你们两个村世代仇恨，现在我理解是怎么回事儿了。"

"我读大学的时候，两岸的村子就不争斗了，不过，仇恨和争斗的记忆还是存在的……"接着，三姐夫给贝鹿讲了关于小牛归属的悬案。有一年右岸柳毛沟村的公牛不知怎么过了辽河，与左岸干岔子村的母牛交配生出一个小牛犊。小牛犊的归属成了争论的焦点。柳毛沟村说归公牛，干岔子村说归母牛，打得不可开交。后来有人从中调解，说小牛犊一分为二，一村一半。一头牛怎么分？两个村都不同意。调停人又出了个主意，小牛犊归母牛，干岔子村付配种钱。干岔子村不同意，说你那个破牛，品种不好，一看就是秧子货儿，小牛犊长大肯定不能干活儿。柳毛沟村说，

337

既然小牛犊品种不好，就给公牛吧，干岔子村不同意，后来有人主张要告公牛"强奸罪"，本以为说说就完了，不想，干岔子村还真有人向镇里报案，闹出了一个大笑话……贝鹿听了哈哈大笑。笑够了，贝鹿友善地看了三姐夫一眼，他觉得，一向严肃的老爸，其实也挺幽默的。

贝鹿有些遗憾地说："要是我妈也在这儿，多好。"

三姐夫说："她不愿意跟我在一起，烦我。"

贝鹿说："我了解的情况可不是这样，打小时候我就有个印象，你回家很晚，要么就不回家，妈妈总是等你，听到外面有点动静就向门口望……我觉得妈妈心里一直装着你，只是，你们都不善于沟通……"

"是吗？……她有时候等我？"

"不是有时候，是经常。"

三姐夫沉默了。

那年夏天，辽河发大水，柳毛沟村和干岔子村都受灾了。老姑就在那次水灾中遇难，据说她死活不离开村子，先是上了炕，后来又爬到了房顶，结果还是落入滚动的水流之中。三姐夫去干岔子村给老姑送葬，在忙碌的人群里，他见到了比自己苍老起码十岁的表弟，一身工装的表弟进院子里，对满院子跑的孩子们大嗓门嚷嚷："恁这是奏红么？奏红么？"

听到这个方言口音，三姐夫不觉哽了一下，鼻子发酸。

水退之后，还有很多路没有通车，有的是因为桥被冲垮了，有的积水未消。回程时只能绕来绕去，结果，三姐夫的车还是遇到了问题，在堤坝路上"打误"了。那段路看起来没问题，而且自己驾驶的是四轮驱动的越野车，过于自信的三姐夫被狠狠地教训了，车越陷越深，最终在那里趴窝了。等救援车时，三姐夫沿河堤路向高处走去，上了一个高坡台地。放眼望去，平原上满是闪烁着光亮的低洼积水，最刺眼的是大抹弯河道那一片，仿佛成了汪洋泽国。三姐夫的心跳开始加速，大抹弯那里曾是自己采砂的地方，大量沙土被搬移了，自然生态环境受到了破坏。当年，柳毛沟村和干岔子村为之争夺的河滩地也被河水浸润着，边界更加模糊，三姐夫突然意识到，村民对河滩地的争夺只是对生活资料的争夺，而自己在河道大面积挖沙则是跟大自然争夺资源，前者是活下来的需要，后者则是金钱和欲望的驱使，盘点盘点自己从经商开始所经历的那些大起大落，三姐夫自言自语："真是一个野性生长的年代啊。"想着想着，三姐夫的眼里渐渐充斥了惠惧。

那年秋天，国家开始对辽河干流进行生态封育，大规模建设封育大坝。三姐夫想尽办法进行投标，既参与堤坝和堤顶路的建设，也参与河滩地的绿化工程。按三姐夫自己的话说，为了竞标成功，他已经使出了吃奶的劲儿。几经周折，他终于以最低的价格中标，拿到了工程。小学同学红梅给三姐打电话，说柳毛沟村和干岔子村的村民都认为三姐夫做了个大买卖，不过是个亏本的大买卖。红梅说她不这样看，她认为三姐夫肯定另有打算，表面吃小亏，实际上赚大便宜。"他一定是在下一盘大棋。"三姐对此说法不屑一顾，鄙夷地撇了撇嘴，反正红梅也看不到她的表情。

贝鹿上高中三年，三姐夫在辽河工地上忙碌了三年，一个月顶多回家一次，照顾儿子的责任都落在三姐一个人头上。三姐夫忙了三年，人们没有看到"一盘大棋"，不仅如此，由于亏损严重，三姐夫已经四处举债。三姐不清楚三姐夫在搞什么名堂，她暗自庆幸，亏得她早就做了决断，总算帮贝鹿看护了家庭的资产。

可惜，三姐高兴得有些早了，刚刚把贝鹿送上了大学，执法机构就上门来查封资产，除了居住的房屋和过户到贝鹿名下的房子，三姐名下的另外五套房产，都因属于夫妻共同财产而被查封。三姐去工地找三姐夫，三姐夫哭丧着脸，前不着村后不着店地冒出一句："出来混，总是要还的。"三姐说你还你的，凭啥把我名下的房子都抵押出去了？三姐夫很无奈地解释，工程款要完工后才结算，眼下工程量太大，资金供不上就得停工，满盘皆输，咬牙坚持一下，等工程竣工就好了。三姐说，公司亏不亏我不管，要是把我的房子赔进去，我可跟你没完。三姐夫苦笑着，他说房子才几个钱呀，我这辈子挣的钱多了。"挣的钱多了，吹牛一个顶俩，钱呢？"

"可惜没'拿住'！"

三姐忧郁地瞭望河流，低吟道——"两眉愁聚。待归踏榆花，那时才诉。只恐重逢，明明相视更无语。"

三姐最后一次见三姐夫是九月十日。三姐夫穿着迷彩服，衣服褶皱里塞满了尘土。三姐夫大口大口吃着三姐为他做的打卤面。三姐夫这样向三姐解释，本来，封育工程他是不会赔钱的，之所以赔钱是自己给自己加码，额外对挖沙的河道进行了修复，当年对辽河自然环境的破坏，他觉得有责任去补偿。"自己造的孽，不能留给下一辈偿还。"三姐夫还跟三姐说，他手里有一件宝物，是上古时期的龙凤玉佩，有那件宝物垫底，即使倾家荡产了，仍旧可以东山再起。

三姐从没听三姐夫说过那件宝物，问他从哪里得到的。三姐夫说是二姨给他的，不过，他是绝对不会轻易变卖那个宝贝的。

三姐夫生于辽河岸边，卒于辽河之中，一个午后，三姐夫和工地的工友去河里洗澡，走向河水时，他兴奋地喊了一声：辽河，我的母亲。那次下水一共六个人，只有水性最好的他没上来。当地有关部门组织工人和村民顺河而下，整整找了七天，仍旧没有找到三姐夫的尸体。

三姐夫去世之后，三姐就病倒了，她脑海里总是徘徊着这样的句子："风絮飘残已化萍，泥莲刚倩藕丝萦。珍重别拈香一瓣，记前生。""尘缘未断，春花秋叶，触绪还伤……真无奈，倩声声檐雨，谱出回肠。"有的时候，三姐甚至分不清她是自己，还是纳兰性德，她总觉得自己的灵魂深处住着一个行走在风雪中的行吟诗人，人生究竟是判断题、应用题，还是选择题呢？三姐常被所知障、烦恼障、无名障等问题困扰着。"不及夜台尘土隔，冷清清、一片埋愁地……清泪尽，纸灰起。""梦好难留，诗残莫续，赢得更深哭一场。"

三姐夫离开三年后的清明节，三姐回老家祭奠三姐夫。

辽河岸边，孤零零地埋了三姐夫一个衣冠冢。三姐在衣冠冢前摆了两个花篮，花篮上插满黄白相间的菊花。

三姐夫去世后，三姐似乎对河水产生了恐惧，不要说回老家，涉及河这个字眼她都刻意回避，直到三年后她才想清楚一个问题，三姐夫之所以不惜血本参与辽河生态恢复工程、修复挖沙破坏的河道，他一定是想补偿过失，或者说是在赎罪。

站在衣冠冢前，三姐突然想到，如果三姐夫真有灵魂，他的灵魂不会老老实实地居于荒冢下，而应该漂浮在河流之上，于是，她背着藤编背篓沿河岸走着。背篓里插着菊花，每走十几步，她就呼唤三姐夫的名字一下，向河水里投下一束花。菊花漂在水流

341

上面，有的地方还打着旋涡。

走累了，三姐坐在小山丘旁歇息，那里一条消失了很多年的小河汊居然又有水了，水流清澈见底，下面是贝壳白和蛋青色的细沙，三姐想起小时候在那里洗过澡，由于水浅，她用铁锹挖一个方方正正的"水槽"，那个水槽可以装下整个身子，第二天，水槽不见了，又被沙子埋上了，留下一道边缘模糊的痕迹，如同一座被岁月湮灭的古城。现在是春季，小河汊冰凉、清冽，三姐低声吟诵——"摇落后，清吹那堪听……""归来也，趁星前月底，魂在梨花。"

一只黄色的蝴蝶在三姐身旁翩翩起舞，草木刚要发芽的灰蒙蒙背景中，那只蝴蝶特别显眼。三姐依稀记得，小时候躺在"水槽"里幻想将来的男人，一定要是个能做主的男人，事与愿违，现实中的丈夫却仿佛是一个访客——是自己的客人，家里的客人，也是这个世界的客人。他来过了，又离开了。

突然，三姐想到三姐夫跟她提到过的龙凤玉佩，她依稀记得自己见过那个玉佩，特别老旧，不过仍然散发透亮的光泽，是的，那个光泽是从里向外透射的，尘埃无法遮蔽。三姐想，三姐夫一定会把那个玉佩留在家里，只是她不知道在家里的什么地方罢了，她一定要找到那个玉佩，不论怎样，她都要找到那个龙凤玉佩！

天色渐晚，三姐来到河堤之上，看了看夜色里的河道，河水是一条弯曲发亮的飘带，旁边浓墨一般点染着植被，辽河封育之后，她还从没认真地观察过家乡的河流，如果在白天，河道里注定绿色葳蕤，充满了勃勃生机。

三姐使劲吸了几口带河腥味儿的空气，不知为什么，居然有了甜丝丝的感觉。

回村的路上，三姐耳边响起了忽远忽近、时而模糊时而清晰的童谣："小丫蛋儿上后院，打出溜滑儿，摔了屁股蛋儿，回家抹点二百二儿……"

三姐心里一热，胸腔里涌来一股久违了的温暖。

去年走访西辽河时，我品尝到了膨润土的味道。在那里，我真正见识了什么叫皇天后土，河床、台地的泥土厚几十米上百米，即使沙地的厚度也多达一百五十多米。膨润土和高岭土都是大自然对西辽河的无私馈赠。品尝膨润土是因为它也叫观音土，听父辈讲，挨饿年月里，饿疯了的人用观音土充饥，有人吃了观音土后不消化，肚子鼓胀，就用擀面杖擀肚皮。观音土没有毒也没有营养，土毕竟不是粮食，可人们不会想到，后来土的价格不比粮食低。查了一下才知道，膨润土居然有50多种用途，比较熟悉的有猫砂、护肤面膜以及蒙脱石散，它还是钻井泥浆、高分子复合材料、复合阻燃材料等不可缺少的成分。品尝观音土的奇怪感觉与在"王子坟"陵园里品尝桑葚的感觉一样，都归属于特别记忆。王子坟是喀喇沁右翼旗蒙古王陵，位于辽宁省朝阳市建平县三家蒙古族乡新爱里村东北龙旦山下，为历代扎萨克及其亲族之陵园，是第八批全国重点文物保护单位。陵园周边群山环抱，苍松翠柏浓郁，陵寝在后院，方形台基上由半圆形砖砌宝顶，白灰抹面。陪同我的李松涛先生曾主持过陵园的全面修复工作，介绍情况时，他一边说一边摘树上的桑葚吃。陵寝里有很多桑树，桑葚还没完全成熟，处于发白略微变色的阶段。他对我说，摘点吃吧，这个好！我学他的样子，摘些没有滋味的桑葚吃了起来，吃了一会儿我才发现，手里爬了很多黑色线头一般的小虫子，这些小虫子是从桑葚的褶皱里爬出来的,顿时觉得浑身发麻,一阵恶心,可吃进去的小虫子吐不出来了,我只能自己安慰自己,相信胃酸可以消灭它们……

西辽河有很多美食,小米和大黄米上古就有,作为五谷之一的黍与粟,在西辽河的种植历史差不多有一万年了,至今,仍是人们喜爱的杂粮。西辽河小米很有名,熬出的粥又香又糯,上面漂着油汪汪的一层,放一会儿就凝成了皮儿。用大黄米做的油炸糕、黏豆包、黏火勺、年糕、大黄米切糕等等,成为很多人味蕾的记忆。有趣的是,很多美食都被冠以"动词",比如绿豆做的面片儿叫"搁着",乍一听,以为是名词饹馇,店主人解释才知道,是放下的意思。传说慈禧太后喜欢这道美食,由于皇帝御用食物每份都有限量,吃了一两口,侍者就要端走,皇帝说:"搁着!"自此,这份民间食物有了新名儿。还有荞麦做的碗坨儿,端上来时已经没了碗的形状,被切成类似皮冻一类的片儿,蘸蒜酱汁儿。绿豆和荞麦虽不是四表哥那个时代的食物,在中国种植也有两千多年了。

除了食物用动词,河流也常常被冠以"动词",如老哈河的支流坤头河、崩河、饮马河,还有西拉木伦河的教来河。据说康熙亲征噶尔丹,经奈曼遇到饥渴,令人四处找水,三日后大臣禀报说从西南"叫"来了一条河,康熙抬头一看,果然有一条河滚滚而来,故称"叫来河",现称"教来河"。

从西辽河回到沈阳,我提前给晋先生发了微信。晋先生说,我给你接风洗尘吧。我说还是我请吧,是我找你的,你出时间我买单。

我选的饭店是一家精品火锅店,现在吃火锅很少用炭了,而是精致的酒精炉。之所以选择这家火锅店是因为我曾办过会员卡，预存了现金。我跟客服经理联系订餐位，居然联系不上她，打电话也没人接。好在那个火锅店离我住的地方不远，我就溜溜达达过去，到了火锅店我傻眼了，饭店正在装修，装修工人不知道具体情况，他们只知道饭店换了主人，火锅店改成了烧烤店。我想坏了，搞不好又要损失一笔银子，以前发生过类似的事情，买了卡之后服务场所黄了，钱也要不回来了。之所以屡次上当，一方面是图方便，更内在的原因是，占便宜的心理作祟，买卡时都有折扣，有的时候还送礼物。当然，买的时候自然不会想到，最终能折了本钱。唉，典型的贪小便宜吃大亏。

晋先生在街对面向我招手，我们之间的直线距离也就三四十米，但是不能横穿马路，马路中间还有护栏，也就是说，他从对面到我这里要绕很大的圈子，差不多得一公里。我告诉他原地别动，我叫车去接他，然后去一家"融合菜"菜馆。

我和晋先生坐在"会计室"包间里。这家融合菜馆是老工业遗址改造的，包间名称都与工厂有关，厂长室、车间主任室、设计室、会计室、材料车间、加工车间等等。还没点菜，晋先生问我："怎么样？"

"走辽河吗？"

"是。用一句话概括你的收获，是什么？"

我脱口而出："时间冲突。辽河流域处于农耕文明、游牧文明和渔猎文明交汇地带，要知道，不同的生产生活方式，时间是不一样的，几种文明方式交锋、对抗和融合的过程，本质上是时间的冲突。"

晋先生笑了，说："时间的本质是不存在的。"

"当然，从一个角度可以这样说，但看问题有很多角度……好，不说时间说运动，高能到低能的运动，万事万物之不同，运动也千差万别，就说我们俩吧，你有你的时间，我有我的时间，时间在我们这里也是不一样的……你瞧，又说回到时间了。"

差不多三十年前，我读过霍金的《时间简史》，去年又读了卡洛·罗韦利《时间的秩序》，一个是从宇宙的角度，一个是从量子的角度，两相比较，却发现他们从不同的角度解决的是同一个问题。

我跟晋先生说过，走辽河时我带了四本书：《东北通史》《隐藏的现实——平行宇宙是什么》《历史的细节》《中世纪的秋天》。这几本书我以前读过，原想在路上再翻一翻。

"路上看了吗？"

"没有。几乎没时间看。"

"如你所说，文明冲突的本质是时间的冲突，那什么是时间的本质呢？"

"这个，说来话长。"

晋先生笑了，他说奥古斯丁在《忏悔录》里向自己发问，询问时间的本质……我们一直在当下，因为过去已经过去，不复存在，而未来还未到来，因而也不存在——它们存在于我们的内心！

我说海德格尔有一句话挺经典的，他说时间只在人类的范畴里成为时间。就是说，时间是人类的时间。

"这不，我们讨论的方向是一致的。"晋先生说。

我说："表面看是的，实际上差别还是挺大的。点餐吧！"

晋先生看了看菜单，他说还是选套餐吧，不用在选择上纠结，还节省时间。

"那A套餐还是B套餐呢?"

晋先生继续看菜单,还是被选择纠结了。

A套餐和B套餐,我们只能选择其中一种,这就有如平行宇宙世界的一种场域,一种过往历史无法重新来一次的时间运动方向。

"你选A还是B?"

"A。"

"那我就选B吧。"

席间,我跟晋先生讲了三姐和三姐夫的故事。晋先生说,三姐和三姐夫都挺有意思,他们之间发生的事离我们很近,但并不是现实。我说离太阳系最近的一颗恒星比邻星,就是位于人马座那个亮点儿,与太阳的距离是4.22光年,我们的现实与所看到的那个亮点儿的现实相隔了四年多,还有,望远镜看几百万光年以外的星球,我们观察到的"现实",只是那个星球几百万年前的现实。

"你说这些,想说明什么?"

"三姐和三姐夫的故事离我们很近,后面我还会讲距离更远的故事,比如西辽河流域的红山人,远也好近也罢,从观察的角度来说,都是'现实'。"

"那个现实与当下的现实还是有区别的。"

"现实与现实之间也是有区别的,时间可以拉开文明的距离,空间也一样可以拉开文明距离。"

"时间有时候也是停滞的,比如你提到过的农耕的辽河平原,我在博物馆里看过辽代的农具,铧犁、镢头、锄头、镰刀,与我出生年代——20世纪70年代农村使用的工具几乎一模一样,时间在那里是停滞的。"

347

是的，物理世界中，并不存在按线性统一排列的物理时间，有变化的只是熵滑动的痕迹。

在我的印象中，柳树好像不是北方的树种，从很多传统中国画中看到的是江南的杨柳依依，而诗词歌赋所表现的也几乎都在南方。北方更多的则与白桦林、红松、白松、落叶松什么的联系在一起。在辽河平原，我的印象被彻底改变了，平原上见到最多的就是柳树和槐树。过去有一种说法，当人们看到柳树就知道那里一定有水源。行人在广阔无垠的路上跋涉，饥渴难耐，看到柳树，就等于看到了希望。柳树具有顽强的生命力，只要有水源，随便把一截柳枝埋在土里，都会生长出新的树苗。我也终于理解了"无心插柳柳成荫"这句话里，为什么用了"插"这个字。

铁岭昌图老城就有一些年迈的柳树，在那里，我拜谒了端木蕻良故居。主街后面的一个小胡同里有一栋米黄色的平房，门前还修整出一块空地。陪同的文友告诉我，那是"借用"的故居，端木蕻良真正住过的老房子在老城的边缘，当年建故居，有关部门找过居住在老房子里的住户，住户听说政府征用，要价过高，没有达成协议。我提出要看看老房子，文友就带着我，一边打听一边寻找，东拐西拐在果园后的一个高坡上找到了老房子。老房子属于辽北建筑风格，已经十分破旧，如果按现在的市场价来评估，那个房子的价值很小了。住户的岳父大概为自己当年的漫天要价后悔了，他对我们说，如果政府征用，价格可以谈，差不多就行啊。然而，时过境迁，木已成舟……我注意到，老房子周边有几株古老的柳树，我想，当年端木蕻良读书时以及写作时，那些柳树也曾几度春绿秋黄。

走辽河时我了解到，1978年农村实行家庭联产承包责任制后，两岸村民为争夺河滩地打斗的事逐年减少，记录中，大规模的械斗一次也没发生，不过，据说"约架"的传统还是保留了很多年，只是武斗变成了文斗，要的就是一个形式感。

吵架当日，村民一边理论一边争吵，口干舌燥之后，右村的说："不是怕你们，扯一上午也累了，今天就到这儿吧。"

左村的说："到这儿就到这儿，啥时候想会一会，我们奉陪到底！"

右村的说："那什么，中午到我家吃饭吧，我杀只鸡。"

左村的说："我看啊，还是到我家吧，我前天宰了一只羊……"

当人们不再为生存资源争斗时，精神层面的争斗并没有停止，在他们心里、在情感中，仍存在着一条河，而且是一条界河。

有关资料表明，地球上的淡水总量约14亿立方千米，主要储存在冰川、冰原和地下水含水层。在我们这个星球上，几乎98%的水都是咸水，不适宜饮用和农作物灌溉。对淡水资源的争夺其实就是对生存资源的争夺，而维系水资源平衡的恰恰不是争夺而是生态保护。辽河生态封育自2011年开始，对辽河以及辽河流域的大小凌河、浑河、太子河等实施退田还河，其中辽河自然封育62万亩，2020年又新增封育面积48万亩。辽河生态封育是一项浩大的工程，生态保护区的工作人员向我介绍，生态封育花了不少钱，主要是国家拿大头，国家资金占80%，省市政府配套20%。能争取到这样的成果，各级政府和辽河两岸人民都倾注了大量心血。一晃十多年过来，辽河两岸都修筑了生态封育大堤，种植一排排柳树和榆树，河道内全面退耕禁牧，辽河治理以前所未有的力度，使千万年河滩地成为历史。辽河大概自己也不会想到，它进入了一个新的、最好的历史时期。

查阅资料时，我看到过辽河流域变迁的图片，在那个俯视图中，河流血管一样蜿蜒着，有动脉，有静脉，还有毛细血管。而更令我震撼的，是河道变迁的痕迹，平原上几乎都曾流淌过河流，如同一个画板上反复勾勒的色彩，涂抹并生成了整个辽河平原。

我漫步在封育后的辽河护堤路上，眼前林木逶迤莽莽，充满绿色的河岸已经弥合了记录中的满目疮痍，河两岸宁静祥和，我不知不觉有了迷失感，自己仿佛进入了迷宫般的历史册页之中。

第八章

我想象不出5000年前西辽河的红山人是什么样的，好在考古工作成效显著，还有分子人类学，就是那个通过研究人类DNA中所蕴藏的遗传信息来揭示人类形成与演化过程的分子生物学与人类学交叉的学科，近年来，发现和复原了很多东西。在老哈河和西拉木伦河，我依稀见到了被称为"东方女神的玉工"的四表哥，他从历史的迷雾中缓缓向我走来，越来越清晰。他笑吟吟，热情地跟我打招呼，他的智力水平和所处环境的文明程度大大超出了我的想象……

此刻，我站在老哈河的左岸向右岸遥望，我站立的那个位置也有一棵老榆树，那个地方会是四表哥站过的地方吗？历史上河流频繁改道，很难说当年的河是否流经这里，走辽河时我看到过很多古老的河床，当然，那棵老榆树也不可能是四表哥避险的树，老榆树不可能活五千多年，况且，那棵树当时就已经毁坏了。唯一可以肯定的是，那条奔流不息的河流早就存在，从远古走到了今天。

那条河现在叫老哈河，"老哈"来自契丹语，是"铁"的意思。老哈河在四表哥那时候叫什么，无从考证。根据文献记载，秦汉至魏晋称之为乌侯秦水，《三国志·魏志》说"乌侯秦水广袤数百里，停不流"。到了南北朝，这条河被称为土河，隋唐称托纥臣水、土护真河，辽代称土河、徒河，元代称涂河，明代称老哈母林，清代才称之为老哈河。

老哈河是西辽河干流的南源，而西辽河北源是西拉木伦河。"西拉木伦"为蒙古语，是"黄色"的意思，西拉木伦河即为黄色的河。两秦时期称饶乐水，三国西晋时期称乐水，南北朝时期称弱洛水，隋代称弱水，唐代连同西辽河称潢水，辽代称潢河，清嘉庆年间才称之为西拉木伦河。

老哈河和西拉木伦河组成了秦以前的"辽水"，西汉至东晋时期的"大辽水"，唐代的"潢水"。我注意到西辽河被称为"潢水""潢河"的称谓，先秦时期，黄河还不叫黄河，而叫"河"，有时也叫"大河""泰河"。秦汉的史书上，有的还叫"浊河"。唐代"黄河""河"并用，一直到了宋代才广泛称之为黄河。西辽河的"潢"，与后来的黄色（西拉木伦）是不是与植被环境变化，河流两岸逐渐沙化有关呢？

就是这片辽河流域，包括大小凌河流域的辽西地区、滦河流域的河北东部地区，成为"中华文明探源工程"定义的中华文明源头之一，辽河成为继黄河文明、长江文明之后的第三条母亲河。那里散落着新石器时代不同时期的文化遗址——距今约9000年的小河西文化，约8000年的兴隆洼文化，约7000年的赵宝沟文化，约6000年的红山文化，约5000年的小河沿文化，约4000年的夏家店下层文化……在中华文明探源工程中，辽河是一个不可或缺的坐标。

我曾两度探访西辽河源头，故事里的"四表哥"曾站在辽河边的大树上与群狼博弈，他绝对想不到，五千年之后，会有一个叫津子围的人探寻历史的痕迹和气味，他们的目光在水气汤汤的河岸边相遇了。

而四表哥遇到的黑龙大概就是今天的龙卷风，现在辽河流域很多地方仍是龙卷风的多发地，有的龙卷风可以把房屋摧毁，把大树连根拔起，掠过的地方土被掘出一尺多深，有的龙卷风可以把一个池塘里的水全部吸干，被称为"龙吸水"。所以，有的地方天上会下鱼，下雨好理解，下鱼就比较特殊了，其实那些鱼不是天上掉下来的，而是池塘里的鱼被卷到天上去了。我听一个经历过龙卷风的当地人讲，有天酒后，他在家被龙卷风卷走了，迷迷糊糊掉下来，居然还没摔坏，等他完全清醒了，发现离自己家已十多里，也就是说，他被龙卷风带走了十多里。回村之后，发现几家房子的房盖都不见了，房子就剩下了底座儿，通过墙上糊的报纸他找到自己家，奇怪的是，只有家里一个石人像还稳稳当当地立在老地方。他说龙卷风不好预测，天气预报一次都没预测到过，不过发生龙卷风那天晚上他家的狗没回来，在院子里，他看到几只老鼠跑了出来。

走访辽河的一天晚上，我们住在翁牛特旗的一家宾馆里，同伴提议找一家蒙古族特色餐厅，我们先是在手机上搜寻，选了三家评分比较高的餐厅，到了地方之后发现，那些所谓的大众点评好的餐厅，不是一般的小吃就是名不副实，最后我们还用老办法，一边向行人打听，一边沿街寻找，终于找到一个叫"大漠苍狼"的餐馆。餐馆里满眼都是蒙古族装饰，连包间都是设在房间内的蒙古包里。菜品很有特色，我印象深刻的是现煮的奶茶，浓香醇厚，里面加了牛肉干、炒米和被称为"额吉盖"的奶酪，草原的沙葱和韭菜花是重要的佐料，炭烤羊腿、手掰羊肝和血肠一定要蘸碧绿的韭菜花，大石头烤牛肚和小米饭风干肉也别具特色。不知道是不是因为我们点了大餐，那里的服务员非常热情，先送上下马酒，继而献上蓝色的哈达，悠扬辽阔的马头琴，令人陶醉的呼麦，充满活力的顶碗舞……席间，大家猜测五六千年前的红山人吃什么，进而对红山文化进行了热烈的讨论。

红山文化是西辽河距今6500年到5000年的新石器文化形态，与小河西文化、兴隆洼文化、赵宝沟文化以及后来的小河沿文化、夏家店下层文化等一脉相承。1914年，日本人类学家鸟居龙藏首次向世人披露了西拉木伦河流域有史前文化遗存的信息。1935年，日本考古学之父滨田耕作对红山后遗址进行了发掘，并出版了发掘报告《赤峰红山后》。1955年，尹达在其专著《中国新石器时代》中，首次提出"红山文化"这一名称。1979年孙守道、郭大顺在朝阳喀左发现了东山嘴遗址，1981年发现了牛河梁遗址，此后他们对牛河梁遗址的发掘及保护工作都做出了重大的贡献，出土了一批具有明确层位关系和组合关系的红山文化玉器，反映出红山先民精神重于物质的思维观念。玉为石之精髓，秉天地之灵气，得山岳之精华，被赋予了崇高的地位，是神权的产物。红山文化的玉器已经具备了夏、商、周三代礼器的雏形。"中华文明探源工程"以充分的证据证明：长江下游、黄河中下游和西辽河流域为中华文明三大源头。迄今为止，西辽河流域发现的考古学材料是最丰富、序列最完整的考古学依据，将中华文明向前推了一千多年。苏秉琦先生谓之："中华文明的一道曙光出现了。"

当以龙为标志的红山先民们在燕山以北得到充分发展的时候，在中原大地则是以"花"为标志的仰韶文化庙底沟类型，彩陶上的两种花卉图案，一种是属蔷薇科玫瑰的覆瓦状花冠，另一种是属菊科的合瓣花冠，于是，有了"华人"和"龙的传人"的称谓。

席间，有人说起C形龙，就是1971年内蒙古翁牛特旗三星他拉村发现的大型玉龙，玉龙全身卷曲如C形，吻部高昂，高鬃飘举，极富韵律感和曲线美，华夏银行的标识就是那个C形龙。说龙头上的是马鬃，体现了游牧民族的特征，我不赞成。因为那个时候西辽河还不是游牧区域，主要从事农耕、渔猎、采集生活，到了铜石并用时代，为了得到马肉和马奶，古印欧人才驯化了野马。这种以现代人的想法去推测古人的情况比比皆是，比如我去过几个博物馆，那里的场景馆的泥塑先民，清一色的男光膀子，女围兽皮，完全是早年教科书上画的原始人形象，而从出土的玉蚕和玉石纺轮以及麻的广泛种植看，至少，当时人们穿着纺织的麻布衣服，甚至有个剑走偏锋的说法，说从虱子的进化角度来看，古人的衣着很实用，因为衣服太紧或者太松，都不适合寄生虫虱子的生存。

红山时期先民的生活也许远比我们想象的要先进和文明，甚至自由和奔放，先秦《诗经》等文献都可以看出端倪。问题在于，红山文化的考古挖掘只是冰山一角，目前，红山文化共发现1141处遗址，其中赤峰725处，朝阳416处，已经挖掘的还不到零头，仅牛河梁保护区，田野调查发现的遗址51处，已经挖掘的只有3

个半，可以说，大量的秘密都深藏在地下，随着考古发掘的不断深入，相信会有更多的发现令我们震惊，甚至颠覆我们的认知。就如同当年挖掘牛河梁神庙、祭坛和积石冢，当地的农民怎么都不会想到，他们不喜欢的那块堆积乱石、不适宜庄稼耕种的山地，会成为考古界的重大发现，震惊世界！

接近午夜，我们才返回宾馆。寻找餐馆的路上，我还感受到了风，吹起我们的头发也撩起了衣袂，而回去的路上，一丝风都没有了，此刻，小城十分安详宁静。回到宾馆房间，我本想拉上窗帘，这时发现窗外翁牛特旗的灯光凝固了一般，仿佛静止在冰封之下。我的耳边萦绕着餐厅歌手的余音：乌兰巴托的夜，那么静、那么静，连风都听不到、听不到……

晋先生意犹未尽，我们开始了翁牛特深夜的茶叙。

"新石器时期，东方和西方开始分野，西方石器的发展导向了贵金属，中国石器的发展却导向了玉，以玉通灵，唯玉为刚。"晋先生说。

"是的，古人认为以玉通神，牛河梁遗址的祭祀形式除了坛祭之外，还有庙祭、坎祭和墠祭等形式，通过玉制上升为礼制。王国维先生对'礼'字初意的解释为'象二玉在器之形'，是'以玉事神之器'。回过头来，我们再看看黄帝的黄字，黄字的甲骨文就是佩玉的人。"

牛河梁遗址所在的辽西努鲁儿虎山谷属于大凌河流域，距老哈河的河源不远，周边还有阜新胡头沟、喀左东山嘴以及敖汉旗草帽山等遗址。几次探访，我对那一带的山形地貌消除了陌生感。第四纪冰川在那里堆积了大量风化残积、冲积、洪积和湖积松散的堆积物,河漫滩、草甸土、沼泽土、泥炭土分布广泛。据考古孢粉学和古民族植物学研究可知,红山文化时期的西辽河区域植被繁茂,气候温和湿润,适于落阔叶乔木生长,山前的黄土台地成了先民聚落居住的地方,"稍筑室宅,遂成聚落"。先民们由火耕农业或者说刀耕火种发展到了耜耕农业或称之为锄耕农业。火耕农业是先将树木灌丛砍倒并加以焚烧,在积满灰肥的土地上点种作物,形成最原始的生荒耕作制。后来石耜和石锄等工具发明了,人们开始翻耕土地,在翻耕过的土地上进行播种,种植今天大家熟悉的大黄米——黍、谷子——稷、麻和豆——菽。红山人度过旧石器时代的漫漫长夜,步履蹒跚地走进新石器时代。从兴隆洼文化到小河沿文化这数千年悠悠岁月,文明的起源如繁星点点,奔腾不息的老哈河和西拉木伦河如泣如诉,传颂着远古先民如梦如幻的歌谣。

那个时期,正如人类学家泰勒在《原始文化》一书中所论述的一样,红山先民认为自然界的万物是有灵性的,是神圣的,是人的力量所不能达到的,为了协调人与自然界的关系,相应产生了对自然界中的日、月、星辰、山、石、树、雷、火、雨等自然现象的崇拜,此外还增加了祖先崇拜、图腾崇拜和神灵崇拜。玉成为一种灵物,一个与神灵沟通的媒介,从八千年的兴隆洼文化开始,经过赵宝沟文化、红山文化、富河文化、小河沿文化一直到夏家店下层文化,形成了较为完整的史前文化序列,定型为以玉为载体的完备的祭祀礼仪体系。牛河梁红山文化坛、庙、冢透射出文明前夜的曙光。

晋先生说:"你知道苏秉琦提到过的'满天星斗'和'多元一体'吧?他认为文化演进不是一条线进行的,是多元的,或者是满天星斗式的，中华文明的发源有多个源头，就像一条澎湃的大河的源头。"

"我知道，1981年，苏秉琦提出了史前文化的六大系理论。文化总是在一定的地理空间中生成与发展的，'满天星斗'，有多元发生、公共发展的特点。不过，'多元一体'这个词好像是费孝通先生提出的。"

"其实在这一点，他们两人在时空中是相遇的。"晋先生说。

的确，如果把兴隆洼文化看作是辽河文明之源，赵宝沟文化是辽河文明之序，那么红山文化已经闪烁着北方文明之光，与环太湖流域的良渚文化南北辉映，构建出以自然崇拜、图腾崇拜、神灵崇拜为文化背景的一南一北两个大的玉文化中心，为后世以玉礼制为纽带和特征的文明社会的构建，进行了必要的礼仪文化积累和铺垫，之后，随着区域文化不断地交往、交流、交融，最终形成中华文明。如辽河流域的兴隆洼文化、山东泰沂地区的后李文化、关中地区的大地湾和老官台文化、中原地区的裴里岗和磁山文化、长江下游的河姆渡文化以及长江中游的彭头山文化、城背溪文化和石皂文化等等，这些发现进一步丰富了"满天星斗说"的内涵。

"红山文化是中国新石器时代龙文化的源头，已经出土了玉猪龙、玦形蟠龙、C形龙等，商代玉器上的龙纹主要由辽河流域原龙纹发展而来，龙纹的载体亦多为玦、璧等环形器物，殷墟妇好墓中出土的商晚期玉龙就是最有力的实物见证，进而形成了龙图腾。"

"我看到有的学者研究认为，西辽河流域的古陶文也是商族甲骨文的源头，起码是源头之一。"

"是吗，这个我还第一次听说。"

"就目前来说，距今四千五百年至五千年的小河沿文化符号，应该是最早的汉字象形字雏形或早期象形文字。"

小河沿文化符号共有12个，其中石棚山52号墓地出土的桶型罐上有7个符号，不同于仰韶、龙山、马家窑、良渚文化陶器上孤立的符号和大汶口图画符号，表达的是完整的意思：织豆田，窑窑豆窑。有专家翻译为："你会织布，你会祭鬼神，你会种庄稼。窑1祭祀你，窑2祭祀你，窑3也祭祀你。"体现出小河沿文化符号图画与象形文字演变的关系以及与甲骨文、金文的联系。

"这里有个问题，也许是很多人都关心的问题，创造了红山文明的先民为什么集体消失了呢？"

"不是消失了，而是南下中原了，参与了中华民族的大融合。"

"你确认？"

"远古的历史总是可见度不高的，并且会不断丢失很多证据，不过，以我现有的认知，我认为西辽河，当然也包括大小凌河、滦河流域的远古先民受环境和气候影响，逐步向南迁徙发展了。"

"那是一个为混沌世界命名的时代，也许就跟我们今天定义元宇宙一样。"晋先生说，"无论地磁测年法、测量基因突变次数的分子时钟方法还是同位素碳衰变法，人类历史上都曾有过一段共祖时间。"

"'古'字的甲骨文，一竖一中一横，那段历史就是口述史，而甲骨文'史'字则为记——史事同源。所以，我认为有些神话传说本身是真实的，比如三皇五帝。"

事实也是如此。马克内森（R.S. MacNeish）发现中美洲人类对栽培作物的依赖从5%增加到75%用了近7000年的时间，中

359

国考古学界对于西辽河流域新石器工具类型以及植物籽粒的研究,证明人们对农业的依赖程度是逐渐增加的。这一过程伴随着气候变迁→动植物资源减少→原始农业发展→人口增加。古气候资料研究表明:距今7000年、5000年、3600年左右处于相对干冷期,也就是兴隆洼文化、红山文化、夏家店下层三种文化的衰弱期。现代环境考古研究认为,人类农耕文化的高速发展,导致了流域土地沙化。沙漠化的发展,导致了红山文化的骤然衰落和该地区人类活动的低潮。全新世中期科尔沁沙地和呼伦贝尔沙地的自然发育和消长振荡,直接和间接地影响了红山文化从峰顶走了下来。

距今5000年前后,发生了一次全球性环境突变,中国东北地区出现了栎树花粉减少的降温事件,使得西辽河流域持续了几千年的原始农业衰落下来,红山文化的主体部分沿渤海岸逐渐南徙,沿冀北燕山南部、京津塘一带进入漳河流域,河北龙山文化雪山类型二期遗存的房址发现的石器,如石磨盘、磨棒、石斧、双孔石刀、石锛、石铲及骨器如骨刀、钩、镞、镖等与红山文化的器物非常相似,存在明显的渊源关系。20世纪50年代初在唐山市郊发现的六座石棺墓,更以确凿的考古学实证印证了红山文化居民在新石器晚期已遍布环渤海地区,后与当地其他文化汇聚、交流,形成了先商文化。《史记·殷本幻》:"契卒,子昭明立。昭明卒,子相土立。"(《史记·十二本纪·殷本纪》)先王契来自何方呢?《竹书纪年》《诗经》《左传》《国语》《逸周书》《世本》《楚辞》《淮南子》《吕氏春秋》都有相关的记录和线索。《国语·周语下》载:"玄王勤商,十有四世而兴。"《荀子·成相》:"契玄王,生昭明,居于砥石迁于商,十有四世,乃有天乙是成汤。"《诗经·商颂·玄鸟》："天命玄鸟，降而生商。"《史记·殷本纪》："汤始居亳，从先王居……""殷契，母曰简狄，有娀氏之女，为帝喾次妃。"《竹书纪年》载："殷侯子亥宾于有易而淫焉，有易之君绵臣杀而放之。故殷上甲微假师于河伯，以伐有易，灭之，遂杀其君绵臣。"王亥、王恒、上甲微时，商族活动地域在易水流域附近。《竹书纪年》："（帝少康）十一年，使商侯冥治河。"表明此时的商族已靠近黄河了。近代以来研究更多了，如傅斯年的《夷夏东西说》、金景芳的《商文化起源于我国东北说》、黄中业的《从考古发现看商文化起源于我国北方》等等。

"这一过程，也是各个族群大融合的过程。"

"民族大融合！"

"我没用民族而是用族群的概念。是因为民族和种族是不同的，民族可以理解成一种文化学意义上而不是生物学意义上的概念，如共同的信仰、语言和风俗习惯等。西伯利亚的因纽特人与加拿大的因纽特人是同一个民族，说一样的语言，一样的生活习惯和一样的宗教信仰，但他们却不是一个种族。"

基因检测证实，西辽河夏家店上下层遗址完全不缺黄河Y染色体，说明新石器后期的族群交流、交往和交融比我们想象的还要密切。后来族群融合的事就更频繁了，随手就可以拎上几个。比如三国时曹操征乌桓，将乌桓部族全部南迁，融入中原。比如我去过的康平小塔子村，那里是辽代祺州城的遗址，契丹人进入中原祺州掠夺能工巧匠，愣是在辽河边建了一个安置新移民的祺州城，后来那些人也被同化了。人类历史进程中不断、反复地融合着，无论主动还是被动的，一刻也没停止过。从这个角度来说，也算是对中华民族共同体极有说服力的证明。

有一本考古著作叫《最早的文明》，作者提出文明三要素是文字、城市和冶炼技术，定义为文明的起源及对文明的判断。然而，从整个世界文明史来看，很多成熟的文明并未完全具备西方文明标准中的三个要素。玛雅文明缺少青铜器，印加文明、匈奴文明没有文字，埃及文明没出现中心城市，据此就否认这些文明成立或存在吗？一个时期以来，中国考古学界也跳不出这一理论怪圈，事实上，红山文化晚期墓祭中心出现的玉文化礼制，牛河梁坛、庙、冢所反映出的强大社会功能、严谨有序的管理秩序和水平，说明5000年前，西辽河流域已经进入了早期人类文明时代。中华文明探源研究提出的文明定义和认定进入文明社会的标准，提供了有说服力的中国方案……

不知不觉天已放亮，灰蒙蒙的蛋青色通过窗户透射进来。

我对晋先生说："快五点了，睡吧！"

晋先生说："是啊，睡吧！"

"还记得开头我说的缘分吗？"

"什么开头？"

"开始准备写辽河的时候，我说写辽河是个缘分，后来我发现，不是缘分而是自信。"

"写辽河的自信？"

"不，是辽河给了我自信。"我说，"辽河文明博大精深，包容并蓄、鼎故革新，更重要的是，悠久深厚的文明传承从未中断过……还有，走访辽河，我发现一个规律，辽河自然环境生态好的时期，就是辽河流域兴旺、繁荣和发达的历史时期。"

"嗯。"

"我想，关于辽河这本大书，也许才刚刚打开而已。"

"对了，我听你说过，你写的那些人都代表辽河或者辽河一个支流。"

"不说代表，说相关吧，如二哥，与招苏台河相关，老舅与辽河中游相关，堂妹与辽河下游相关，二姨和二姨夫与浑河和太子河相关，三姐和三姐夫与辽河干流相关，四叔与东辽河相关。"

"那，西辽河呢？"

"我写的是四表哥。"

"嗯，四表哥……"

晋先生在我身边酣然入睡，我却睡不着。我的耳畔仍旧环绕着《乌兰巴托的夜》的旋律。我想，那个歌词应该修改为：翁牛特旗的夜，那么静、那么静，连风都听不到、听不到……唱歌的人不许流眼泪。

1

在河床外的草滩上，四表哥对那只有些苍老的孤狼蛮有信心，觉得对付它绰绰有余。狼的苍老不仅在于它脸颊上灰白杂乱的毛发，还在于它不再敏捷的体态。它与四表哥对视了好几次，相互不服气，都在寻找干掉对方的机会。

狼有狼的基因记忆，知道用什么办法对付猎物最直接有效，而人也有人的思考和经验。四表哥知道，与狼遭遇时可以用盐巴和火把把它逼退。狼怕盐，可以沙眼睛、呛鼻子，只是盐太贵重了，浪费不起。火把不贵重，可如果用不好会引起火灾。初春的草有些干燥，不小心着了火，在草丛中连成片，难免会把自己置身于火海之中。好在四表哥心里有底气——他身上还有武器，肩上背着已经使用熟练了的弓箭。四表哥麻利地取下长弓，搭上箭，向那只老狼瞄准……这一切动作全在老狼监视之内，好汉不吃眼前亏，老狼做了一个下蹲的动作，侧身就跑，瞬间消失在穗尖摇动的草丛里。

草丛里呼呼啦啦飞起了乌鸦。

四表哥向乌鸦起飞的地方摸索过去，闻到了一股血腥的味道。拨开蒿草，四表哥看到一个被啃食过的动物尸体，像是土麝。四表哥可以分辨驼鹿、马鹿、麋鹿以及体型更小的鹿。这只龇着两颗"小虎牙"而且没有角的家伙应该是土麝。它会不会因难产而死？四表哥看到，血污中还残留着更小的动物的胎毛。

四表哥明白了，那只孤狼一定把他视为竞争者了，它也许根本没有走远，就徘徊在附近，或许就隐藏在身边的草丛里，伺机向他发起攻击。当然，这个发现也让四表哥的心情放松下来，独狼争夺的只是食物，他并不是被攻击的对象。

四表哥吹了一个响亮的口哨儿，慢悠悠地向台地方向走去。

此时此刻，大意的四表哥犯了一个致命的错误，他以为把食物让给那只独狼就没事了，可他没有想到，那具血腥的尸体会引来狼群，而那具残缺的尸体还不够一群饥饿的狼打牙祭！

太阳西沉了。

走到河滩台地上的四表哥发现了狼群，发现狼群时，他已经被这些眼冒绿光的家伙们包围了。四表哥点上了松明火把，摇动着，向台地上一株老榆树跑去。七匹狼形成一个口袋阵，将老榆树围拢起来。

四表哥将火把插到地上，抓着树枝爬到树上。上到树当央，四表哥知道自己安全了，他斜依在一个树枝上，平息着自己的呼吸。由于树下燃烧的火把，狼群不敢靠得太近，不过，它们聚集在树下不远，形成了一个包围圈儿，齐刷刷地盯着四表哥看，渴望的眼神像盯着唾手可得的鲜肉。

就那样，四表哥得到了短暂的喘息机会，他摸了摸皮囊里的箭，一共五支，摸出的居然是唯一一支玉石箭镞的箭，每一支箭都十分珍贵，玉石箭镞那支就更珍贵了，现在还不到用箭的时候，四表哥斜倚在树杈上，和群狼彼此对视，僵持起来。

四表哥想起师傅跟他讲过玉箭镞的事儿，师傅说，他十五岁那年，也就是和四表哥一样大的年纪，年轻气盛，什么都不管不顾。那时，他打磨了一支非常锋利的玉箭镞，安在最直溜的箭杆上。在没有人的旷野里，他向天空射了一箭，奇怪的是，他觉得那支箭消失了，后来在箭发射的方向找了许久，怎么都没找到。

四表哥问师傅，那周边有人或者有别的动物吗？

师傅十分坚定地摇了摇头。

于是，那支消失的玉箭镞之箭成了一个大大的问号，一直徘徊在四表哥的脑前脑后。

四表哥弓箭的弓臂是槭木的，弓弦是麻丝的，箭羽是三根鸭毛，属于最一般的，或者说比较低的配置了。据师傅讲，最好的弓箭是犀牛角弓臂，水牛筋弓弦，箭镞是石砮或者玉石打磨，但令四表哥自豪的是，他有一支好的玉箭镞的箭。毕竟，四表哥是玉工，近水楼台先得月嘛。

四表哥在一个叫"辛"的聚落里做玉工，那时的聚落还是比较封闭的，除了一般的农耕之外，大家都被封闭在两丈多深、三丈多宽的壕沟围起的聚落里，尤其是玉工，没有极特殊情况是不能离开聚落的，可四表哥怎么能到了荒郊野外？

四表哥是逃跑，没错，他要逃离"辛"，投奔另一个叫"戊"的聚落。

说起来，四表哥是个辛苦的制玉小工，他从心里不喜欢自己的工作，属于让师傅操碎了心的徒弟。跟师傅学了整整五年，更多的时候都是做辅助工的活儿，比如切割玉料、钻孔以及抛光打磨。雕刻成型有别的师傅完成，他们属于初加工，也就是下一级的"小工"。其实，雕刻玉石使用的工具算不上太复杂，主要是木竹器、骨器和"解玉砂"，原理也算不上太深奥。比如切割玉器，就用一把藤弓和一根麻绳，四表哥手握藤弓在玉石上反复拉锯，师傅往麻绳上放解玉砂、滴水流儿。解玉砂就是岩砂，那些岩砂大概含有现代人分类的金刚砂、石英、石榴石什么的，硬度应该比玉石高。当时没人分辨那些岩砂的成分，没能力分辨，也无须分辨，只要好用就行。所谓"他山之石，可以攻玉"。玉石被整齐地切割开来，再进一步切割成需要的几何形状。四表哥拉弓拉累了，师傅就跟他交换一下位置，师傅拉弓，四表哥往麻绳上放解玉砂、滴水流儿。钻孔和切割的方法差不多，就是用的工具有所区别，也是以石攻玉的方法，放解玉砂、滴水流儿。抛光主要是用麻线和兽皮，反反复复地打磨，要的是——功夫不负有心人。

师傅累了，他蹲在地上歇息，一边喝水一边跟四表哥唠叨以前的事儿。师傅说他以前也雕过玉，结果他失去了做"大工"的机会，不是因为他下的功夫不够，恰恰相反，是他用力过猛、过大，因为师傅太想做好了，太过用心了，把凸弦纹和瓦沟纹都磨得僵硬了。师傅说，雕琢玉件不仅需要大把的时间，更需要才能和技巧，要想雕得自然生动，光熟练是不够的，有的玉工一辈子也达不到那个境界。

那个境界是什么呢？问题只在四表哥的脑海里飘浮了一下，他懒得往下追问。

师傅暗示四表哥，活着不就是为了填饱肚子吗，做"小工"也是不错的职业，不用去森林里冒着生命危险，跟野兽打交道，也不用风吹日晒，在农地里春种秋收，玉工与陶工一样，属于技术活儿，在一定程度上，受到人们的尊敬。师傅对四表哥说，命运早就安排好了，这辈子该做什么都是神明的谕旨，做初级玉工，是他，也是四表哥一辈子的宿命。

四表哥点了点头，反正他也不喜欢整天重复那个枯燥、乏味的工作，大工小工都一样，他无所谓。

师傅以为四表哥听进去了，他的心情也好了，提出要看一看四表哥的脚指甲。这样的情况反复过若干次，每每师傅心情好的时候，都要看四表哥的脚指甲。四表哥有些不耐烦，坐在那儿一动不动。师傅过来拉四表哥，拉了胳膊又拉了腿，看到四表哥分瓣儿的指甲，他有些心满意足地笑了。

四表哥看着师傅黄褐色残缺的牙齿，心里生起了厌恶感。

那么，变化是从什么时候开始的呢？一定是四表哥第一次见到戊母之后。

那是会盟的日子，各个聚落的人都走了出来，在约定俗成的台地上交换各种东西：兽皮、腌肉、粟面儿、麻衣以及弓箭、陶器、人偶、各类打磨工具，还有简单的玉件。四表哥本来是帮师傅看摊的，身边人来人往，发现戊母时，戊母大概已经观察他有一会儿了。四表哥先是被一种气味儿吸引了，那是一种成熟女人身体发出的特有气味儿，这气味儿开始调动四表哥身体隐秘部位的神经，麻酥酥地穿透了整个周身。

四表哥在那一刻就成年了，他的成年是被处于生育期的戊母召唤而苏醒的。

戊母身上披挂着很多东西，色彩斑斓，有玉件、绿松石和玛瑙，显眼的是胸前挂着的一个玉璧。戊母身边还有一个小女孩，小女孩的胳膊上纹着闪电符号，手脖子戴着手镯。戊母大概是一个聚落的巫师，而那个小女孩多半是她的孩子，巫师的继承者。

戊母问四表哥，这些玉件是你雕的吗？四表哥诚实地回答，自己只是磨玉的小工。戊母对四表哥说，不对，你不是小工，你已经成年了，可以雕刻通神的美玉了。四表哥愣住了，他说他真的只是个切割玉料、钻孔和打磨玉件的小工。戊母坚持说，不对，我可以透过你那双漂亮的眼睛看到你的灵魂，你的灵魂告诉我，你是个伟大的玉工。

四表哥傻了，不知道如何回应戊母。

戊母用挑逗的眼神注视着四表哥，四表哥被瞅得浑身燥热，低头瞅着自己的露出脚指头的破履。

戊母对四表哥说，请相信我说的话。说完，戊母拉着小女孩离开，走的时候还发出爽朗的笑声。

灵魂仿佛被戊母带走了，那之后，四表哥常在黑夜里辗转反侧，难以入眠，天蒙蒙亮，他就起来研究雕刻技法。那时玉件的雕刻技法并不复杂，主要是凸弦纹和瓦沟纹。凸弦纹是一种阳纹线，好的凸弦纹属于"视之不见，触之有感"那一类的。瓦沟纹则属于阴纹，说阴纹也不算准确，应该属于阴沟吧，因为还有一种阴线纹更接近所说的阴纹，阴纹只是线刻，没有瓦沟纹那么费功夫。

四表哥擅自雕刻玉件，首先要回避的就是师傅，最回避不了的也是师傅。尽管白天他并没有耽误工作，也从不在师傅面前雕刻玉件，可他经常偷偷摸摸、鬼鬼祟祟地溜到玉工坊，师傅怎么可能不知道呢？四表哥和师傅住的房子和聚落里大部分人的一样，都是半地穴式，柱子是双排的，灶坑在室内中央，门道细窄，每次从门道出来，都被师傅拉的那根绳子牵绊。

师傅正式询问四表哥，四表哥说他想试试，他不想一辈子做小工。师傅非常不高兴，认为四表哥不自量力、异想天开，狠狠地骂了他一通。

四表哥的脾气也上来了，跟师傅顶了两句嘴。师傅二话没说，抡起木弓子就抽打四表哥。四表哥被打疼了，撒腿就跑，师傅哪能允许他这样反抗自己，在后边儿追着。他们跑了一圈儿又一圈儿，直到两个人都跑不动了才停下来。他们双手扶着膝盖，弯着腰，大口喘着粗气。师傅看着四表哥，四表哥看着师傅，两人都没有妥协的意思。歇息过后，师傅又追了过来，这回，四表哥不跑了，他双手抱头，跪在地上，任凭师傅抽打。师傅毫不手软，使尽全身力气左右开弓，一直打到没了力气才罢手。木弓子已经打得变了形，麻绳也崩裂了。

浑身是伤的四表哥在床上躺了两天。四表哥十分痛恨师傅，心想，是时候跟师傅彻底决裂了。师傅大概怕四表哥死了，端来水和食物，四表哥瞅都不瞅师傅一眼，碰也不碰食物一下。四表哥特别倔强，师傅同样倔强，每次只是送来食物和水，一句话都不跟四表哥说。

连续三天不吃不喝，四表哥觉得自己有些挺不住了，眼前甚至出现了幻觉。这个时候，戊母出现了，在他身前晃来晃去，挂在身上的玉件碰撞出叮叮当当的声音，一股生育期女人特有的气

369

味儿在四表哥头顶氤氲不散。四表哥清醒了一些，他想，自己不能就这样死了，他要活下去，他要雕刻出最好的玉件送给戌母。

四表哥爬了起来，他开始喝水吃东西。一个人影在门缝里倏地闪过，四表哥知道，师傅一直在监视着他。

身体恢复之后，四表哥仍在雕琢玉件，他一个人雕刻时，师傅没有出现，好像也没再监视他，可见鬼的是，四表哥总能碰到没完没了的麻烦，不是找不到雕刻工具，就是备用的石料不见了。四表哥推测，一定是师傅在背地里捣鬼，他自言自语：现在，我心已决，什么招数都别想阻止我，就是刀山我也敢上，火海我也敢闯。

整个夏天，四表哥和师傅斗智斗勇，互有输赢，谁也没占上风。然而，正是那段时间，四表哥一边学习一边琢磨，琢玉技能快速提升，熟练地掌握了凸弦纹、瓦沟纹和阴刻纹雕刻技法，穿孔、单穿孔、象鼻孔等钻孔技艺更加娴熟，甚至还尝试了圆雕、浮雕、透雕镂空、两面雕等方法。

四表哥雕刻的第一个玉件是玉瑗。

四表哥雕刻的玉瑗代表的是信物，是一种牵引……

树下的火把熄灭了，烟尘也稀薄起来。围在树下的狼开始发动攻击，一只狼冲到树下，一跃而起，吭哧咬一口，只是没有够到树杈上的四表哥。紧接着，另一只狼冲了过来，仍未咬中……一只狼跟着一只狼如法炮制，蹿得最高的也没伤到四表哥一根毫毛。两三轮攻击下来，群狼大概也灰心了，吱吱叫着，围着老榆树打起了转儿。

狼之间一定有肢体语言，头狼甩动着大尾巴过来了，几只狼立即围了过去，用舌头舔、用身子蹭。没多大工夫，狼群发起了新一轮攻击。

这次攻击不再是咬树上的四表哥,而是啃咬树干。

四表哥无论如何也想不到狼会啃咬树干,老榆树的树干坚实粗壮,很难咬断,除非那群狼已经饥饿到了极点。

四表哥犯的第二个重大错误是,他对狼的咬合力过于轻视了。

事实上,狼群爆发的战斗力是惊人的,它们仍旧是集体作战,一只狼过来,咬掉了树皮,接着,第二只狼上来,一只接着一只……四表哥傻眼了,如果他不采取点措施,这棵树干被咬断只是时间问题。

擒贼先擒王。四表哥搭上箭,向狼王射去。狼王距离老榆树有一定的距离,等箭杆抵达时,狼王敏捷地闪开了。四表哥又发射了一支,却只射在了狼王的尾巴上,并没有阻止狼群的攻击。无奈,四表哥只好对准树下啃树干的狼下手了,一箭下去,正射中啃咬树干的狼的屁股,那只狼嚎叫一声,快速逃窜。

短暂的停息之后,狼群恢复了攻击,四表哥又射中了一只狼。可惜,四表哥身上只剩一支箭了,是那支玉箭镞的箭。一支箭对付五只狼,真的难为四表哥了。

四表哥胳膊上起了鸡皮疙瘩,额头上的汗汩汩流出。也许,一切都是命运的安排,可四表哥心有不甘,他摸了摸怀里的"龙凤玉佩",有些绝望地望着河对岸的戊聚落,心里默默念叨着:戊母,等着我,一定要等我啊。

2

四表哥与狼群的博弈逐渐变成了单方面的优势,也就是狼群的优势。四表哥射出的四支箭没有阻止狼的进攻,他只好折断树枝,向正在啃咬树干的狼投去,可惜,树枝只是起到了干扰的作用,并且,他可以获得的树枝是有限的,没多久,他够得到的树枝消耗殆尽。现在,四表哥手里的武器只有那支玉箭镞的箭了,他想留着它,在关键时候给头狼致命一击。

那只头狼十分狡猾,它好像领会了四表哥的意图,一次都没有到树下来啃咬树干,只是在离老榆树八九米远的地方转悠或者蹲坐。眼看老榆树被咬到一半儿了,四表哥的恐惧感不断加重,他摸了摸怀里的"龙凤玉佩",心想如果自己葬身于群狼之口,玉佩应该能留下来吧?狼总不会吃了玉佩。问题是,自己葬身狼腹,玉佩怎么办?它自己又不长腿,不能主动跑到戊母那里。即使若干年后,有人捡到了玉佩,也幸运地转交到了戊母手里,可戊母怎么会知道,那是四表哥为她精心打造的,并为此付出了生命的代价!

不管怎样,四表哥还是打定了主意,在老榆树倒下的一瞬间,他一定把那个玉佩抛向台地的高处,那样,即使自己在这个世界消失了,龙凤玉佩还在。

四表哥雕刻的第一个作品是玉瑗,那个玉瑗耗费了四表哥很多心血,倾注了一个青春期男人全部的爱意和想象,然而,当四表哥带着玉瑗,信心满满地去会盟交易时,他如火的热情被一阵冰冷的雨水浇灭。浇灭热情之火的不是师傅也不是戊母,而是别的玉工的作品。凡事都怕比较,四表哥本以为他雕刻的玉瑗应该是最好的,可是别的玉工雕刻的玉瑗,一下子把自己比了下来。如果说自己雕的玉瑗是棵生涩的小枫树,别人雕的玉瑗就是光滑挺拔的大桦树。四表哥想,戊母那样的人物,什么样的美玉没见过，他自己都看出了差距，何况戊母呢？与其献给她一块令她失望的玉瑷，还不如等做出一件惊世骇俗的好玉件再献给她。要么不给她，给她就得让她震惊，那样才不辜负她的期望，才能真正俘获她的心。

四表哥把玉瑷塞在麻布衣服里，不好意思拿出来了。

参加会盟的人熙熙攘攘，四表哥有意躲避着戊母，戊母似乎看到了四表哥，不过，戊母并没有直接去找四表哥。

四表哥心情忐忑，躲躲藏藏的时候，有人拉了拉他的衣角。四表哥回头一看，是跟随戊母那个小女孩。

小女孩身上没有那种令他神经敏感的气味儿，他对小女孩没兴趣。小女孩告诉四表哥，戊母让他过去一下。

四表哥犹豫着，向人群里的戊母望去。戊母也向四表哥张望着，见四表哥看她，她妩媚地笑了一下。

四表哥低着头，跟小女孩走了过去。

来到戊母跟前，戊母问四表哥，我的美男子，你的美玉呢？四表哥支支吾吾，他说我没雕刻出美玉。戊母问四表哥为什么，四表哥回答，师傅想让他继续做小工，他说在聚落里轮不到他做美玉。

戊母一把揪住四表哥的前襟，将他拉近身边，在他耳边吹了一口气儿，小声说，你可以到我这儿来，我相信你一定能雕出别人无法雕出的美玉。四表哥满面涨红，浑身灼热，不知道如何回答。戊母笑了起来，问四表哥，你愿意来吗？

四表哥在戊母的眼睛里看到了一个人影儿，那个影子正是他自己。四表哥迟疑却又十分坚定地点了点头。

戊母说，河水泛滥之前，可以渡河过来。

373

四表哥又点了点头。

戊母爽朗地笑着，带上小女孩离开。

四表哥低头沉吟一番，抬起头不见了戊母，他在人群里转来转去，总算追上了戊母。四表哥对戊母说，我一定要做一件美玉献给你，等美玉做好了，我就送过去。说完，四表哥转身就跑。

四表哥要做的美玉是一个玉佩，一开始他想雕一个凤型玉佩，他记得戊母胸前挂了一个玉璧，不过那个玉璧做工比较粗糙，而且形状也算不上完美。想是这样想，真的要雕刻凤型玉佩并不是一件容易的事情。他曾尝试向聚落里的玉工学习，可那些玉工并没在雕刻凤型玉佩，他看不到石料上的设计稿。四表哥也曾试探着向师傅请教，师傅似乎明白了四表哥的意图，他说他不会雕复杂的东西。师傅这样说有两种可能，一种是自己通晓凤型玉佩的雕刻方法，而压根儿就不想传授给他；另一种情况是，师傅根本不会雕刻凤型玉佩。没办法，四表哥决定改为雕刻一个龙形玉佩。

事实上，龙形玉佩对于四表哥来说同样陌生，尽管他以前见巫师祭祀用过龙形玉佩，可具体形状却影影绰绰，只是一个大致的轮廓。四表哥开始在石料上画草稿，画来画去，怎么都觉得不太像。就在四表哥灰心丧气时，他想起师傅跟他描述过的龙的形状，师傅肯定没看见过龙，不过他见过龙的尸骨，尸骨白森森的，跟石头一样坚硬，师傅还说那个龙特别巨大，有十几个人连起来那么长，脚趾骨都有人那么高。从师傅描述的情况看，那条龙是长长的一条，大大的嘴巴，长着鹰一样的利爪……仅仅根据师傅的描述，四表哥还是无法设计出满意的画稿。直到有一天，一条黑色的巨龙从台地上掠过，好像天地之间一道升腾的细长炊烟，不过那个烟柱是游动的，由远而近。黑龙从聚落边缘旋转而过，倾泻了大量雨水，接着向低洼的河套飞奔而去。四表哥在人们惊呼和祈祷的声浪中，眼看着黑龙掠过大河水面，好像吸走了很多河水，然后扑向对岸的台地……四表哥想，我还见到真的龙了，只是看得不够清晰，尽管如此，他坚信龙的神明已经给了他启示。那天傍晚，石料上的画稿出现了龙的形状。

四表哥关于龙的形状综合了见到的黑龙和师傅关于龙骨的描述，所表现的龙形也只是概括性的，因为玉石雕刻本身就不能太复杂，材料和工艺都有限制。真的要去雕刻龙形玉佩时，四表哥又有些犹豫了，他不知道龙形玉佩符不符合戊母的喜好，在他的想象里，戊母应该佩戴的是凤型玉佩。那天，四表哥又迎来一个不眠之夜。

天刚亮，四表哥听到鸟的鸣叫，他连忙来到棚子外。这个时候，太阳刚刚从山坳里露出一半身子，鲜红鲜红的。四表哥四下寻找鸟的踪迹，突然，一只大鸟扑棱棱从树林里飞了出来，朝着太阳的方向飞去，鸟的羽毛闪耀着五彩斑斓的光泽。四表哥看傻眼了，等他缓过神儿来，那只大鸟已经消失得无影无踪。

四表哥还傻呆呆地望向天空，望了好长时间。

太阳已经升上天空，晴朗的天空飘浮着云朵，那些云朵组成了一个大鸟的形状，壮美无比。四表哥瞬间意识到，原来那只大鸟就是凤，已经飞上了天空……四表哥在石料上绘制出了凤型玉佩的画稿。

雕刻的时候，四表哥又犹豫了。四表哥选好的石料只有一块儿，到底是雕龙形玉佩还是雕凤形玉佩呢？他拿不定主意，又不能跟师傅讨教，无奈之中想了一个"占卜"的办法——砸硬石料，如果石料碎成长条就雕刻龙形玉佩，如果碎成切面就雕刻凤形玉佩。结果，碎石出现了奇怪的形状，既有长条形也有切面形，四表哥蹲在地上看了大半天，他突然想清楚了，他要把龙形和凤形放在一块玉石料上，雕刻一个龙凤玉佩。

整个雨季，收工之后或开工之前，四表哥都在雕刻龙凤玉佩，功夫不负有心人，雨季过后，四表哥的玉佩已雕刻成型，开始进入打磨阶段。就在四表哥对未来充满憧憬的时候，龙凤玉佩却不翼而飞……

老榆树开始摇晃，隐约出现了树干即将断裂的咔咔声。四表哥突然觉得眼前一黑，心想完了，一切都将结束。

3

师傅发现了四表哥雕刻的龙凤玉佩，他几乎不相信自己的眼睛，这么精美的玉雕当真是自己的徒弟完成的吗？可据他掌握的情况，不是徒弟雕刻的，又是谁雕刻的呢？如此看来，自己的徒弟真是个天赋异禀之人啊。师傅拿着玉佩在手里把玩着，掂量来掂量去，他预感到自己和徒弟的命运应该有了转机。他决定拿着玉佩去找聚落巫师，假如聚落巫师看好了，给予了肯定，说不定他和四表哥的身份就此改变，他们可以堂堂正正地雕刻玉件，做大工了。

四表哥发现玉佩不翼而飞，第一个想到的人就是师傅，师傅一向不支持他雕玉件。雕刻玉件需要很长时间，无论他多么小心地隐藏，可再精明的老虎也有打盹的时候。也许正是接近完工的喜悦令四表哥放松了警惕，结果功亏一篑。

师傅拿到玉佩会怎样，总不至于销毁了吧？那个玉佩耗费了他多少个日夜的心血啊。如果师傅真的毁掉玉佩，他将跟师傅势不两立，以命相搏。四表哥匆匆忙忙去找师傅，在工棚前后转了两圈儿，没找到。不会去……四表哥突然想到了聚落巫师，他的心都快蹦出来了。师傅不会拿着自己的心血之作讨好、孝敬巫师了吧？

想到这儿，四表哥快速向巫师住地跑去，距离巫师住地不远的一个祭祀石碓前，四表哥站住了，眼睛瞬间黯淡下来——四表哥意识到，一切都晚了，他看到师傅正从巫师的房门口向外走来。

师傅走到四表哥身边，他笑眯眯地对四表哥说，回去说话，这里不方便。四表哥浑身发软，两条腿像绑了大石头，走路都十分费力。

来到聚落东南角的壕沟边，师傅从衣服里拿出了玉佩，问四表哥，这个是你自己做的？四表哥觉得很意外，那个玉佩居然还在师傅手里，他丢下十几米的魂儿仿佛瞬间归位，回到了自己身上。四表哥惊魂未定地点了点头。

师傅也点了点头，说我知道了，是神明雕的。四表哥说是我雕的，我自己一点点雕的。师傅说你怎么可能会雕这么精美的玉件呢？是神明雕的，只不过神明借用了你的手罢了。师傅这样讲，四表哥也无话可说。

师傅说，这么精美的玉件不属于我们，我们应该把它献给祭司。四表哥小心翼翼地问，刚才你不是去找巫师了吗？师傅说，本来我是想献给巫师的，可到了巫师那儿又改变了主意。我们这个聚落里怎么可能雕出这样精美的玉呢，这样精美的玉件应该献给祭司，不，祭司都不够用，应该献给大祭司。

四表哥明白了，心想玉佩差一点就落到巫师手里，落到巫师手里就别想要回来了，好险啊！

师傅说，我先帮你保管着，等有机会见到大祭司，我们一起献给他，以后，我们就可以名正言顺地做玉雕工了，没准还能到大祭司那儿雕玉件呢。

四表哥点了点头，点头的同时，四表哥决定逃离聚落。说是这个时候做了逃跑的决定也不太准确，因为他见师傅掏出玉佩的一瞬间就有种冲上去抢过来并逃跑的冲动，因此，此时的决定应该算是清晰而明确的念头罢了。四表哥乐呵呵地对师傅说太好了，献给大祭司，大祭司真能让我们去他那儿雕玉件吗？师傅说以我多年的经验判断，大祭司一定会喜欢这个玉佩，也一定会让我们为他雕玉件，即使不到他那儿，继续在聚落里雕玉件也是一件荣耀的事啊。四表哥说太好了，黑暗的日子总算熬到头了。师傅说是啊，神明什么都知道的，她让你受苦也会给你奖赏。

四表哥对师傅说，一切都按师傅的要求去做，只是，玉佩还没最后完成，有一点小小的瑕疵。师傅愣了一下，拿着玉佩看着。师傅自言自语，说我看已经完美了。四表哥说，打磨工序才进行了一半，如果再打磨打磨，会更圆润、更光亮。师傅又端详一番，自言自语：我看挺圆润、挺光亮的。

四表哥说，你摸摸玉佩的尖角，是不是有些刺手？师傅摸了摸，说嗯，是不太光滑。四表哥说这样吧，我再打磨打磨，反正一时半会儿也见不到大祭司。师傅笑了，对四表哥精益求精的态度给予了肯定，不过同时也提出，他要跟四表哥一起打磨玉件。四表哥怕引起师傅的警觉，说玉佩就放在师傅那儿，每天开工之前，他们偷偷摸摸打磨。师傅这才满意了。

四表哥有麻痹大意的时候，师傅也有麻痹大意的时候，渐渐地，师傅放松了对四表哥的警惕。一天天亮，师傅起来尿尿，回到半地穴的工棚，扫了一眼四表哥住的草榻，见上面空空如也，他也没在意，继续眯缝着眼睛。过了好一会儿，师傅突然睁开了眼睛，他扭头看了看四表哥的草榻，一下子坐了起来，摸了摸头顶的陶罐，龙凤玉佩也不见了。

师傅连忙到外面找四表哥，找遍了聚落的各个角落，连四表哥的一根毫毛都没见到。这时，师傅也意识到问题的严重性——他的徒弟逃跑了！

一个小火堆一点点燃烧起来，师傅在火堆上烧兽骨占卜。那个兽骨是师傅珍藏的驯鹿的肩胛骨，不到万不得已他是不肯拿出来的。现在，自己的徒弟不见了，这不是最重要的事情吗？火堆的火苗不显眼儿，只有缕缕升腾的青烟可见。师傅围着火堆转了一圈儿又一圈儿，嘟嘟哝哝，祈求神明保佑四表哥平安无事。

一声兽骨的崩裂声响过，师傅将兽骨从火堆里拎出来，快速丢到了暗红色的沙土地上。等兽骨凉了些，师傅拿起来仔细察看。尽管师傅不情愿，可他还是看到肩胛骨上长长的裂痕。师傅心里一惊，他决定动身去找四表哥。

平时，玉工是不能随便出入聚落大门的，师傅只能像四表哥一样，穿越围拢在聚落四周的边壕，而私自翻越边壕是违规的，属于"逃跑"。现在，四表哥很危险，师傅觉得他没有别的选择，也做了承担一切后果的准备。

四表哥的确处于危机之中，他避险的那棵老榆树马上就要被群狼咬断了，树已经开始摇晃，就在四表哥准备抛出龙凤玉佩的时候，突然狂风大作，随即风沙和雨珠袭来，一阵令人惊悚的狂风呼啸而至，这时，黑龙出现了。四表哥瞬间被一种强大的力量

379

吸向空中，连同狼和那棵老榆树都被吸进了黑龙之口。他睁不开眼睛，自己的身子旋转着、冲撞着，无法自控，以至失去了知觉。失去知觉之前，四表哥最后一个念头是为自己庆幸，被神灵黑龙吃掉，总比被饿狼果腹要好多了。

不知什么时候，四表哥摔落在一片粟谷地里，那棵老榆树不见了，远处有一只狼，四表哥认出来了，是那只头狼。头狼跟他一样浑身都湿淋淋的，样子十分狼狈。头狼看了看四表哥，它大概已经没了攻击的欲望和力气，一瘸一拐地消失了。四表哥尝试着站了起来，他只受一些皮外伤，没伤到筋骨。四表哥连忙跪在地上，向黑龙祷告，他坚信，是黑龙救了他的命。

四表哥发现自己那把玉箭镞箭杆儿还在，伸手在衣服里摸了摸，万幸的是，龙凤玉佩也在。

四表哥躺在粟地里望天，身上的麻衣逐渐干了，这时，四表哥听到远处有人喊他，他坐了起来。

师傅站在地头的粟谷丛中。

四表哥下意识地用手护住了衣服里的龙凤玉佩。四表哥大声对师傅喊着：你别过来！师傅怎么可能听四表哥的指令，他慢慢向四表哥走了过来。

四表哥拿出没了弓的箭杆，箭镞一头对着师傅，大声喊：你别过来，你过来我就跟你动手了。师傅愣了一下，停下了脚步。

师傅有些难过地问四表哥，为什么不讲诚信？四表哥说他就是为了讲诚信才这样做的，他把见到戊母，答应为戊母雕玉件并献给她的事儿统统跟师傅讲了。说完，四表哥泪流满面，他跪了下来，恳求师傅放过他，如果师傅一定要阻止他，他只能跟师傅拼个高低上下了。

师傅有些伤心地摇了摇头。他说那我也讲讲我的故事吧，本来我也有机会成为玉件雕工，有一天在大河拐弯的山上采玉，我听到了美妙的笛声，听了那个声音我就有想飞的冲动，我的师傅告诉我，说那个山头住了一只会唱歌的鸟，是山下聚落里的一个女巫变的，她专门迷惑年轻的男人，很多男人都在雾蒙蒙的天气里寻笛声走去，最终走向了悬崖，纷纷跌落到波涛汹涌的大河里。后来我去过那个大河湾，那里的确山势险峻，有一个胳膊肘急弯，一些伐木工的筏子都沉到那里……我在河滩上捡到过残破的骨笛，是老鹞鹰的肢骨做的，一共七个孔儿。就因为我吹了骨笛，师傅就不让我雕玉件了，他说只有这样，我才能平平安安度过一生。

四表哥没怎么听明白，他觉得师傅讲的事跟他为戊母雕刻龙凤玉佩没有关系。师傅说，你跟我回去吧，听话！四表哥说，跟你回去就平平安安了？可我不想像你那样过一辈子。

这时四表哥隐约听到箭哨的声音，像风一样从耳边划过。

师傅啊了一声，晃了晃身子倒下了。

四表哥连忙来到师傅身边，令他惊愕的是，师傅的眉心插着一个玉箭镞，鲜血从箭镞的一侧流了下来。四表哥看了看自己手里的箭杆，自己那个玉箭镞还在箭杆上。玉箭镞是哪儿来的呢？四表哥警惕地四下张望着，眼前地势开阔，一马平川，看不到一个人。

师傅说别找了，这个箭是我自己射的。

四表哥蒙了。

师傅说，你看看箭镞上是不是有个×？四表哥俯身查看，果然看到了一个符号×。师傅说，这个玉箭镞是我自己磨的，只是

381

我不太理解，为什么我十五岁射出的箭一直飞到了今天，飞了整整十五年呢？

四表哥抽泣着，想拔出师傅额头上的箭镞。师傅说别动，没用的……你帮我把鞋子脱下来吧。四表哥不知道师傅的用意，他还是按师傅的要求去做了。脱下师傅的鞋后，四表哥发现师傅的脚指甲也是双瓣儿，跟自己的小脚趾几乎一模一样。

四表哥抬头看师傅，发现师傅已经闭上了眼睛。

四表哥在大河拐弯的山上为师傅搭了一个石棺，埋葬了师傅。那个地方视线很好，可以看到远处的河流和沼泽。

4

此刻，四表哥站在大河湾，他望着河对岸——沼泽里栖息的水鸟，台地上斑斓的房舍，更远处起伏的山岚，黛色似海。

四表哥一定要到对岸去，他在岸边寻找或者等待河流上游漂下来的树木，那样，他就可以趴在树木上，漂流到河的对岸。只是他必须小心翼翼，因为河边的苇塘里和沼泽中有凶险的鳄鱼。

四表哥逃离本聚落的第七天，终于成功抵达了戊母聚落，遗憾的是，戊母聚落好像刚刚经历了一场浩劫，诸多房舍倒塌，现场一片狼藉。四表哥走近大门时，聚落里的居民正在清理散落的木头和杂草，看到四表哥，他们停下手里的活计，齐刷刷地望向了他，大部分人的目光显得麻木和呆滞。

四表哥不敢迈进聚落的大门，他四下搜寻着，期待戊母快点出现。

戊母没有出现。

过了好一会儿，小女孩出现了。她的胸前挂着显眼的玉璧，四表哥认识那个玉璧，那个玉璧曾经挂在戊母的胸前。小女孩望着四表哥，四表哥看着小女孩。

一阵沉默之后，小女孩对门外的四表哥招了招手。

天色渐晚，四表哥抬头看了看酱红的天空，他隐约听到了骨笛的声音，忽近忽远，十分曼妙。四表哥摸了摸怀里的龙凤玉佩，他突然意识到，石头有石头的使命，是玉石选择了他，而不是他选择了玉石……也许某一天，他会离开这个世界，躺在石棺之中，与那山川日月、天地万物融为一体，那样就永远不死不灭了。